Aus Freude am Lesen

Die Welt scheint stillzustehen, als die vierzigjährige Fotografin Inga ihren Mann verliert. Um wieder zu sich zu
kommen, zieht sie sich auf die Insel Marstrand zurück, auf
der ihre Familie seit Generationen ein Sommerhäuschen
besitzt. Beim Aufräumen findet sie eine rätselhafte Kiste mit
Briefen – adressiert an ihre Großmutter Rakel. Verfasserin
ist eine Frau in Afrika, die sich dort offenbar während des
ersten Weltkriegs als Missionarin aufhielt. Und je mehr Inga
über die Briefeschreiberin und deren Beziehung zu ihrer
Familie erfährt, desto entscheidender verändert sich auch
ihr eigenes Leben ...

Maria Ernestam, geboren 1959, begann ihre Laufbahn als
Journalistin. Sie arbeitete lange Jahre als Auslandskorres-
pondentin für schwedische Zeitungen in Deutschland und
hat außerdem eine Ausbildung als Tänzerin, Sängerin und
Schauspielerin absolviert. Mittlerweile sind vier hochgelobte
Romane von ihr erschienen. »Der geheime Brief« stand
in Schweden monatelang auf Platz eins der Bestsellerliste.
Weitere Informationen: www.mariaernestam.com

Maria Ernestam bei btb
Die Röte der Jungfrau. Roman (73854)
Caipirinha mit dem Tod. Roman (73915)
Mord unter Freunden. Roman (74005)

Maria Ernestam

Der geheime Brief

Roman

*Aus dem Schwedischen
von Gabriele Haefs*

btb

Die schwedische Originalausgabe erschien 2008
unter dem Titel »Alltid hos dig« bei Forum, Stockholm.

Verlagsgruppe Random House FSC-DEU-0100
Das für dieses Buch verwendete FSC®-zertifizierte Papier
PamoHouse liefert Arctic Paper Mochenwangen GmbH.

5. Auflage
Deutsche Erstveröffentlichung Juni 2011
Copyright © Maria Ernestam 2008
Copyright © der deutschsprachigen Ausgabe 2011 by
btb Verlag in der Verlagsgruppe Random House GmbH, München
Umschlaggestaltung: semper smile, München
Umschlagmotiv: © plainpicture / Mira
Satz: IBV Satz- und Datentechnik GmbH, Berlin
Druck und Einband: CPI – Clausen & Bosse, Leck
SL · Herstellung: BB
Printed in Germany
ISBN 978-3-442-74226-4

www.btb-verlag.de

»Ein riesiges Wrackteil schien geradewegs auf meinen Kopf zuzuschießen, und instinktiv duckte ich mich, um auszuweichen, und blieb so lange ich konnte unter der Wasseroberfläche, und dann tauchte ich wieder auf, und hinter mir hörte ich das hereinbrechende Wasser, das aussah wie Wellen, die sich am Strand brechen, und mir war klar, dass es sich um den Sog oder die Wellen des soeben gesunkenen Schiffes handelte. Ich konnte meine Lunge gerade noch mit Luft füllen, ehe diese Wellen über mich hereinbrachen. Es kam mir sinnlos vor, dagegen anzukämpfen, deshalb wurde ich für einen Moment ganz schlaff, dann fing ich an zu schwimmen, merkte aber, dass es nutzlos war, und sagte mir: Was bringt es denn zu kämpfen, mit dir ist es aus, und ich versuchte schon gar nicht mehr, die Wasseroberfläche zu erreichen, aber dann glaubte ich, eine leise Stimme sagen zu hören: Los, weiter.«

Ernest Francis, Unteroffizier auf dem britischen Schlachtschiff *Queen Mary.*

Prolog

Der Mond wandert droben am Himmel so blau, sang Vater für mich. Jetzt sehe ich den Mond durch den Vorhangspalt, aber der Mond wandert nicht mehr, er starrt mich an und teilt mir mit, dass Nacht ist. Ich höre in Gedanken Vaters Stimme und spüre seine Hand in meiner. Ich bin immer bei dir. Wenn du mich lässt.

Meine Gedanken wirbeln umher, und ich weiß nicht mehr, was Wirklichkeit ist und was Traum.

Aber der Mond zieht das Wasser an, und ich sehe vor meinem inneren Auge, wie das Meer sich hin und her bewegt, wie es die Felsen streichelt, wie die Frau den Mann streichelt und der Mann die Frau. Plötzlich ist er da, er, der wartet und den ich niemals vergessen habe, auch wenn ich das vortäuschte. Ich spüre die Wärme in meinem Körper, dem Körper, der einst ich war, was unbegreiflich ist, wenn ich sehe, was noch übrig ist.

Ich ahne seine Hände um meine Taille, und da ist wieder die Musik, und ein Tanz, obwohl ich das alles nicht darf. Jetzt führt er mich herum, eins, zwei, drei, alles dreht sich, und ich bekomme keine Luft mehr und habe keinen Boden mehr unter den Füßen, und er küsst mich ...

Wasser. Ich brauche Wasser.

Ich wirbele zwischen meinen Gedanken umher. Jetzt bin ich in dem Zimmer, in dem ich ihr damals zum ersten Mal begegnet bin. Ihr, die aussieht wie ich, die jedoch ein Muttermal hat, als habe die Natur sich mit ihr einen Scherz erlaubt. Bald kommt sie, ich weiß, dass sie kommt, und sie wird meine Hand halten,

so, wie ich Vaters Hand gehalten habe, wenn das Licht gelöscht
wurde.

Ich friere, und es tut ein wenig weh, ich muss mich umdrehen,
ich ziehe die Decke fest um mich. Dann höre ich ein Lachen, und
meine Augen füllen sich mit Tränen.

Ich habe geliebt. Das kann niemand mir wegnehmen.

Nicht einmal das Meer, das das verbarg und auswarf, was die
Menschen vernichtet hatten, dessen Wellen das nahmen, was ich
am meisten liebte. Ich spüre, wie die Wellen sich um mich schließen, und ich will und will nicht, sehe aber ein, dass alles bald
vorbei sein wird.

Die Zeit ist gekommen. Die Sünden der Väter werden dich
heimsuchen, heißt es, aber das glaube ich nicht.

Wenn uns irgendwelche Sünden heimsuchen, dann unsere eigenen.

Kapitel 1

2005

Die Fotos, die vor ihr auf dem Tisch verteilt waren, hätten gute Besprechungen verdient. Sie hatte viel Zeit in sie investiert und sich alle Mühe gegeben, die Motive zu finden, die zum Motto der Ausstellung passten. Veränderung.

Es war eigentlich ein banales Thema, aber gerade deshalb eine Herausforderung. Sie mochte Herausforderungen, wenn sie ihnen gewachsen war. Anfangs konnten sie sich in Schultern oder Bauch als Spannung festsetzen. Aber Ablehnen kam für sie nicht in Frage. Im tiefsten Inneren wusste sie, dass sie die Fähigkeit besaß, das Einzigartige zu finden, das, was die Menschen berührte und sie im besten Fall mehr empfinden ließ als sonst.

Wie viele Tage hatte sie beim Zirkus verbracht? Viele, aber Zeit war nicht von Bedeutung, wenn es darum ging, die Wirklichkeit einzufangen, die sie im Sucher sah. Diese Vorstellung war für sie beruhigend und gab ihr stets das Gefühl, etwas Sinnvolles zu tun.

Sie ergriff das oberste Foto. Die Akrobatin hatte sich einen klangvollen Künstlernamen gegeben, hieß aber eigentlich Barbara und kam aus Ostdeutschland. Jung und kräftig hatte sie ausgesehen, als sie über ein Seil balancierte, das unter dem Zeltdach gespannt war, doch die Kamera hatte eine andere Wahrheit eingefangen. Das Foto zeigte ein Gesicht, in dessen Falten sich die Schminke sammelte und sie dadurch noch tiefer wirken ließ. Der Lippenstift verschmiert, die Wimpern verklumpt. Nach einigen Wochen und vielen Gläsern Wein hatte Barbara gestanden, dass alles mit den Jahren nur noch schlimmer werde. Sie hatte von der grenzenlosen Panik berichtet, die sie vor jeder Vorstellung überkam, und dass die Angst vor dem Sturz fast zu einem Wunsch geworden war.

»Damit es einmal ein Ende hat. Verstehst du, Inga? Dieses verdammte Leben.«

Inga hatte sich um professionelle Vorsicht bemüht und den richtigen Augenblick abgewartet. Und dann endlich abgedrückt. Wenn Barbara jemals vom Seil fiele, wäre es für alle auf dem Foto erkennbar, welche Angst die scheinbar so mutige Akrobatin davor gehabt hatte. Davor, die Kontrolle zu verlieren.

Wäre es möglich gewesen, die Verzweiflung in ihren Augen zu mildern? Die Schatten über den plump gepuderten Wangen zu vertiefen? Sicher, aber das hier war absolut akzeptabel. Ihre Leica zeigte ihr das Motiv im Sucher auch in dem Bruchteil jener Sekunde, in dem das Bild belichtet wurde. Sie hatte geliefert, was sie gewollt hatte: Nähe und Präzision in perfekter Vereinigung. Die lichtstarke Optik mit dem kristallklaren Glas ohne Verunreinigungen. Sie musste die Verkrümmungen am Bildrand eben wie das Ergebnis einer bewussten Entscheidung akzeptieren. Jedenfalls hatte sie das gewünschte Resultat.

Geduld und Erfahrung hatten das Ihre bewirkt: Genauigkeit. Sie versuchte immer, mehr zu liefern als erwartet, und das verlangte sehr viel Kraft. Aber es war schwer zu akzeptieren, was »gut genug« war, und aus »ausreichend« eine Tugend zu machen. Obwohl sie wusste, dass sie das ab und zu tun müsste, um sich zu schonen.

»Möchtest du etwas trinken?« Izabella, die Besitzerin der Galerie, war aufgestanden. Ihre eng sitzenden Hosen machten es unmöglich, sich vorzustellen, dass sie schon fast siebzig war. Inga musterte die Furchen in Izabellas Gesicht. Die waren ganz anders als Barbaras. Izabellas Furchen zeugten von Lachen und Selbstvertrauen, Barbaras dagegen von Verzweiflung und Kummer.

»Ja, danke.«

Die hochmoderne Espressomaschine war noch ein Grund, warum sie so gerne in Izabellas Galerie ausstellte. Wenn ihr ein dampfendes Glas Kaffee serviert wurde, ließ die Spannung im Nacken ein wenig nach. Sie stellte das Glas vorsichtig ab, um den Fotos nicht zu schaden, und suchte das Bild, mit dem sie vielleicht am zufriedensten war. Von einem Hügel aus hatte sie eingefangen, wie die letzte Vorstellung sich dem Finale näherte, während die Zirkusleute hinter den Kulissen bereits zusammenpackten. Als die letzte Lampe gelöscht wurde und das Publikum durch den Vorderausgang das Zelt verließ, stand der Hinterausgang schon nicht mehr.

Sie wandte sich Izabella zu.

»Das hier ist Veränderung. Und dann doch wieder nicht. Ein Zirkus wird aufgebaut und abmontiert. Er zieht weiter. Aber er sieht fast genauso aus wie vor hundert Jahren. Also lebt er von Veränderung, verändert sich aber nie. Deshalb dachte ich, dieses Bild wäre für die Einladung zur Vernissage geeignet. Wenn du mir zustimmst. Barbara, die Seiltänzerin, könnte an der langen Wand hängen. Ich kann die Bilder so vergrößern, wie du sie haben willst.«

Izabella beugte sich vor und begutachtete die Fotos. Sie entschied sich immer rasch, und Inga rechnete damit, in ungefähr einer Stunde fertig zu sein. Danach wollte sie nach Hause fahren und für den Rest des Nachmittags und Abends arbeiten. Mårten würde doch erst in zwei Tagen nach Hause kommen, und sie könnte auch gleich einige Stapel aussortieren, um mehr

Zeit zu haben, wenn er wieder da war. Sie sehnte sich danach, ihm die fertigen Bilder zu zeigen. Niemand konnte so gute Ratschläge geben wie er, mit dem aufrichtigen Wunsch, dass sie Erfolg haben würde. Deshalb war seine Kritik immer konstruktiv, niemals verletzend.

Sie schüttelte den Kopf, denn plötzlich ging ihr auf, dass Izabella etwas gesagt hatte.

»Verzeihung, ich hab nicht zugehört. Was …?«

»Also, ich habe gesagt, dass du ungeheuer tüchtig bist, Inga. Du hast eine unglaubliche Fähigkeit, Menschen und ihre Gefühle einzufangen. Ganz zu schweigen von deinen technischen Kenntnissen. Du bist perfekt. Und vielleicht liegt es daran, dass diese Bilder hier … dass sie mir nichts sagen.«

»Ach.«

Die Antwort kam wie ein Reflex, und sie merkte, wie eine unangenehme Ruhe sich in ihrem Körper ausbreitete.

»Das kann mehrere Ursachen haben. Die Bilder sind, wie gesagt, perfekt. Die Angst ist deutlich, und die Idee, dir einen Zirkus vorzunehmen, war natürlich großartig. Trotzdem habe ich das Gefühl, dass wir die Menschen, die wir hier ansehen, nicht wirklich kennenlernen. Es sind Abbildungen von Körpern, die ihren Zweck hervorragend erfüllen, aber sie berühren mich nicht richtig.«

Izabella streckte die Hand aus und versuchte, sie auf ihren Arm zu legen. Inga wich zurück und suchte Schutz in ihrem Kaffeeglas. Sie trank, um die roten Flecken in ihrem Gesicht zu verbergen. Sie konnte sie nicht sehen, aber sie spürte sie. Meinte Izabella, sie nutze die Menschen aus, die sie fotografierte?

»Das sollte nicht negativ klingen. Ich denke an dein Können und deine Energie. Nicht an das Mitmenschliche. Ich kenne nur wenige, die so herzensgut sind wie du.«

»Aber du meinst nicht, dass die Fotos zu gebrauchen sind? Oder soll ich einfach nur etwas ändern?«

Izabella gab keine Antwort, sondern erhob sich und verschwand im Hinterzimmer. Als sie zurückkam, brachte sie einen anderen Stapel Fotografien mit. Vorsichtig nahm sie die Bilder vom Tisch. Dann verteilte sie die anderen.

Das musste ein Witz sein. Die Fotos waren so schlicht, dass sie von jemandem stammen könnten, der soeben seine erste Kamera bekommen hatte. Sie stellten lachende und weinende Menschen dar, Erwachsene und Kinder, manchmal verschwommen, manchmal angeschnitten, in planlos eingefangenen Augenblicken. Fragmente von Taufen, Schulabschlüssen. Hochzeiten und Beerdigungen. Ein Baby, das in die Arme einer alten Frau gelegt wurde. Ein Mann, der auf einem Grab eine Kerze anzündete.

»Was sagst du?« Izabella klang ehrlich interessiert.

Nicht kritisieren, als Rache für die Enttäuschung.

»Die sind gut. Richtig gut. Und ich will nicht neidisch klingen, wenn ich sage, sie hätten noch besser werden können, wenn man sich damit mehr Zeit gelassen hätte. Für die Belichtung, zum Beispiel. Aber die Motive sind spannend. Schulabschlüsse und Hochzeiten bedeuten wirklich Veränderungen. Wer immer diese Fotos gemacht hat, ist tüchtig und originell.«

Izabella schloss die Hand um den Stein, der um ihren Hals hing.

»Der diese Fotos gemacht hat, ist nicht halb so tüchtig wie du. Du bist phantastisch gut, wie ich gesagt habe, und ich bezweifle keinen Moment, dass du eines Tages als eine der besten Fotografinnen Schwedens gelten wirst. Aber manchmal kann Perfektionismus ein wenig langweilig sein. Hast du dir das schon mal überlegt? Das Vollkommene ist fast immer vollkommen, eben weil es nicht perfekt ist. Diese Bilder hier stellen nicht den Anspruch, die einzige Wahrheit zu enthalten. Sie fangen einfach ein Gefühl ein. Der Fotograf ist erst vierundzwanzig Jahre alt. Er hat nicht einmal daran gedacht, dass seine Werke auf der Einladung erwähnt werden könnten oder wo dieses oder jenes Bild hängen sollte. Aber er hat sicher ebenso lange an diesen Bildern gearbeitet wie du an deinen. Ich würde niemals eine ganze Ausstellung nur mit seinen Bildern bestücken können. Aber ich will sie haben.«

Izabella trug elegante Schuhe mit orangen Riemen. Inga betrachtete das komplizierte Handwerk, um ihrer Röte Zeit zum Verschwinden zu geben. Trotz ihrer Enttäuschung freute sie sich ehrlich darüber, dass gerade diese Schuhe Izabellas Füße schmückten. Izabella war eine gütige und kluge Frau. Ihre Aufrichtigkeit konnte nichts daran ändern. Aber jetzt sehnte Inga sich nach Mårten. Nach diesem Gespräch würde sie ihn sofort anrufen.

»Ich will auch deine Fotos dabeihaben.« Bei Izabella hörte sich das ganz selbstverständlich an. »Viele meiner Besucher würden nicht herkommen, wenn sie nicht wüssten, dass auch du hier ausstellst. Ich bekomme noch immer Anfragen nach deinen Bootsbildern. Den alten Bootsskeletten, wie du sie genannt hast. Davon hättest du unbegrenzte Mengen verkaufen können.«

Die Bootsskelette. Das war einige Jahre her. Sie war nach einer hektischen Periode voller Arbeit unten auf Marstrand gewesen. Eines Morgens wurde ihr angeboten, mit einigen Nachbarn aufs Meer hinauszufahren. Sie hatte sofort dankend angenommen, froh darüber, zu den abgelegenen kleinen Inseln zu gelangen, wo man ab und zu Wrackreste fand.

Sie griff nach ihrer zwanzig Jahre alten Canon, die sie nur wenige Monate vor ihrer ersten Begegnung mit Mårten gekauft hatte. Sie konnten noch immer darüber Witze machen, dass sie sich deshalb ineinander verliebt, geheiratet und ein Kind bekommen hatten. Mårten war damals ebenfalls stolzer Besitzer einer Canon gewesen. Nur hatte er ein Teleobjektiv von 350 Millimetern gekauft, das sie beide nicht hatten benutzen können, da sie sich nicht für das Verhalten von Vögeln interessierten. Sie hatte sich für einen 18-Millimeter-Weitwinkel entschieden, der eine Schlossfassade oder einen breiten Boulevard einfangen konnte. Zwei extreme Objektive, die sie gemeinsam durch 35- und 150-Millimeter-Objektive ergänzten, die weit mehr Anwendungsmöglichkeiten boten. So ein Zusammentreffen muss etwas bedeuten, hatten sie sich damals gesagt.

Sie nahm die Kamera und das 35-Millimeter-Objektiv, ging zum Anleger und wurde von einem viel benutzten Holzboot aufgelesen. Das Meer war still und das Licht einzigartig. Es wäre eine berufliche Sünde gewesen, wenn sie nicht versucht hätte, das einzufangen.

Draußen bei der Schäre legten die Nachbarn ihre Fischernetze aus. Inga selbst wurde auf einer der Inseln an Land gesetzt, wanderte am Wasser entlang, fand mehrere verkrümmte Holzskelette und machte ein Bild nach dem anderen. Sie dachte nicht weiter darüber nach, was sie hier tat, sondern fotografierte in einer seltsamen Mischung aus Freude über diesen Tag und Trauer beim Gedanken an alle, die ihr Leben auf See verloren hatten. Wie viele waren es wohl im Laufe der Jahre gewesen, die über Bord geschleudert worden waren, schreiend vor Panik oder in stummer Hinnahme des Todes in den Wellen? War es ein Witz oder stimmte es, dass viele Seeleute nicht schwimmen lernten, damit der Tod sich beim Ertrinken so schnell und schonend wie möglich einstellte? Sie wusste es nicht. Aber die Bilder der aufgelassenen Schiffsteile, des grauen Holzes, stellenweise überwuchert von Seegras oder Schnecken, erwiesen sich als emotionaler als gedacht. Izabella verkaufte alle Bilder einige Monate später auf einer Ausstellung.

»Waren die besser als die Zirkusbilder, was meinst du?«

Izabella seufzte ein wenig. Ihr Schlüsselbein zeichnete sich unter dem Stoff ihrer Bluse deutlicher ab als sonst.

»Du brauchst dich mit niemandem zu vergleichen. Schon gar nicht mit dir selbst. Ich sage nur, dass du zugänglicher wirst, wenn du ein wenig spontan bist. Die Bootsbilder waren von seltener Schönheit. Sie hatten eine Unschuld des Augenblicks an sich, wenn du verstehst, was ich meine. Das merken die Leute. Einige glaubten sicher, sie hätten sie auch selbst machen können, was natürlich rührend ist. Trotzdem darf man dieses Gefühl nicht unterschätzen, wenn Menschen Kunst sehen. Tänzer sind ein anderes Beispiel. Es sieht so leicht aus, dass man glaubt, es selbst zu können, wenn man nur will.«

Wie Barbara, die auf dem Seil ein Gefühl von Schwerelosigkeit vermittelte.

»Eigentlich möchte ich dir einen Rat geben. Wie wäre es, eine kreative Pause von einigen Monaten einzulegen? Um Inspiration zu sammeln oder um nichts zu tun. Manchmal habe ich das Gefühl, dass du nie ausspannst. Du arbeitest vermutlich sogar dann, wenn du ein Glas Wein trinkst.«

Die verdammte Izabella. Die ahnte, dass sie manchmal, wenn sie zum Prosten das Glas hob, daran dachte, welche Farbe der Wein hatte und welcher Film sie am besten wiedergeben würde. Die sicher der Frau zustimmen würde, die an einem sonnigen Strand in Asien ihre Schultern massiert und dabei gemurmelt hatte: *Your mind is always active.*

Sie stand auf. Musste einfach mit Mårten sprechen. Ihn sagen hören, dass es nicht so ernst sei, wie es wirke. Dass es eigentlich keinen Grund zur Beunruhigung gebe, solange sie, er und Peter gesund seien. Dass sie, wenn alles zum Teufel ginge, doch die

Wohnung verkaufen und in ein Land übersiedeln könnten, wo die Apfelsinen billiger wären als hier. Sie würde ihm zustimmen und lachen. Und alles würde wieder seine richtigen Proportionen annehmen.

»Dann lasse ich die Bilder bei dir. Du kannst dich ja melden und sagen, wie du dich entschieden hast. Danke, Izabella. Du weißt, wie froh ich bin, dass ich dich habe.«

»Und ich bin ebenso froh darüber, dass ich mit dir arbeiten kann.« Izabella brachte sie zur Tür und umarmte sie. Und Inga bemerkte wieder das, was sie nicht hatte bemerken wollen. Izabella war magerer geworden.

Sie ging durch die Tür der Galerie und hörte, wie Izabella sie hinter ihr schloss. Die Sonne stach ihr in die Augen. Sie hielt die Hand vor ihr Gesicht und dachte, dass müsse ein rebellischer Herbst sein, der sich Kälte und Dunkelheit einfach nicht ergeben wollte. Vielleicht hätte sie versuchen sollen, diesen Altweibersommer einzufangen, statt mit einem Zirkus umherzureisen, den sie offenbar nicht so hatte fotografieren können, dass die Bilder berührten. Es war ihr eindeutig nicht gelungen. Die Selbstkritik hämmerte mit ihrem Herzen im Takt. Sie ließ keinen Platz für den Gedanken, dass möglicherweise Izabella einen Tag hatte, an dem sie künstlerisch weniger empfänglich war, und dass Izabellas Meinung sich nicht notwendigerweise mit der anderer deckte.

Sie suchte in ihrer Tasche nach ihrem Telefon und wählte Mårtens Nummer. Sie hörte das Klingeln, aber als nach einer Weile Mårtens Stimme erklang, war es die von seinem Anrufbeantworter.

Das überraschte sie, normalerweise meldete er sich fast immer selbst. Enttäuscht blieb sie an einer Straßenkreuzung stehen und fragte sich, was sie jetzt machen sollte. Ihr Vorhaben, noch zu arbeiten, kam ihr sinnlos vor. Sie würde an diesem Tag nichts mehr tun können, was nicht von Unsicherheit durchsetzt sein würde. Natürlich ließ sie sich von so etwas niemals daran hindern, etwas Nützliches zu versuchen. Sie musste Mails beantworten und Rechnungen schreiben. Und doch kam ihr die Vorstellung, allein in ihrem Arbeitszimmer zu sein, unerträglich vor.

Sie wanderte ein wenig unschlüssig die Straße entlang. Was Izabella über ihre Fotos gesagt hatte, fraß sich in ihr fest, auch wenn sie wusste, dass Izabella sie nicht hatte verletzen wollen. Das Beste braucht kleine Mängel, um geschätzt zu werden, war es nicht so? Mach eine kreative Pause von einigen Monaten. Aber Pausen lagen ihr nicht, wenn Mårten nicht mitmachte. Und hatte sie das nicht dahin gebracht, wo sie sich heute befand? Sie hatte trotz allem als freischaffende Fotografin auf einem unbeständigen Markt Erfolg gehabt.

Gleichgültig schaute sie in Schaufenster. Nichts konnte ihr Interesse erwecken, außer einem Paar Schuhe, und das eher wegen der Farbe als wegen der Form. Aber die Vorstellung, in den Laden zu gehen und die Verkäuferin zu bitten, die Schuhe anprobieren zu dürfen, verlockte sie nicht. Sie ging zum Auto, warf die Kameratasche auf den Rücksitz und fuhr nach Hause.

Dort stellte sie die Tasche auf den Dielenboden, hängte ihren Mantel auf und ließ den vertrauen Geruch in sich einsinken. In der Küche stellte sie Teewasser auf, nahm eine Apfelsine und entfernte die Schale, obwohl sie eigentlich nicht gern Apfelsinen schälte. Der Saft sickerte durch ihre Finger und sie leckte ihn ab, schmeckte die Mischung aus Süße und Sprühmittel, als die Türklingel ertönte.

Sie schaute auf die Uhr. Es konnte nicht Mårten sein, falls er sie nicht überraschen wollte. Vielleicht ein Paket. Irgendeine Sendung, die mit ihrer Arbeit zu tun hatte. Sie warf einen Blick in den Spiegel in der Diele. Blonde Haare, schulterlang. Braune

Augen, dunkle Wimpern und Brauen. Eine Oberlippe, die wie ein Entenschnabel vorwärts und aufwärts strebte. Ihrer Meinung nach. Andere sprachen von einem Kussmund.

Der Mann, der vor der Tür stand, trug einen so weit offenstehenden Mantel, dass sie den Halskragen sehen konnte. Sein Blick war mitfühlend, als er die Hand ausstreckte und sich mit seinem Namen vorstellte, an den sie sich erst viel später würde erinnern können. Freundlich teilte er mit, er sei Pastor der lokalen Gemeinde, und bat, ins Haus kommen zu dürfen. In der Diele hängte er seinen Mantel neben ihren und folgte ihr ins Wohnzimmer. Sie dachte nur, dass der Apfelsinensaft um ihre Handgelenke zu Eis gefroren sein musste. Die Frage, was geschehen sei, versiegte irgendwo auf dem Weg aus ihrem Mund.

Später würde sie sich nur an Bruchstücke des Gesprächs erinnern können, daran, wie Wörter und Satzteile durch ihren Kopf gewirbelt waren. Spaziergang. Zusammengebrochen. Krankenwagen. Jemand hat angerufen.

Der letzte Satz bohrte sich wie glühendes Eisen in ihre Haut.

»Es tut mir leid, Ihnen mitteilen zu müssen, dass Ihr Mann tot ist.«

Kapitel 2

2007

Die Boote, die an ihren Vertäuungen rissen. Die Fähre, die sie auf die Insel brachte. Schnitzwerk, Regen und die Illusion eines verlassenen Märchenortes. Sie selbst, die versuchte, ihren schweren Koffer zu ziehen und mit der anderen Hand die Tüten zu tragen. Ein idiotisches Unterfangen mit hohen Absätzen auf dem Kopfsteinpflaster. Beim Grand Hotel blieben die Räder des Koffers im Kies stecken. Schweiß unter den Armen, peitschende Markisen, den Hang hoch, den Hang hinunter. Geschlossene Sommerläden, geschlossene Restaurants. Aber das Meer war unverändert.

Unterwegs war eine Bäckerei geöffnet gewesen. Sie legte eine Pause ein, kaufte frisches Brot und Himbeerkrapfen. Ein wenig früher auf der Reise hatte sie Milch, Butter, Toilettenpapier und Spülmittel erstanden. Kaffee und Tee hatte sie von zu Hause mitgebracht. Aber weiter hatte sie nicht denken können. Sie konnte nicht weiter planen dahingehend, wie sie diesen Tag überstehen würde. Und den nächsten. Ganz zu schweigen von den Nächten.

Das Haus war sicher nicht kleiner als vor einigen Jahren, aber es sah einsamer aus. Die Farbe war abgeblättert, der kleine Garten überwuchert, und zwischen den Steinplatten wuchs Gras. Wenn nur die Dohlen nicht im Schornstein ihr Nest gebaut hatten. Ein Feuer im Kamin wäre jetzt wunderbar.

Sie ließ ihr Gepäck auf der Straße stehen und ging durch das Tor. Mit dem Nachbarhaus als stummem Zeugen wanderte sie durch den Garten und betrachtete das Haus von allen Seiten. Blinzelte und versuchte, die Erinnerungen in sich aufzunehmen. Das Haus gelb mit weißen Ecken, glänzend und frisch angestrichen. Alle Türen und Fenster offen, Sommerwärme und der Duft von gekochter Rote Bete. Sie selbst in der Hocke zwischen den Steinen unten am Wasser, zusammen mit der Nachbarstochter. »Jetzt hab ich einen Krebs gefunden. Und ich hab einen Krebs gefunden. Und ich hab noch einen Krebs gefunden.«

Die Menschen. Papa und Mama. Opa. Kusinen, Vettern. Verwandtschaft bis ins Unendliche. Eine Kakophonie aus Geräuschen und Stimmen. Matratzen, die herangeschleppt wurden, Ausziehsofas, die zu zusätzlichen Betten wurden, die anderen mussten im Notfall im Schuppen schlafen. Sonntags Feste. »Jetzt gehen wir alle ins Restaurant, ich lade euch ein.« Onkel Ivar, natürlich. Die ewige Kabbelei zwischen Papa und Onkel Ivar darum, wie viel Kuchen man zum Kaffee nehmen durfte, wenn ins Restaurant eingeladen wurde. Opa, der immer nach Mama suchte und fragte, warum sie sich in der Mansarde verkroch und las, statt mit den anderen zusammenzusein. Solveig, Papas Kusine, die zu erklären versuchte, dass man hier in ständiger Bewegung sein müsse. »Immer mit irgendetwas beschäftigt wirken, die ganze Zeit, auch wenn das gar nicht stimmt.«

Zwischendurch Streit. Laute Stimmen. Rendezvous, sanktioniert durch die Ehe, doch wegen der allgemeinen Enge trotzdem verstohlen. »Verzeihung, aber wo steht der Kaffee? Mach verdammt noch mal die Tür zu!« Und Lachen. In den Sommern, die nie ein Ende nahmen.

Sie fror und schlang sich die Arme um den Leib. Es war noch

immer warm für November, aber trotzdem lag eine gewisse Resignation in der Luft. Die Dunkelheit war da und würde mit jedem Abend näher herankriechen. Hier unten würde man das noch deutlicher merken.

Eine ausgestreckte Hand. Ein Karton mit Habseligkeiten. Ein Trauring. In dem ihr Name stand.

Nicht daran denken. Nicht jetzt. Später.

Sie ging zur Haustür und schaute auf die Uhr, die oben in der Ecke angebracht war. Die Bronzefarbe war fast verschwunden, aber als sie an der Schnur zog, ertönte ein vorsichtiges Klingeln, wie zu einem um Jahre verspäteten Essen. Sie ließ die Schnur los, schob den Schlüssel ins Schloss und musste erst einmal drücken und pressen. Die Tür öffnete sich mit einem Ächzen, sie konnte das Haus betreten.

Ein Geruch von stickigem Sommerhaus schlug ihr entgegen, aber auch etwas anderes. Wärme. Niklas war also mit seinem alten Schlüssel im Haus gewesen und hatte die Heizung eingeschaltet. Ohne die Schuhe auszuziehen, ging sie durch die Zimmer. Es kam ihr vor, wie ein Puppenhaus zu betreten, mit dem sie als Kind gespielt hatte, und vielleicht war das ein besseres Bild ihres Lebens, als sie zugeben wollte. Sie hatte mehrere Jahre in einem Puppenhaus gelebt, ohne die große Hand zu bemerken, die die Gegenstände bewegte.

Die Küche mit Platz für einen Esstisch und viele Münder. Die Spitzengardinen vor dem Fenster. Eine geblümte Vase. Sie öffnete Schränke und entdeckte Desserttellerchen mit Goldrand. Das hellgelb gestrichene Schlafzimmer. Bibelsprüche und ein gerahmter Engel an der Wand. Zwei Betten, geschmückt mit weißen Tagesdecken.

Im Badezimmer drehte sie den Hahn auf und trat einen Schritt zurück, als das Wasser fauchend lossspritzte. Niklas hatte es offenbar ebenfalls eingeschaltet. Er hatte versprochen, zu tun, was er konnte, als sie ihn angerufen hatte, hatte sie aber vorgewarnt, er sei nicht sicher, ob alles noch funktionierte. Sie hatte ihn gebeten, einen Versuch zu unternehmen, und im Grunde darauf vertraut, dass dem so war. Schließlich hatte damals sein Vater Harald das Haus betreut und die Modernisierungsarbeiten geleitet. Er lebte noch und war klar im Kopf, wenn er auch nicht mehr gut sah. Harald würde sich an das erinnern, was er nicht sehen konnte, und den Sohn richtig lotsen. Wie ein Vater eben lotst.

Das Wohnzimmer. Sofa an der Wand, offener Kamin, Regal voller Bücher und alter Zeitungen. Die Bibel. Der silberne Leuchter. Die Veranda mit dem Fenster zur Natur. Ein Stück Meer. Die Erinnerung an nackte Füße im Gras, unterhalb der Felsen, hinten bei den Klippen und im Wasser.

Sie drehte sich um. Schaute den offenen Kamin und den Korb daneben an, der mit alten Holzscheiten gefüllt war. Dann fiel sie auf die Knie und konnte keinen Schritt weitergehen.

Ab und zu entglitt ihr die Zeit, aber sie wusste , dass es ziemlich genau zwei Jahre her war, dass sie einen freundlichen Geistlichen ins Haus gelassen und dass dessen Worte ihr Leben verändert hatten. Als er ging, hatte sie sich hingesetzt und die Anrufe erledigt, die sie erledigen musste. Sie hatte das Krankenhaus angerufen, zur Bestätigung. Hatte Peter angerufen. Mårtens Eltern. Mama Louise. Noch einmal das Krankenhaus. Einige Verwandte. Mårten war an einem Herzinfarkt gestorben.

Einige Stunden später, als eine Freundin spontan zu Besuch kam, war sie zusammengebrochen. Hatte geweint, geschrien und geheult, Tee getrunken und Zwieback gegessen. Hatte geschlafen und gewacht, geschlafen und gewacht und die ganze Zeit das Gefühl gehabt, dass ein kleines Wesen mit einer Machete durch ihr Inneres lief und sie in Fetzen schnitt. Am Ende war nur noch eine matschige Masse unter der Haut übrig, eine Masse, die sich weigerte zu verstehen.

Die Fahrt zum Krankenhaus in einer Stadt, die sie noch nie besucht hatte, schweigsame Kilometer, zusammen mit Peter. Die Begegnung mit Mårtens Eltern. Mårten, weiß und kalt im Bett. Friedlich, fast mit einem Lächeln auf den Lippen und den Händen auf dem Bauch. Besticktes Bettzeug, brennende Kerzen, Bibel und Gesangbuch auf dem Nachttisch. Blumen auf der Bettdecke. Professionell fürsorgliches Personal. Fast wie bei Papa. Damals hatte sie dabei sein können. Hatte Abschied nehmen und seine Hand halten können, ehe Papa verschwunden war. Mårten war ohne Abschied gegangen.

Sie hatte sich dem Bett genähert. Dann blieb sie auf halber Strecke stehen und dachte, sie hätte ihre Brieftasche verloren. Sie hatte ihre Tasche durchwühlt und sich auf dem Boden umgesehen, als könnte die Brieftasche von selbst heruntergehüpft sein. Erst als sie das Leder zwischen den Fingern spürte, hatte sie zum Bett gehen und sich auf einen Stuhl setzen können. Schon damals hatte sie sich über ihre Reaktion gewundert. Es spielte doch keine Rolle, wo ihre Brieftasche war.

Die anderen stimmten einen Choral an, »Nur einen Tag, nur einen Augenblick getrennt«. Sie versuchte mitzusingen, aber es war ihr nicht gelungen. Dann hatte Mårtens Mutter Zuflucht beim Krankenhauspersonal gesucht und mit diesem geredet. Währenddessen suchte sie nach Mårtens Seele, ohne sie irgendwo zu finden, nicht bei ihm, nicht bei ihr selbst, nicht im freien Flug durch den Raum. Als die anderen schon gehen wollten, wollte sie eigentlich noch bleiben. Doch als die anderen daraufhin anboten, sie später abzuholen, konnte sie es nicht über sich bringen, weiter hier zu sitzen. Sie hatte Angst vor der Trauer und davor, was sie mit ihr machen würde, sobald sie allein war. Seltsamerweise hatte sie außerdem Angst davor, der weiße

Mårten könne sich im Bett aufsetzen und ein Gespräch mit ihr beginnen. Ihr vielleicht die Blumen geben.

Mårten. Haare in der Farbe dänischer Butter und großzügig in seinem ganzen Wesen. Unbekümmert, was Runzeln und die Ansichten anderer anging. *Das hier kann ich anbieten und alles gehört dir.*

Sie fror noch immer, zwang sich aber, aufzustehen, und ging zum Sofa, wo sie eine Decke an sich zog. Die Übelkeit kam unerwartet und signalisierte ihr, dass sie wieder vergessen hatte, Nahrung nachzufüllen. Essen. Mit Mårten hatte sie die Mahlzeiten genossen und gern für besondere Genüsse gesorgt. Sie hatte sich nicht nur mit ihrer Arbeit Mühe gegeben, sondern auch mit ihrer Ehe. Die Fürsorge für Mårten war ebenso selbstverständlich gewesen wie die Wartung ihrer Kameras. Jetzt blieben ihr nur die Kameras.

Nein, das stimmte nicht ganz. Vergiss nicht, dass du Peter hast. Das hatten irgendwelche Freunde zu ihr gesagt. Andere hatten auch gesagt, sie sei doch glücklich gewesen, anders als viele andere. Und sie sei noch jung. Sie werde einen anderen kennenlernen. Worte. Aber natürlich. Sie hatte Peter. Vermutlich wäre sie ohne ihn nicht dort, wo sie heute war. Den wunderbaren, mitfühlenden, unversehens starken und viel zu erwachsenen Peter. Zwanzig Jahre alt, als es geschehen war. Zweiundzwanzig jetzt. Medizinstudent in Umeå. »Ich möchte mich nützlich machen.« Der ihr immer wieder sagte, dass er zurechtkomme. »Hauptsache ist, dass du zurechtkommst. Mama.«

Zwei Jahre her. Zwei Jahre, in denen sie es nach und nach geschafft hatte, aus dem Bett aufzustehen, durch das Zimmer zu gehen, durch die Tür, hinaus ins Leben, aber mit tieferen Furchen um den Mund. Verblühte Schönheit? Was spielte das für eine Rolle? Eine gute Ehe für mehr als zwanzig Jahre. Was hatte sie gedacht, als sie sie führte? Dass man den anderen gut behandeln müsse, um selbst gut behandelt zu werden. Und dass das Ersehnte dann für ewig vorhalten kann. Obwohl nichts für ewig vorhält.

Das Geräusch ließ sie aufspringen. Es war dunkel geworden, und Koffer und Tüten standen noch vor dem Haus. Sie schaltete die Lampe ein, ehe sie zur Haustür ging. Die Gestalt in der Türöffnung überraschte sie so sehr, dass sie aufschrie.

»Oh! Entschuldige, wenn ich dich erschreckt habe. Ich bin's nur. Niklas.«

Sie kniff die Augen zusammen und konnte trotz des trüben Lichts den Mann ihr gegenüber identifizieren. Natürlich war es Niklas. Jetzt streckte er ihr die Arme entgegen.

»Hallo, Inga. Willkommen auf Marstrand.«

Sie ließ sich einige wenige Augenblicke umarmen und sog den Geruch seiner Jacke nach Waschmittel und Kaffee in sich ein. Unpassenderweise fragte sie sich in diesem Moment, ob Niklas noch immer so viel Zeit mit seiner Geige verbrachte wie in seiner gesamten Jugend. Obwohl er niemals Berufsmusiker geworden war. Niklas war einer aus der »Clique« gewesen. Sie konnte sie vor sich sehen, Jungen und Mädchen am Meer und im Zauberwald, Jugendliche im elternfreien Sommerraum. Niklas war der, der kein Aufhebens um sich machte, aber schneller lief als die anderen, defekte Haartrockner reparierte und andere zum Zug fuhr. Sie hatten sich einige Male geküsst, leicht beschwipst nach einem Fest. Wie viele Jahre waren vergangen, seit sie jeden Sommer miteinander verbracht hatten? An die fünfundzwanzig, sie war ja noch mit über zwanzig jeden Sommer auf Marstrand gewesen und immer zurückgekehrt, wenn auch nicht jedes Jahr.

Wann hatten sie sich zuletzt gesehen? Vermutlich bei der Beerdigung. Und wann hatten sie miteinander gesprochen? Vielleicht einmal im Monat, danach. Niklas war einer von denen, die angerufen hatten. Nicht oft, aber gelegentlich und nicht nur während der ersten Wochen.

Niklas lächelte.

»Du hast dich nicht verändert. Ich habe Wasser und Heizung in Gang gebracht, wie du siehst. Mein Alter konnte sich genau daran erinnern, wie das geht, ich brauchte mich nur an seine Anweisungen zu halten. Sogar die Arbeitshandschuhe lagen da, wo er gesagt hatte. Aber ich wollt doch mal hereinschauen und sehen, ob du irgendwas brauchst.«

»Wie geht es denn Harald?«

»Nicht so schlecht. Er sieht ja fast nichts, ist aber immer guter Laune. Klagt wirklich nie. Er kann nicht mehr viel tun. Er hört Radio. Und er kann noch immer kleine Spaziergänge auf den Wegen machen, die er gut kennt.«

Vor dem Fenster lag jetzt undurchdringliche Dunkelheit. Niklas folgte ihrem Blick.

»Dein Koffer steht draußen. Und ein paar Tüten, sehe ich. Soll ich dir irgendwas ins Haus tragen?«

»Ich habe gar nicht so viel mitgebracht. Aber wenn du vielleicht …«

Nicht um ihr Leben wollte sie zugeben, dass sie Angst davor hatte, nach draußen zu gehen und ihre gesamten Habseligkeiten selbst ins Haus zu schleppen. Sie hatte niemals Angst vor der Dunkelheit gehabt und es immer genossen, nachts auf zu sein und einen Himmel weit außerhalb der Städte zu betrachten, wo die Sterne deutlicher waren als irgendwo sonst. In einem Sommer hatte sie geglaubt, dass sie auf dem Land viel größer seien als in der Stadt. Bis sie dann in der Schule entdeckt hatten, dass sie kurzsichtig war, und bis ihr dann aufgegangen war, dass die Himmelskörper in ihren Umrissen zerliefen. Eine scheußliche Brille hatte ihnen die richtigen Proportionen zurückgegeben. Jetzt benutzte sie Kontaktlinsen.

Niklas war schon auf dem Weg durch die Tür. Er kehrte zurück und stellte den Koffer ins Schlafzimmer und die Kartons in die Küche.

»Hast du schon gegessen?«

»Unterwegs eine Kleinigkeit.«

Das war natürlich gelogen. Sie hatte nur ein paar Äpfel gegessen und in einer Raststätte einen Tee getrunken.

»Eine Kleinigkeit, hast du gesagt, und unterwegs? Das muss doch Stunden her sein. Ich hab es geahnt. Deshalb hab ich Hackfleisch und Kartoffeln mitgebracht. Wenn du auspacken und dich frischmachen willst oder so, dann kann ich Essen machen und im Kamin ein Feuer anzünden. Ich habe nachgesehen, ob der Schornstein sauber ist.«

»Hast du denn Zeit genug?«

Weitere Fragen wollte sie nicht stellen. Niklas hatte mehrere Beziehungen gehabt. Alle hatten vier, fünf Jahre gedauert, es waren schöne und intelligente Frauen gewesen. Warum ging es immer zu Ende? Sie hatten einmal darüber gesprochen. Niklas hatte gesagt, es wäre keine Katastrophe, wenn er als Junggeselle endete. Er könne sich selbst durchaus als »Onkel Niklas« sehen, hatte er gesagt. Eine ein wenig vage Gestalt, in deren Anwesenheit Kinder zum Schweigen gebracht wurden, wenn sie unschuldig fragten, warum Onkel Niklas denn keine eigene Familie habe.

»Anita ist in Göteborg und trifft sich mit irgendwelchen Freunden. Sie wird dort übernachten.«

Niklas kehrte ihr den Rücken zu, als er das sagte, und sie bohrte nicht weiter. Derzeit war es also eine Anita, die mit Niklas in dem großen schönen Haus in der Bucht auf dem Festland lebte. Und Niklas wollte Essen machen.

Das alles gab ihr genügend Kraft, um mit dem alten Staubsauger des Hauses eine kurze Runde zu drehen und im Schlafzimmer den ärgsten Staub zu wischen. Den Wischlappen hatte Niklas mit derselben Selbstverständlichkeit mitgebracht wie Putzmittel und eine Flasche Wein. Sie fand die Bettwäsche im Schrank und nahm die, an die sie sich aus ihrer Kindheit am besten erinnern konnte. Blühende Rosen auf der einen Seite, Knospen auf der anderen. Die Farben waren verschossen, aber die Baumwolle war von einer mittlerweile seltenen Qualität. Bettbezug und Kopfkissenbezug waren mit Spitzen besetzt, und in die Mitte war ein R gestickt. Alles duftete nach Lavendel und überraschend sauber.

Sie bezog das Bett, hängte einige Blusen auf und fand im Kleiderschrank die alte braune Strickjacke ihres Vaters. Sie hatte sie immer geliebt, da sie wusste, dass er für ihr gemütliches abendliches Beisammensein bereit war, wenn er sie anzog. Sie hatte vergessen, dass die Jacke hier hing, aber nun schlüpfte sie hinein und krempelte die viel zu langen Ärmel hoch. Dann wusch sie sich das Gesicht mit eiskaltem Wasser.

Niklas hatte inzwischen im Holzofen Feuer gemacht, und als sie zu ihm in die Küche kam, rührte er gerade in einer Soße. Sie sah aus, als ob sie gut schmecken werde. Sie dachte, dass Gott durchaus gütig sein könne, wenn es ihm gerade passte. Was hatte der Pastor noch gesagt, als sie ihn gefragt hatte, warum ein allmächtiger Gott Mårten nicht hätte am Leben lassen können. Etwas darüber, dass der Glaube an Gottes Allmächtigkeit auf einer Fehlübersetzung beruhe. »Gott ist nicht allmächtig«, hatte er gesagt. »Sondern gewaltig.« Das war der einzige Grund, aus dem sie sich einen Rest Glauben bewahrt hatte.

Sie trugen die Teller ins Wohnzimmer, und weil der Kamin so viel Wärme ausstrahlte, setzten sie sich auf den Boden. Sie erzählte von einigen Ausstellungen und war überrascht darüber, dass Niklas im Laufe der Jahre ihre Arbeit im Auge behalten hatte. Sie selbst musste beschämt zugeben, nicht gewusst zu haben, dass Niklas für einen seiner Stühle einen Designerpreis erhalten hatte. Aber er versicherte, das mit den Möbeln sei nur eine Nebenbeschäftigung. Die Baufirma verschlinge fast alle Zeit, und er habe mehr Aufträge, als er eigentlich bewältigen könne. Anita war eine Kundin gewesen. Inzwischen hatte sie ihre Wohnung verkauft und war zu ihm gezogen. Sie war Gymnasiallehrerin für Biologie und Chemie.

Erst als die Teller fast leer waren, brach Niklas das Schweigen, das sich immer einstellte, wenn eine Frage nach Mården nicht beantwortet wurde.

»Du hast also vor, eine Weile hier zu wohnen.«

Das war eine Behauptung. Sie versuchte, sich zu erinnern, was sie bei ihrem Anruf gesagt hatte. Ja, sie wollte an die Westküste kommen und im Haus auf Marstrand wohnen. Sie würde einige Wochen dort bleiben, vielleicht länger. Sie brauchte Ruhe für die Arbeit und musste sich aus mehreren Gründen erholen. Peter war noch in Umeå. Und nein, sie brauche sich zeitlich nach niemandem sonst zu richten.

Sie zog an einem Faden im Jackenärmel, und ihr fiel keine passende Antwort ein, als Niklas bereits weiterredete.

»Es hat schon länger niemand von euch im Haus gewohnt. Im vorigen Sommer waren nur einige von Ivars Enkelkindern eine Weile hier. Und dann kam Solveig und hat versucht, den Garten in Ordnung zu bringen. Aber das Haus ist leider arg mitgenommen. Überall. Das Meer zehrt an den Außenwänden, und im Herbst hatten wir ziemlich heftige Stürme.«

»Wir haben wohl allesamt nicht richtig Verantwortung übernommen. Ich war nicht mehr hier, seit Mården gestorben ist. Als wir vor einigen Jahren auf der Durchreise waren, habe ich hier übernachtet. Ich hätte mehr tun müssen, das weiß ich.«

Niklas stieß ein Holzscheit an. Sofort loderte das Feuer auf, und neue Flammen züngelten in der Luft.

»Wem gehört das Haus denn eigentlich?«

»Ich bin zusammen mit Onkel Ivar die Hauptverantwortliche. Aber ich glaube nicht, dass er jemals daran denkt. Mit neunzig sind einem sicher andere Dinge wichtig. Meine Kusinen und Vettern und ich sollten uns überlegen, was geschehen soll. Aber noch nicht jetzt. Jetzt will ich einfach nur eine Weile hier sein.«

Einfach nur sein. Was immer das bedeuten mochte.

»Soll ich Teewasser aufsetzen?« Niklas erhob sich.

»Ja, bitte. Und in der Tüte auf der Anrichte sind Himbeerkrapfen.«

Nach einigen Minuten kam er mit zwei Tassen zurück, auf denen die Krapfen balancierten.

»Du bist genauso verrückt nach Himbeeren wie deine Oma. Mein Vater hat erzählt, dass sie Himbeeren geliebt hat.«

»Das habe ich auch gehört. Dass dein Vater das wusste.«

Himbeererinnerungen. Wie sie sie auf Grashalme aufzog. Sie im Joghurt zerquetschte. Oder wie Mårten sie mit einem unerwarteten Liter überraschte.

Mårten.

»Darf ich fragen, wie es dir geht, oder willst du nicht darüber sprechen?« Niklas' Stimme klang sachlich. Inga wickelte sich eine Haarsträhne um den Finger und band daraus einen Knoten. Wollte sie reden? Es kam darauf an, wer fragte. Ob ihr Gegenüber zuhörte und gute Ratschläge vorbrachte oder einfach nur alles schrecklich fand. Ober ob sie es selbst schaffte, Dinge in Worte zu kleiden, die sich nicht beschreiben ließen.

»Ich dachte, unsere Ehe würde alles überleben. Ich war einfach davon ausgegangen, dass Mårten und ich zusammen alt werden würden. Ich habe auf irgendeine seltsame Weise das alles für selbstverständlich gehalten. Jetzt ist Mårten tot, und ich kann nichts tun, um ihn zurückzuholen. Ich kann auf den

Friedhof gehen und eine Blume in die Erde stecken und hoffen, dass er es hört, wenn ich mit ihm rede. Aber ich kann nicht sicher sein.«

Abgesehen von dem Tag, als plötzlicher Regen und ebenso plötzliche Wärme jede Blume in der Umgebung aufspringen ließen. Rote Blütenblätter, Wassertropfen wie verlorene Perlen auf den Blättern, der Duft des Grüns. Mårtens Stimme von überall und nirgends her, in ihr.

Du musst mich loslassen und weiterleben, Inga.

»Ich habe versucht, mein Leben zu leben, ohne es zu ändern. Ich blieb in unserer Wohnung wohnen. Bewahrte einen Teil von Mårtens Kleidern auf. Ab und zu machte ich die Tür auf und stecke die Nase in eines seiner Hemden, aber meistens ließ ich den Schrank zu. Im wahrsten Sinne des Wortes. Ich traf mich mit unseren alten Freunden. Arbeitete. Mehr denn je. Nahm jeden Auftrag an. Reiste, machte Fotos für Ausstellungen, Bücher ... egal wofür. Alle waren rührend um mich bemüht. Ich wurde hochgelobt und geschätzt. Nicht zuletzt, weil ich soviel ›Haltung bewahrte‹. Alle fanden, ich sei gut in Form. Vielleicht, weil ich so oft unterwegs war. Es war mir unmöglich, still zu Hause zu sitzen. Dann kamen die Gedanken, und wenn sie kamen, streifte ich die Trainingskleidung über. Und lief und lief stundenlang.«

Sie verstummte. Das Feuer brannte ruhig und stetig. Das Holz knisterte ab und zu und roch leicht nach Rauch.

»Außerdem hat ein Kollege mir sehr viel geholfen. Beruflich und privat. Er war ... er war da, und wir hatten auch früher schon zusammengearbeitet. Außerdem war er mit Mårten befreundet gewesen. Wir haben eine ziemlich beachtete Ausstellung zum Thema Lebensfreude eröffnet. Klingt vielleicht ein wenig seltsam, wenn du bedenkst, was bei mir passiert war. Aber ich dachte, das könnte mir helfen. Meine Kollege macht alles sehr ordentlich, und jetzt hatte er Adler fotografiert. Frag mich nicht, wie er es geschafft hatte, ihnen so nahezukommen. Er wollte zeigen, wie Adler fliegen lernen. Wie die Eltern die Jungen aus dem Nest stoßen, wie die Jungen dann in Panik geraten, wie die Alten hinter den Kindern herfliegen und die Flügel öffnen und sie auffangen und zurück in den Horst holen, nur, um sie ein weiteres Mal aus dem Nest zu stoßen, bis die Kleinen lernen müssen …«

Ihre Stimme wurde brüchig.

»Die Bilder waren so schön. Ich habe an diesem Nachmittag etwas empfunden, das Ähnlichkeit mit Ruhe hatte. Bei der Vernissage wimmelte es nur so von Menschen, die erzählen wollten, wie beeindruckt sie waren. Ich hatte einige von Mårtens Gebäuden fotografiert, denn ich wollte … aber ich hatte auch andere Bilder. Dann kam eine Frau, die ich flüchtig kenne. Wir hatten vor vielen Jahren miteinander zu tun, aber sie hat mich immer ein wenig verunsichert. Zeitungsfotografin und im Nebenberuf Schauspielerin. Jedenfalls stand sie einfach da. Schaute mich und meinen Kollegen vielsagend an und sagte ziemlich laut: ›Das ist Ihnen ja wirklich schnell gelungen, Mårten zu vergessen.‹«

Sie brach in Zittern aus, wie immer, wenn sie an diesen Moment dachte. An diesen unerwarteten Angriff. Diese Worte, die in ihrer Absicht zu verletzen so höllisch genau getroffen hatten.

Niklas schaute sie überrascht an.

»Das hat sie gesagt?«

»Ja. Genau das hat sie gesagt. Ich weiß, ich hätte mir das nicht zu Herzen nehmen dürfen, sondern es als das nehmen müssen, was es war. Neid vielleicht. Einen Ausdruck für ihre eigene Unzufriedenheit, der rein gar nichts mit mir zu tun hatte. Vielleicht hätte sie mir sogar leidtun sollen. Ich will glauben, dass sie nicht begriff, wie sehr sie mich getroffen hatte. Aber ich hatte nicht die Kraft dazu. Es war so, als ob sie ein Messer in eine Wunde gebohrt hätte, die danach noch schlimmer eiterte. Es ist schwer zu erklären, dass ein so dummer Kommentar eine solche Wirkung haben kann, ich verstehe es nicht einmal selbst, aber so war es. Ich stellte mein Glas auf einen Tisch, öffnete die Tür und ging hinaus. Versuchte, meinen Wagen zu finden, hatte aber vergessen, wo er stand. Ich irrte umher und muss restlos verwirrt ausgesehen haben. Dann wurde ich angefahren. Es war nicht weiter schlimm, aber trotzdem. Ich kam mit einigen Schrammen im Krankenhaus zu mir und wurde mit einem Rezept für ein Antidepressivum entlassen. Es war so, als ob ich für immer den festen Boden unter den Füßen verloren hätte. Vielleicht für immer.«

Niklas sah sie an, und sofort bereute sie, das alles gesagt zu haben. Ihr würden an diesem Abend unmöglich irgendwelche Erklärungen gelingen. Sie würde es einfach nicht schaffen, von der schrecklichen Trauer, Angst und Wut der vergangenen Jahre zu erzählen, die jetzt an die Oberfläche geströmt waren, obwohl sie versucht hatte, alle Gefühle zu unterdrücken. Für einen kurzen Moment vor dem Kamin hatte sie ihre Angst betäuben können. Sie wollte sich ausruhen. Nicht an Mårten im Krankenhausbett oder ihre Erinnerungen aus dem Alltag denken, etwa wenn Peter, Mårten und sie am Küchentisch gesessen, gefrühstückt und Zeitung gelesen hatten. Oder wenn sie zusammen den Christbaum geschmückt hatten. Die hölzernen Weihnachtswichtel. Zwei Stück, Wichtelmutter und Wichtelvater.

»Hast du nur ein blödes Rezept bekommen?«

»Können wir ein andermal darüber sprechen? Ich bin jetzt müde. Danke, dass du gekommen bist, aber ich glaube, ich muss jetzt ins Bett.«

Niklas umarmte sie flüchtig, dann stand er auf. Sein Körper fühlte sich warm an, während ihrer bereits erstarrt war.

»Ich arbeite morgen zu Hause. Komm doch einfach zum Essen zu uns. Oder an einem anderen Tag. Und ruf an, wenn etwas ist. Man weiß nicht, ob die Gespenster von der Festung auf die Idee kommen, hier vorbeizuschauen, jetzt, wo das Haus endlich bewohnt wird.« Er unterbrach sich selbst. »Entschuldige. Hier passiert nichts, weißt du. Aber es wird abends dunkel, also zögere nicht. Wir haben auch ein Gästezimmer. Es kann doch vorkommen, dass das Wasser hier streikt.«

Sie musste ihn einfach anlächeln. Es war wohlgemeint und zugleich so unrealistisch. Dass sie anrufen und darum bitten könnte, bei Niklas und seiner Freundin übernachten zu dürfen.

»Wer von uns hat sich denn früher am meisten vor der Dunkelheit gefürchtet? Du etwa nicht? Du bist doch hysterisch geworden, wenn wir im Keller eingeschlossen waren.«

Niklas schüttelte den Kopf auf eine Weise, die sie kannte.

»Spielst du übrigens noch immer?«

»Nicht mehr so oft. Eine Zeit lang hatte ich fast Angst, mich fortzuspielen. Jetzt aber…«

»Du hast immer gesagt, die Geige sei wie ein Teil deines Körpers. Eine Verlängerung deines Armes. Dass du dich deshalb nie weiter als zehn Meter von ihr entfernen könntest.«

Niklas gab keine Antwort, sondern ging auf die Tür zu. Dort drehte er sich um.

»Ich habe mein Handy auf dem Nachttisch liegen lassen. Danke für den Kuchen.«

Die Tür fiel ins Schloss. Er war verschwunden.

Die Stille und Einsamkeit waren brutal. Die Geräusche der Nacht, eben noch beruhigender Hintergrund, wirkten jetzt wie eine Machtdemonstration. Der Wind drang durch die Risse in der Wand, der Kühlschrank brummte leise vor sich hin. Der Holzboden knarrte unter ihren Füßen. In der Küche sah sie in einer Ecke einige dunkle Reiskörner, was auf ungebetene Gäste hinwies.

In einem Frühling vor vielen Jahren war Mårten einmal hierhergefahren. Er hatte die Küche geputzt und dabei eine Maus gesehen, die vorüberhuschte und sich in der Ecke hinter einem Schemel und einigen Zeitungen versteckte. Mårten hatte vorsichtig die Ecke geleert. Am Ende hatte er die Maus gefunden. Aber sie hüpfte einfach in die Luft, machte eine halbe Drehung um sich selbst und fiel tot zu Boden.

Sie muss bei meinem Anblick einen Herzanfall erlitten haben.

Mårten hatte am Telefon gelacht. Sie hatten beide gelacht. Ohne zu ahnen, worüber. Ein Herz, das nicht mehr wollte.

Sie ging wieder zum Kaminfeuer und sank in sich zusammen, unfähig, klar zu denken. Bei völliger Dunkelheit stand sie auf und schloss die Haustür ab. Den Abwasch verschob sie auf den nächsten Tag. Niklas hatte für fast alles gesorgt. Es war lieb von ihm gewesen, hereinzuschauen. Sie hatte vergessen zu fragen, ob er mit der Fähre oder seinem eigenen Boot gekommen war.

Sie ging ins Badezimmer und putzte sich die Zähne. Im Schlafzimmer zog sie sich aus und kroch ins Bett, mit der Strickjacke ihres Vaters als zusätzlicher Decke. Jetzt hörte sie das Pochen. Irgendwo schlug eine Tür, aber dann nahm sie noch etwas anderes wahr. Das Herz des Hauses fing an zu schlagen. Seltsam, aber so war es. Es hatte abgewartet und jetzt wieder eingesetzt.

Nicht einmal ein Haus hat Ruhe vor seiner Vergangenheit.

»Während der ersten Phase des Kampfes folgte ein phantastischer Triumph auf den anderen. Wir hatten eine Seeschlacht in ihrer ganzen wilden Großartigkeit erlebt. Nun aber stellten sich ihre Schrecken ein.«

Georg von Hase, Erster Artillerieoffizier des deutschen Schlachtschiffes *Derfflinger*

Kapitel 3

1959

Auf dem Nachttisch steht ein schwarzweißes Foto. Die blonden Haare des Mädchens darauf sind mit einer Schleife hochgebunden. Sie trägt ein Kleid mit vielen Falten, Spitzenkragen und einem Gürtel um die Taille, ihre Schnürstiefel sind schwarz. In der Hand hält sie eine Papierrolle. Ihr Blick ist fromm und frech zugleich. Auf einem Stuhl liegen Rosen zur Dekoration. Vielleicht waren sie rosa. Das weiß ich nicht mehr.

Ich war dreizehn, hatte soeben mein Zeugnis erhalten und wurde vom Fotografen verewigt. Jetzt steht das Foto hier im Krankenhaus, damit die Weißkittel begreifen, dass ich einmal etwas anderes war als dieser magere Rest von heute. »Sind Sie das? Sie waren aber hübsch«, hat erst kürzlich eine von ihnen zu mir gesagt. Ja, das war ich wohl. Und die Erinnerung an jenen Tag wird auf den Wiesen umhertollen, wenn ich nicht mehr atme.

Meine früheste Erinnerung jedoch gehört den Engeln. Sie waren mein erster Anblick, wenn ich morgens die Augen aufschlug, und der letzte, den ich aus dem Wachzustand in den Schlaf mitnahm. Ich beneidete sie und ärgerte mich zugleich über sie. Ihre ordentlichen Locken sahen aus, als würden sie gerne gekämmt.

Meine Haare waren immer schon wild und üppig. Als Mutter mich herausgepresst hatte, waren alle davon fasziniert, die

Hebamme und die Nachbarinnen, und natürlich Vater, als er endlich das Schlafzimmer betreten durfte. Ich hatte mir Zeit gelassen, mich während der Wehen wieder zurückgezogen. Aber als ich dann endlich da war, gesund und makellos wie die allerbeste Ware, war alles vergeben und vergessen. Der gottgegebene kräftige blonde Schopf gab mir ein engelhaftes Aussehen, und das wiederum ließ Vater und Mutter in Dankesgebete versinken für das Wunder, das ich nach der Geburt von fünf Söhnen war.

Sie tauften mich auf den Namen Rakel, nach der schönsten Schwester in der Bibel.

Meine Haare wuchsen schneller als ich. Mutter arbeitete mit Kamm und Bürste, während ich protestierte und mich davor drücken wollte. Vater ließ nicht zu, dass ich mir die Haare abschnitt, obwohl er sonst alles für mich getan hätte. Die Gebete um eine Tochter waren erhört worden, und so hängten sie Engel an die Wand neben meinem Bett. Mit ihren Flügeln konnten sie fliegen, wohin sie wollten. Anders als ich.

Aber ich hätte Gott, hieß es. Wie wir alle Gott hatten. Das sagten Mutter und Vater, die seit ihrer religiösen Erweckung alles taten, um die christliche Botschaft zu verbreiten. Das Haus, in dem sie als Jungverheiratete gelebt hatten, wurde für die wachsende Kinderschar zu klein. Vater beschloss, ein größeres Haus zu bauen und im Obergeschoss einen Saal einzurichten, der als Sonntagsschule und Andachtsraum genutzt werden konnte. Das bedeutete ein großes Opfer, da der Hof nicht allzu viel einbrachte. Aber sein Glaube war stärker als der Appetit, und das Bedürfnis nach einem Versammlungsort für Kinder und Jugendliche dringender als der Wunsch nach etwas mehr Speck an den Sonntagen. Es gab zwar eine Kapelle, aber sie war für die vielen Söhne und Töchter der Gemeinde zu abgelegen. Vor allem für die Kinder der Landarbeiter auf dem großen Herrenhof, der ein Stück von uns entfernt lag.

Ich weiß noch, wie sie sich um Vater drängten. Sie waren barfuß, hatten magere Gesichter und oft noch struppigere Haare als ich, sie hatten Hautkrankheiten und trugen verschmutzte Kleider. Vater bedachte sie mit getrockneten Apfelscheiben und einem freundlichen Wort, einem Streicheln über den Kopf und nicht selten einer schönen Melodie. Er konnte nicht nur Choräle singen, sondern auch Volkslieder aus der Gegend.

In Vaters Augen war ich als die Tochter, nach der er sich so lange gesehnt hatte, ein Segen. Er war stolz auf seine Söhne, mich verwöhnte er. Während die Jungen sich auf dem Feld abmühten, unternahm er mit mir einen Streifzug durch den Wald und zeigte auf Maiglöckchen oder Hasen. Das Göttliche war nicht nur im Himmel zu finden, sondern auch zwischen den Bäumen und im Atem der Pferde.

Eines Tages kamen wir auf eine Lichtung. Vater setzte sich ins Gras, lehnte sich an einen Baumstamm und wäre fast eingeschlafen. Ich legte mich neben ihn und musterte sein fleckiges Hemd und seine immer warmen Hände. Plötzlich hörte ich ein Geräusch und drehte den Kopf. In unserer Nähe hatten sich einige Kohlmeisen niedergelassen. Ich stupste Vater an, er wachte auf und sah dasselbe wie ich. Er lachte leise, kramte in seinen Taschen und holte einige Brotkrümel heraus.

»Komm her, Jonas, dann kriegst du was«, sagte er und lockte einen der Vögel, die am weitesten hinten saßen. Bei Vater hießen Vögel immer Jonas. Ich lernte, dass ein Menschenname für viele Schnäbel reicht. Mutter sagte immer, Vaters Liebe zu den Vögeln bedrohe ihre Beerensträucher, und er sei selbst eine Kohlmeise, so sehr, wie er Käse liebte. Und doch war es Mutter, die jeden Abend die Vogelbadewanne zwischen den Steinplatten füllte.

Am Tag, als der Gebetssaal vollendet wurde, kaufte uns Vater Stoff für neue Kleider. Der Saal hatte siebzig Sitzplätze und noch mehr Stehplätze. Bänke und ein kleines Rednerpult hatte Vater mit Hilfe des Tischlers angefertigt, und die Leute strömten herbei, um Gottes Wort zu hören. Das schlichte Rednerpult stand allen offen, von Frischbekehrten bis zu emsigen Laienpredigern. Oft hallte der Gesang über den Hofplatz bis zum Herrensitz. Ich schlich mich zwischen den Stühlen umher, setzte mich dort, wo Platz war, und versah mich mit geistiger Labsal und unschätzbarem Wissen über den menschlichen Charakter.

Für Mutter bedeutete das viel Mühsal. Jeden Sonntag füllten Saal und Wohnung sich mit Kindern und Erwachsenen, die Schmutz und Kot hereinbrachten, Schnee und Kies, und manchmal musste der Boden von unten abgestützt werden, wenn es zu viele waren. Mutter lag auf den Knien und fand es selbstverständlich, dass nicht nur ich, sondern auch meine Brüder beim Scheuern für das allgemeine Seelenheil halfen.

»Ob das Frauenarbeit ist oder nicht, ist mir egal. In Gottes Reich sind wir alle gleich«, sagte sie oft. Meine Brüder murrten, kratzten Scheunendreck von den Stühlen und schrubbten den Boden. Ich drückte mich nach Möglichkeit vor dieser leidigen Arbeit. Stattdessen schlich ich mich die Treppe zum Gebetssaal hoch, der am spannendsten war, wenn er leer war.

Eines Tages zog ich einen Schemel vor das Rednerpodium und trat einer fiktiven Gemeinde gegenüber. Ich schaute über die leeren Bankreihen hinweg, versuchte mir vorzustellen, dass alle mich ansahen. Ich fühlte mich siegesbewusst, vielleicht sogar bekehrt. Bekehrt, dieses kleine Wort, das im Gebetssaal so oft fiel und offenbar der Schlüssel zu einem anderen Leben war. Diese Bekehrung schien mir ein Gefühl zu sein, wie wenn man sich einen großen Löffel Reisbrei in den Mund schob.

Ab und zu beendete einer der glühendsten Prediger seine Rede mit einer hoffnungsvollen Aufforderung.

»Schließt alle die Augen. Und wer nun Gott begegnet ist, jetzt, wo ich für euch gepredigt habe … möge die Hand heben.«

Vermutlich sollte der Prediger auch die Augen schließen, aber da diese Aufforderung so oft wiederholt wurde, konnte ich mir schon als kleines Kind ausrechnen, wie dabei geschummelt wurde. Der einzige Grund für die Wiederholung musste doch sein, dass sich niemand gemeldet hatte.

Ab und zu erbarmte ich mich. Wenn die Aufforderung zum dritten Mal erfolgte, hob ich eifrig die Hand. Beim ersten Mal war ich wohl erst sechs, was bedeutet, dass ich häufiger meine Bekehrung gestanden habe als der schlimmste Sünder seine Sünden. Das ging immer gut, bis Mutter mir auf die Schliche kam.

»Mit Bekehrung und Erlösung darf man keine Witze machen, sondern dankbar dafür sein«, sagte sie und schickte mich auf den Hof. Vor der Tür hörte ich dann, wie sie drinnen betete, aber nicht für meine Seele, sondern um gutes Wetter, damit sie die Ernte rechtzeitig einholen könnten. Ohne Nahrung keine Erlösung. Mutter war Realistin.

Aber ich fand es lieb von Gott, dass er einen reichen Mann aus der Gegend dazu überredete, unserem Gebetssaal ein Klavier zu stiften. Als es auf einen Karren gebunden eintraf, standen wir alle daneben. Das Pferd machte vorsichtige Schritte, als sei es sich seiner Verantwortung bewusst. Meine Brüder und Vater halfen, das Klavier die Treppe hochzuschaffen.

Eine Frau vom Nachbarhof hatte von einem Wandertheater, das einige Wochen bei ihr in der Scheune hatte wohnen dürfen, ein wenig spielen gelernt. Sie konnte eine Begleitung zu den Chorälen zusammenklimpern. Das reichte aus, um unsere Andachten zu himmlischen Höhen zu erheben. Wenn ich allein war und niemand auf mich aufpasste, ging ich oft nach oben und streichelte das schöne Instrument. Ich liebte die Vorstellung, dass alle Töne benötigt wurden, um einen universellen Klang zu schaffen, und beschloss, dass ich lernen würde, dieses Klavier zu beherrschen, das uns so unverhofft geschenkt worden war.

Die Nachbarin bemerkte mein Interesse und brachte mir die Namen der Töne, einige Tonleitern und einfache Begleitungen bei. Schon bald gehorchten die Töne mir mehr als ihr. Mit leisem Murren, aber nicht unwillig, überließ sie mir das Spiel. Das fanden alle gut, meine Eltern waren stolz, und meine Brüder schüttelten lachend den Kopf. Das passierte mir oft, dass die anderen den Kopf schüttelten und lachten.

Ich weiß nicht, ob es an mir noch etwas zu lachen gibt. Es ist schwer, allein dazuliegen und nachzudenken. Die Stille ist deutlicher zu hören als jedes Geräusch. Hier im Krankenhaus sprechen sie langsam und deutlich, damit ich sie verstehe. Sie wollen mich dazu überreden, in den Aufenthaltsraum zu gehen, um mir schlechte Musik anzuhören. Sie begreifen nicht, dass alle schweigsamen, kranken und alten Menschen ihr Leben noch einmal leben müssen, und sei es nur in Gedanken und Träumen.

Ich sehe die schmutzig gelben Wände und den Plastiktisch, den unbequemen Sessel und die grell gemusterten Vorhänge in meinem Zimmer. Aber wenn ich die Augen schließe, erblicke ich Flickenteppiche und Petroleumlampen. Ich kaue auf Industriefleisch herum, nehme aber den Geschmack von Hering und selbstgepflückten Preiselbeeren wahr. Ich muss alles noch einmal erleben, damit ich es verstehen kann. Meinetwegen. Ihretwegen. Ich weiß, dass es ein Mädchen wird, auch wenn niemand außer mir von diesem Menschen weiß, der gerade zu wachsen begonnen hat.

Deshalb muss ich mich konzentrieren. Ich denke an das Jahr 1911, als ich dreizehn wurde und in einem weißen Kleid fotografiert wurde. Die Arbeiter streikten. Gustav III. hatte den Thron bestiegen, neue Zeiten würden anbrechen. Auf unserem Hof bekamen wir Besuch von einem Mann, an den ich mein Leben lang mehr gedacht habe, als mir lieb war. Ob Gott mich dadurch kennenlernen oder mich herausfordern wollte, kann ich noch heute nicht sagen. Als Anton durch die Tür kam, verschwand der unbekümmerte Glaube daran, dass das Leben einfach ist und am Ende eine Lösung findet, wie in einem Bilderrätsel. Viel zu spät habe ich begriffen, dass Gott mit dem, was dann passierte, vielleicht gar nichts zu tun hatte. Dass ich selbst die Verantwortung trug. Wenn nicht für meine Gefühle, dann zumindest für meine Taten.

Anton kam an einem Montagabend zu uns. Wenn ich sage, dass ich mich sofort zu ihm hingezogen fühlte, hört sich das an wie eine Phrase aus einem der Romane zu fünfundzwanzig Öre, in denen Gefühle zum Kilopreis verkauft werden. Aber »verliebt« hört sich noch schlimmer an als Reisbrei und Bekehrung, also bleiben wir bei »berührt«. Anton war siebzehn Jahre alt, trug weite Hosen und einen übelriechenden Rock. Er hatte dunkle Haare und einen Blick so rußig wie der Kachelofen. Er stellte sich als Anton Rosell vor und erzählte, er komme aus der Nähe von Stockholm, habe an der Westküste gelebt und sei jetzt auf dem Weg nach Norden, um sein Studium der Theologie aufzunehmen. Er war ein überzeugter Christ und interessierte sich für die Baptistenbewegung von Frillesås, mit der auch meine Eltern sympathisierten.

Er war aber nicht wie die anderen. Wie die Baptisten predigte er Toleranz in Verantwortung, meinte aber auch, man dürfe zu Musik und Gesang tanzen, und hatte nichts gegen eine Runde

Kartenspiel mit nüchternen Freunden. Er hatte einen Umweg gemacht, um uns zu besuchen. Er hatte von dem Gebetssaal gehört und hatte mit eigenen Augen dieses großzügige Geschenk sehen wollen, das den Menschen in der Umgebung dieses Hofes zuteil geworden war.

»Ich weiß nicht, ob wir wirklich so großzügig sind. Wir versuchen einfach, Menschen zu helfen, die in ihrem Leben Gottes Frieden brauchen, da der Mensch nicht schlecht geboren ist«, sagte Vater und lud Anton in unsere Küche ein, wo Mutter gerade Kartoffelsuppe kochte.

Anton reichte ihr die Hand und antwortete, wahre Mitmenschlichkeit erkenne man an ihrer Demut. Er selbst habe niemals von etwas Ähnlichem gehört und auch noch nie eine so gutaussehende Hausmutter erlebt.

»Da haben wir ja einen großzügigen Mann ins Haus bekommen«, sagte Vater. Ich konnte hören, dass das ein Scherz war.

»Du bist wohl ein glücklicher Mann, der nicht über die Erbsünde redet«, gab Anton zurück.

Mutter schaute ihn an und sagte, dass Bilder des Herzens mit sündigen Samenkörnern sie an Mäusedreck erinnerten. »Den kann man doch ganz leicht wegfegen.«

Anton zeigte lachend auf die Narbe, die sich über einem seiner Mundwinkel die Wange hochzog. Die Schramme fiel nicht weiter auf, er hatte gutes Heilfleisch, was eine schlimmere Wunde verhinderte. Aber jemand hatte ihm eine Erinnerung fürs Leben verpassen wollen. Zu seinem Glück war nichts Schlimmeres passiert.

»Weshalb hast du dich geprügelt?«

Ich hätte nicht fragen dürfen. Mit dreizehn hätte ich stumm auf der Küchenbank sitzen müssen. Mutter warf mir einen vernichtenden Blick zu, aber ich achtete nicht auf sie, wie sie am Herd stand, obwohl Anton recht hatte. Mutter war schön, mit ihrem dicken Zopf, den sie sich um den Kopf gelegt hatte, und mit der eng um die Taille gebundenen Schürze. Trotz sechs Kindern war sie immer noch schlank. Aber ich wollte ihre warnenden Blicke nicht sehen, und auch nicht ihre abgearbeiteten Hände, die zeigten, wie erschöpft sie wirklich war.

»Weshalb ich mich geprügelt habe?« Anton schien darüber nachdenken und seine Worte wägen zu müssen. »Ich glaube, es ging um eine Frau«, sagte er. »Ich hatte ein wenig zu viel getrunken und wollte mit einer Frau tanzen, die auch mit mir tanzen wollte. Dann kam ein anderer Mann und erhob Anspruch auf sie, und das ließ ich mir nicht gefallen.«

Für kurze Zeit war alles ganz still in der Küche. Mutters Arm erstarrte, meine Brüder sprachen nicht mehr über Roggenpreise.

»Verzeihung. Ich rede über Dinge, die ich vor den Ohren der Kleinen nicht hätte erwähnen dürfen. Inzwischen glaube ich ja an Gott und habe auch keinen Schnaps mehr getrunken. Aber ich tanze immer noch gern.«

Anton zeigte auf einen Kasten, den er bei sich hatte, und zog das Instrument heraus. Das Banjo war das Seltsamste, das ich jemals gesehen hatte. Aber als Anton einen Fuß auf einen Stuhl stellte und einige Akkorde anschlug, fing es in der Ecke an zu funkeln. Die Saiten klangen metallisch und die Melodie fröhlicher als die Choräle. Wir applaudierten, als er fertig war. Mutter äußerte zu meiner Überraschung den Wunsch, mehr zu hören. Mir schien das Banjo gut zum Klavier zu passen.

Vater räusperte sich, und bald saßen wir alle am Tisch. Anton aß die Suppe, die er lobte. Mutter hatte ein altes Bett oben auf dem Dachboden für ihn bezogen. Dort war es zwar zugig und kalt, aber er hatte alle anderen Schlafplätze abgelehnt. Sein einziger Wunsch war, einige Tage bleiben zu dürfen, um die sonntägliche Andacht mitzuerleben. Und ob er denn für die freundliche Aufnahme bezahlen dürfe? Das durfte er. Vater konnte auf dem Feld und im Stall immer Hilfe brauchen.

Abends saßen wir in der Stube vor dem Feuer. Draußen schneite es. Die Flocken fielen langsam, aber unerbittlich. In dem Reif, der die Fenster bedeckte, konnte man mit den Fingernägeln herumritzen. Eine Wand war von der Petroleumlampe verrußt. Die Glut knisterte, während Vater aus der Bibel vorlas: » ... zu uns, die nicht nach den Dingen streben, die man sieht, sondern nach denen, die man nicht sieht, denn die sichtbaren Dinge sind endlich, doch die unsichtbaren sind ewig.« Ich streckte die Hände zum Feuer aus und versuchte, nicht zu Anton hinüberzuschauen. Er verunsicherte mich.

Als Vater zu lesen aufgehört hatte, fragte er Anton, was er an der Westküste gemacht habe. Wir erfuhren, dass er mit vierzehn als Schiffsjunge nach Marstrand geschickt worden war. Seine Eltern waren arm. Die Ausbildung als Schiffsjunge sahen sie als Möglichkeit, dem Jungen den Schulbesuch und den Aufstieg zum Unteroffizier zu ermöglichen. Früher wurden die Schiffsjungen in Karlskrona ausgebildet, aber es waren zu viele geworden. Außerdem erschien Marstrand der Marineleitung wegen seiner geographischen Lage als ideale Lehrstätte. Die Militärs wollten Fischerssöhne anlocken, doch die Jungen von der Küste wollten lieber ihren Vätern nachfolgen. Zur Marineausbildung meldeten sich stattdessen Bauernsöhne und Arbeiterkinder, vor allem aus Norrland. Menschen, denen nichts Besseres einfiel.

Anton erzählte, dass er und die anderen Jungen, keiner älter als vierzehn, auf einer ausrangierten Korvette namens *Norrköping* einquartiert worden waren. Sie hatten einen Kojenplatz bekommen, eng und schäbig. Tagsüber lernten sie oben in der Festung Carlsten lesen, schreiben und rechnen, frei hatten sie nur einige Abendstunden. Im Sommer leisteten sie alle Dienst auf Segelschiffen in ganz Europa.

Anton verließ Marstrand, so bald er konnte. Er fühlte sich wohl auf dem Meer und kam mit den Kapitänen und wohlgesinnten Lehrmeistern gut aus. Aber niemals würde er die Offiziere vergessen, die einige seiner Kameraden gequält hatten, einfach, weil sie ihre Macht genossen. Einer hatte eine ganze Nacht lang das Deck scheuern müssen. Ein anderer war mit Essensentzug bestraft worden und hatte nach einer Weile angefangen, Blut zu erbrechen.

Vater schüttelte den Kopf und murmelte, es sei eine Sünde und Schande, dass arme Familien ihre Söhne wegschicken müssten. Mutter schien mit den Jungen mitzuleiden. Sie meinte, sie habe nie gewusst, welchen Sinn es haben solle, zu den Waffen zu greifen. Die Politiker sollten sich wichtigeren Fragen widmen, statt ständig über die Armee zu reden. Anton starrte ins Feuer und sagte, ihm sei schon lange klar, dass man sich gegen Unterdrücker wehren müsse und dass es nicht die Schuld der Armee sei, wenn Einzelne ihre Stellung missbrauchten. Dass es jederzeit knallen könne, wüssten alle. Die Russen lägen auf der Lauer. Sie trieben sich im Land herum und böten den Bauern Hilfe beim Sägenwetzen an. Die Deutschen hätten ihre Pläne, die Engländer führten in den Kolonien Kriege. Deshalb müsse sich Schweden erheben, wenn Gefahr drohe. Ich dachte an meine Brüder und daran, dass wir bei uns zu Hause nie zuvor über Krieg gesprochen hatten.

An den folgenden Tagen schwebte Anton wie ein Schatten zwischen uns und unserer Arbeit umher. Als ich mich eines Morgens nach oben schlich, hörte ich, wie er ein kurzes Gebet herunterleierte, um dann auf seinem Banjo zu spielen. Anschließend arbeitete er mit Vater auf dem Hof. Anton sägte Eisblöcke zurecht, die er in die Scheune trug und mit Sägespänen bedeckte, damit sie nicht schmolzen. So konnten wir noch lange Stücke abhacken, um damit Speisen und Getränke zu kühlen. Die schwere Arbeit schien ihm nichts auszumachen. Er sang Choräle und machte Mutter Komplimente wegen ihres Essens, wenn sie vorbeikam.

Sie hatte sich nach zwei Tagen an den fremden Gast gewöhnt und akzeptiert, dass er anders über Tanz dachte.

»Es ist bewundernswert, dass ein junger Mann allein versucht, sich im Leben zurechtzufinden. Leicht kann er es auf Marstrand nicht gehabt haben«, sagte sie eines Abends zu Papa. Dann ging sie nach oben und stellte einen Teller mit Weißbrot neben Antons Bett.

Am Samstagabend ging ich allein nach oben. Zu Beginn der Weihnachtsferien war ich in meinem guten Kleid fotografiert worden. Zu Hause bat ich, es nicht gleich ausziehen zu müssen, vor allem, um mich vor dem Putzen zu drücken. Ich trug es noch immer, als ich in den Gebetssaal ging.

Es war dunkel, aber ich hatte eine Petroleumlampe und ein Gesangbuch bei mir, um mich auf die sonntägliche Andacht vorzubereiten. Das Holz des Klaviers war gemasert, seine Tasten funkelten im Lichtschein. Ich stellte die Lampe ab, schlug das richtige Lied auf und fing an zu spielen und zu singen. »Breite deine Schwingen, oh Jesus, über mich.« Die Schatten auf den Stühlen nickten im Takt.

Ich bemerkte ihn erst, als ich das Banjo hörte. Unsere Töne passten zusammen wie die schwarzen und die weißen Tasten des Klaviers. Ich wurde nervös und stolperte über einen Akkord. Anton blickte auf.

»Du spielst gut, Rakel. Du solltest auch Banjospielen lernen. Setz dich neben mich, dann zeige ich es dir. Mein Vater hat es mir beigebracht. Das konnte er, wenn auch sonst nichts …«

Ich setzte mich auf den Stuhl neben seinem. Anton nahm meine Hände und legte meine Finger auf die Saiten. Seine Hände lagen über meinen. Ich spürte seinen Oberschenkel warm an meinem und seinen Atem an meinem Hals. Schwitzend versuchte ich, mich auf die Saiten zu konzentrieren, bis sie mir tief in die Haut schnitten. Endlich ließ er mich los.

»Das ist ein schönes Kleid.«

»Vater meinte, ich könnte es zur Schulfeier brauchen.«

»Du hast einen lieben Vater. Und eine liebe Mutter.«

»Sie kann aber auch streng sein.«

»Du weißt nicht, was du sagst. Wenn du meinen Vater erlebt hättest, dann wüsstest du Bescheid.«

»Wie war es bei dir zu Hause?«

Ich wollte verstehen, was hinter den Worten und der Musik lag. Wollte mehr über diesen Mann erfahren, der auf einmal bei uns war und mich eher durch das beeinflusste, was er nicht erzählte, als durch das, was er sagte.

Die Dunkelheit ruhte auf Antons Wangen und ließ sie eingefallen wirken wie die eines Greises.

»Es war so schlimm bei uns zu Hause, dass ich es niemals ein Zuhause nennen konnte.«

Seine Hände, die eben noch über meinen gelegen hatten. Sein Mund, der schönste, den ich je gesehen hatte. Sein Geruch.

»Aber er hat seine Strafe bekommen, der Mistkerl.«

»Dein Vater?«

»Hast du schon einmal getanzt?«

Ich sagte, dass Baptisten nicht tanzten, und als Antwort bekam ich ein Kopfschütteln.

»Die Menschen haben zu allen Zeiten getanzt, und lass dir bloß nicht einreden, dass das, was uns froh macht, eine Sünde ist. Komm. Ich bringe dir Walzertanzen bei. Du hast doch wohl keine Angst vor mir?«

»Ich habe vor gar nichts Angst.«

Anton zog mich auf die Füße, legte mir den einen Arm um die Taille und nahm meine Hand. Er fing an, eine Melodie zu singen, und ich hörte, dass er eine schöne Stimme hatte, wie Vater, nur dunkler. Er sang »eins, zwei, drei, eins, zwei, drei« und schob meine Füße in die richtige Richtung. Ich stolperte, trat ihm auf die Zehen, schämte mich und dachte, dass ich ihm bis zur Schulter reichte, und ging wieder in die falsche Richtung. Schließlich fand ich den Rhythmus. Er führte, ich folgte, und nach einer Weile wirbelte er mich immer wilder herum, sang lauter und lauschte. Dann blieb er stehen, ließ mich aber nicht los. Ich stand dicht bei ihm und sah, wie sein Brustkorb sich hob und senkte. Er hob mein Kinn mit dem Zeigefinger an, und abermals atmete ich seinen Duft ein.

»Bist du schon einmal geküsst worden?«

Zählten Vaters Gutenachtküsse oder Mutters Küsse auf die Stirn? Zählte der, den ich vom Nachbarsjungen bekam, wenn ich ihn jagte, bis er sich umdrehte und seinen feuchten Mund auf meinen presste, während ich doch mit ihm ringen wollte?

»Ich bin erst dreizehn.«

»Besser, du gewöhnst dich gleich daran. Denn ich habe noch nie so ein hübsches Mädel gesehen wie dich.«

Ich durfte nicht zeigen, dass ich Angst hatte. Durfte nicht an die Arme um meine Taille denken.

»Und die, um die du dich geprügelt hast, wegen der du die Narbe hast?«

»Die habe ich nicht vergessen können, das stimmt. Aber sie hat nichts mit dir zu tun.«

Dann nahm er meinen Kopf zwischen die Hände und legte seine Lippen auf meine. Und es war etwas ganz anderes als die Küsse meiner Eltern, etwas ganz anderes als die Versuche des Nachbarsjungen. Er ließ mich los und küsste mich wieder. Ich war kurz davor zu weinen und dachte an die erste warme Milch aus dem Euter der Kuh.

Niemand hatte je mit mir darüber gesprochen, was Männer und Frauen miteinander machen, um sich zu vermehren. Aber ich war auf einem Hof mit Tieren aufgewachsen und kannte deren Verhalten. Das hier war trotzdem etwas anderes. Meine große Angst hatte nichts mit Antons Mund zu tun. Es ging darum, dass etwas nicht richtig daran war. Dennoch wollte ich für den Rest meines Lebens hier stehen und nichts anderes mehr tun.

Aus dem Augenwinkel sah ich die Flamme der Petroleumlampe. Ich stand im Gebetssaal, wo so viele gute Menschen gepredigt hatten. Ich hatte getanzt und einen Mann geküsst, und das gefiel mir gut. Anton ließ mich los, ich schaute zur Decke hoch und wusste es. Die Engel waren nicht da, wenn man sie brauchte.

»Liebe Rakel, schau nicht so verängstigt. Ich wollte dir keinen Schrecken einjagen.«

»Lass mich los!«

Ich hob die Hand, um ihn auf die Wange zu schlagen, aber er fing sie blitzschnell ein. Ich zog sie zurück, rannte die Treppen hinunter, ließ mich in mein Bett fallen und versuchte, zu einem nachlässigen Gott zu beten. Ich wollte meine Gefühle in der Decke vergraben, aber sie waren zu stark. Bald klopfte Vater an die Tür und kam herein.

Er fragte, und ich antwortete. Auch Mutter kam und hörte zu. Ich mischte Wahrheit und Lüge, als ich erzählte, wie das Licht zu flackern begonnen und ich gespürt hatte, dass jemand mich anstarrte. Mutters Gesicht verriet nicht, was sie dachte.

»Vielleicht hatte einer von den Jungen oben etwas zu erledigen. Falls wir nicht eine unbekehrte Ratte haben ...«, überlegte sie ungewohnt scherzhaft.

Vater wirkte nicht überzeugt. Ich schmiegte mich in seine Arme, um seinen Blick nicht erwidern zu müssen. Unsere Bindung war bedroht.

»Wir glaubten, Banjo und Klavier zu hören«, sagte Vater über meinen Kopf hinweg. Ich flüsterte, Anton sei oben gewesen und wieder gegangen, aber ich bekam keine Antwort. Als meine Eltern in die Küche gingen, war ich schneller erwachsen geworden, als ich gewollt hatte.

Anton verschwand. Beim Abendessen war sein Stuhl nicht mehr da. Meine Mutter erwähnte nur kurz, er sei Hals über Kopf aufgebrochen, nachdem ihm eine Mitfahrgelegenheit nach Norden angeboten worden sei. Er lasse alle grüßen und werde sich immer an seinen Besuch bei uns erinnern und bedauern, die Sonntagsandacht verpasst zu haben. Irgendwann wolle er zurückkommen.

Kurze Zeit darauf fingen meine Brüder an, mich anders anzusehen und stärker darauf zu achten, was ich unternahm. Sie schränkten meine Freiheit beim Spiel und die abendlichen Streifzüge ein. Bald darauf machte Mutter mir klar, wie es zuging, dass eine Frau ein Kind bekam. Zufall oder Ahnung? Nur Mutter und die höheren Mächte wussten es.

Niemand ahnte, dass ich in der Nacht, nachdem Anton uns verlassen hatte, heimlich auf den Dachboden schlich, ehe Mutter das Bett abzog. Ich fiel auf die Knie und legte den Kopf auf das Bett. Anton war noch als schwache Ahnung in den Falten vorhanden. Ich sprach ein Gebet. Als ich die Hand unter das Kissen schob, fand ich ein Taschentuch, das zerknüllt war, aber sauber. Es duftete nach ihm. Ich nahm es und steckte es in die Tasche.

Ich konnte niemandem sagen, dass ich Anton böse war, weil er mich mit meinen Gefühlen alleingelassen hatte. Ich konnte auch nicht sagen, dass er mir fehlte. Als ich wieder in mein eigenes Bett kroch, dachte ich, die Engel samt ihrer Haarpracht sollen uns nur in die Irre führen.

Und ich hatte recht. Am nächsten Morgen sah ich, dass ein Engel Hörner bekommen hatte. Sie ragten aus den blonden Haaren hervor. Ich kann beschwören, dass ich sie nicht selbst im Schlaf gezeichnet hatte, mit der bunten Kreide aus der Schule, wie Mutter mir empört vorwarf.

Am selben Morgen entdeckten wir, dass die Silberleuchter aus dem Gebetssaal verschwunden waren.

Kapitel 4

2007

Von der Sonne gekitzelt, drehte sie den Kopf und schaute auf die Uhr. Halb neun. So lange hatte sie geschlafen? Ein Wunder.

Noch dazu hatte sie geträumt. Sie und Mårten waren mit dem Auto irgendwo hingefahren. Vielleicht war sie deshalb aufgewacht und fühlte sich glücklich, ehe die Realität sie einholte. Vielleicht lag es auch daran, dass sie im Traum Musik gehört hatte.

Sie stand auf und sah, dass die Strickjacke auf den Boden geglitten war. Vorsichtig hob sie sie auf und hielt sie für eine Weile an ihr Gesicht. Der Boden war kühl, als sie in die Küche ging, den Kühlschrank öffnete und dankbar an Niklas dachte, der offenbar viel mehr mitgebracht hatte, als er ihr erzählt hatte. Im Türfach lag ein wenig Nusskäse, ihre alte Lieblingssorte. Rasch kochte sie eine Kanne Tee und stellte alles auf ein Tablett. Sie wickelte sich in eine Decke, steckte die Füße in ein Paar Holzschuhe und ging hinaus.

Über dem verfaulten Laub und den kahlen Zweigen im Garten ruhte ein besonderes Licht. Wassertropfen funkelten auf den Blättern, die Steine waren blank vor Feuchtigkeit. Sie kannte dieses Gefühl. Der erste Atemzug draußen am ersten Ferienmorgen. Die Gewissheit, dass sie diese Luft noch viele Wochen lang einatmen würde. Ein Versprechen von Freiheit, ohne Grenzen zwischen drinnen und draußen.

Sie setzte sich auf die Treppe. Trank Tee und dachte an damals. An den Tag, als sie es noch wichtig gefunden hatte, ob jemand ihre Fotos mochte oder nicht. Bilder zum Thema Veränderung. Niemals würde sie über diese Ironie hinwegkommen. Sie sah Mårten vor sich. Wie er nach einem Streit zurückkam, mit ausgestreckten Armen und Himbeerpralinen in der Tüte. »Das nennt man eben Liebe«, hatte er gesagt.

Liebe. Ja, verdammt, es war Liebe gewesen. Eine Liebe, die sie für selbstverständlich hielt, genau, wie sie gestern Abend zu Niklas gesagt hatte. So, wie sie es für selbstverständlich halten konnte, dass sie jetzt hier saß, Tee trank und Nusskäse aß. Diese Beine und die Füße in den Holzschuhen funktionierten. Alles funktionierte, nicht zuletzt ihr Herz, das in unbarmherziger Regelmäßigkeit schlug und sie dazu zwang, allein weiterzuleben. Niemand wachte morgens auf, überprüfte sein Herz und lachte glücklich, weil es schlug. Obwohl jeder Mensch das tun müsste. Sich freuen, weil das eigene oder das Herz eines geliebten Menschen schlug.

Solange das Schiff nicht untergeht, solange der Schlag des Herzens steht.

Ja, Papa, deine Lieder wussten es, im Gegensatz zu mir.

Was für ein warmer November. Dem Garten nach hätte es auch April sein können. Zwischen den Sträuchern vor dem Zaun blühte eine einsame Rose. Eine Novemberrose. Konnte das ein Zeichen sein?

Sie suchte nach Zeichen, seit sie Mårten tot im Krankenhausbett gesehen hatte. Bei ihrem Vater war das anders gewesen. Einige Wochen, nachdem sie begriffen hatte, dass er nie mehr zurückkommen würde, hatte sie einen einsamen Vogel auf seinem Baum sitzen hören. Sein Gesang war ein so deutlicher Gruß gewesen, dass er ihr geholfen hatte, sich an glückliche Dinge zu erinnern. Die Seele ihres Vaters konnte noch immer singen. Aber Mårten hatte sich nicht blicken lassen. Nur damals auf dem Friedhof, als er ihr ins Ohr geflüstert hatte, sie solle weiterleben. Das jedoch verlangte eine Kraft, von der sie nicht wusste, woher sie sie nehmen sollte. War die Alternative, einfach hier sitzenzubleiben? Würde sie dann zu einem Nichts werden, so wie wenn sie auf Englisch Witze machte? *My name is Inga … In Swedish it means … nobody.*

Sie sprang auf und lief zu der Rose. Sie war schwach gelb und in der Mitte ein wenig zusammengeklebt. Vorsichtig krümmte sie die Hand und liebkoste die Blütenblätter. Der Garten war verwildert. Unkraut hatte sich zwischen den Steinen breitgemacht, überall lagen Äste herum, die die Stürme von den Bäumen gebrochen hatten. Onkel Ivar würde weinen, wenn er das sehen müsste. Nein, das nun doch nicht. Er würde etwas dagegen tun, vielleicht zusammen mit ihrem Vater. Dann würde Onkel Ivar zum Akkordeon greifen und das Resultat feiern, begleitet von ihrem Vater auf der Gitarre.

Sie ging zum Schuppen, drückte reflexmäßig auf die Klinke und staunte, als die Tür aufging. Der Schlüssel hing an seinem Haken. Seltsam, aber vielleicht hatte Niklas hier aufgeschlossen, weil er irgendein Werkzeug gebraucht hatte, um das Wasser anzudrehen. Der Schuppen sah aus wie in ihrer Erinnerung, nur mit noch mehr ausrangierten Gegenständen vollgestopft als beim letzten Mal. In den Regalen stritten sich Farbdosen und Fischereigeräte um den Platz. An der Decke hing ein Paar alter Ruder neben Schwimmwesten, in einer Ecke lehnten Spaten, Hacken und Rasenmäher aneinander. Eigentlich ließe sich fast alles wegwerfen, wenn jemand Kraft und Lust dazu hatte. Sie zum Beispiel.

Das ist ja offenbar schnell gegangen, Mårten zu vergessen.

Verdammte Menschen.

Du musst mich loslassen und weiterleben, Inga.

Ja, sie hatte die Kraft dazu. Jetzt, in diesem Augenblick.

Zwei Stunden später stand sie im Gras und betrachtete das Ergebnis. Im Schlafanzug, über den sie einen alten Overall anzog, war sie den Schuppen durchgegangen. Onkel Ivar würde knurren, er habe den Scheiß schon vor Jahren wegwerfen wollen. Sie fuhr sich durch die Haare und wollte ihm von dieser Aufräumaktion erzählen. Er würde sich freuen.

Der Abfallhaufen war ziemlich groß. Der Abtransport mit dem Auto und der Fähre würde ein Vermögen kosten. Sicher hatte Niklas einen Wagen mit einem Haken für Anhänger. Vielleicht hätte er ja Zeit, um ihr zu helfen.

Sie holte eine Harke aus dem Schuppen, um allerlei Dinge zusammenzuschieben, die der Wind auseinandergeweht hatte. Der Stiel der Harke lehnte an einem Regal. Als sie danach griff, fiel ihr Blick auf einen braunen Karton, der ihr schon beim Aufräumen aufgefallen war. Sie ließ die Harke los und nahm den Karton aus dem Regal. Er war mit Papier gefüllt.

Mit dem Karton unter dem Arm ging sie hinaus ins Licht und besah sich dessen Inhalt. Eine verrostete Büroklammer hielt vergilbte Zeitungsausschnitte zusammen, ein steif gewordenes Gummiband war um Werbezettel und Theaterprogramme gewickelt. Ganz unten lag ein Brief mit rußigen Rändern. Von wem das alles stammen mochte, ahnte sie nicht. Sie konnte sich nicht erinnern, diesen Karton schon einmal gesehen zu haben. Aber das bedeutete nicht, dass er nicht in all den Jahren dort gestanden haben könnte.

Vorsichtig griff sie zu dem Brief. »By censor« konnte sie auf dem Umschlag lesen, und etwas weiter unten »under martial law«. Der Poststempel verriet, dass der Brief 1916 in Mombasa aufgegeben worden war. Vorsichtig nahm sie die hauchdünnen Blätter heraus und strich sie glatt. Sie waren blau beschrieben,

mit Schreibmaschine. Aldai. Nandi via Mombasa. B. E. Africa.
Siebter November 1916.

Geliebte …

hatte versprochen, Dir zu schreiben, wenn ich mein Ziel er-
reicht hätte. Jetzt bin ich bereits seit vierzehn Tagen hier, und da
sollte ich mein Versprechen einhalten. Aber Du weißt ja, wie es
ist, wenn man sich an einem neuen Ort einrichtet.

Schrecklich viel zu tun gibt es, einpacken und aufbrechen und
nicht zuletzt auspacken.

Ich befinde mich in der Missionsstation Aldai hoch oben in den
Bergen. Sie macht nicht viel her, und es gibt kaum etwas zu er-
zählen. Ein Loch, das Gott wohl vergessen hatte, aber nun habe
ich ihn daran erinnert. Es gibt hier ein Haus mit vier Zimmern.
Es ist aus Stein gebaut und hat ein Blechdach. Aber die Räume
haben keinen festen Boden, sondern nur festgetretenen Lehm.
Die vielen Unebenheiten sind wirklich betrüblich. Anfangs gab
es hier wohl eine Art Zement, aber der ist jetzt verschlissen, und
es gibt nur noch hohe Berge und tiefe Täler. Wenn ich es mir leis-
ten könnte, würde ich einen Holzboden legen lassen, aber das
kostet zwischen 75 und 100 Kronen. Es ist so teuer, weil man die
Bretter in Kijabe bestellen muss. Sie werden zuerst eine lange
Strecke mit dem Zug und dann fast dreißig Kilometer weit auf
den Köpfen der Eingeborenen transportiert. Und das ungeheuer
steile Berge hoch.

Ich habe schon mit dem Gedanken gespielt, sie selbst zu tragen.
Aber dann würde ich ausgelacht. Hier begreifen sie nicht, was
eine Frau mit Mut und Verstand ausrichten kann. Die Mühsal
hier ist nicht schlimmer als bei unserer alten Hausmutter, selig
sei sie in ihrem Unglück. Sie wird sicher vom Leibhaftigen heim-
geholt, wenn er Zeit hat, aber eigentlich glaube ich, dass nicht
einmal er sie da unten haben will.

Dieses Haus und ein kleiner Schuppen, der als Lager dient, bilden die gesamte Missionsstation Aldai. Es ist noch keine zwei Jahre her, dass sie hergekommen sind, um die Station einzurichten und die Arbeit hier aufzunehmen. Wie gesagt: Es ist hier alles noch ganz neu.

Überall fehlen Arbeitskräfte, ob im Osten oder Westen. »Scharen wandern zur ewigen Not, hört wie sie klagen in ihrer Not, Jesus spricht zum Soldaten: Geh und gib ihnen des Lebens Brot.« Klingt das heilig? Ich arbeite an meiner Ausdrucksweise, musst Du wissen. Aber mein Herz ist voll von dem, was sich mit Sprache nicht ausdrücken lässt. Als Heilsarmeesoldatin muss ich meine Zunge hüten. Wie sich das anhört. Heilsarmeesoldatin.

In seltsamer Schreibweise wurde nun ein Alltag geschildert, der von der modernen Zeit sehr weit weg war. Eingeborene in bienenkorbähnlichen Hütten, Menschen, die auf allen vieren durch Dunkelheit und Schmutz krochen, zusammen mit Kühen und Ziegen, Kleidung aus Tierhaut, die den Körper nur notdürftig bedeckte. *Und mit ihnen verhält es sich so wie mit unseren Ureltern, sie wussten nicht, dass sie nackt waren.*

Lange Nägel, die aussehen wie Krallen. Ja, es überrascht mich, dass die hier so sehr mit der Zeit gehen und wissen, was modern ist, auch wenn sie in anderer Hinsicht so weit zurückliegen. Von manch anderer Mode haben sie sich gänzlich befreit, und deshalb sind sie den heutigen Frauen weit voraus. Unsere Geschlechtsgenossinnen daheim werden sicher auch bald erkennen, dass es sich nicht lohnt, sich alle die Mühe mit Nähen und Bügeln und Waschen zu machen. Natürlich ist eine nackte Frau oft mehr wert als eine angezogene. Hier ist das eine Selbstverständlichkeit.

Ich bin jedenfalls glücklich darüber, hier zu sein. Ich möchte nicht mit zu Hause tauschen. Es ist ein Zeichen, wie es mir in jener Nacht zuteil wurde, die weder Du noch ich vergessen können, sondern mit der wir leben müssen. Schlimmer kann es auch in einer brennenden Hölle nicht gewesen sein, aber niemand soll mir sagen, wir hätten einen Fehler begangen. Haben wir uns über Gott erhoben und geglaubt, wir hätten das Recht, über Lebende und Tote zu urteilen? Ich bin zur Antwort bereit. Niemand hat mich je gelehrt, mich auf andere zu verlassen als auf mich selbst. Damit müssen die himmlischen Mächte nun leben. Ich bereue nichts, und Ihr müsst ebenso denken.

Ich gratuliere Euch zu Eurer Hochzeit. Ich weiß, dass Du es seltsam fandest, dass ich mich für dieses Leben hier entschieden habe. Aber glaub mir, es ist besser so. Unser Kind wird bei uns glücklich sein. Es wächst, und es bewegt sich in mir. So seltsam sich das anhören mag: Wir müssen einander vergeben, auch wenn das nicht nötig ist. Ich liebe Dich so sehr wie immer.

Ich habe Ruben erzählt, was in jener Nacht geschah, so, wie ich es mir gelobt hatte. Er war zuerst entsetzt, schluchzte und jammerte und weinte in meinen Armen. Die Trauer ist noch immer vorhanden, aber jetzt glaube ich, dass wir es schaffen werden. Das Leben wird auf den Tod folgen. Er freut sich und hat nicht auf die Beschimpfungen und Anklagen seines Vaters gehört. Sein gutes Herz steht mir bei.

Mir steht immer vor Augen, wie wenig ich leisten kann und wie viel getan werden muss. Aber unser Erfolg liegt nicht in unserer Größe, sondern in unserer Treue. Es ist nicht allen gegeben, groß zu sein, aber treu zu sein in dem, was vor uns liegt, das steht uns frei. So hat er jedenfalls gepredigt, mein guter Mann. Und ich muss mich beherrschen, um ihm nicht zu widersprechen und zu erklären, dass der, der sich immer kleiner macht, zertreten wird wie Brot in der Wüste. Du kennst mich. Ich fürchte weder Gott noch den Troll.

Liebe Grüße …

Die Unterschrift, mit schwarzer Tinte geschrieben, war nicht zu entziffern, da sie teilweise durchgestrichen war, wie der Name der Adressatin. Die Tinte auf dem Umschlag war bis zur Unkenntlichkeit verschmiert. Einige Stellen im Text waren durchgestrichen, vermutlich von der Zensurbehörde. Es war, um sich im Geiste des Briefes auszudrücken, ein Wunder Gottes, dass der restliche Text mit der Maschine geschrieben und zusammenhängend genug war, um gelesen werden zu können.

Der Inhalt war verwirrend. Überaus schlichte Missionsstationen, die Menschen dazu verlockten, ihr Land zu verlassen, um ihren Glauben zu verkünden. Aberglaube, der den Verkauf von frischer Milch an Weiße verbat und diese dazu zwang, Milchkonserven aus Europa kommen zu lassen, alle denkbaren Beschwerlichkeiten, und alles vor knapp hundert Jahren. Zugleich eine offene Sprache, die nicht zu einer so aufopferungsvollen Frau passte.

Sie schaute noch einmal auf den Poststempel. November 1916. Geschrieben im Ersten Weltkrieg. Nur wenige Monate vor der Geburt von Onkel Ivar. So hatte es ausgesehen, als er zur Welt kam. Wer hatte den Brief geschrieben? Vermutlich eine Bekannte der Großeltern. Der Großvater war doch Geistlicher gewesen und hatte die Mission mit hohen Beträgen unterstützt. Inga konnte sich sehr gut an ihn erinnern. Bei seinem Tod war sie elf Jahre alt und hatte vorher viele Sommer mit ihm zusammen verbracht, eben in diesem Haus hier. Ein ernster Mann, auch wenn sie schon als kleines Kind durchschaut hatte, dass er versuchte, strenger zu wirken, als er eigentlich war. Wenn er sie dabei ertappte, wie sie mit Papa Jenka tanzte, hatte er nur gelacht und im Takt geklatscht. Und er war freigebig gewesen. Wollte sie sich ein Eis kaufen, bekam sie einen Hunderter, wenn er gerade kein Kleingeld hatte.

Die Großmutter kannte sie nur aus Erzählungen. Sie war wenige Wochen vor ihrer Geburt gestorben. Inga hatte Bilder von ihr gesehen und erinnerte sich vor allem an ein Foto. Großmutter auf einem Stuhl sitzend, die Haare zum Knoten hochgesteckt und ein Kind auf dem Schoß. Das Kind war Onkel Ivar, und beide schauten in die Kamera, als teilten sie ein wichtiges Geheimnis. Sollte sie Solveig anrufen und fragen, wo das Bild jetzt war und wer den Brief geschrieben haben könnte? Solveig kannte sich in der Familiengeschichte ziemlich gut aus. Vielleicht hatte einer der vielen gottesfürchtigen Brüder, zu denen auch Solveigs Vater gehörte, eine heimliche Affäre mit der Briefschreiberin gehabt.

Der Lockruf ihres Handys brachte sie dazu, auf die Uhr zu schauen. Halb zwölf. Sie rannte ins Haus und fischte das Telefon aus der Jackentasche.

»Inga.«

»Bist du gerannt?« Niklas hörte sich überrascht an.

»Ich komme nur aus dem Garten. Im Schuppen habe ich alten Schrott aussortiert.«

»Dass du das wirklich sofort angegangen bist ...«

»Wo es mir gestern so schlecht ging?«

»Entschuldige.« Danach wurde es still. Niklas holte Luft, wie um etwas zu sagen. Sie kam ihm zuvor.

»Du brauchst dich nicht zu entschuldigen. Es ist nicht so ... es ist schwer zu erklären. Diese Stimmungsschwankungen ... dass ich keine Ruhe finde.«

Das war ein Gefühlszustand, den sie nicht einmal sich selbst eingestehen mochte. Seltsam, dass sie nun hier stand und mit Niklas darüber redete.

»Jedenfalls hatte ich es mir in den Kopf gesetzt, im Schuppen Ordnung zu schaffen. Die Sonne schien, und ich habe im Garten gefrühstückt. Übrigens, danke für den Nusskäse. Und alles andere, was du gekauft hast.«

»Das war doch wohl das Mindeste, was ich tun konnte.«

»Es hat mir viel bedeutet. Ich habe übrigens etwas Spannendes gefunden.«

»Was denn?« Niklas hörte sich interessiert an, möglicherweise war er erleichtert, weil sie das Thema gewechselt hatten.

»Einen Karton mit alten Zeitungsausschnitten und einem Brief. Den Rest habe ich bisher nur überflogen. Aber den Brief habe ich gelesen. Datiert 1916. Aus Afrika, zensiert. Von einer Frau, die in eine Missionsstation gereist war, um der Urbevölkerung zu predigen.«

»Und wer hat diesen Brief geschrieben?«

»Das weiß ich nicht. Alle Namen sind durchgestrichen. Aber meine Großeltern kannten einige Missionare. Und die Brüder meiner Großmutter waren allesamt in der Kirche aktiv.«

»Glaubst du, die könnten etwas wissen?«

»Vielleicht. Mein Vater hätte es natürlich gewusst.«

Sie hatte ihn schon länger nicht mehr erwähnt, da das ihre Trauer eher vergrößerte als linderte. Ihre morgendliche Kraft nahm jetzt ab. Sie schaute sich um und dachte, dass sie dort Ordnung geschaffen hatte, wo es am wenigsten nötig gewesen war. Draußen im Gras lag ein großer Haufen Schrott, den sie zur Müllgrube schaffen oder abdecken musste. Es könnte Regen geben. Die Nachbarn schienen nicht zu Hause zu sein, wie ihre schwarzen Fenster verrieten. »Hast du ein Auto mit Abschleppvorrichtung?«

»Apropos Afrika?«

»Apropos Schrott. Er liegt bei mir im Gras. Ich kann es aber auch in zwei Touren mit meinem Auto schaffen. Das steht auf dem Festland.«

Sie verstummte. Was spielte es eigentlich für eine Rolle, ob der Kram dort herumlag, bis irgendjemand kam und den gesammelten Abfall der Insel holte? Was spielte überhaupt eine Rolle?

»Ich habe einen Wagen mit Anhänger. Wir können das gleich erledigen, wenn du willst. Ich wollte mir für den Rest des Tages ohnehin freinehmen. Wir könnten einen Spaziergang um die Insel machen und danach bei mir essen oder uns bei dir etwas kochen. Anita bleibt noch einen Tag in Göteborg.«

Sollte sie die Form wahren oder allein bleiben? Sie wusste es nicht und dachte an die Tabletten, die noch immer unangebrochen in ihrem Koffer lagen.

»Du brauchst dich nicht sofort zu entscheiden.« Niklas schien ihr Zögern zu verstehen.

»Aber ich komme nachher mit dem Anhänger vorbei. Zur Müllhalde zu fahren ist immer ein Vergnügen. Seltsam, aber wahr. Und dann werden wir ja sehen, was du dir zutraust. Du musst jedenfalls etwas essen.«

»Bist du sicher?«

»Weil du gestern gegessen hast, meinst du? Wir sehen uns nachher.«

Er legte auf.

Sie starrte das stumme Telefon an und dachte, dass sie Solveig anrufen müsse. Es war vielleicht idiotisch, eine alte Verwandte anzurufen und sich nach einem fast hundert Jahre alten Brief zu erkundigen, statt sich zu waschen und anzuziehen.

Aber was hatte die unbekannte Frau in diesem Brief geschrieben? Etwas darüber, dass die Afrikanerinnen auf ihre Weise moderner seien als die Schwedinnen, denen es solche Probleme bereitete, zu waschen und zu bügeln. Vielleicht war auch das hier ein Zeichen, wo sie doch auf eines gewartet hatte. Was würde Mårten sagen? Dass sie das machen sollte, was ihr am besten bekam.

Was ist der Sinn des Lebens? Mit dir zusammen glücklich zu sein.

Sie konnte sich nicht aufraffen, ihr Adressbuch zu holen.

Stattdessen ließ sie sich von einem unbekannten Menschen mit Eskilstuna verbinden, wo Solveig noch immer allein lebte, obwohl sie jetzt auf die achtzig zuging. Vermutlich war es ihre Heiterkeit, die sie in all den Jahren so gut erhalten hatte. Als sie sich meldete, geschah das mit demselben tabakgeschädigten Alt wie immer.

»Solveig, mitten beim Essen.«

»Hallo, Solveig, entschuldige die Störung. Hier ist Inga.«

Der Freudenschrei am anderen Ende der Leitung kam von Herzen. Solveigs Wortschwall drohte, sie in Wohlwollen zu ertränken. Wie schön, von ihr zu hören, und nein, das Essen könne sie doch wieder aufwärmen. Wie sehr sie sich über die Einladung zu Ingas Ausstellung in Strängnäs gefreut habe. Was für schöne Bilder! Wie traurig sie noch immer über Mårtens Tod sei, und wie schwer die Zeit seither für Inga gewesen sein müsse. Natürlich wisse sie, wie es sei, allein zu frühstücken, aber Herrgott, Arthur sei alt gewesen. Man müsse eben zufrieden sein, solange man gesund sei und Geld habe.

»Und Geld natürlich. Es ist einfach alles leichter, wenn man ein bisschen Geld ausgeben kann.«

Solveig holte Luft. Inga konnte dazwischen werfen, dass sie zum ersten Mal seit langer Zeit das Sommerhaus besuche. Sie erzählte, in welchem Zustand alles sei. Solveig seufzte.

»Wir müssten etwas gegen dieses Elend tun. Ich war im Sommer da und habe versucht, den Garten in Ordnung zu bringen, aber ehrlich gesagt, fällt es mir schwer, die Spreu vom Weizen zu unterscheiden. So war das ja mit den Kerlen, aber damit ist schließlich Schluss: Ich habe natürlich Rolf. Aber wir sind nur gute Freunde.«

Solveigs robuste Einstellung war eine Befreiung. Vor allem, da sie ihr noch immer Blumen geschickt hatte, nachdem alle anderen Sträuße verwelkt waren. Inga würde niemals vergessen, wie sie als Mädchen mit Solveig, die klirrende Armreifen trug, in einen Spielzeugladen gehen durfte. Als alles bezahlt war, fand sie ein traumhaft schönes Malbuch. Solveigs damaliger Mann wandte ein, die Kleine habe doch schon genug bekommen. Solveig dagegen sah den Glanz in Ingas Augen und kaufte ihr das Buch. Inga besaß es noch immer.

Solveig redete über das Haus, über die Renovierungen und über Vetter Ivar, den sie vor einigen Wochen besucht hatte. Inga nutzte abermals eine Pause.

»Ich wollte dich etwas fragen. Ich habe im Schuppen aufgeräumt und einen Karton mit Papieren und einem Brief gefunden. Aus Afrika. Von einer Missionsstation in Mombasa.«

Sie fasste den Inhalt zusammen. Solveig wirkte nachdenklich.

»Ich kann natürlich nichts mit Sicherheit sagen … mein Vater war ja ein guter Christ und spendete Geld für die Mission. Genau wie alle seine Brüder. Und deine Großeltern. Sie hatten mehrere Freunde, die Missionsarbeit betrieben. Aber vielleicht hatte dein Großvater doch das größte Interesse daran. Deine Großmutter war gar nicht so fromm, obwohl sie Pastorengattin war. Sie gab sich alle Mühe, aber ich hatte immer das Gefühl, dass sie verächtlich schnaubte, wenn es übertrieben religiös zuging.«

»Wie meinst du das?«

Solveig lachte kurz.

»Ich meine, dass sie Probleme hatte mit Leuten, die heuchelten und die Heiligen spielten, aber nie da waren, wenn man sie brauchte. Deine Großmutter war eine wunderbare Persönlichkeit. Und sie war auch eine sehr schöne Frau. Das hast du vielleicht auf alten Fotos gesehen. Sie hatte auch immer eine Menge Verehrer. Das weiß ich ganz sicher. Angeblich ähnle ich ihr ein wenig, jedenfalls habe ich meine Tante sehr bewundert. Ich hatte immer das Gefühl, dass uns viel verband. Sie hatte ja keine eigene Tochter, sondern nur deinen Papa und Ivar. Es ist schade, dass du sie nie kennengelernt hast. Deine Mutter musste nach der Beerdigung sofort ins Krankenhaus, um dich auf die Welt zu bringen.«

»Ich weiß noch, dass Papa meinte, dass Gott damals Freude und Kummer so dosiert habe, dass sie sich ausglichen. Der Herr sei gerecht gewesen.«

Solveig schnaubte.

»Das wäre dann aber das erste Mal. Nein, jetzt bin ich vielleicht ungerecht. Aber wenn es mit Arthur ganz besonders schlimm war, dann konnte ich nirgendwo Gerechtigkeit sehen. Das änderte sich, als ich Rolf kennenlernte. Obwohl wir, wie gesagt, nur gute Freunde sind.«

»Nur gute Freunde …« Zum ersten Mal seit langer Zeit wagte sie, sich über jemanden lustig zu machen.

»Daran gibt es nichts auszusetzen, nur gute Freunde zu sein. Niemand sitzt beim Essen gerne ganz allein da. Rolf bezahlt, ich koche, und niemand kann zufriedener sein als wir. Nur die alten Weibsen in der Nachbarschaft sind sauer darüber.«

»Wie meinst du das?«

Solveig schnaubte noch einmal.

»Sehr viele meiner Bekannten haben gehässige Bemerkungen gemacht, als ich anfing, mich mit Rolf zu treffen. Sicher hatten sie selbst ihre Haken ausgeworfen, und dann hat er sich in mich verguckt, dabei hatte ich es nicht einmal darauf angelegt. Ich habe ihn einfach nur gefragt, ob ich mir ein paar von seinen Äpfeln holen dürfte, um daraus Kompott zu kochen. Er brachte mir eine ganze Tüte. Und dann ist er immer wieder gekommen. ›Ich habe sie unter dem Apfelbaum gefunden‹, hat er zu einigen von diesen alten Tanten gesagt, und schon hatten die Klatschmäuler genug zu tun.«

»Ich kenne das. Eine Freundin, eine Bekannte, hat mir gesagt, ich hätte Mårten ja offenbar sehr schnell vergessen.«

Warum fing sie gerade jetzt an zu weinen? Im Hintergrund hörte sie Solveigs Stimme, tröstend und erfüllt von dem Wunsch zu erklären.

»Ach, Inga, das ist nur Neid … sie sind unzufrieden mit sich selbst. Sie können nicht verstehen, dass wir und alle anderen starken Menschen im Grunde gar nicht so stark sind. Es klingt blöd, aber es wird besser. Du weißt doch, dass du Mårten niemals vergessen wirst. Was spielt es da für eine Rolle, was ein unglücklicher Mensch sagt?«

»Ich weiß, du hast recht, aber …«

Sie weinte jetzt haltlos. Während sie versuchte, sich mit dem Ärmel das Gesicht abzuwischen, hört sie im Telefon Solveigs Stimme.

»Ist schon gut. Raus mit dem Dreck. Und während du dich weiter um dich kümmerst, werde ich mich ein wenig umhören. Das gibt mir eine gute Gelegenheit, nicht den Teufel und seine Großmutter anzurufen und über wehe Knie oder einen Beitrag zu einem Beerdigungsgesteck reden zu müssen. Je mehr ich darüber nachdenke, umso neugieriger werde ich. Und irgendetwas geht mir jetzt durch den Kopf. Deine Großmutter hatte eine Freundin namens Lea. Die ist als junge Frau Hals über Kopf ausgewandert, ob nach Afrika, das weiß ich nicht. Aber ich frage mich, ob da nicht irgendetwas vorgefallen war.«

Solveig verstummte. Die Frage kam ziemlich abrupt.

»Hast du in letzter Zeit mit deiner Mama gesprochen?«

Mama. Ein lustiges Wort, das sich ungewohnt anfühlte. Gleich nach der Scheidung der Eltern und Mamas Flucht in die USA hatten sie, wie auf eine stillschweigende Abmachung hin, das Wort Mama begraben. Mama hieß jetzt seit so vielen Jahren Louise, dass sie wirklich zu Louise geworden war. Eine, mit der Inga manchmal sprach und die sie dann und wann besuchte. Da Papa beide Rollen übernommen hatte. Bis er zur anderen Seite hinübergeglitten war, wo die Großeltern schon am Ufer warteten, zwei schwarze Gestalten, wie aus einer alten Fotografie ausgeschnitten.

»Das ist jetzt einige Wochen her. Wir sprechen nicht so oft miteinander. Zuletzt gesehen haben wir uns bei der Beerdigung. Danach war sie dann noch ein paar Tage bei mir. Es war … ja, es war schön, dass sie das getan hat.«

»Ist sie glücklich?«

»Ich glaube schon. Sie zieht sehr oft um, versucht aber, sich nicht allzu weit von meinen Halbgeschwistern an der Ostküste zu entfernen. Sie will das Meer in der Nähe haben.«

»Und ihre Verwandtschaft? Diese verrückten Leute aus Norrland, die so erfrischende Ansichten über uns hatten?«

»Wir hören viel zu selten voneinander. Ich hatte einfach nicht die Kraft, Solveig. Stell dir vor, ich sitze hier noch immer in meinem alten Schlafanzug unter dem Overall.«

»Du hast den Schuppen aufgeräumt. Einen Brief gefunden und mich angerufen. Das reicht doch.« Solveigs Stimme klang ungewöhnlich sanft, als sie hinzufügte: »Verlang nicht so viel von dir. Trink etwas Warmes und schau dir weiter diesen Karton an. Ich würde mir ja einen kleinen Whisky gönnen. Aber es ist noch zu früh. Versprich mir, dich gut um dich zu kümmern.«

Schweigen.

»Übrigens, hat Harald dir mit dem Wasser geholfen?«

»Nein, Niklas. Aber sicher hat Harald ihm alles erklärt. Er hat sich an alles erinnert, aber er sieht wohl schlecht.«

Solveig seufzte.

»Ja, Altwerden ist nicht lustig. Aber jung zu sein, kann auch ganz schön hart sein. Allen Kummer, alle Sorgen und alle Verluste noch vor sich zu haben. Jetzt rede ich wie die Quengeltanten von nebenan, und dabei sehe ich das Leben sonst immer so positiv. Wir haben trotz allem nur dieses eine Leben und wissen nicht, wann es endet …«

Solveig verstummte. Dann sagt sie, mit noch sanfterer Stimme: »Verzeih, dass ich mich so ungeschickt ausgedrückt habe. Aber du …«

»Mårten und ich, wir …«

Sie konnte nicht mehr. Mit einem eiligen »bis dann« drückte sie Solveig weg, hörte aber noch, dass ihre Verwandte versprach, sich zu melden. Draußen war es noch immer hell, aber der Nachmittag hatte die Felsen schon angehaucht und die Farben vertieft. Bald würde es dunkel werden, wie es im November eben dunkel wird. Ein Monat voller Angst für viele, aber nicht für sie, da ihr Vater mitten im November phantastische Geburtstagsfeste veranstaltet hatte.

Sie starrte das Bild an, an dem sie bestimmt schon hundertmal vorbeigegangen war, und sah ein, dass es sich um ein ziemlich stümperhaftes Landschaftsbild handelte. Es hatte schon immer hier gehangen, mit seinen Heuballen und Bauernhöfen. Sie goss sich Tee ein, der in der Kanne kalt geworden war, und trat mit der Tasse in der Hand vor den Spiegel bei der Haustür. Ihre Haare waren ziemlich gewachsen und hingen ihr über den Rücken. Die lila Schatten unter den Augen ließen sie dunkler aussehen als sonst, und ihre Haut wirkte wie graues Porzellan. Als hätte sie die Sonne seit Jahren nicht mehr gesehen, und dabei war sie doch vorhin noch draußen gewesen. Ihr Hals war zu dünn. An ihm hing ein Silberkreuz, das Geschenk zu ihrem achtzehnten Geburtstag, das als Familienkleinod galt. Seitdem hatte sie es immer getragen.

Bei diesem Gedanken ging sie wieder in den Schuppen, wo immer noch der Karton stand. Sie schob die Hand hinein und erwischte eine Zeitungsseite mit Kinospielplänen. Aufgeführt wurde die Romanze einer Varietékünstlerin. Eine Warnung für Ehemänner. Am Abgrund des Verbrechens. Der Triumph der Liebe. Kriminalfall, psychologisches Drama, Lustspiel. Sie hörte ein Geräusch, schaute auf und sah Niklas um die Ecke biegen. Zeit, den Müll vom Grundstück zu schaffen.

Besser, sie fingen sofort damit an.

»Die deutsche Organisation nachts ist sehr gut. Ihr System von Erkennungssignalen ist außergewöhnlich. Unseres ist de facto nicht existent. Ihre Suchscheinwerfer sind unseren überlegen und überaus effektiv. Dadurch erzielen sie ausgezeichnete Resultate. Ich muss wider Willen zugeben, dass wir für Nachtangriffe viel von ihnen lernen können.«

John Jellicoe, Admiral der British Navy

Kapitel 5

1959

Als ich mich heute auf den Stuhl setzte und hinausschaute, brach ich in Lachen aus, um mich aufzuheitern. Das mache ich manchmal, und ich werde dann wirklich froher, auch wenn ich mir töricht vorkomme. Nach einer Weile schaute einer der Weißkittel herein und wollte wissen, wie es mir gehe. Sie halten mich sicher für verrückt. Mein unmotiviertes Lachen macht ihnen Angst, und dabei ist es nur der Versuch, mich aufzumuntern und meine Sehnsucht zu überspielen.

Ich habe frische Blumen bekommen, die die Schwester auf den Nachttisch stellte. Sie begreift vermutlich nicht, wozu die Blumen gut sein sollen. Aber sie wagt nicht, etwas anderes zu tun. Ich bekomme viele Besucher, so dass die Weißkittel freundlich sind. Vielleicht haben sie auch ein wenig Angst vor mir. Weil ich mich nicht aufspiele.

Ein Tisch, ein Stuhl, ein Kleiderschrank. Ein spärlich möbliertes Zimmer. Seltsam. Wir brauchen nichts, wenn wir kommen, und nichts, wenn wir gehen. Nur die Zeit dazwischen glauben wir mit Dingen Ereignissen und Erlebnissen füllen zu müssen, damit es im Leerraum, der sich sonst bilden würde, nicht widerhallt. Ich dachte daran, als er mich zuletzt besucht hat. Er, mein Lebenskamerad, dem ich so viel gegeben habe, wie ich nur konnte, ohne dass es gereicht hätte. Wenn ich vorwärts wollte, hat er mich gebremst. Er vergaß viel zu oft zu leben.

Er hielt meine Hände, streichelte meine Wangen und sah mich mit derselben tiefen Liebe an, die er sein Leben lang ausströmte. Ich war ihm meistens treu, aber nicht immer in meinen Gedanken. Das werde ich immer bereuen, aber ein wenig ist er auch selbst schuld daran.

Das Mädchen wird bald geboren werden, und dann geht mein Leben seinem Ende entgegen. Deshalb eilt es. Aber die Eile ist wie der Sturm, in der Mitte gibt es einen Ort der Ruhe, und dort befinde ich mich jetzt. Und ich weiß, was Trauer ist. Wie es ist, einen geliebten Menschen zu verlieren und zu spüren, wie die Sehnsucht das Sichere und Lichte zerfrisst. Es ist, wie den Schritt über den Klippenrand zu machen und zu wissen, dass es keinen Weg zurück gibt. Man muss mit den Flügeln schlagen und fliegen lernen.

Als Vater müde wurde, wollten wir das nicht verstehen. Es schien unvorstellbar, dass er verschwinden könnte. Als es so weit war, ballten meine Brüder die Fäuste und hoben sie gen Himmel. Sie verfluchten Gott, der den holte, der nicht geholt werden dürfte. Angesichts des Verlusts kämpften sie mit ihren Zweifeln und ihrem Entsetzen. Der Einzige, der niemals zweifelte, war Vater. Er kämpfte gegen jeden Rückschlag und mühte sich immer wieder ein Stück weiter hoch, nur um dann noch tiefer abzustürzen. Und doch strahlten seine Augen ab und zu in blauer Munterkeit. Wenn er konnte, sorgte er dafür, dass alle, die zu Besuch kamen, getrocknete Äpfel bekamen.

Eines Tages, als die Schmerzen besonders stark waren, fragte ich ihn, ob er nicht wütend auf Gott sei.

»Nein, das bin ich nun wirklich nicht«, antwortete er. »Aber ich bitte um ein wenig Barmherzigkeit«, fügte er nach einer Weile hinzu. Ich musste hinter vorgehaltener Hand husten, um meine Tränen zu verbergen.

»Ich muss Wasser lassen. Kannst du mir den Topf reichen?«

»Ja, Vater. Soll ich so lange nach draußen gehen?«

»Nein, bleib nur. Es macht nichts, dass du hier bist. Wasser lassen ist jetzt das Einzige, das ich noch allein schaffe. Ich habe keinen Stolz mehr.«

Wurde ihm Barmherzigkeit zuteil? Ich weiß noch immer keine Antwort. Ich weiß nur, dass der Arzt uns am Ende in die Küche rief und erklärte, es gehe dem Ende entgegen. Mutter fuhr hoch und schlug die Hände vors Gesicht. Markus schob seinen Stuhl so heftig zurück, dass er umkippte. Hannes rannte auf den Dachboden und schloss sich dort ein. Die ganze Nacht hörten wir sein ängstliches Gebet. Es verstummte erst gegen Morgen, als Mutter an die Tür klopfte und ihm etwas zu trinken reichte.

Ich fragte Vater, woran er dachte.

»Ich finde, unser Herr hätte mir das hier ersparen können«, antwortete er. Am nächsten Tag sagte er, er wolle kämpfen.

Der Arzt meinte, er werde niemals wieder gehen können.

»Wenn andere das geschafft haben, werde ich das ja wohl auch schaffen«, sagte Vater.

Wenn Vater so weit genesen würde, dass wir ihn bei schönem Wetter im Rollstuhl aufs Feld hinausfahren könnten. Wenn wir zusammen Kaffee trinken könnten. Wie würde ihm dann zumute sein? Würde er sich freuen, weil er noch lebte und frische Luft einatmen konnte, oder würde er betrauern, was er verloren hatte?

»Darüber muss man nachdenken«, antwortete er, als ich ihn fragte. Danach fasste er seine Entscheidung.

Als das Fieber und der Husten kamen und der Arzt von Medikamenten sprach, sagte er nein.

»So geht das einfach nicht«, flüsterte er, bis zur Unkenntlichkeit abgemagert. Nun gab es weder Hoffnung noch Trost, sondern nur Warten. Mitten in diesem verdammten Wirbelwind verspürte ich Ruhe und wusste doch nicht, was später geschehen würde. Nur, dass alles für immer anders sein würde.

Wir hielten abwechselnd bei ihm Wache. Fast immer zusammen mit Mutter, deren Haare in dieser Zeit weiß wurden. Es war ein Glück, dass wir die Tiere hatten. Sie weinten nicht, sondern verlangten Fürsorge. Uns tat es am meisten weh, alles erledigen zu müssen und zu sehen, dass es auch ohne Vater ging. So, wie die Wellen sich um etwas schließen, das ins Wasser geworfen wurde - als sei nichts geschehen. »Was man muss, das schafft man«, sagte Mutter. Wir taten, was wir tun mussten.

In der letzten Nacht schlief Mutter mit dem Kopf auf dem Küchentisch ein. Hannes betete auf dem Dachboden, und wir anderen lagen erschöpft in unseren Betten. Ich sah mich im Traum mit Vaters Augen, hörte, wie er mich rief, und wusste, dass es so weit war. Ich schlich nach unten und sah, dass Vater, der den ganzen Tag geschlafen hatte, wach war. Seine Kissen waren zerknittert, die Luft schwer. Ich öffnete das Fenster, und das Unausweichliche wurde hereingeweht. Vaters Kopf wirkte klein, seine Beine und Arme waren kraftlos. Nur die Augen lebten und leuchteten.

»Es ist so gekommen, wie ich geglaubt habe«, hauchte er.

»Wie denn?«, fragte ich und nahm seine Hand.

»Dass ich aufhören darf.«

Vaters flehender Blick, wenn er trinken musste. Ich holte Wasser, hob es an seine Lippen und vergoss es über der Bettdecke. Unendliche Stunden. Der Schlag der Uhr an der Wand, wie ein unbarmherziges Herz. Vaters Stimme.

»Ihr wart in dieser ganzen Zeit ein Segen.«

Meine Hand, die seine weißen Finger umschloss. Seine Hand noch immer größer als meine.

»Du bist ein Engel. Ich weiß nicht, wie ich dir danken soll.«

»Wenn ich das gewesen wäre, Vater. Dann wärst du doch auch da gewesen.«

»Ja. Das wäre ich. Ich wäre da gewesen.«

Und ein letztes Flüstern.

»Ich habe Schulden auf dem Hof …«

Glaubst du, du musst mich dafür entschädigen, dass ich hier sitze, Vater? Verstehst du nicht, dass du mir so viel gegeben hast? Du, der mir das Leben gegeben hat?

Unruhiger Schlaf. Atemzüge, die das Ende ankündigen. Meine Rufe, die Familie, die sich versammelt. Seine Hände in unseren. Ein letzter Atemhauch.

Nichts wird je wieder so sein, wie es war. Ja, ich weiß, was Trauer ist. So unendlich und so wohltuend.

Vater im selbstgezimmerten Sarg. Aus den feinsten Brettern, ohne Astlöcher oder Unebenheiten. Vater war da und doch nicht da. Gekleidet in seinem einzigen, und deshalb besten schwarzen Anzug und ein weißes Hemd. Frischgeputzte Schuhe. Blumen auf der Brust. Sag Lebewohl, danach wirst du dich besser fühlen. Nicht anfassen, nicht berühren. An die Wochen danach kann ich mich nicht erinnern. Ich weiß nur, dass wir uns um den Küchentisch versammelten, dass Mutter sich innerlich verhärtet und ausgeweint hatte. Auf dem Tisch waren Papiere ausgebreitet, die sich auf den Hof bezogen, und ich weiß noch, dass meine Brüder untereinander tuschelten. Dann saß ich vor den Engeln und hatte ein seltsames Gefühl unter meinen Schulterblättern. Siebzehn Jahre und vaterlos, so erhebe dich denn, nimm deine Schuhe und wandele. Jetzt musst du fliegen lernen, denn deine Brüder haben den Sarg eures Vaters zur letzten Ruhe geleitet. Die Trauergäste haben sich den Lehm von den Schuhen gewischt und Käsekuchen mit Schlagsahne und Himbeermarmelade gegessen.

Ich verschwand im Wald. Ging über meine und Vaters Wege,

versuchte, ihn in den Birken oder zwischen den Beeren zu sehen. Ich legte meine Röcke ab, zog die abgelegten Hosen und Hemden meiner Brüder an, versteckte meine Zöpfe unter einer Schirmmütze und kletterte auf die Bäume. Ich wollte mit Vaters Stimme singen, fand aber nur meine eigene, die weinte, wenn sie über unsere alten Melodien stolperte. Ich lief barfuß weiter und kehrte mit schmutzigen Füßen heim. Mutter hatte keine Kraft, um mich zurechtzuweisen.

Eines Tages, als ich zur Lichtung kam, hatten meine Träume mich schlimmer als sonst gehetzt. Vaters Blick hatte mich gesucht, und ich hatte versucht, nach seinen Händen zu greifen. Jetzt streckte ich mich im Gras aus und pfiff auf die Beherrschung. Kehrte die Handflächen der Sonne zu. Ich spürte eine Bewegung, ein Kitzeln. Schaute auf.

Auf meiner Hand trippelte eine Kohlmeise unruhig hin und her. Sie schaute mich an und kratzte mit den Krallen über meine Haut, während Vaters Stimme in der Stille flüsterte. Ich bin immer bei dir, Rakel. Wenn du mich lässt.

Die Kohlmeise verschwand in meinen Gedanken, und ich wanderte nach Hause. Ich sah das Zucken um Mutters Mund und hörte meine Brüder seufzen. Ich wusch mir die Hände und fing an, Kartoffeln zu schälen. Einige Wochen darauf stand in der Göteborger Handels- und Seefahrtszeitung die Annonce genauso, wie ich sie geschrieben hatte.

Junges wohlerzogenes Mädchen vom Lande, das durch den Verlust ihrer Eltern einsam in der Welt steht, wäre dankbar, von einer guten, gebildeten Familie als Hilfe angenommen zu werden. Freundlich, Erfahrung als Köchin, bereit, im Sommer mit aufs Land zu gehen. Antworten unter Chiffre ›Bauerntochter‹ an die Redaktion.

Es war eine Mischung aus den Anzeigen, die ich in früheren Ausgaben dieser Zeitung gelesen hatte, wenn ich beim Kaufmann darin blätterte. Er ließ sie sich bisweilen kommen, und ich hatte immer gern über die Küste gelesen. Das Meer lockte mich, ohne dass ich gewusst hätte, warum, und ich wollte von Vaters Tod so weit fort wie nur möglich. Zwar machte mir diese Vorstellung Angst. Aber die Gefahr, als unverheiratete Tochter auf dem Hof bleiben zu müssen, wenn meine Brüder weggingen, war noch beängstigender.

Außerdem war mir klar, dass es für meine Familie finanziell knapp werden würde. Die Pläne, uns in Uppsala studieren zu lassen, waren aufgeschoben worden, jetzt ging es darum, wer den Hof übernehmen und wer sich anderswo sein Brot verdienen sollte. Ehe überhaupt irgendwer dabei an mich gedacht hatte, hatte ich meinen Brief an die große Westküsten-Zeitung aufgegeben. Bald traf die Antwort einer Frau Amanda Otto aus Vasastaden in Göteborg ein. Sie bot mir einen Platz als Hausjungfer für sechzig Kronen im Monat an. In ihrem Haus konnten sie mich nicht unterbringen. Aber es bestand die Möglichkeit, in einem anderen Stadtviertel mit einem weiteren neuen Dienstmädchen ein Zimmer und eine Küche zu teilen.

Voller Unruhe reichte ich beim Mittagessen, wo statt Alltagsgeplauder lange Pausen vorherrschten, Mutter den Brief. Sie nahm und las ihn schweigend. Nach einer Weile schaute sie auf, und ich sah, dass ihre Augen Farbe verloren hatten. Ihre Haare und ihr Blick leuchteten silberweiß.

»Ich lasse dich nie im Leben gehen. Nur, damit du's weißt«, konnte sie noch sagen, ehe Hannes ihr den Brief wegnahm und den anderen vorlas.

Drei Wochen später war ich auf dem Weg nach Göteborg.

Am Abend vor der Abreise ging ich auf den Friedhof und

sprach mit Vater. Ich trug Markus' Hosen, in dem Bewusstsein, dass es damit ab morgen vorbei wäre. Die Erde sah frisch aus, jemand hatte Zweige auf das Grab gelegt. Vorsichtig legte ich die mitgebrachten Äpfel dazu.

»Vater«, flüsterte ich. »Ich verlasse morgen den Hof und fahre nach Göteborg. Ich werde als Dienstmagd arbeiten.«

Ein Windstoß versetzte die Äpfel leicht in Bewegung. Mir schien, dass Vaters Atemhauch mit ihnen spielte und er mir damit seinen Segen gab. Ich ergriff eine Faust voll Erde.

»Vater«, flüsterte ich dann. »Wie soll ich das schaffen?«

Der Wind heulte über den Friedhof. Die Grabsteine drehten mir ihre ausdruckslosen Gesichter zu. Ich lauschte, hörte aber nichts. Also musste ich es mir selbst sagen. Dass er bei mir sein würde bis ans Ende aller Zeiten.

Mutter und Hannes brachten mich zum Bahnhof. Sie wagten es als Einzige, mir beim Abschied in die Augen zu sehen. Meine anderen Brüder hatten mich auf dem Hofplatz umarmt, hatten gesagt, ich solle schreiben und bald wieder nach Hause kommen. Unmittelbar vor der Abfahrt ging ich ins Abteil, hievte meinen Koffer allein ins Gepäcknetz und nahm den Korb, den Mutter mir reichte. Ich trug ein schwarzes Kleid und hatte mir den Zopf mehrmals um den Kopf gewickelt. Meine Stiefel hatte Hannes mit Ruß und Spucke gewienert.

Mutter und Hannes verließen den Zug und blieben auf dem Bahnsteig stehen. Mit zusammengepressten Lippen verkniffen sie sich ihre Gefühle, genau wie ich. Nach den vergangenen Wochen hatten wir keine Kraft mehr dafür.

Erst, als die Abfahrt verkündet wurde und die Lok loshustete, streckte Mutter die Hand zum offenen Fenster aus. Ich beugte mich hinaus und nahm sie. Sie war rau, aber warm.

»Pass auf dich auf, Rakel. Schreib, und vergiss nicht, dass es jemanden gibt, der immer bei dir ist, wenn du nur die Hände faltest. Du weißt, was ich meine«, sagte sie.

Hinter ihr hörte ich, wie Hannes versuchte zu lachen. »Das wird schon gut gehen in der großen Stadt, kleine Schwester. Gott segne dich.«

Der Zug fuhr an. Mein Magen stülpte sich um. Ich presste die Stirn an die Fensterscheibe und sah, wie Mutter und Hannes sich vor dem Hintergrund meines Heimatdorfes in zwei dunkle Silhouetten verwandelten. Als sie verschwunden waren, ließ ich mich zurücksinken, sah, wie der Dampf der Lokomotive vor dem Fenster vorbeitrieb, und nickte für eine Weile ein.

Als ich die Augen öffnete, war der Korb von meinem Knie gerutscht und stand neben mir auf dem Boden, noch immer bedeckt mit einem Küchenhandtuch. Mir gegenüber saß ein junger Mann. Er war wohl etwas älter als ich und hatte blaue Augen wie Vater. Blonde Haarsträhnen lugten unter der Schirmmütze hervor. Er trug grobe Stiefel, und seine Jacke war an den Ellbogen geflickt. Neben ihm lehnte ein abgetragener Rucksack.

»Guten Morgen, Fräulein«, sagte er munter. »Ihr Korb wäre fast umgekippt, aber ich konnte ihn noch retten. Ich glaube, das war der Mühe wert. Der scheint ja mit Essen vollgepackt zu sein.«

Letzteres sagte er in einem sehnsüchtigen Ton. Ich gab keine Antwort, sondern schaute aus dem Fenster, wo die Landschaft in klaren Herbstfarben vorüberfegte.

Hier im Krankenhaus frage ich mich oft, wozu Stolz gut sein soll. Der arme Jakob, der den Duft von Mutters selbstgestopften Würsten wahrnahm und einige Worte wechseln wollte. Mit mir, einer Siebzehnjährigen, die sicher nicht hässlich war, aber ebenso abgenutzte Ärmel hatte wie er selbst. Wie selig wäre ich heute, wenn ein junger Mann wie Jakob in mein Zimmer käme und auf ein Plauderstündchen wartete, wenn es mir behagte, zu erwachen. Es wäre mir sogar egal, dass es in meinem Zimmer nach Krankheit und Ende riecht.

Ich würde alles tun, um ihn zum Bleiben zu bewegen. Ich würde ihm die überflüssigen Süßigkeiten anbieten, die mir irgendwer mitgebracht hat. Ich würde ihn nach seinem Leben fragen, um ihn nicht mit dem meinen zu langweilen. Ich würde seine Himmelsaugen und seine offene Seele genießen. Ich würde wünschen, dass er mich niemals verließe.

Aber ich war siebzehn Jahre alt und gesund.

»Wie heißen Sie, Fräulein?«

»Glauben Sie wirklich, dass ich einem Wildfremden meinen Namen verrate?«

Er streckte die Hand aus, ohne darauf zu achten, was ich gesagt und wie ich es gesagt hatte.

»Jakob«, sagte er, immer noch freundlich.

Widerwillig hielt ich ihm meine Hand, hin, und er nahm sie sofort. Seine Handfläche war von Schwielen bedeckt.

»Rakel.« Ich versuchte, meine Hand an mich zu ziehen, aber er hielt sie fest, drehte und wendete sie.

»Du hast schöne Hände, Rakel. Und sie sind so schlank wie deine Füße.«

»Andere reden eher über meine Haare.«

Ich weiß nicht, warum mir das herausrutschte. Vielleicht wollte ich die Erfahrene spielen. Auf jeden Fall wollte ich ihm klarmachen, dass ich für Schmeicheleien nicht empfänglich war. Jakob lachte, und nach einer Weile stimmte ich ein. Ich konnte mein Lachen einfach nicht unterdrücken.

»Klar. Aber manche sehen mehr als nur das Augenfällige«, erwiderte er.

»Wohin fährst du?«, fragte er. Ich schielte zu meinem Proviantkorb hinüber. Sollte ich ihm etwas anbieten? Gott allein wusste, wann ich wieder etwas zu essen bekommen würde. Der Herr des Hauses würde mich, so hatten sie geschrieben, vom Bahnhof abholen. Sollte er es nicht schaffen, käme jemand anderes. Wir würden zuerst zu meinem zukünftigen Zimmer fahren, anschließend zu meinem neuen Arbeitsplatz. Ich hatte keine Ahnung, ob ich dort etwas zu essen bekäme. Die fünf Kronen, die Mutter mir »sicherheitshalber« zugesteckt hatte, brannten in meinem Brustbeutel. Ich hatte versprochen, dieses Geld nur im alleräußersten Notfall anzubrechen.

»Ich fahre nach Göteborg, und da werde ich bei einer Familie in Vasastaden arbeiten.«

Ich betonte »Vasastaden«, aber Jakob schien davon nicht beeindruckt zu sein.

»Weißt du, wie die Familie heißt?«

»Die Frau, die mir geschrieben hat, heißt Amanda Otto.«

Erst jetzt ging mir auf, dass ich bereits die Vorsicht Fremden gegenüber, die mir meine Familie eingeschärft hatte, zu vergessen drohte. Ich musste mich auf meinen Instinkt verlassen und darauf, dass Flicken an den Ellbogen verbinden.

»Otto? Ob das wohl der Schuhfabrikant ist? Dann wäre es ein feines Haus. Der Fabrikbesitzer selbst soll ein umgänglicher Bursche sein. Sein Ehegespons aber hat angeblich Haare auf den Zähnen. Du wirst doch nicht bei denen wohnen?«

»Nein, ich soll Zimmer und Kochnische mit einem anderen Dienstmädchen teilen.«

»Das klingt schon besser.«

Ein netter Hausherr und eine gemeine gnädige Frau. Umgekehrt wäre es besser gewesen. Das dachte ich schon im Zug. Und ich sollte recht behalten.

Aber ich verdrängte mein neu erworbenes Wissen und beugte mich über meinen Korb. Vorsichtig entfernte ich das Handtuch. Mutter hatte Brote mit Butter und getrocknetem Speck vorbereitet, Würste, Dörrobst und eine Flasche Dünnbier. Außerdem Gläser mit Himbeerkompott und Marmelade. Ganz oben lag ein Weizenfladen mit Puderzucker. Außerdem eine Petroleumlampe, »falls das elektrische Licht nicht funktioniert.«

Jakob starrte aus dem Fenster. An seinem Hals pochte eine Ader. Plötzlich ging mir auf, dass er nicht einfach nur Hunger gehabt hatte. Er war ausgehungert. Meine Stimme klang neutral, möglichst rücksichtsvoll.

»Ich kann das nicht alles selbst aufessen. Möchtest du etwas abhaben?«

Als ich Jakob essen sah, begriff ich, was echter Hunger mit einem Menschen machen kann. Wir hatten oft wenig gehabt und Brot und Milch teilen müssen, aber Mutter hatte doch immer aus der Natur alles herausholen können. Wir hatten zwar hungrig gegessen, aber mit Manieren. Jakob schlang wie eine der Maschinen, die jetzt in Fabriken und Geschäften aufgestellt wurden. Seine Kiefer bewegten sich mechanisch, seine Finger umschlossen das Essen, als ob es ihm jemand entreißen wollte. Wenn er trank, dann mit geschlossenen Augen. Ich gab ihm ein belegtes Brot, dann noch eins und schließlich ein Stück Weizenfladen. Er verzehrte jeden Krümel und leckte sich vorsichtig die Finger.

»Woher kommst du?«

Aus dem Norden, sagte er. Sein Vater sei Schuhmacher, was sein Interesse am Schuhfabrikanten Otto und an meinen Füßen erklärte. Seine Mutter half im Schusterladen aus und verdiente durch Näharbeiten etwas dazu. Jakob hatte drei Schwestern, von denen die eine als Kind an Kinderlähmung erkrankt war und deshalb nicht laufen konnte. Die Schwester las ungeheuer gern und war fröhlicher als alle anderen. Sie wurde aber nicht zur Schule geschickt, denn sie würde ja doch »nie zu etwas taugen«. Da schien es besser, wenn sie nähen lernte.

Jakob hatte gewagt, sich zu widersetzen. So lange er konnte, hatte er sie auf dem Rücken zur Schule getragen. Die anderen hatten ihn ausgelacht, aber der Lehrer reagierte freundlich, und so wurde Jakobs Schwester zur besten Schülerin. Das Gerede war verstummt, und Jakob hatte geschworen, ihr einen Rollstuhl zu verschaffen. Er arbeitete im Hafen von Göteborg, bis er das Geld zusammen hatte. Er hatte den Rollstuhl zu Hause abgeliefert und wollte jetzt zurück in den Hafen. Seine Schwester brauchte eine Schreibmaschine. Mit Nadel und Faden im schwachen Licht der Petroleumlampe zu sitzen, verlangte Zeit und Kraft. Sie musste mehr leisten als andere, um ebenso viel wert zu sein. Sie wollte Geschichten und Artikel schreiben, da sie, wie sie immer sagte, »ihrer Verantwortung nicht entkommen konnte.«

»Merkt ihr bei euch etwas vom Krieg in Europa?«

Jakob schüttelte den Kopf. Die Schüsse von Sarajewo, die ein Jahr zuvor den österreichischen Thronfolger und seine Gemahlin getötet hatten, waren bei uns ein Gesprächsthema, ebenso wie das darauf folgende Säbelrasseln. Aber unser tägliches Leben war bisher nicht davon beeinflusst worden, noch stand Essen auf dem Tisch, jedenfalls bei uns auf dem Land. Manche Bauern verdienten gut, indem sie Butter verkauften und selbst Margarine aßen.

Jakob erzählte, dass die Mobilmachung in Europa in Göteborg ein Chaos verursacht hatte. Die Kirchturmglocken läuteten, die Menschen stürmten in die Läden und bunkerten Lebensmittel. Die Frauen standen bis auf die Straße hinaus Schlange, um Lebensmittel und Holz zu kaufen. Auch im Hafen ging es hektisch zu. Jakob hatte gehört, dass in der gesamten Schifffahrtsbranche die Sorge umging, der Krieg könne die Geschäfte stören. Oder Piraten, die Morgenluft witterten.

Auf der ganzen Fahrt nach Göteborg erzählte Jakob, was er von Seeleuten gehört hatte, die an- und abgemustert hatten. Bildreich beschrieb er fremde Städte, die Hölle der Arbeit als Heizer und das Glück, an Deck stehen zu können. Ich dachte an Herdfeuer und an unsere Felder. Dann an das Schiffsjungenkorps und an Anton. Ich hatte die fünf Kronen in sein Taschentuch gewickelt, ehe ich sie im Brustbeutel verstaute.

Ich wollte es nicht einmal mir selbst eingestehen, aber ich dachte immer an ihn, seit er mich ohne ein Abschiedswort verlassen hatte. Jedesmal, wenn jemand versuchte, den Arm um mich zu legen, spürte ich Antons Hand im Rücken, und jedesmal, wenn mich ein bewundernder Blick traf, schloss ich die Augen und spürte seine Lippen auf meinen. Nicht, dass mich Männer überhaupt sonderlich interessiert hätten. Ich begriff nicht so recht, wozu sie gut sein sollten. Natürlich liebte ich meine Brüder. Aber die waren von Eltern aufgezogen, die sich für keine Arbeit zu gut dünkten und ihre Söhne wie ihre Tochter erzogen. Auch Vater war anders gewesen als die anderen Männer und ließ sich in meinen Augen nicht mit ihnen vergleichen. Andere Exemplare des männlichen Geschlechts, die mir begegnet waren, machten das Leben weder leichter noch lustiger, seit sie aus dem Kumpelstadium herausgewachsen waren.

Anton war wiederum anders. Eigentlich hatte ich immer auf einen Brief von ihm gehofft, oder dass er winkend um die Wegbiegung käme. Ich schämte mich, an einen Kerl zu denken, der ja offenbar nichts von mir wissen wollte. Ich versuchte immer wieder zu verstehen, was er mir hatte sagen wollen. Das Einzige, was blieb, war eine Glut in mir.

Die verschwundenen Silberleuchter wurden in Schweigen begraben. Es wurde kein Verdacht geäußert, auch nicht gegen

Anton. Bald nach dem Tod meines Vaters, als sich meine Verzweiflung verschlimmerte, fragte ich Mutter, was sie glaube. Sie antwortete, Leuchter seien das eine und das Licht in sich zu haben, etwas ganz anderes, und ich müsse doch die Letzte sei, die solche Anklagen vorbrächte. Vater habe niemals an Klatsch oder Verleumdungen geglaubt. Über die Leuchter habe er gesagt, die seien jetzt sicher »bei jemandem, der sie dringender braucht als wir«. Ob ich überhaupt noch die Tochter sei, für die Vater mich immer gehalten habe? Ich senkte den Kopf, rannte zum Pferd hinaus und hoffte auf Vergebung, doch das Tier blickte unergründlich drein.

Auf dem Bahnhof in Göteborg nahm Jakob meine Tasche. Vorsichtig stiegen wir aus dem Wagen. Der Lärm und der Anblick, die mich dort empfingen, waren betäubend. Keuchende, rennende Menschen, Männer mit vollbepackten Karren, im Hintergrund hohe Wohnblocks, breite, gepflasterte Straßen, Pferde, die auf der Straße stampften und Äpfel fallen ließen. Ich musste mit offenem Mund gestarrt haben, denn Jakob fing an zu lachen.

»Man gewöhnt sich daran. Ich warte mit dir, bis du abgeholt wirst«, sagte er.

Ich möchte mich ausruhen, aber meine Erinnerungen haben sich verselbständigt. Vielleicht werde ich klingeln und um etwas zu trinken bitten. Ich wage immerhin, um Hilfe zu bitten. Damals, in jener Zeit, gab es Armenhäuser, wo die alten Leute niemals aufmuckten, aus Angst vor der Obrigkeit. Diese gebrechlichen Existenzen waren damals nicht viel wert, und von einer solidarischen Gesellschaft konnte man nur träumen. Fragt all die hungernden Witwen im Göteborg der Kriegsjahre. Oder Amanda Otto, die die Ausgestoßenen besuchte, wenn sie die Gütige geben wollte.

Aber ich war Amanda Otto noch nicht begegnet. Ich kannte

nur Jakob, der meine Wirklichkeit besser verstand als ich seine. Treu blieb er bei mir stehen und wartete, bis ein Junge in unserem Alter auf uns zugelaufen kam.

»Das ist doch wohl Rakel, was?«, fragte er im breiten lokalen Dialekt und streckte die Hand aus. Ich nickte. Der Junge blickte Jakob fragend an. Dann hob er meine Tasche vom Bahnsteig hoch.

»Otto konnte selbst nicht kommen, deshalb hat er mich geschickt. Aber wir sollen eine Droschke nehmen.«

Jakob lachte übers ganze Gesicht.

»Ich hab ja gesagt, der Schuhfabrikant ist ein Pfundskerl. Du wirst es gut haben, Rakel. Solange du mit ihm zu tun hast. Und dich um deine Angelegenheiten kümmerst.«

Der Laufbursche des Schuhfabrikanten setzte sich mit meiner Tasche in Bewegung. Ich reichte Jakob die Hand, und er drückte sie.

»Viel Glück, Rakel. Vielleicht sehen wir uns irgendwann wieder. Du bist ja in Vasastaden. Wer weiß, ob ich da mal vorbeikomme. Und danke für das Essen.«

»Danke, Jakob. Auch dir viel Glück. Mit der Schreibmaschine.«

Das Letzte schrie ich, da der Laufbursche sich schon ein ganzes Stück weit entfernt hatte. Ich hob meine Röcke und drängte mich durch die Menschenmenge. Jakob rief etwas. Gott schütze dich, kann es gewesen sein.

Die Fahrt durch Göteborg ist in einer der vielen Nischen meiner Erinnerung verschwunden. Ich hätte über Straßenbahnen und Automobile staunen müssen, mit ihren eingeschlossenen Pferdestärken. Hätte selig sein müssen, als uns eine Kutsche durch die Stadt trug. Vermutlich hörte ich zu, wie mein Begleiter über Werften, Häfen und Märkte und darüber redete, dass Schuhfabrikant Otto zu allen gleichermaßen freundlich sei. Er interessiere sich leidenschaftlich für das Leder der Schuhe, die er mit solchem Erfolg verkaufte. Er und die Seinen glaubten, dass der deutsche Kaiser den Krieg in wenigen Wochen gewinnen werde.

Stattdessen erinnere ich mich an das Ende der Fahrt. Der Laufbursche erklärte, jetzt müssten wir den letzten Rest zu Fuß gehen. Es sei so steil, dass der Wagen unmöglich weiterfahren könne. Er wohnte selbst in Masthugget, zusammen mit einigen Seeleuten, die im Takt ihrer der Schiffe kamen und gingen. Ansonsten arbeiteten die meisten Männer entweder in einer der Werften am anderen Ufer des Göta älv oder als Schauer im Hafen. Falls sie nicht arbeitslos oder zu alt waren. Ich dachte, dass Jakob vielleicht in der Nähe ein Zimmer gemietet hatte. Es war schon dunkel, als wir ein Haus erreichten, das sich in einem ziemlich schlechten Zustand befand. Der Laufbursche öffnete die Tür und hielt sie für mich auf. Eine Ratte kam angerannt und verschwand in einer Behausung, die, wie ich später erfuhr, die Baracke mit den Plumpsklos war. Ihr Fell war räudig, und ich konnte ein Schaudern nicht unterdrücken, obwohl ich nicht zum ersten Mal eine Ratte gesehen hatte. Mein Begleiter versuchte, ihr einen Tritt zu verpassen, und stieg dann mehrere Treppen hoch. Ich folgte ihm, darauf bedacht, nicht den Gestank von Schweiß und Kohl einzuatmen.

Wir blieben vor einer Tür stehen, und er klopfte. Als keine Antwort kam, stieß er die Tür auf und ließ mich eintreten. Er erklärte, dass wir Glück hatten, da wir nur zu zweit in diesem Zimmer wohnen mussten. Oft gehe es sehr viel gedrängter zu.

Das Zimmer war klein, die Tapeten blätterten von der Wand ab. Vor dem schmutzigen Fenster standen ein Tisch und zwei abgenutzte Stühle in unterschiedlichen Farben. Auf dem Herd, der einen großen metallenen Abzug bis zum Dach hatte, kochte ein Topf vor sich hin. Der Dampf schlängelte sich aufwärts und verstärkte die Feuchtigkeit. Die Wände waren bereits fleckig. Etwas Schwarzes kroch in den Abzug. Auf dem Tisch stand eine Petroleumlampe, in der die Flamme in dem verzweifelten Versuch brannte, den Raum zu beleuchten.

Auf dem Sofa saß ein Mädchen in meinem Alter. Herzförmiges Gesicht, kleiner runder Mund. Apfelwangen, bleiche Haut, eine Bluse, die über den Brüsten spannte, kleine Hände. Zwei dunkle Zöpfe fielen über ihren Rücken und landeten auf dem Sofapolster. Ein Muttermal in Form einer Blume prangte auf einer Wange. Eine viel zu liebliche Erscheinung für dieses Zimmer und seine Gerüche. Als sie auf mich zukam und mich umarmte, spürte ich ihre Wärme. Sie duftete wie Vaters getrocknete Äpfel und atmete ruhig, während ich im Hintergrund das überraschte Flüstern des Laufburschen hörte. Ihr seid euch so ähnlich. Wie Schwestern. Nur die Haare sind anders.

Nun öffnete meine Zwillingsschwester den Mund und wurde irdisch.

»Du bist in einem verteufelten Rattenloch gelandet, Rakel. Aber ich bin froh, dass du hier bist. Zusammen werden wir in diesem Elend schon Ordnung schaffen.«

Sie zog mich zum Herd und ließ mich in den Topf blicken.

Erbsensuppe, wässrig und fast ohne Speckstücke.

»Wenn wir gerecht teilen, kommen wir zurecht. Wenn wir den Nachbarn helfen, die mir heute mit dem Essen geholfen haben. Ich heiße übrigens Linnea. Zu zweit können wir nachts reden und die Wanzen verjagen.«

Wanzen. Die sind wie die Angst. Fast verschwunden, wenn es hell ist. Nein, nicht verschwunden. Versteckt in Boden, Wänden und Betten. Nachts kommen sie hervorgekrochen und saugen Blut aus der unschuldig Schlafenden, bis sie aufwacht, schreit und sich am ganzen Körper kratzen muss, der von roten und eiternden Bissen bedeckt ist. Es ist unmöglich, vor ihnen zu fliehen, da sie in der Dunkelheit angreifen. Immer hungrig. Immer durstig.

Wanzen sind wie die Angst. Und vielleicht wie die Trauer.

Kapitel 6

2007

Niklas hatte sein Haus behutsam renoviert. Große Fenster, durch die man dem Wechsel der Jahreszeiten folgen konnte. Zum ersten Mal seit langem hatte sie wieder Lust zu fotografieren. Irgendwann.

Die Musik, die aus den Lautsprechern strömte, war seltsam, aber schön.

»Wer ist das?«

Niklas antwortete, während er auf sie zukam und ihr ein volles Glas reichte.

»Der Mann, der mich dazu gebracht hat, mit dem Spielen aufzuhören.«

»Wie meinst du das?«

Das Getränk schmeckte säuerlich und nach Lavendel. Mandarine?

»Mandarine«, bestätigte er, ohne dass sie gefragt hätte, und setzte sich neben sie. »Meine persönliche Mischung aus Mandarine und Lavendel. Ich glaubte mich zu erinnern, dass du Orangen magst, und dass du immer einen Topf mit Lavendel gekauft und hier auf die Treppe gestellt hast. Um den Sommer zu eröffnen.«

»Dass du das noch weißt!«

Niklas gab keine Antwort. Sie schaute sich noch einmal um und staunte darüber, wie das Meer vor den Fenstern mit der

Einrichtung harmonierte. Stühle aus hellem Holz, Niklas' eigenes Design. Schöne Muscheln und Steine in den Regalen. Ein alter Schaukelstuhl.

»Wen hast du da noch mal aufgelegt?«

Niklas klopfte das Kissen hinter seinem Rücken zurecht und schlug die Beine übereinander. Sie vergaß zuweilen, wie groß er war. Einen Kopf größer als sie.

»Das habe ich nicht gesagt. Nur, dass dieser Mann mich dazu gebracht hat, mit Spielen aufzuhören. Ein ziemlich unbekannter Russe. Aber er spielt, als sei die Geige ein Teil seines Körpers. Du erinnerst dich doch daran, was ich gesagt habe. Nämlich, dass ich nie so gut wurde, wie ich werden wollte. Da konnte ich auch gleich aufhören.«

»Für dich gibt es nur alles oder nichts. Stimmt's?«

Niklas deutete ein Lächeln an. Sie dachte an den schönen roten Mantel mit den bestickten Ärmeln, der ihr in der Diele aufgefallen war. Schweigend leerten sie ihre Gläser. Sie hatte schon lange nichts so Köstliches mehr getrunken.

»Es war nett von dir, dass du mir geholfen hast, den alten Müll wegzuschaffen. Da wird man doch gleich ein wenig froher.«

»Wenn man eine Therapie macht, um einen Trauerfall zu verarbeiten, scheint man das tun zu müssen. Etwas mitnehmen, was dem betreffenden Menschen gehört hat, und es symbolisch wegwerfen.«

»Woher weißt du das?«

»Das hat mir ein Freund erzählt.«

Sie wollte nicht fragen, was dieser Freund erlebt hatte, warum er eine Trauertherapie hatte machen müssen. Es konnte etwas viel Schlimmeres sein als das, was sie durchgemacht hatte.

Niklas drehte sein Glas und hielt es ins Licht.

»Trauer ist offenbar kein Gefühl an sich, sondern eine Mischung von Gefühlen«, sagte er dann. »Eine Kombination aus Angst, Furcht, Wut, Schuld, Scham … und mit diesen Gefühlen muss man arbeiten, um weiterzukommen. Das gelingt nicht allen. Es gibt Menschen, die vor Trauer sterben.«

Er verstummte und beugte sich vor, um ihr in die Augen zu sehen.

»Verzeih mir.«

Es war das zweite Mal an diesem Tag, dass sie jemand wegen einer Bemerkung um Verzeihung bat. Auch Solveig hatte das getan. Solveig, die außerdem diese Bitte wiederholt hatte, als sie später zurückgerufen hatte, zum Bersten gefüllt mit Informationen, die Inga ihrerseits nun mit Niklas teilen wollte.

Aber zuerst das Thema Trauer.

»Du brauchst nicht um Entschuldigung zu bitten. Es ist besser, etwas zu sagen, als stumm zu sein. Es gibt Menschen, die auf die andere Straßenseite gehen, wenn sie mich sehen, um nicht mit mir reden zu müssen.«

Niklas schüttelte den Kopf, und Inga sprach weiter.

»Ich habe fast alles auf einmal weggeschafft. Habe dem Roten Kreuz Gegenstände und Kleider gebracht und viel an Freunde verschenkt, die bedürftige Bekannte hatten. Ich war stolz darauf, dass ich das geschafft hatte. Bis ich zu den Pullovern kam. Die rochen noch immer wie Mårten. In einem Halsausschnitt habe ich Haare gefunden. Als ob er den Pullover gerade erst ausgezogen und zusammengefaltet hätte, wie er das immer machte. Ziemlich ordentlich, aber doch nicht ganz so ordentlich wie ich. Die Ärmel waren ein wenig zerknittert. Darauf habe ich ihn immer aufmerksam gemacht. Als ob das wichtig wäre.«

Ihre Stimme klang schrill, voller Selbstvorwürfe. Der Geiger brachte in diesem Moment einen Ton zustande, der sich von den anderen losriss und allein durch den Raum wirbelte. Wortlos nahm Niklas sie in die Arme, und sie ließ es zu, während sie stammelte, dass sie den Badezimmerschrank nicht mehr öffnete. Sie ertrug es nicht, dass ihr Deo und ihre Zahnbürste dort standen, wo früher Mårtens Rasierwasser gestanden hatte.

Niklas ließ sie los, als ihr Zittern sich gelegt hatte.

»Ich muss nur schnell nach dem Fleisch sehen«, sagte er und stand auf.

Sie sammelte sich, ehe sie ihm folgte und über den schön gedeckten Tisch und die bereits gefüllten Teller staunte.

»Du warst früher ein guter Kuchenbäcker, aber du scheinst deinen Ehrgeiz gesteigert zu haben.«

»Aus irgendeinem Grund bin ich immer nur mit Frauen zusammen, die nicht gern kochen. Das musste also ich übernehmen, und jetzt ist ein Hobby daraus geworden.«

Sie setzte sich und nippte am Wein, um nicht gleich antworten zu müssen. Niklas ahnte sicher, dass sie sich schon lange nicht mehr um ihre Ernährung gekümmert hatte. Deshalb ließ sie es sich schmecken, während sie über alte Freunde und längst vergangene Sommer sprachen. Erst beim Nachtisch kam sie zu dem Thema, über das sie schon seit ihrer Ankunft hatte reden wollen.

»Ich habe dir doch von dem Karton erzählt, den ich gefunden habe. Und von diesem Brief.«

»Ja?«

»Als wir aufgelegt hatten, habe ich Solveig angerufen und sie ausgefragt. Sie hat einen ziemlich guten Kontakt zur restlichen Verwandtschaft. Und jetzt hat sie zurückgerufen und allerlei spannende Dinge erzählt.«

»Was denn zum Beispiel?«

»Dass meine Großeltern mit mehreren Missionaren befreundet waren. Solveig kann sich da an eine ganz besondere Freundin erinnern. Meine Großmutter hat sie offenbar Lea genannt. Vielleicht hat sie dabei an Rakel und Lea in der Bibel gedacht. Die Schwestern. Diese Lea war sehr jung, als sie losgezogen ist. Sie war offenbar in Afrika. Und in China. Solveig wusste, dass Leas Mann dort erschossen wurde.«

»Was sagst du da?« Niklas ließ sich im Sessel ein wenig zurücksinken. Ein Kragenzipfel hatte sich umgeschlagen. Sie verspürte den Impuls, ihn geradezubiegen.

»Ja, ist das nicht scheußlich? Solveig hat auch erzählt, dass Lea ihr einziges Kind in Afrika zur Welt gebracht hat. Einen Sohn. Sie reiste in die abgelegensten Dörfer und predigte. Nicht nur über Gott, sondern auch über Hygiene und Familienleben. Das muss damals einzigartig gewesen sein. Sie schien keinerlei Strapazen zu befürchten. Aber sie zog sich eine chronische Infektion zu und musste nach vielen Reisejahren nach Hause kommen. Und hier war sie offenbar immer wieder im Krankenhaus.«

»Es ist ja logisch, dass man von einem solchen Leben krank wird.«

»Ja, wirklich. Solveig will versuchen, die Telefonnummern von Leas Angehörigen zu besorgen, falls mich das interessiert. Denn es sieht so aus, als ob Lea den Brief an meine Großmutter geschrieben hätte. Lea war dafür bekannt, nie ein Blatt vor den Mund zu nehmen Sie hatte keinen Kontakt zu unserer Familie. Aber offenbar wussten viele meiner Verwandten, wer sie war.«

»Interessiert dich das?«

»Ich weiß nur, dass dieser Brief dafür gesorgt hat, dass ich wenigstens für kurze Zeit nicht an Mårten gedacht habe. Vielleicht hab ich durch den Brief erkannt, dass ich nur sehr wenig über meine nächsten Angehörigen weiß. Meine Familiengeschichte hat quasi ein Ende genommen, als mein Vater krank wurde und sich unsere Familie nicht mehr auf Marstrand getroffen hat. Nach der Scheidung meiner Eltern natürlich.«

Niklas füllte die Gläser.

»Der Familie kann man nicht entkommen«, sagte er.

»Wie meinst du das?«

»Dass wir unserer Familie nicht entkommen können. Wenn wir Probleme mit Freunden, Kollegen oder Nachbarn haben, können wir den Kontakt abbrechen. Das ist nicht immer angenehm und wünschenswert, aber möglich. Aber versuch mal, mit deiner Verwandtschaft zu brechen.«

»Du scheinst sehr viel darüber nachgedacht zu haben.«

Niklas spielte zerstreut mit dem Salzstreuer.

»Du kennst meinen Vater und weißt, ich hätte mir keinen besseren wünschen können. Und mit meiner Mutter verstand ich mich auch gut. Aber ich habe es bei anderen gesehen.«

»Anita?«

»Ja, unter anderem. Sie war erst sechs Jahre alt, als sich ihr Vater absetzte. Da sie ein Einzelkind ist, stehen sie und ihre Mutter sich sehr nahe. Die Mutter hat eine Boutique, in der Anita praktisch aufgewachsen ist. Das hat alles gut geklappt. Anitas Mutter sieht sehr jung aus. Man könnte die beiden für Schwestern halten, manchmal benehmen sie sich auch so. Sie telefonieren jeden Tag miteinander. Manchmal mehrfach.«

»Wie findest du das?«

»Gelegentlich stört es mich. Auch wenn ich Anitas Mutter gern mag. Sie ist immer fröhlich und ungeheuer tatkräftig. Anita ist auch ein bisschen so. Ungeheuer energisch manchmal. Keine von ihnen würde aus Angst irgendetwas unterlassen.«

»Sie scheinen stark zu sein.« Sie wollte nicht neidisch wirken, weil diese Anita offenbar mit allen Problemen fertigwurde. »Ist es ernst?«

»Du meinst, ob ich sie liebe?« Niklas' Stimme klang ein wenig neckisch.

»Ob du sie mehr liebst als deine anderen ... nein, verzeih, das war nicht so gemeint. Ich wollte nur wissen, ob das hier halten wird. Lange.«

Niklas stand auf und legte eine neue Musik ein. Saxophon in weicher Jazzabfüllung. Irgendwann hatte er gesagt, er wolle auf seiner Geige Jazz spielen.

»Wie soll man das wissen? Vielleicht, vielleicht auch nicht. Wenn nicht, hat es eben nicht sein sollen.«

Sie schwiegen eine Weile. Dann redeten sie gleichzeitig drauflos.

»Willst du Kaffee?«

»Soll ich ein paar Papiere aus dem Karton holen?«

Stuhlbeine schrammten über den Boden. Sie lief in die Diele und bemerkte erneut den schönen Mantel. Sie selbst hatte sich nie für Niklas schön gemacht. Auch jetzt nicht. Sie trug einen italienischen Pullover, den sie in einem Regal im Sommerhaus gefunden hatte. Die Haare fielen unordentlich über den Rücken. Nicht einmal eine Andeutung von Schminke. Gute Freunde wie Niklas hatten sie ohnehin in jedem erdenklichen Zustand gesehen. Am einen Tag für ein Fest herausstaffiert, am Tag danach verschlafen.

Als sie mit den Papieren und dem Briefumschlag in der Hand zurückkam, hatte Niklas eine Messingkanne auf den Tisch gestellt. Es duftete nach Kardamom und Safran.

»Wie geht es eigentlich Peter?«

»Erstaunlich gut. So sieht es jedenfalls aus. Vielleicht will er mich schonen und spricht deshalb nicht darüber, wie traurig er ist. Als ich beschloss, hierherzufahren, war er so beunruhigt, dass er nachkommen wollte. Das habe ich ihm natürlich ausgeredet. Er muss sein eigenes Leben leben können. Es war hart genug für ihn, seinen Vater zu verlieren. Er soll nicht auch noch meine Trauer tragen müssen. Aber es geht ihm wirklich gut. Er fühlt sich wohl in Umeå. Er hat da oben viele Verwandte meiner Mutter getroffen, die ich seit der Beerdigung nicht mehr gesehen habe. Apropos Verwandtschaft.«

»Und deine Mutter?«

»Louise und ich telefonieren regelmäßig.«

War es ein Trost, mit Louise zu sprechen? Ja, schon. Weil es so war wie vorher. So, wie sie bisweilen die Nummer von Mårtens altem Handy wählte, nur, um für die kurzen Sekunden, die sie brauchte, um die Nummer einzutippen, in der Illusion leben zu können, alles sei wie vorher. Dass Mårten sich am anderen Ende melden würde.

»Gibt es Freunde? Der Kollege, mit dem du ausgestellt hast? Fühltest du dich von solchen Leuten unterstützt?«

Sollte sie die Wahrheit sagen und von intensiven Begegnungen erzählen, mit denen sie diese schreiende Einsamkeit für einen Abend oder eine Nacht hatte füllen wollen? Nicht jetzt.

»Einige melden sich regelmäßig. Und hören nicht auf anzurufen, auch wenn ich manchmal keine Lust zum Reden habe. Du zum Beispiel. Dafür bin ich sehr dankbar. Auch wenn es nicht immer so wirkt.«

Sie rührte mit dem Löffel in ihrer Kaffeetasse und versuchte, sich verständlich auszudrücken.

»Was du über die Trauer gesagt hast, dass sie eine Mischung von Gefühlen ist, Schuld unter anderem. Weißt du, dass ich mich manchmal so furchtbar schuldig fühle? Weil ich Mårten nicht oder nicht oft genug gezeigt habe, wie sehr ich ihn liebte. Weil ich ihn angefaucht habe, wenn er alle Milch austrank. Weil ich ihn nicht oft genug umarmt und mir keine Überraschungen wie spontane Reisen ausgedacht habe…«

»Sicher hast du ihm deine Liebe gezeigt. Ich habe mir immer gewünscht, du würdest mich so ansehen, wie du ihn ansahst.«

Sie schwiegen. Niklas schaute aus dem Fenster, als er weiterredete.

»Ich meine natürlich, ich wollte, dass meine Freundin mich so anschaute. Das andere war Wunschdenken.«

Für einen kurzen Moment war sie unsicher, ob es sich tatsächlich um einen Versprecher handelte. Dann streckte Niklas die Hand nach dem Briefumschlag aus. Sie überlegte, was er gemeint haben mochte und warum dieser Abend sie dazu brachte, so schwierige Dinge zu auszusprechen.

»Ist das alles, was du gefunden hast?«

»Ich habe nur den Brief und einige Zeitungsausschnitte mitgebracht. Die meisten sind ebenfalls von 1916. Da steht sehr viel über den Krieg. Und die Anzeigen lassen wirklich darüber staunen, wie unsere Verwandten vor einigen Generationen gelebt haben.«

Niklas zog die dünnen Blätter aus dem Umschlag und fing an zu lesen. Ab und zu schüttelte er den Kopf.

»Nackte Eingeborene in kleinen Hütten … welch ein Glück, dass weiße Missionare gekommen sind und alles verändert haben.«

»Ich weiß, es fällt leicht, sarkastisch zu werden. Und doch bin ich beeindruckt. Von einer Mission derart erfüllt zu sein, dass alles andere unwichtig wird. Auch die eigene Sicherheit und Bequemlichkeit.«

»Aber damals waren die Zustände in Schweden doch auch ziemlich erbärmlich. Wie überall in Europa natürlich. Es herrschte Krieg. Die Menschen froren und hungerten.«

»Aber ja wohl nicht in allen Kreisen?«

»Nein, aber vielleicht in den Kreisen, aus denen Lea stammte. Und das mit der Respektlosigkeit stimmt. Sie muss wirklich witzig gewesen sein.«

»Was sagst du zum Ende des Briefes? Über Reue und dass nachts etwas passiert ist. Dass sie Lebende und Tote verurteilt haben.«

»Eine Anspielung auf das Glaubensbekenntnis? Vielleicht haben sie jemanden falsch beurteilt. Dass zwei Frauen das Bedürfnis empfinden, einander zu verzeihen, ist doch nicht so ungewöhnlich.«

»Du bist ja vielleicht zynisch.«

»Zynisch? Ich war in meinem ganzen Leben noch nicht zynisch, vielmehr realistisch dagegen. Was meinst du denn?«

Sie spielte ein wenig mit den Zeitungsausschnitten herum.

»Ich glaube, dass es etwas bedeutet. Angeblich konnten die Frauen in der Familie meines Vaters Ereignisse vorausdeuten. Solveig hat erzählt, dass Großmutter oft Besuch von Leuten bekam, die etwas verloren hatten. Sie fand Geld und Schlüssel und sah einer Frau an den Augen an, ob sie schwanger war, lange, eh sie das selbst wusste. Einmal hat sie einer Nachbarin geholfen, deren Verlobter sie verlassen wollte. Großmutter erklärte, es liege daran, dass die Frau unter den Armen Talg benutzte. Ihr Verlobter verabscheute diesen Geruch. Und das stimmte dann auch.«

»Weil der Verlobte es deiner Großmutter erzählt hatte.«

»Du bist wirklich zynisch.«

»Nein, aber ich glaube daran, was ich sehe und höre. Oft sind solche Vorahnungen sicher nur die Summe der Informationen, die wir aufgenommen haben. Vielleicht unterbewusst, aber dennoch.«

»Ich sage ja nicht, dass ich daran glaube. Oder dass ich mich für eine Hellseherin halte. Wenn ich das wäre, würde ich sicher nicht hier sitzen und über Vorahnungen reden, sondern das alles für mich behalten. Ich muss nur daran denken, seit ich heute Morgen diesen Brief gelesen habe.«

Niklas begann, den Zeitungsausschnitt zu studieren. Die weißen Strähnen, die sich unter seine dunklen Haare mischten, waren zahlreicher als erwartet. Aber er würde auch als Rentner noch diesen fülligen Schopf haben. Wenn er so lange lebte. Dieses verdammte »wenn«, das jetzt zu ihrem Standardwortschatz gehörte.

»Du hast recht. Was für Anzeigen«, sagte Niklas nach einer Weile und drehte eine Seite um, damit auch sie lesen konnte.

Petroleumöfen und Petroleumherde für die Bauernschaft. Mädchenstiefel und weiße Damenschuhe in reichhaltiger Auswahl im Schuhladen Otto. Kriegsversicherungen inklusive Kaperrisiko. Automobile, Armierungseisen, Soda. Große Partien Grammophonnadeln. Alte Gebisse gesucht. 50 Öre bis 1 Krone pro Zahn. Sommersprossensalbe Nera, Kr. 2,50. Dörräpfel zu 1,40 kr pro Kilo.

»Und hör dir das an. ›Schreibmaschine Regina mit lesbarer Schrift, sauber und in jeder Hinsicht erstklassig, aber dennoch preiswert. Konfirmierte Knaben werden ab sofort in Göteborgs Tapetenfabrik eingestellt.‹ Oder hier. ›Tüchtige Arbeiterinnen und kleine Mädchen werden ab sofort in der Waschanstalt Glora eingestellt. Die Herren Seekapitäne … junge Dame geschickt in Buchführung … stille Dame sucht Heuer …‹ Einfach phantastisch!«

Niklas vertiefte sich wieder in die Anzeigen. Sie selbst fand eine Seite mit der Schlagzeile »Weltkrieg«. Danach folgte der Artikel:

Die große Nordseeschlacht. Unterschiedliche Angaben über die Verluste. Englands Verluste an Fahrzeugen vier- bis fünfmal so groß wie die der Deutschen. Beide Seiten halten sich für den Sie-

ger. Ausführliche deutsche Presseberichte. Deutsche Erfolge gegen die Engländer bei Ypern und gegen die Franzosen bei Verdun. Deutscher Durchbruch bei der Festung Vaux. Neue österreichische Erfolge gegen die Italiener. Neue russische Offensive gegen Österreich gestartet.

Eine Schlagzeile mitten im lodernden Krieg. Montag, der 5. Juni 1916. Sie blätterte weiter in dem Stapel. Es gab noch weitere Artikel über die Schlacht am Skagerrak.

Unter den von Makrelenfischern geborgenen fünf Toten waren vier Deutsche und ein Engländer. Darunter offenbar zwei Offiziere. Der eine, ein Deutscher, hatte eine schwere Kopfverletzung. Die übrigen waren ebenfalls verletzt. Die Beerdigung findet statt...

»Wie schrecklich. Offenbar haben Fischer hier an der Westküste in ihren Netzen Leichen gefunden. Von einer Schlacht draußen auf der Nordsee.«

Sie reichte Niklas den Ausschnitt, und er las die Mitteilung.

»Darüber steht auch hier etwas«, sagte er und zog eine andere Zeitungsseite hervor.

Tag für Tag werden aus dem gesamten Schärengürtel neue Leichenfunde gemeldet. Entweder werden die toten Seeleute von Wind und Strömung auf Inseln an Land geworfen, oder Fischer berichten, dass sie draußen auf See zahlreiche Tote auf die schwedische Küste zutreiben sehen. Es wurden inzwischen so viele Leichen gefunden, dass der Platz auf den Friedhöfen nicht reichen könnte ...

Er las weiter und schaute dann auf.

»Das müssen sehr viele Tote gewesen sein.«

»Ja. Denk an die Angehörigen, die im Ungewissen blieben. Vermutlich wussten sie von der Seeschlacht, aber nicht, wo ihre Verwandten geendet sind.«

Sie spürte die Erschöpfung, die sie immer und überall überkommen konnte. In der Stille hörte sie das Schweigen und wollte nicht an Krieg denken.

»Bitte, Niklas, kannst du mir nicht etwas vorspielen?«

»Apropos Erster Weltkrieg?«

»Apropos, weil ich bald ins Bett muss.«

»Meinetwegen nicht.«

»Ich bin schon arg müde.«

Niklas stand auf und ging ins Wohnzimmer. Sie blieb sitzen und starrte in die Flamme der Kerze, die Niklas angezündet hatte. Petroleumherd. In welcher Finsternis sie damals gelebt hatten. Aber was konnte sie über dieses Leben wissen. Außer, dass es um Lebende und Tote ging, genau wie heute.

Als sie die Musik hörte, wagte sie nicht, sich umzudrehen, aus Angst, dass sie aufhören könnte. Die Geige und Niklas, Niklas und die Geige. Er hatte aufgehört, weil er nicht mehr besser werden konnte.

Nachdem der letzte Ton verklungen war, hatte sie keine Kraft mehr. Er musste ihr den alten Dufflecoat anziehen und auf dem Weg zur Fähre nach Marstrandsön ihren Arm halten. Sie beteuerte, er brauche sie nicht zu begleiten, aber er gab keine Antwort. Sie war ihm dankbar, dass sie an der Reling standen, statt unter Deck Schutz zu suchen. Der Anker glänzte schwarz in der Dunkelheit, während Restaurants und Kneipen leer vor sich hinstarrten. Erst gegen Ende des Spaziergangs erwachte sie zum Leben, nass von Wind und einem stetigen Regen.

Das Haus war dunkel. Sie hatte vergessen, die Lampen brennen zu lassen. Niklas kam mit herein. Er holte nach, was sie versäumt hatte, und bald leuchtete im Schlafzimmer ein gemütliches Licht. Der Regen hatte Niklas' Haare so angefeuchtet, dass sie an seinen Wangen klebten. Die weißen Strähnen waren nicht mehr zu erkennen.

»Ich finde es nicht gut, dass du hier allein schläfst. Nicht, weil irgendeine Gefahr besteht, aber ich denke …«

»Dass ich eine Dummheit begehen könnte?«

»Vielleicht nicht begehen. Aber daran denken.«

»Wenn du das Handy auf den Nachttisch legst, dann ist das Hilfe genug für mich.«

»Versprochen.«

Erst, als sie sich mit abgewandtem Gesicht noch einmal für den Abend bedankt hatte und als Niklas schon fast außer Sichtweite verschwunden war, fiel es ihr ein. Sie öffnete die Tür und rief hinter ihm her:

»Niklas! Warst du hier im Schuppen und hast ihn nicht abgeschlossen?«

Er schien sie nicht gehört zu haben. Sie wollte ihre Frage wiederholen. Dann glaubte sie zu hören, dass er etwas zurückrief. Aber der Wind war so kräftig, dass er seine Stimme verzerrte. Sie schien überhaupt nicht Niklas zu gehören, klang sehr viel heller. Als stamme sie von einem klagenden Seevogel. Oder einer einsamen Frau.

»Der Kampfeswille beruht darauf, dass nicht einmal zahlenmäßig Unterlegene einen Angriff zu fürchten brauchen, wenn der Wunsch zu siegen von einer überzeugten Besatzung getragen wird, vom Vertrauen in die Ausrüstung und dem Wissen, perfekt vorbereitet zu sein.«

Reinhard Scheer, Admiral der Kaiserlichen Hochseeflotte

Kapitel 7

2007

Sie schlief schlecht, schwitzte und stand um sechs Uhr auf. Nervös überlegte sie, ob sie einen Spaziergang machen sollte. Der Regen schien nachzulassen. Sie könnte dem Rundweg um die Insel folgen. Sie würde nicht fotografieren, aber wenigstens beobachten, wie es über dem Wasser hell wurde. Vielleicht zum Leuchtturm von Skallen weitergehen und die Angst hinter sich lassen.

Wenn nicht der Meerblick von der gestrigen Lektüre verdüstert würde. Die Leichen junger Männer, die an die Felsen getrieben wurden und sich in den Fischernetzen verfingen, schwer verstümmelt von den Kämpfen auf See und den Schnäbeln der Seevögel. Im Traum hatte sie gesehen, wie sich die Wellen belebten, wie Menschen in Todesangst mit den Armen fuchtelten und um Hilfe schrien, ehe sie komplett unter Wasser verschwanden.

Sie kochte Tee, wollte aber kein Feuer im Kamin machen. Stattdessen zündete sie eine Kerze an und starrte aus dem Fenster. Die Zeit eilte davon und kehrte erst zurück, als Solveig anrief.

»Ich habe die alten Adressbücher meines Vaters gefunden«, sagte sie zufrieden. »Jetzt bin ich froh darüber, dass ich sie nicht weggeworfen habe. Und dann habe ich mich an Bekannte von Bekannten gewandt und die Adresse von einer Enkelin von Lea erhalten. Sie heißt Sara Moréus und wohnte in Malmö. Sie arbeitete als Gärtnerin. Leas Sohn hatte offenbar mit einer Menge Frauen eine Menge Kinder. Er muss etwas Besonderes gewesen sein. Eine der Frauen, mit denen ich sprach, schwärmte in höchsten Tönen von ihm.«

»Kann ich die Nummer haben?«

Solveig wollte wissen, wie es ihr ging, und Inga versicherte, alles sei in Ordnung. Dann legten sie auf. Ehe sie sich die Sache überlegen konnte, wählte sie die eben notierte Nummer.

»Hallo, hier ist Sara.«

»Spreche ich mit Sara Moréus?«

»Ja, das bin ich.«

»Hallo. Ich heiße Inga Rasmundsen und rufe aus Marstrand an. Du weißt nicht, wer ich bin. Aber ich habe deine Nummer von einer alten Verwandten bekommen. Es geht um einen Brief, den ich hier gefunden habe und der möglicherweise von deiner Großmutter stammt.«

»Von meiner Großmutter?«

Die Stimme klang abwartend. Inga konnte ihr deswegen keinen Vorwurf machen. Sie erzählte, wer sie war und wie sie den Brief gefunden hatte, der vermutlich zu Beginn des vergangenen Jahrhunderts von einer Missionarin geschrieben worden war. Alles weise daraufhin, dass der Brief von einer Frau namens Lea stamme, einer engen Freundin ihrer Großmutter.

»Die Sprache ist freimütig, wenn man das so sagen kann. Und am Ende des Briefes schreibt sie über Reue wegen eines bestimmten Vorfalls. Ich werde nicht schlau daraus und wüsste eben gern mehr. Und sei es nur, um etwas über meine Großeltern zu erfahren.«

»Meine Großmutter hat sich gelinde gesagt frech ausgedrückt. Und sie nannte sich wirklich Lea. Oder Rakel, als sie im Fieber phantasierte. In Wirklichkeit hieß sie Linnea, wenn sie uns nicht alle an der Nase herumgeführt hat«, sagte Sara Moreús nach einer kurzen Pause.

»Meine Großmutter hieß Rakel.«

Sie schwiegen.

»Und deine Großmutter Lea war Missionarin?«

»Ja, das stimmt«, sagte Sara Moréus endlich. »Aber wenn wir weiter darüber reden wollen, dann sollten wir uns lieber treffen. Leider habe ich im Moment keine Zeit, nach Marstrand zu kommen. Ich arbeite an einem großen Gartenprojekt, das nächste Woche fertiggeplant sein muss. Ich hätte das niemals übernehmen dürfen aber man lernt dabei immer etwas. Und sei es nur, nein zu sagen.«

Das klang sympathisch. Inga hörte sich sagen, dass sie noch an diesem Nachmittag nach Malmö kommen könne. Es musste seltsam klingen. Eine fremde Frau, die einfach beschloss, sich ins Auto zu setzen und mehrere Stunden zu fahren, um eine Unbekannte zu treffen. Sara Moréus konnte nicht wissen, dass das Auto für Inga eine trauerfreie Zone war. Es hing damit zusammen, unterwegs zu sein. Eingeschlossen zu sein in einem Kokon aus Metall und sich auf etwas anderes konzentrieren zu müssen als sich selbst. Außerdem wurde sie das seltsame Gefühl nicht los, dass die Suche nach dem, was damals passiert war, ihr weiterhelfen würde.

»Ja, wie gesagt, eigentlich habe ich keine Zeit, aber jetzt bin ich doch neugierig. Und ich muss heute irgendwann etwas essen.«

»Ich vergesse auch immer das Essen, wenn ich mitten in einem Projekt stecke.«

Sara Moréus sprach jetzt über die Vor- und Nachteile einer eigenen Firma, und als sie mit den Worten »jetzt muss ich aber aufhören« auflegte, merkte Inga, dass sie sich auf diese Begegnung freute. Sie versprach, Bescheid zu sagen, sobald sie losfuhr. Dann packte sie einige der Dinge ein, die sie gerade erst ausgepackt hatte.

Erst als sie die Fähre verlassen wollte, als sie zum Auto ging und es aufschloss, fiel ihr ein, dass sie Niklas hätte informieren müssen. Sie zog ihr Handy hervor und teilte per SMS mit, sie fahre nun nach Malmö, um ihre Suche fortzusetzen. Niklas hatte den ganzen Tag Termine mit Kunden, und sie wollte ihn nicht durch einen Anruf stören. Vielleicht hatte sie auch Angst davor, er könne ihr von dieser Fahrt abraten. Und sie überreden, sich lieber wieder am Abend mit ihm zu treffen.

Möglicherweise hatte sie auch Angst, dass er ihr nur alles Gute wünschen würde. Dass er sie damit in den widerlichen Abgrund stürzte, der »allein zurechtkommen« heißt.

Als sie nach einigen Stunden fast ununterbrochener Fahrt in Malmö herumkreiste, um den Weg zu Sara Moréus' Adresse zu finden, fühlte sie sich ungewöhnlich gut in Form. Die Autofahrt hatte die gewünschte Wirkung. Vielleicht, weil alle Dinge unabhängig von ihr geschahen. Das Leben ging weiter und wechselte vor dem Autofenster die Kulissen. Und sie brauchte einfach nur mitzugleiten.

Aber der Erste Weltkrieg ging ihr nicht aus dem Kopf. Verdun und Ypern. Für ihre Großeltern waren diese Ortsnamen Wirklichkeit gewesen, für sie selbst Historie. Dabei waren ihre Geschichtskenntnisse nicht schlechter als die anderer.

Wenn sich die Wissenskette zwischen damals und heute wiederherstellen ließe, würde sie vielleicht ihren eigenen Platz darin finden. Wer sich als Teil eines Größeren sah, musste nicht immer nur an das eigene Ich denken. Dann würde es leichter werden, mit Dingen wie Neid umzugehen. In den stummen Stunden im Auto, die sie absichtlich nicht mit Musik gefüllt hatte, hatte der Erste Weltkrieg sie gegen ihren Willen dazu gebracht, über eine Frau nachzudenken, die sie für eine Freundin gehalten hatte. Jene, die gesagt hatte, sie habe Mårten so schnell vergessen.

Eigentlich war sie selbst an allem schuld. Etliche Bekannte, nicht nur diese eine Frau, hatten im Lauf der Jahre ihre Person und ihr Verhalten auf herablassende Weise kommentiert. »Ach, du bist aber schlank. Kein Muskel am ganzen Leib.« Oder: »So eine wie du kann ja wohl nicht mit Geld umgehen.« Ganz zu schweigen von dem alten Kollegen, der ihre Absicht, Mårten zu heiraten, so kommentierte: »Ihr zwei? Ihr passt doch überhaupt nicht zueinander!«

Warum hatte sie sich nicht gewehrt? Sie wollte als tolerant gelten. Wenn eine Frau ihren Mann liebte, ein gesundes Kind hatte und erfolgreich in ihrem Traumberuf war, musste sie auch einiges aushalten können. Aber im Grunde genommen war es nicht leicht, das alles einfach so hinzunehmen. Es hatte jedes Mal wehgetan. Sie war unehrlich gegen sich und die anderen gewesen, als sie nicht ihre Grenzen aufgezeigt hatte. Vielleicht hatte der Brief sie deshalb so fasziniert. Denn er berichtete von einer Gemeinschaft zweier Frauen, ihrer Großmutter und deren unbekannter Freundin.

Als sie vor dem Haus vorfuhr, ging die Tür auf, als sei sie schon erwartet worden. Eine vertrauenerweckende Geste, wie die Hand, die ihr zum Gruß hingestreckt wurde.

»Sara. Willkommen. Wir gehen gleich ins Haus, ja? Den Garten kann ich dir morgen zeigen, wenn es hell ist. Falls dich das interessiert.«

Sara trug ihre dunklen Haare im Nacken zu einem schlichten Knoten hochgesteckt. Sie hatte braune Augen, war etwas größer als Inga und wirkte gut trainiert. Zu Jeans trug sie einen dünnen kurzärmeligen Pullover. Ihre Haut hatte einen leicht olivenbraunen Teint.

Sara Moréus führte Inga ins Haus, wo eine Menge gepflegter Pflanzen in Fensternischen und auf Tischen standen. Das Haus war schlicht und rustikal möbliert, und auf einer Fensterbank saß eine Katze und betrachtete die Geschehnisse. *Macavity. The mystery cat.* Aber es war die Katzenhure, die am Ende in den Himmel kam. *Cats*, eines der vielen Musicals, die sie zusammen gesehen hatten. Mårten besorgte immer die Eintrittskarten. Seit seinem Tod hatte sie kein einziges mehr besucht.

Der Tisch in der Küche war für zwei gedeckt.

»Frag mich nicht, wie es passiert ist. Aber als ich wusste, dass du kommen würdest, hatte ich einen Kreativitätsschub, und der hat mir die Zeit zum Backen beschert. Du trinkst doch sicher einen Tee?«

»Schrecklich gern, danke.«

Sara Moréus zog einen flauschigen Teewärmer von der Kanne.

»Den hab ich übrigens von meiner Oma geerbt. Ich glaube, er ist mit Daunen gefüttert, jedenfalls hält er die Wärme auf unglaubliche Weise. Leider kann ich nicht gut genug sticken, um die Verzierungen zu reparieren. Bitte sehr.«

Das Brot war warm, die Butter schmolz beim Schmieren. Sara Moréus goss Tee in die beiden Tassen.

»Ich war ja so überrascht, als du angerufen hast«, sagte sie nach einer Weile. »Aber ich habe inzwischen darüber nachgedacht und freue mich, dass du hier bist. Das ist das Mindeste, was ich für meine Großmutter tun kann. Jemanden zu treffen, der mehr über sie wissen will.«

»Du standest ihr nahe.«

»Sie war ein fester Punkt im Dasein. Mein Vater und ich hatten in all den Jahren nur ab und zu Kontakt. Er war ungeheuer aktiv und reiste um die Welt, um sich nicht genauer bezeichneten Geschäften zu widmen. Alle Arten von Geschäften, sollte ich vielleicht noch hinzufügen. Ich habe mehr Halbgeschwister, als ich mir merken kann. Viele von ihnen aus dem Ausland. Meine Mutter kam aus der Türkei. Sie wohnte hier noch eine Weile meistens allein, da mein Vater sie kurz nach meiner Geburt verlassen hatte. Eigentlich war es kein Wunder, dass die Sache nicht gut ging. Bei meiner Geburt war sie siebenundzwanzig, zwanzig Jahre älter. Meine Mutter ging tagsüber putzen und nachts tanzen. Jetzt lebt sie wieder in der Türkei. Sie war nicht besonders fürsorglich. Ich sage immer, sie war nur einmal eine gute Mutter, nämlich als sie stundenlang vor dem Bücherregal saß, um meinen entlaufenen Hamster wieder einzufangen. Immerhin hat sie mir eine Art Überlebensinstinkt vererbt. Wir sehen uns manchmal. Mein Vater ist seit einigen Jahren tot, aber ich kann nicht behaupten, dass er mir fehlt. Man kann schwerlich um jemanden trauern, den man nicht gekannt hat.«

Inga dachte, dass die rustikalen Möbel etwas mit der Großmutter zu tun haben könnten und dass sie etliche Gemeinsamkeiten mit Sara Moréus hatte. Beide waren als Jugendliche von ihren Müttern verlassen worden.

»Meine Eltern haben sich scheiden lassen, als ich elf war. In diesem Jahr ist auch mein Großvater gestorben. Meine Mutter ging in die USA. Ich kann mir also vorstellen, wie das für dich war. Aber ich bin bei meinem Vater aufgewachsen. Als Alleinerziehender war er großartig.«

»Meine Großmutter wurde für mich in gewisser Hinsicht zu einem Elternteil«, sagte Sara Moréus. »Sie war oft zu Besuch bei uns, aber nach meiner Geburt lebte sie öfters für einige Zeit bei uns. Es ging ihr nicht mehr so gut, und ihr war wohl auch klar, dass meine Mutter es nicht leicht hatte. Ich mache ihr keine Vorwürfe, weil sie Schweden verlassen hat. Sie hatte einen Mann kennengelernt, der sie liebte. Und ich war doch längst daran gewöhnt, allein zurechtzukommen. Ich war achtzehn, als sie gegangen ist. Aber entschuldige. Wir wollten ja über meine Großmutter reden.«

»Du hast etwas darüber gesagt, dass du nicht sicher bist, wie sie wirklich hieß.«

»Da habe ich wohl etwas übertrieben. Sie hieß Linnea. Aber wie gesagt, sie hat sich auch Lea genannt. Unmittelbar vor ihrem Tod hat sie immer wieder über Rakel fantasiert. Sie war wirklich ein Fixpunkt in ihrem Dasein. Aber es gab auch viel, das ich nicht über sie wusste.«

»Was weißt du also?«

»Darf ich den Brief lesen, den du erwähnt hast, ehe ich diese Frage beantworte?«

Inga zog den Brief aus der Tasche. Sara Moréus nahm ihn entgegen und las ihn aufmerksam. Ab und zu lachte sie. Am Ende faltete sie die dünnen Blätter vorsichtig zusammen.

»Das sieht wirklich so aus, als ob es von meiner Großmutter stammen könnte«, sagte sie dann. »Sie hat oft auf der Maschine geschrieben, und einige scharfe Formulierungen kommen mir bekannt vor. Sie hatte einen guten Draht zu Gott. Aber dieser Brief stammt von … 1916. Da war sie noch sehr jung. Es klingt fast wie einer der ersten Briefe, die sie überhaupt nach Hause geschickt hat. Warte einen Moment.«

Sie stand vom Tisch auf und kam nach einer Weile mit einem Stapel Briefe zurück, die sie hastig durchblätterte. Der oberste war im Kongo abgestempelt.

»Wie gesagt. Das hier muss ganz am Anfang gewesen sein, als sie gerade dort eingetroffen war. Und dann ist es doch nicht unmöglich, dass sie deiner Großmutter geschrieben hat. Die hieß Rakel, nicht wahr? Oma hat oft von ihrer Freundin Rakel erzählt, besonders als sie am Ende im Krankenhaus lag. Ihre Zwillingsschwester, wie sie sagte.«

»Aber du hast diese Rakel niemals kennengelernt?«

»Soviel ich weiß, war sie schon tot, als ich ihren Namen zum ersten Mal hörte.«

»Meine Großmutter ist 1959 gestorben. Fast zeitgleich mit meiner Geburt.«

»Siehst du. Das kann stimmen. Ich bin 1964 geboren.«

Die Katze kam zur Tür herein. Inga bückte sich, um sie zu streicheln. Der Blick des Tieres wechselte von offener Feindseligkeit zu gnädiger Akzeptanz.

»Dieses Haus hat meiner Großmutter gehört«, sagt Sara Moréus. »Sie hat es gekauft, um in Schweden eine Wohnung zu haben. Dann stand es in all den Jahren leer, in denen sie im Ausland war. Sie hat es niemals vermietet. Bei ihrem Tod war klar, dass ich es erben würde.«

»Wann ist deine Großmutter gestorben?«

»Vor fünfzehn Jahren. Damals habe ich ihren Mädchennamen angenommen. Moréus. Sie wurde vierundneunzig. Sie hatte ein gutes Herz. Im doppelten Sinn.« »Würdest du ein wenig von ihr erzählen?« *Aber erwähne nicht das Herz, das vierundneunzig Jahre lang geschlagen hat.*

»Meine Großmutter stammte aus ärmlichen Verhältnissen. Ich glaube, sie waren sieben oder acht Geschwister, und ihre Eltern mussten sehr hart arbeiten. Sie besaßen ein kleines Grundstück, doch davon konnten sie nicht leben. Mein Urgroßvater war Arzt, aber aus irgendeinem Grund durfte er diesen Beruf nicht ausüben. Großmutter war gut in der Schule, zusätzlich bekam sie beim Pfarrer noch Unterricht. Er hatte sie offenbar lieb gewonnen. Vielleicht ein wenig mehr, als es schicklich war, wenn ich die Andeutungen meiner Oma richtig verstanden habe. Für den weiteren Schulbesuch war dann aber kein Geld mehr da. Stattdessen wurde meine Großmutter nach Göteborg geschickt.

Sie kam in die Dienste einer feinen Familie, aber es ging ihr da wohl nicht gut. Sie wohnte nicht bei diesen Leuten, sondern in einer ziemlich elenden Kammer. Dort hat sie Rakel kennengelernt. Das weiß ich sicher, denn sie sagte immer, ohne Rakel hätte sie nicht überlebt. Die Familie hieß Otto, der Mann handelte mit Schuhen, möglicherweise auch mit Feinkost. Als Großmutter krank war, erzählte sie in ihren Fieberphantasien davon, dass sie Kaffee verkaufte. Ehrlich gesagt, dachte ich immer, dass sie alles durcheinanderwarf. Oder dass sie für zwei Familien gearbeitet hat.«

»Ich bin ziemlich sicher, dass auch meine Großmutter als junges Mädchen in Göteborg gearbeitet hat. Dort hat sie meinen Großvater kennengelernt. Das stärkt doch sicher die Theorie, dass unsere Großmütter einander gekannt haben? Vermutlich wohnten sie zusammen und hatten im selben Haus Dienst. Wie lange war Lea dort angestellt?«

»Nicht sehr lange, glaube ich. Vielleicht ein Jahr. Dann ging sie zusammen mit einem der Söhne des Hauses auf Missionsreise. Wenn der Brief von ihr stammt, und davon können wir ausgehen, dann war das 1916, also mitten im Krieg. Mit nur achtzehn Jahren.«

Inga wickelte sich eine Haarsträhne um den Finger. Die Katze, die sich zu ihren Füßen hingelegt hatte, erhob sich mit einem Fauchen und verließ das Zimmer.

»Mit einem der Söhne?«

Sara Moréus lächelte. Ihre Hände wirkten älter als ihr restlicher Körper. Trockene Haut, gesprungene Nägel. Es war sichtbar, dass sie mit den Händen arbeitete. Dass sie Unkraut packte und ausriss, dass sie tief grub, um Wurzeln zu lösen und neu zu pflanzen.

»Wie das genau vor sich ging, wollte Oma nie so richtig erzählen. Aber er war wohl ein religiöser Grübler ohne besonderes Interesse an Frauen. Aber das hat Großmutter ja offenbar in Ordnung gebracht. Sie meinte, dass nur die Hände der richtigen Frau vonnöten seien, und schon erhebe sich noch der trotzigste Schwanz stolz im Sturm. Es scheint geklappt zu haben. Sie wurde schließlich schwanger. Vielleicht sind sie deshalb so eilig in die Mission aufgebrochen. Auch wenn es damals sicher nicht selten vorkam, dass die Dienstmädchen vom Herrn oder Sohn des Hauses geschwängert wurden. Dieser hier stand immerhin zu seiner Verantwortung. Es blieb auch bei dem einen Kind. Meinen Großvater habe ich übrigens niemals kennengelernt. Er wurde 1946 im chinesischen Bürgerkrieg erschossen.«

»Das hat meine Verwandte erwähnt. Und das bestätigt, dass unsere Großmütter befreundet waren. Wie schrecklich.«

»Es war vermutlich ein Irrläufer. Aber mein Großvater war mit einem englischen Offizier unterwegs.«

Sara Moréus blätterte in den Briefen, die sie herausgesucht hatte. Inga hätte sie gern gelesen, wollte aber nicht darum bitten. Irgendetwas an dieser Geschichte schien nicht zu stimmen. Es tauchten immer mehr Geheimnisse auf, je länger sie darüber sprachen.

»Wann hat Lea in der Mission aufgehört?«

»Unmittelbar vor meiner Geburt versuchte sie, in Schweden wieder Fuß zu fassen. In den sechziger Jahren. Obwohl sie hier offenbar nie so ganz glücklich war. Ab und zu, wenn sie auf irgendeiner Infektionsabteilung lag und verwirrt war, schrie sie, sie müsse wieder in den Kampf ziehen. In den Krieg gegen den Krieg. Es war typisch für sie, dass sie nicht einmal dann Ruhe fand, wenn es ihr schlecht ging. Sie betrachtete sich als Soldatin, die gegen jedes Unrecht kämpfen musste. Sie war eine Heilsarmistin im wahrsten Sinne des Wortes. Hatte vor nichts Angst.«

Es war eine seltsame Situation. Zwei einander fremde Frauen redeten über ihre Großmütter, und sie hatte ihre eigene nie kennengelernt. Sie verspürte einen Stich über dem linken Auge, anschließend eine Andeutung von Kopfschmerzen, als Sara Moréus nun weitersprach.

»Du fragst dich sicherlich, woher ich weiß, dass sie mit diesem feinen Göteborger durchgebrannt ist?«

»Ich dachte, dass sie das erzählt hat.«

»Nein, nicht direkt, auch wenn sie Andeutungen gemacht hat, die ich dann erst später begriffen habe. Sie hat nur erzählt, dass sie meinen Großvater in Göteborg kennengelernt hatte. Dass er in einem Schuhgeschäft arbeitete. Ich nahm an, er sei von so schlichter Herkunft wie sie. Sie sprach nicht oft über meinen Großvater, sagte eigentlich nur, dass er ein guter und lieber Mann gewesen sei, und ich stellte keine Fragen. Ich wollte ihr nicht wehtun. Aber dann kam der Brief vom Anwalt.«

»Vom Anwalt?«

Sara Moréus nickte.

»Nur wenige Wochen nach Großmutters Tod bekam ich einen Brief von einem Anwalt namens Levander aus Göteborg. Das Schreiben war eigentlich nicht an mich gerichtet, sondern an meinen Vater. Aber ich nahm seine Post in Schweden entgegen und war bevollmächtigt, sie zu öffnen und zu lesen. In der Hinsicht war mein Vater nicht schwierig. In dem Brief stand, dass eine Anwaltskanzlei in Göteborg, Levander und Söhne, seit vielen Jahren eine bestimmte Summe Geldes verwaltete. Und dass dieses Geld dem erstgeborenen Sohn von Linnea Otto, geborene Moréus, ausgezahlt werden sollte. Oder, falls der nicht mehr am Leben war, der übrigen Verwandtschaft. - Ich sagte meinem Vater Bescheid. Er meinte, ich könne ja nach Göteborg fahren und diesen Judaslohn holen, wenn ich Lust dazu hätte. Er brauche ihn nicht. Also fuhr ich nach Göteborg und traf einen sehr sympathischen Anwalt namens Gösta Levander. Es stellte sich heraus, dass das Testament vor langer Zeit geschrieben wurde und im Safe der Kanzlei auf Großmutters Tod gewartet hatte. Sicher hatte niemand damit gerechnet, dass sie so lange leben würde.«

»Wann wurde das Testament denn geschrieben?«

»1919.«

»Meine Güte!« Ein fast neunzig Jahre altes Testament, erlassen zwei Jahre, nachdem dieser Brief aus Afrika an ihre Großmutter geschrieben wurde. Sie begriff nicht, was Großmutter Rakel mit der ganzen Angelegenheit zu tun haben sollte. Aber die Geschichte faszinierte sie.

Sara Moréus holte einen Kerzenleuchter, offenbar aus Silber. Sie steckte eine hohe Kerze hinein und zündete sie an.

»Der stammt auch von meiner Großmutter. Ansonsten hatte sie kein großes Interesse an Gegenständen. Aber den hier schleppte sie in alle Weltgegenden mit. Er wiegt einiges, aber sie behauptete, er bringe ihr Glück.«

Der massive Fuß. Das Muster. So ein Leuchter stand auch im Sommerhaus.

»Wir haben den gleichen. Auf Marstrand.«

Sara Moréus meinte, das müsse ein Zufall sein, und erwähnte, ihre Großmutter habe oft vom Licht in der Finsternis erzählt. Ob Inga an Gott glaube.

Was sollte sie sagen? Sie hatte vorgehabt, das Gespräch auf einem neutralen Niveau zu halten, und, wenn es sein müsste, mit einem flotten Spruch ihre Witwenschaft abzutun. Jetzt musste sie sich zusammennehmen.

»Ich hatte wohl einen Gottesglauben, solange mein Mann lebte. Aber da hatte ich ja ihn und brauchte Gott nicht so oft. Es klingt schrecklich, aber so war das. Wir waren glücklich und darin konnte ich ruhen. Vielleicht existiert Gott und tut auch allerlei Gutes. Aber ich glaube nicht, dass er allmächtig ist. Denn sonst hätte er Mårten nicht so jung sterben lassen.«

»Das tut mir leid.« Sara Moréus streckte die Hand aus und streichelte kurz ihren Arm. Viele sagten das zu ihr, um sich im nächsten Atemzug dafür zu entschuldigen, dass sie diesen klischeehaften Ausdruck gewählt hatten. Sie antwortete dann immer, sie sei damit zufrieden, und meinte das auch ehrlich.

»Danke.«

»Darf ich fragen, wie er gestorben ist, oder willst du nicht darüber reden?«

»Vor zwei Jahren an einem Herzinfarkt.«

»Das muss ein Schock für dich gewesen sein.«

»Das war es vermutlich. Zuerst wäre ich fast zusammengebrochen, aber das habe ich mir nicht erlaubt. Ich habe wie zuvor weitergearbeitet, bis ich … vor einigen Wochen eine Pause machte. Deshalb wohne ich derzeit auf Marstrand. Im Sommerhaus meiner Familie.«

»Besitzt ihr das schon lange?«

»Meine Großeltern haben das Haus noch während des Krieges gekauft, etwa 1917. Sie hatten es wohl von einem Verwandten meines Großvaters. Sie wohnten einige Zeit da, dann nutzten sie es nur noch als Sommerhaus. Gemeinsam mit der restlichen Familie.«

»Marstrand ist schön. Ich war einmal da, aber das ist lange her.«

»Du musst irgendwann einmal zu Besuch kommen.« Sie hatte den Faden verloren. »Du wirkst ungeheuer stark. Ich weiß nicht, ob ich das so könnte. Es ist mir peinlich, aber ich war etwas misstrauisch, als du angerufen hast.«

»Ich war immer schon ziemlich gut darin, die Fassade zu wahren. Meine Galeristin hatte versucht, mir etwas Ähnliches zu sagen, unmittelbar ehe Mårten… ehe ich die Nachricht er-

hielt. Meine Bilder seien zu perfekt. Wie ich. Oder genauer gesagt, wie ich gesehen wurde. Das hat bei anderen Neid bewirkt.
Und ich habe mich nicht gewehrt.«

»Großmutter hat immer gesagt, dass manche Menschen mit
einer Art innerer Güte geboren werden. Deshalb ziehen sie
manchmal Neid und Bitterkeit auf sich, erfahren aber auch sehr
viel Freude.«

»Das wäre wirklich übertrieben. Ich weiß nicht, ob ich ein
besonders guter Mensch bin oder je war.«

»Deine Güte reicht sicher aus. Und deinen Mann hast du
doch offenbar geliebt. Das sehe ich deinen Augen an. Ich hoffe, auch einmal so etwas erleben zu dürfen. Ich habe gerade
den dritten Kerl an die Luft gesetzt, und jetzt werde ich die Tür
nicht mehr so schnell aufmachen. Ich habe es satt, mit Männern zusammen zu sein, die gern mitfahren, wenn es gut geht,
aber beim ersten Problem abspringen.«

Es war seltsam, wie zwischen Fremden bisweilen Nähe ent-
stehen kann. Eine Begegnung im Zugabteil, wo zwei Menschen
über ihre Weltsicht reden. Ganz zu schweigen von Kranken-
häusern. Was hatte sie nach Peters Geburt nicht alles mit ihrer
Zimmernachbarin geteilt. Der ungeschickte erste Windelwech-
sel und der wunde Unterleib hatten alle Mauern eingerissen.
Sie waren für vielleicht fünf Tage beste Freundinnen und Vertraute. Danach hatten sie einige Jahre lang Weihnachtskarten
gewechselt und später nie wieder voneinander gehört. Sie versuchte, zum Thema zurückzukehren.

»Dieser Anwalt, Gösta Levander. Was hatte er eigentlich zu
erzählen? Woher stammte das Geld?«

»Von der Familie Otto. Das Testament stammte von Carl
Otto, meinem Urgroßvater, und dort stand also, Linnea Ottos erstgeborener Sohn solle die Erträge einer in Aktien in-
vestierten Geldsumme erhalten. Carl Otto hatte das Geld in

Unternehmen angelegt, die seither expandierten, für die weitere Wertpapiere in Umlauf gebracht wurden, und was weiß ich nicht alles. Natürlich hatten nicht Levander und Söhne neunzig Jahre lang spekuliert, sondern die Bank. Und das hatte sie gut gemacht. Ich bekam drei Millionen Kronen.«

»Fantastisch.«

»Ja, das war fantastisch. Und da mein Vater das Geld nicht wollte, bekam ich alles. Es reichte aus, um zu kündigen und meinen eigenen Laden aufzumachen. Ich weiß nicht so genau, was mein Vater mit Judaslohn gemeint hatte, aber das ganze Testament roch irgendwie nach schlechtem Gewissen. Mein Vater konnte wohl auch nur erraten, was dahintersteckte. Er kann doch nicht gewusst haben, dass dieses Geld vorhanden war. Großmutter hat es nie erwähnt. Ich glaube, auch sie wusste nichts von diesem Testament.«

»Was stand sonst noch darin? Gab es irgendeine Erklärung?«

»Es war so formuliert, dass Linnea Ottos Sohn eine Entschädigung für die Arbeit erhalten sollte, die Linnea, ehemals Hausmädchen bei Ottos, in die Erziehung ihres ältesten Kindes gesteckt hatte. Unter anderem durch den Namen Otto erfuhr ich, dass mein Großvater Ruben der Sohn des Hauses war, in dem meine Großmutter gearbeitet hatte. Es wurde klar, dass er wegen Großmutter seine Familie verlassen hatte. Dann stand im Testament noch etwas darüber, dass das Geld auch Linneas weitere heilige Tätigkeit ermöglichen sollte. Was eine komische Umschreibung für die Mission ist. Und nun pflüge ich das Geld buchstäblich in den Boden. Aber in der Bibel wird ja sehr viel gesät.«

»Du hast mit deinem Vater nie über dieses Geld gesprochen?«

»Ich habe es einige Male versucht. Habe ihn gebeten, über Großvater zu erzählen. Über diesen Ruben Otto, der erschossen wurde. Aber mein Vater wollte oder konnte nicht. Er behauptete, seinen Vater niemals kennengelernt zu haben.

Er war zwar schon erwachsen, als mein Großvater umkam, aber dennoch. Er wusste nur, dass Großvater aus einer Familie stammte, in der seine Mutter gearbeitet hatte, und das hatte er mir nie vorher erzählt. Von dem ›Judaslohn‹ wollte er nichts wissen, wie gesagt, hat er mir dafür aber nie eine Erklärung gegeben.«

Inga versuchte, das Gehörte für sich zusammenzufassen. Sara Moréus' Großmutter, Linnea Moréus, hatte zusammen mit Ingas eigener Großmutter Rakel für die Familie Otto gearbeitet. Linnea hatte eine Beziehung zu Ruben Otto gehabt, dem Sohn des Hauses, und war mit ihm in die Mission gegangen. Carl Otto, Linneas und Rakels Arbeitgeber und Rubens Vater, hatte in seinem Testament Linneas und Rubens Sohn Geld vermacht. Und die Tochter dieses Sohnes saß ihr hier gegenüber.

Das alles war nicht weiter seltsam. Eine interessante Geschichte, die ihr nicht viel mehr sagte, als dass Großmutter Rakel damals in Göteborg eine gute Freundin gehabt hatte. Wenn da nicht die Sache mit der Reue gewesen wäre.

»Dieser Brief …«, begann sie nun. »Am Ende erwähnt deine Großmutter etwas darüber, über Lebende und Tote zu urteilen. Es geht um etwas, das nachts passiert sei. Hast du eine Ahnung, was damit gemeint sein kann?«

Sara Moréus schüttelte den Kopf.

»Ich habe mir das auch schon überlegt, vergeblich«, sagt sie. »Aber ich war ziemlich oft bei meiner Großmutter im Krankenhaus. Wenn sie Fieber hatte, phantasierte sie von dunklen Männern im Dschungel, Aufruhr, dem Schuss in China. Ab und zu schrie sie, ich sollte die Ratten verjagen. Aber ein Thema tauchte immer wieder auf. Krieg gegen den Krieg zu führen.«

»Was kann sie damit gemeint haben?«

»Ich weiß es nicht. Aber vielleicht war es ganz einfach, genau wie das mit der Reue. Vielleicht hat sie zusammen mit deiner Großmutter die Silberleuchter gestohlen.«

»Natürlich. Ich weiß auch nicht, warum ich mir einbilde, dass das wichtig sein könnte.«

»Möchtest du wissen, wie Großmutter aussah?«

»Ja, gern.«

Sara Moréus verschwand im Wohnzimmer. Inga erschrak, als sie sah, dass es schon auf neun Uhr zuging. Am Morgen war sie noch auf Marstrand gewesen. Jetzt saß sie im Haus eines unbekannten Menschen in Malmö. Das passte gar nicht zur sonst so beherrschten Inga Rasmundsen.

Das Foto riss sie aus ihren Gedanken. Die Überraschung stellte sich sofort ein. Die Frau auf dem Bild, die ein schwarzes Kleid trug und sich an eine Hauswand lehnte, war den Fotos ihrer eigenen Großmutter so ähnlich, dass sie mehrmals hinschauen musste, um sich davon zu überzeugen, dass sie hier nicht Rakel sah. Die Haare waren dunkler. Aber die Augen, der Mund, die Haltung, die runden Wangen ... es war fast unheimlich. Dann drückte ihr Sara noch ein Foto in die Hand.

»Das ist mein Vater. Da war er ungefähr fünfzehn.«

Inga sah in Augen, die unmöglich Sara Moréus' Vater gehören konnten. Das Bild zeigte einen Mann, den Inga sehr gut kannte. Der sie schwimmen gelehrt hatte. Der gespielt, gesungen, im Garten gejätet und gelacht hatte. Einen Mann, den sie ihr Leben lang bewundert und geliebt hatte.

»Wann wurde dein Vater geboren?«

»Im März 1917. Er hieß Stig.«

Im selben Monat und Jahr wie Onkel Ivar. Wie der Onkel Ivar, der sie jetzt vom Foto her anzulachen schien.

Kapitel 8

1959

Heute habe ich einen Spaziergang gemacht, obwohl ich das eigentlich gar nicht darf. Meine Beine tragen mich kaum. Niemand möchte die Wege um das Krankenhaus absuchen und ein hilfloses Bündel finden, das dann wieder zusammengeflickt werden muss. Die Ärzte meinen, es genüge, mein zu Blut reinigen. Aber ich musste einfach frische Luft atmen und mir einbilden, sie enthalte Salz. Ich wollte so gern etwas Grünes sehen, einen Baum oder einige Blumen. Also stützte ich mich auf meinen Stock und öffnete die Tür, schlich hinaus und fand eine Bank unter einem Apfelbaum. Die Früchte glänzten reif, und ich hätte alles gegeben, um sie pflücken zu können. Aber wie der Fuchs in der Fabel musste ich mich mit Seufzen und Träumen begnügen.

Als ich dort saß, hörte ich jemanden rufen, und dann kam er, Johannes, mein Kleiner. Wir lächelten uns an. Ich dachte, er versteht mich, und das war seltsam. Er setzte sich neben mich, nahm meine Hand und erzählte, die Frau würde bald kommen. Ich nahm an, sie besuchte jemanden, der bekennen wollte.

Johannes sprach von seinem Papa, und ich dachte, dass Gefühle uns zu leicht aus den Händen gleiten. Das Leben spielt uns Streiche. Es ist wie ein Tauziehen, die Gefühle streben in die eine Richtung und wir selbst in eine andere, und am Ende lernen wir, dass es besser ist, möglichst wenig zu empfinden.

Dass es in Ordnung ist, sich für Gefühle zu entscheiden, so, wie wir uns für einen Apfel entscheiden. Die reifen zu nehmen und nicht zu lange zu warten, sonst fallen sie zu Boden und werden von den Vögeln verzehrt.

Damals bin ich nach Göteborg gegangen, um für meine Lieben und mich selbst ein besseres Leben zu erlangen. Ich glaubte an die Freiheit, aber ich lernte, dass Hunger und harte Arbeit diesem Wort einen Misston verleihen. Die Freiheit zu verhungern ist nichts, wofür man kämpfen könnte. Wofür sie vor Verdun kämpften, das vergaßen die Jungen ziemlich schnell, als das Gefühl aus ihren Füßen verschwand und die Kameraden neben ihnen sich in Asche verwandelten. Zu Hause hungerten wir, während Kugellagerfabrik und Werft in Hisinge durch den Krieg reich wurden. Die Auftragsbücher füllten sich in dem Tempo, in dem die Schiffe torpediert wurden.

Ohne Lea hätte ich nicht überlebt. Zusammen konnten wir in einer elenden Kammer mit Hunderten von Wanzen hausen. Wir lernten, mit einer grausamen Frau als Arbeitgeberin fertig zu werden, die ihren versoffenen Gatten hinterging und es genoss, uns in die Mangel zu nehmen. Das war die Strafe für unsere Jugend und unsere schönen Zöpfe. Oder die einzige Möglichkeit für sie, Glück zu empfinden. Amanda Otto war der Beweis dafür, dass es solche Menschen gibt. Diese Lehre habe ich mein Leben lang bewahrt.

Nicht, dass es uns schlechter gegangen wäre als anderen. In Masthugget wimmelte es nur so von erbärmlichen Existenzen. Arme Schauerleute und Seeleute mit verhärmten Frauen und hungernden Kindern. Zehnköpfige Familien in Wohnungen, die nicht größer waren als unsere. Und doch besaßen sie die Güte, dafür zu sorgen, dass wir überlebten. Für einen Schluck Kaffee hatten sie immer Zeit. Im Krieg vermischt mit Roggen, Getreide oder Rübenstücken, bis Lea und ich Besseres anbieten konnten.

Wenn wir die Nachbarn nicht gehabt hätten, die nach dem Essen ein Stück Leberwurst oder einige Möhren brachten, hätten wir an unseren freien Tagen gehungert. Das war, ehe wir gelernt hatten, wo man am besten und billigsten einkaufen konnte. Ehe wir lernten, Signe dazu zu bringen, die Aufsicht über die Speisekammer der Ottos zu vernachlässigen.

In der ersten Nacht schliefen Lea und ich zusammen auf der Ausklappbank. Lea war morgens gekommen, nach einer ähnlichen Reise wie meiner. Derselbe Junge, der mich abgeholt hatte, hatte sie ins Zimmer gebracht und war wieder verschwunden. Zuerst hatte sie nur aus dem Fenster geschaut, unfähig, etwas zu empfinden oder zu reagieren. Dann brach die Dunkelheit herein. Die Lampen wurden angezündet, wie ein Sternschnuppenschwarm. Lea beschloss, eine Suppe zu kochen. Wie ich hatte sie Proviant von zu Hause mitgebracht. Da klopfte es an die Tür.

Draußen stand eine Nachbarin. Sie war nicht reich, brachte aber einige in Papier gewickelte Speckstücke und ein wenig Kaffeepulver mit. Lea bat sie herein. Die Nachbarin kümmerte sich um die Suppe und kochte in einer verbeulten Kanne, die sie im Schrank gefunden hatte, etwas Kaffee. Sie teilten ihn sich, aber die Besucherin wollte nichts von der Suppe haben, von der sie wusste, dass die noch für eine weitere Person reichen musste. Ihr Mann fuhr zur See, zuletzt hatte sie von ihm eine bunte Postkarte aus Hamburg erhalten. Er schrieb, dass es regnete und dass er wohl erst in einem Monat nach Hause kommen würde.

Lea schilderte Frau Nilsson, was sie später auf der Ausklappbank auch mir erzählte. Die harte Arbeit auf dem heimischen Hof. Die Geschwister. Der Pfarrer, der Mathematik, Geographie, Geschichte, Religion und Biologie unterrichtete. Letzteres verabscheute sie. Ich erzählte von Vater und unseren Wanderungen und von den getrockneten Äpfeln. Der Gebetssaal wurde wieder lebendig, meine Mutter und Brüder waren bei uns in der Kammer. Der Duft von Seife und Erlösung stahl sich herein, und das, was ich verlassen hatte, wurde greifbarer als meine neue Wirklichkeit.

Als Linnea hörte, dass ich Rakel hieß, fing sie an, sich Lea zu nennen, nach Rakels hässlicher Schwester in der Bibel. Ich protestierte. Wo sie doch so hübsch war.

»Danke«, sagte Lea und zeigte auf ihr Muttermal. Dann lachte sie schallend bei der Vorstellung, dass wir wie im Fall der biblischen Rakel jemanden finden würden, der bereit wäre, sieben Jahre zu arbeiten, um uns zu bekommen. Und dann noch sieben weitere Jahre. »Nicht jeder Mann lässt sich so leicht an der Nase herumführen.«

Ich erzählte von Jakob, meiner Reisebekanntschaft. Der sich für einen Rollstuhl und eine Schreibmaschine abmühte und nicht für eine schöne Braut. Vernünftig, fand Lea. Wenigstens ein Mann, der nicht mit jenem Organ dachte, das ein schusseliger Schöpfer hatte frei herumbaumeln lassen.

Derlei Gespräche halfen uns beim Einschlafen. Am ersten Morgen erwachten wir starrgefroren und von roten juckenden Wanzenbissen übersät. Erbsensuppe zum Frühstück, den Rest von Frau Nilssons Kaffeepulver im Kochwasser. Masthuggets Engel sahen anders aus als auf meinen Bildern. Aber sie machten sich nützlicher.

Kaum hatten wir fertig gegessen, klopfte es auch schon an der Tür. Da wir in unseren Kleidern geschlafen hatten, sahen wir zerknittert und ungepflegt aus. Aber Lea war so schön wie in jenem Moment, als ich sie auf der Bank erspäht hatte. Der Junge von gestern schien das auch zu finden, als er in der Tür stand.

»Ich soll euch zu Ottos bringen«, sagte er und schaute sich

unsicher um. Lea legte sich ein Tuch um die Schultern, ich nahm eine von Mutters Strickjacken, aber die Kälte packte uns, sowie wir den Hinterhof erreicht hatten. Lea und ich wechselten einen Blick. Wir hatten durchgehalten, bis es wehtat. Schweigend gingen wir zum Plumpsklo, und als wir herauskamen, hatten wir blau gefrorene Lippen und verzogen angeekelt die Gesichter.

»Was für ein Dreck«, sagte Lea und hielt die Hände in eine Pfütze. Ich folgte ihrem Beispiel und riss mich zusammen. Flennen könnte ich später noch, was man muss, das schafft man auch. Ich war hier, weil Vater gestorben war.

»Ottos wohnen bei der Vasakirche«, teilte unser Begleiter mit. Wir gingen hinter ihm und versuchten zu verstehen, was wir sahen. Geschäftige Straßen mit Pferdewagen und ab und zu einem Automobil. Cafés und Bierstuben. Straßenbahnen. Ein Mann, der über die Straße torkelte, ein anderer, der ihn stützte. So früh waren keine feinen Leute unterwegs. Es war noch dunkel und eiskalt.

Ich fror an den Füßen. Meine Schnürstiefel waren schon mehrmals geflickt worden, konnten der Feuchtigkeit aber nicht richtig standhalten. Es kam mir vor wie eine Ewigkeit, bis wir das Haus erreichten, ein prachtvolles, reich verziertes Gebäude. Der Junge öffnete eine schwere Haustür, und wir stiegen zwei Treppen hoch. Dann klingelten wir.

Die Tür wurde geöffnet, und wir standen vor einer älteren Frau, die sich als die Köchin entpuppte und sich als Signe vorstellte. Sie ließ sich hier oben nur selten blicken, wie ich später erfuhr, aber im Moment fehlten im Haus ja die Dienstmägde, die wir werden sollten. Signe, mit Dutt und Schürze vor dem Bauch, musterte uns.

»Jessasmaria, die Mädels werden ja auch jedes Jahr magerer. Aber ihr kommt ja vom Land, und da sind die Leute das Zupacken gewöhnt«, sagte sie und wandte sich an den Laufburschen. »Otto sagt, du sollst in den Laden gehen. Da muss etwas geholt und ausgetragen werden.«

Der Junge zögerte, aber Signe scheuchte ihn weg. Er verschwand, nachdem er uns eilig alles Gute gewünscht hatte. Seine Augen hafteten sehnsüchtig an Lea und mir.

Signe sagte, wir sollten uns die Schuhe abwischen. Wie schon der Junge, stellte sie fest, dass wir uns ähnelten wie ein Ei dem anderen. Dann ging sie in die Wohnung und wir hinterher. Unser Eindruck war düster. Strenge Möbel, schwere Portieren vor den Fenstern, steifes Leinen auf dem Tisch. Blumen auf hohen Piedestalen, dunkle Teppiche. Das einzige Licht stammte von einer Lampe in der Ecke, immerhin elektrisch. Auf einem Tisch stand ein seltsames schwarzes Gerät.

»Das Telefon«, sagte Signe und schon klingelte es. Sie zögerte, ging dann aber hin, nahm den Hörer ab und schrie: »Hallo allesamt! Hier ist niemand zu Hause und ich kann nicht ans Telefon kommen.« Dann knallte sie den Hörer auf die Gabel, und ich entdeckte das Klavier, genau wie zu Hause. Hier gab es also immerhin Musik.

»So viele Bücher«, flüsterte Lea und ging zum Regal. Kaum hatte sie ein Buch herausgezogen, war Signe bereits zur Stelle und schob es wieder zurück.

»Wir gehen in die Küche, da kriegt ihr einen Schluck Kaffee, ehe die Ottosche nach Hause kommt. Ich soll euch ein bisschen erklären, wie ihr zu arbeiten habt. Den Rest wird sie euch noch früh genug klarmachen. Aber besser, ihr merkt euch gleich, dass hier keine Dinge angefasst werden, die nicht angefasst werden dürfen.«

Die eine Treppe tiefer liegende Küche entpuppte sich als gemütlich. Der Herd war groß, die Speisekammer geräumig, und das Kochgeschirr an der Wand zeugte von Wohlstand und

Wärme, die in den oberen Stockwerken fehlten. Signe setzte den Kessel auf, und bald waren drei Tassen Kaffee fertig. Vor sich hinmurmelnd kam sie mit einem Stück Kuchen aus der Speisekammer zurück

»Dafür wird mir sicher kreuz und quer die Haut abgezogen«, seufzte sie. »Die Ottosche ist geizig wie der Teufel. Aber wenn wir bedenken, dass es hier so lange keine Haustöchter mehr gab, begnügt sie sich vielleicht mit einer Zurechtweisung. Sie ist ja, Gott schütze uns, gerade im Armenhaus, und da zetert sie meistens genug herum, so dass bis zum Mittagessen Ruhe ist.«

Danach erfuhren wir, dass unsere Herrschaft Carl und Amanda Otto hieß. Carl Otto war ein freundlicher Mann, der leider zu oft zu tief ins Glas schaute, was seine Frau offenbar nicht billigen konnte. Der Schuhfabrikant war ein echter Geschäftsmann, der gute Qualität lieferte und Kunden und Lieferanten redlich behandelte. Aber in seinen eigenen vier Wänden hatte er nicht viel zu sagen. Signe verriet, dass hinter einigen Büchern im Regal Flaschen standen und dass er dieses Geheimnis mit seinem Gesinde teilte und dafür gern ein wenig mehr bezahlte. Amanda Otto behauptete zwar, belesen zu sein, rührte die Bücher aber nicht an.

Während wir den heißen Kaffee genossen, berichtete Signe weiter über die Familie. Carl und Amanda Otto hatten drei Söhne namens Fridolf, Tor und Ruben. Fridolf hatte eine eigene Zahnarztpraxis, Tor war Ingenieur. Während Fridolf sich eine herzensgute Frau gesucht und sehr schnell eine Familie gegründet hatte, war Tor einer furchtbaren Witwe in die Hände gefallen, die ihm, so Signe, Kuckuckseier ins Nest gelegt hatte.

»Das geht natürlich niemanden etwas an. Aber das Wort Moral kann dieses Frauenzimmer nicht einmal buchstabieren. Ihre Gören sehen ihrem Vater und Großvater so wenig ähnlich, dass alle, die Augen im Kopf haben, sehen müssten, dass da jemand anderer die Finger im Marmeladentopf hatte und den dann ins falsche Fach gestellt hat. Der Herr im Haus liebt seine Enkelkinder so sehr, dass er nur noch schielt. Diese Witwe weiß außerdem, wie man den Leuten Honig ums Maul schmiert. Das nutzt sie aus, damit sie im Laden die neuesten Frühlingsstiefel an sich reißen kann. Aus dem weichsten Leder natürlich. Bei dem Regen hier in der Stadt.«

Signe schnaubte. Dann erzählte sie von Ruben als dem Sorgenkind der Familie. Zwar sei er schön, aber ohne die Autorität seines Vaters, die nicht einmal der Suff ganz zerstören könne. Während der Fabrikant gern herzlich lachte, vor allem, wenn seine Frau nicht da war, saß Ruben meistens allein in seinem Zimmer, las oder dachte nach. Angeblich wollte er Pastor werden.

»So viel zu philosophieren und über Gott nachzudenken kann einen schon wunderlich werden lassen«, konstatierte Signe und streckte die Beine aus. Die waren vom Knie bis zum Fuß gleich dick, was einen gewissen Neid auf Tors Witwe erklärte. Signe würde niemals ihre Füße in ein Paar eleganter Schuhe stecken können.

»Jedenfalls wohnt er zu Hause, und von Damenbesuchen ist nichts bekannt«, sagte sie. Dann senkte sie die Stimme und rückte ein wenig näher an uns heran, obwohl wir allein waren und niemand uns hören konnte. »Angeblich kann er nicht.«

»Wie meinst du das?«, fragte Lea und stellte energisch die Tasse auf den Tisch.

»Dass an seinem Werkzeug etwas nicht stimmt. Am Piephans. Das sagt Edvard. Unser Mann für alles. Fahrer und Diener für den Hausherrn. Und auch Beichtvater, meine Güte. Was ihm gesagt wird, bleibt zwischen den Wänden des Hauses.«

Aber wird in der Küche besprochen, dachte ich, und das wurde bestätigt. Edvard seligen Angedenkens mit geschleckter Frisur und affektierten Manieren. Seinem Herrn getreu, und ebenso getreu den anderen Untergebenen. Deren Leben wäre sehr viel schwerer gewesen, wenn sie nicht durch Edvard die Kehrseite der Ottos hätten sehen können. Der Dienst fiel leichter, wenn man in der Küche über Tors Probleme mit der Witwe oder über Fridolfs Klagen über verkommene Zähne gelacht hatte. Oder sich über Rubens herrschaftlichen Schwanz ausgelassen hatte.

»Du meinst, er kriegt ihn sozusagen nicht aus der Pelle?« Leas Frage kam überraschend. Sie kehrte mir ihre Wange zu. Ihr Muttermal sah aus wie eine aufgeblühte Margerite im Frühling.

»Ich hätte ja nicht gedacht, dass du so bewandert bist!« Signe schüttelte den Kopf, aber Lea ließ sich von dieser Bemerkung nicht beeindrucken.

»Es gibt jede Menge Männer, die ihn nicht rauskriegen, und die glauben, das sei ein Problem fürs ganze Leben. Aber soviel ich weiß, braucht man da nur einen kleinen Schnitt. Mein Vater ist Arzt. Jedenfalls war er es, bis ihm die Zulassung genommen wurde. Daher weiß ich, dass das nicht schwieriger ist, als einen Kleidersaum aufzutrennen.«

Nie mehr habe ich Signe dermaßen glotzen sehen. Der verdutzte Blick, den sie auf Lea richtete, war unbezahlbar. Sie fing an zu lachen.

»Ich muss schon sagen … dann geh doch rauf und hilf Herrn Ruben. Mit einem kleinen Schnitt«, prustete sie heraus. Als sie sich beruhigt hatte, sah man Schweißflecken unter ihren Armen und auf der Brust.

»Ja, großer Gott, so hat, man sich ja lange nicht mehr amüsiert«, sagte sie, schaute auf die Uhr und sprang auf. Rasch nahm sie Butter, Mehl, Fleisch und Gemüse hervor und beschrieb uns unsere Aufgaben. Um sechs Uhr morgens sollten wir zur Stelle sein und einen Kaffee trinken, wenn die Zeit reichte. Dann begann der Arbeitstag. Tabletts mussten herumgetragen werden, da die Familienmitglieder lieber im Bett frühstückten. Das Frühstück des Direktors musste um sieben oben sein, das der Gnädigen und Rubens etwas später. Ja, zu Ruben und dem Direktor musste natürlich Edvard ins Zimmer gehen, aber es musste alles bereitgestellt werden. Die Gnädige wollte jeden Tag eine Rose auf ihrem Tablett, und Gott erbarme sich aller, wenn diese Rose nicht frisch war.

Während des Tages mussten wir spülen, die Betten beziehen, staubwischen und aufräumen. Danach einkaufen. Wir konnten damit rechnen, dass wir in die Geschäfte laufen und für den Direktor Besorgungen übernehmen mussten. Dann kam das Mittagessen, wenn die Familie nicht auswärts speiste, und später das Abendessen. Wir mussten in der Küche beim Backen und anderem aushelfen. Außerdem die Schlafzimmer für die Nacht zurechtmachen. Wenn die Herrschaft Gäste erwartete, war noch mehr zu tun. Manchmal mussten wir Kinder hüten und dafür sorgen, dass die Enkelkinder der Herrschaft nicht zu sehr störten, wenn sie hier waren. Und wir mussten Amanda Otto bei ihren Besuchen im Armenhaus begleiten.

Als Signe das alles erzählt hatte, schwieg sie eine Weile.

»Noch zwei Dinge. Das eine ist, dass Amanda Otto die Hausmädchen nie gut behandelt hat. Es kann an ihrem Geiz liegen, weil sie im Moment mehr für Lebensmittel bezahlen muss. Wenn ihr mich fragt, dann liegt es aber daran, dass sie neidisch ist, und das bleibt nicht ohne Folgen. Denn die Mägde sind nicht nur gegangen, weil sie ausgeschimpft wurden, sondern weil sie der Herr des Hauses zu oft in Brust und Hintern gekniffen hat. Es spielt keine Rolle, wie fest entschlossen eine Frau ist, ihren Rock nicht zu heben. Wenn Krieg und Not kommen und der Hunger auf der Lauer liegt, kann noch die Beste schwach werden. Das Mädchen, das wir zuletzt hier hatten, hat so lange widerstanden, wie sie konnte. Doch es kam, wie es kommen musste, und sie wurde mit einem Kind im Bauch nach Hause geschickt, aber auch mit Geld in der Tasche, damit sie und das Kleine eine Weile zurechtkommen. Herr Otto ist großzügig, aber das bedeutet nicht, dass ich sein Benehmen billige, und ihr habt alles Recht, euch zu wehren. Jetzt wisst ihr Bescheid.«

»Das ist wohl überall gleich«, sagte Lea darauf, und als ich sie anschaute, sah ich, dass sie rote Streifen am Hals hatte. Ich wollte etwas sagen, fand aber nicht die rechten Worte, und für einen schmerzlichen Moment dachte ich an den Kuss im Gebetssaal. Dann hörten wir ein Klingeln. Unsere Gnadenfrist war abgelaufen. Signe wischte sich die Hände ab und zeigte auf die Treppe. Oben im Wohnzimmer wartete Amanda Otto.

Ein Fischgesicht. Breite Wangenknochen und ein starres Lächeln, wie das eines Fisches mit dem Haken im Maul, im Augenblick des Todes. Glubschaugen und stramm hochgesteckte Haare. Magere Hände und magere Brust, Knochen an Knochen ohne eine Andeutung von Rundungen. Sie trug ein Seidenkleid und sprach mit nasaler, eintöniger Stimme. Sie streckte die Hand aus. Wir nahmen sie und knicksten. Sogleich schien uns die Gnädige Widerwillen entgegenzubringen und sich zu überlegen, wie sie uns das Leben vergällen könnte.

»Das ist Rakel, und das ist Linnea«, sagte sie. Mein Name war niemals so lieblos ausgesprochen worden. Amanda Otto berührte kurz Leas Wange.

»Deine Mutter hat nichts über dieses Muttermal geschrieben. Dann musst du wohl unten bleiben, wenn Gäste kommen, denn oben kannst du nicht servieren. Aber ich habe deiner Mutter versprochen, dir aus dem Unglück zu helfen, außerdem herrscht Krieg. Niemand hält sich mit Banalitäten auf, wenn es wichtigere Dinge zu erledigen gibt.«

Sie erwartete keine Antwort und bekam auch keine. Ich ahnte, dass Lea zurückzuckte, und versuchte, meine Abscheu zu unterdrücken. Ich hatte meine Eltern niemals verächtlich über irgendwelche Gebrechen sprechen hören. Leas Muttermal war nicht größer als ein Daumennagel. Amanda Otto führte uns nun durch das Haus und erklärte uns die Funktion der verschiedenen Zimmer und unsere Aufgaben. Wir folgten ihr, ohne einander anzusehen, um unseren Widerwillen für den Abend aufzuheben. Am Ende des Rundgangs wussten wir, dass es hier wirklich Arbeit genug gab.

Amanda Otto erzählte von den Schwierigkeiten, Bedienstete zu finden, und davon, wie sie den Armen mit Essenspaketen und Kleidung half. Natürlich engagierte man sich für die Landesverteidigung, in der Meinung, Schweden müsse an die Seite des deutschen Kaisers treten und zeigen, dass man sich auf die Seite Finnlands und gegen das slawische Russland stellte. Aber darüber brauchten wir uns keine Gedanken zu machen, solange wir unsere Arbeit erwartungsgemäß erledigten. Signe habe wohl schon einiges erzählt, und den Rest habe sie jetzt erklärt. Ansonsten müssten die Mädchen begreifen können, was zu tun sei, auch wenn sie vom Land kämen und ohne städtische Kultur aufgewachsen seien.

Als sie das sagte, tat sie mir plötzlich leid. Ich begriff, dass Amanda Otto durchaus der unglücklichste Mensch sein könnte, der jemals durch feine Salons gewandelt war. Denn sie war erfüllt von Vorstellungen darüber, was sein durfte und was nicht. Die Person, der Amanda Otto am meisten leidtat, war vermutlich sie selbst.

Wenn ich an diese ersten Wochen und Monate denke, dann erinnere ich mich vor allem an die Geräusche. An Leas leichte Atemzüge am Morgen, und wie sie im Schlaf jammerte. An das Pochen, wenn die Wanzen erschlagen wurden. An Geschrei und Lärm, wenn betrunkene Schauermänner die Treppe hochpolterten. An munteres Lachen, wenn sie wieder verschwanden, frisch verliebt in die Frauen, die sie müde hatten zum Zug kommen lassen, ehe die Männer in der Hoffnung auf Arbeit wieder zum Kai gingen, den Lohn auf dem Küchentisch hinterlassend. An das Ächzen in den Wänden, das Knirschen unter unseren Füßen, als der erste Schnee fiel. An Hufe, die über Pflastersteine klapperten, an das Scheppern der Straßenbahnen und knallende Türen, wenn die Läden öffneten. An Signes Arbeit mit dem Quirl und an ihre Verwünschungen, die sie in die Soßen mischte und die diese dick werden ließen, an das Klirren von Porzellan auf dem Tisch, an Amanda Ottos Stimme, wenn sie ihre knappen Befehle erteilte.

Ich höre schrille Schreie und liebevolles Gurren, stampfende Schritte und das Klirren, wenn der Lampenputzer am Ring zieht und die Laternen aufleuchten lässt, ich höre das Klappern, wenn die Nachtmänner die Abtritte leeren, und die eiligen Schritte der Polizei, wenn Jungen mit Steinen schmeißen. Wenn ich genau genug hinhöre, dann vernehme ich leises Weinen um einen Verstorbenen, oder ich höre einen Bettler an die Tür klopfen und um ein Stück Brot bitten. Aber ich höre niemals die Stille auf einer Lichtung, und ich glaube nicht, dass ich in diesen Monaten auch nur eine einzige Kohlmeise gesehen habe.

In der ersten Zeit hatten wir solche Angst, zu spät zu kommen, dass wir kaum zu schlafen wagten. In der Novemberdunkelheit standen wir auf und kochten fröstelnd unseren Ersatzkaffee, den wir auf Pump gekauft hatten. Wir versprachen, ihn mit unserem ersten Lohn zu bezahlen. Wir buken Brot und aßen es voller Andacht, stippten es, bis es hart wurde, und kratzten notfalls den Schimmel ab. Dann gingen wir in der

Morgendämmerung zu den Ottos, wärmten uns bei Signe in der Küche auf und begrüßten Edvard. Er behandelte uns respektvoll und servierte zu einem seltenen zweiten Kaffee den neuesten Klatsch über die Herrschaft.

Mit dem Frühstückstablett zu Amanda Otto zu gehen und den bitteren Geruch einer einsamen Nacht wahrzunehmen bedeutete immer einen unfreundlichen Kommentar oder eine zusätzliche Aufgabe. Es war eine Erleichterung, ihr Zimmer verlassen zu dürfen und zum Wischlappen zu greifen und das abzustauben, zu wischen und zu wienern, das bereits abgestaubt, gewischt und gewienert war. Es war bei einer solchen Gelegenheit, als ich einen Blumentopf putzte und an unseren Hof dachte, dass mir zum ersten Mal der Schuhfabrikant begegnete. Carl Otto hatte mich offenbar schon eine ganze Weile beobachtet, ehe er sich bemerkbar machte.

»Willkommen hier bei uns, Fräulein Rakel. Ich sehe, sie ist sorgfältig und fleißig, und das wissen wir zu schätzen. Ich hoffe, Sie fühlen sich bei uns wohl.«

Ich drehte mich um, wischte mir das Lächeln von den Lippen und den Staub von der Hand, dann nahm ich seine und knickste. Er hielt sie zu lange fest und durchbohrte mich mit Blicken.

»Ich habe von deinem Vater gehört«, sagte er dann. »Ein kämpferischer Mann. Hat sich überall für seine Ideen eingesetzt. Über das Menschenrecht auf freie Entscheidung in Glaube und Politik. Fast wäre er nach Amerika gegangen, aber dann hat er wohl deine Mutter kennengelernt und sich für die Mission in Närke entschieden. Aber er hat viele seiner Vorsätze umgesetzt, und das sichert ihm meine Achtung. Du hast wohl seine Freimütigkeit geerbt.«

Er ließ meine Hand los. Ich machte wieder einen Knicks und dachte, er sei ein guter Mann, der in die Irre geraten war. Er war stattlich, hatte blonde Haare und einen ebensolchen Schnurrbart. Er hätte durchaus als gutaussehend gelten können, wenn seine Hautfarbe nicht eine gewisse Vorliebe für starke Getränke verraten hätte. Aber seine Augen waren auf eine Weise blau, die mich an Vater erinnern könnte, wenn meine Sehnsucht nach daheim zu groß würde. Sein Rock saß gut, das Hemd war blendend weiß, die Schuhe blank geputzt. Es waren die elegantesten Herrenschuhe, die ich je gesehen hatte. Er zeigte darauf.

»Lackchevreau. Chromgegerbtes Ziegenleder. Manche machen mit ihren Ideen ihre Mitmenschen glücklich. Schuhe, liebe Rakel, können einen Menschen auf eine Weise selig machen wie nichts anderes. Das ist meine feste Überzeugung. Darf ich deine sehen?«

Ich streckte einen Fuß aus und schämte mich der Schnürstiefel. Sie waren nicht mehr geputzt worden, seit Hannes sie für meine Reise nach Göteborg zurechtgemacht hatte. Carl Otto beugte sich und betastete mit behutsamen Händen das Leder. Wie aus Versehen berührte er meine Wade mit dem Zeigefinger und kehrte dann zu den Stiefeln zurück. Hob meinen Fuß an, untersuchte die Sohlen und seufzte.

»Kein schlechtes Handwerk«, murmelte er. »Aber bei jedem Wetter getragen, wie ich sehe, und nicht richtig gepflegt. Überlass sie erst einmal mir, dann bringen wir sie schon wieder in Schuss. Niemand soll behaupten, Carl Ottos Dienstboten hätten schlechtes Schuhwerk.«

»Ich habe keine anderen.«

Es kostete mich Überwindung, das zu sagen, und Carl Otto hatte es bemerkt. Er richtete sich auf.

»Es ist keine Schande, nur ein Paar Schuhe zu besitzen, solange es die richtigen sind«, erwiderte er. »Bis auf Weiteres solltest du sie abends mit Papier ausstopfen, um ihnen die Feuchtigkeit zu nehmen. Stell sie neben den Herd, damit das Leder trocknen kann. Ein wenig Papier und Schuhcreme kannst du heute Abend mitnehmen, und morgen sehen wir dann wieder nach.«

Er legte den Kopf in den Nacken und lachte, und ich lächelte und hatte das Gefühl, dass das erlaubt sei. Das sah er und freute sich.

»Du bist so hell, wie Linnea dunkel ist. Aber ich habe noch nie zwei Mädchen gesehen, die sich so ähnlich sahen, ohne Schwestern zu sein. Ich hoffe, ihr werdet euch hier wohlfühlen. Das hoffe ich wirklich.«

Dann ging er, und ich wusste, dass er wusste, dass die leitenden Hände nicht immer nur im Himmel waren. Am selben Tag hatte Lea eine ähnliche Begegnung. Nur hatte Carl Otto Lea vorsichtig um die Taille gefasst, worauf sie empört herumgewirbelt war und ihn fast mit dem Staubwedel geschlagen hätte. Sie war wütend geworden. Aber er fasste sich und sprach ihr seine Bewunderung für ihren Vater, den Arzt, aus, der seine Zulassung verlor, weil er unglücklichen Frauen geholfen hatte, sich von dem zu befreien, was die Natur ihnen zu großzügig geschenkt hatte. Carl Otto fragte sie nach ihrer Meinung. Lea schaute ihm in die Augen und sagte, sie sei stolz auf ihren Vater. Und auch auf ihre Mutter, denn die hatte nachher geholfen, alles sauber zu machen.

»Das Leben ist nicht gerecht, da die einen nehmen und die anderen geben und es selten glatt aufgeht«, sagte sie, mit dem Schlimmsten rechnend. Aber Carl Otto nickte und antwortete, sie habe ja nur zu recht, und das Schönste, was es gebe, seien Kinder, die ihre Eltern ehrten. Und das mit ihrem Vater sei eine »unangenehme Geschichte«. Danach hatte er auch ihre Stiefel untersucht. Er hatte ihr denselben Rat gegeben wie mir, und an diesem Abend gingen wir mit Papier und einem Topf Schuhcreme nach Hause. Lea knurrte und hätte lieber Butter fürs Brot gehabt. Sie roch an der Creme und versuchte, deren Bestandteile zu erraten.

Amanda Otto behielt uns die ganze Zeit im Auge, fand aber nicht viel zu kritisieren. Das Rascheln ihrer Röcke kündigte ihr Kommen an. Wir hatten ihre Stimme im Rücken, die uns auftrug, hier mehr zu putzen oder uns zu bücken und dort ganz hinten zu wischen. Die schweren Portieren zogen jeglichen Staub an, und es war eine Höllenarbeit, sie sauber zu halten, während sie zugleich kein Licht hereinließen. Das Klavier schaute uns an. Niemand berührte die Tasten, außer, wenn ich sie abwischte. Mehr wagte ich nicht.

Abends lagen Lea und ich auf der Ausklappbank und legten die Arme umeinander, wenn es besonders schlimm zog. Es ging auf Weihnachten zu, aber keine von uns würde nach Hause fahren. Ottos hatten an den Feiertagen mehrmals Gäste, und es kam nicht in Frage, dass die Zofen nach Hause fuhren. Ich schrieb an Mutter, meine Worte sorgsam wägend. Sie las sicher zwischen den Zeilen, wünschte mir aber Gottes Frieden und erklärte, dass es ihnen gut ging, dass eine Kuh gekalbt hatte und der Gebetssaal gut besucht war. Es fehlte zwar an Petroleum, und Kerzen waren rationiert worden, weshalb sie im Dunkeln predigen mussten. Aber der Hof hatte für morgens und abends zusätzliche Kerzen für die Ställe bekommen. Schick kein Weihnachtsgeschenk, bat sie. Auf diese Weise zeigte Mutter ihre Fürsorge.

Vielleicht verstand Amanda Otto, dass unser Zusammenhalt unser Leben erträglicher machte, und vielleicht glaubte sie, teilen zu müssen, um herrschen zu können. Sicher war es kein Zufall, dass sie eines Tages erklärte, Lea solle mit ihr zum Armenhaus gehen und nach den Alten sehen. Frau Otto schaute dort manchmal nach dem Rechten. Bis heute habe ich nicht begriffen, was sie da machte. Ich weiß nur, dass sie Lea zwang, sie zu diesem Aufbewahrungsort für mittellose Menschen, vor allem Frauen, zu begleiten.

Sie blieben einige Stunden aus, und als Lea zurückkehrte, war sie außer sich vor Wut. Es war gegen Mittag. Wir saßen in der Küche, Signe, Edvard und ich, und hörten Lea zu, während wir Signes Eintopf verzehrten.

»Sie haben offene Wunden«, sagte Lea mit zorntriefender Stimme. »Wir sind von einem Saal zum anderen gegangen, und überall stank es wie die Karre der Nachtmänner. Einige jammerten, aber die Ottosche lief weiter, ohne ihnen Wasser oder Brot zu geben, und Pflegerinnen konnte ich nicht entdecken. Also ging ich zu einer der alten Frauen, die nur noch Haut und Knochen waren. Als ich die Decke hob, sah ich, dass sie sich am Rücken vollständig wund gelegen hatte. Sie jammerte und weinte, aber als ich Bescheid geben wollte, wurde sie hysterisch. Sie meinte, wenn sie Probleme mache, würden sie sie hinauswerfen, und sie wüsste einfach nicht wohin. Und jetzt gehe ich morgen wieder hin, um ihre Wunden zu versorgen. Wenn das nur klappt. Ich habe eine der selbstgemachten Salben meines Vaters dabei. Verdammt, was für eine Welt, in der es Arme und Reiche gibt und nichts dazwischen. Es geht bergab mit allem, und wir sind zu wenige, um uns dagegen wehren zu können.«

»Sprich nicht so laut. Du weißt doch nicht, wovon du redest, wenn du hier im Warmen sitzt und klagst«, sagte Edvard und erzählte von den letzten Kriegsgeschehnissen. Er schaute immer in die Zeitung, ehe er sie dem Direktor brachte, und wusste, dass niemand mehr mit einem schnellen deutschen Sieg rechnete. Dass Königin Victoria zu den Deutschen hielt, war klar, schließlich war Blut dicker als Wasser. Aber es war die Frage, was besser für Schweden wäre, auf deutscher Seite in den Krieg einzutreten oder neutral zu bleiben. Lea brauste auf und sagte, der Krieg würde den Insassen des Armenhauses jedenfalls nicht helfen.

Am nächsten Tag musste Lea abermals mit ins Armenhaus gehen, und als wir uns danach in der Küche trafen, sah ich sofort, dass etwas geschehen war. Ich war gerade einkaufen gewesen, öffnete mit den Armen voller Waren die Tür und wurde von ihrem Weinen empfangen. Ich ließ meine Einkäufe auf den Tisch fallen und streichelte ihre Haare. Sie schaute mich an.

»Dieses verdammte Weib hat mich nach Hause geschickt«, sagte sie trotzig.

Ich setzte mich neben sie und dachte, dass ich sie niemals loslassen würde. Lea hatte sich von Amanda Otto weggeschlichen und war zu der wundgelegenen Frau gegangen. Sie hatte ihr den Rücken mit Salbe eingerieben und ihn dann mit Lappen umwickelt, die sie in einer Ecke gefunden hatte. Danach hatte sie der alten Frau etwas zu essen gegeben.

»Ich habe es aus dem Eisschrank gestohlen«, sagte sie. »Die anderen sahen es und fingen gleich an zu schreien. Sie hungern, Rakel, und es kam eine solche Unruhe auf, dass mehrere Pflegerinnen und Amanda Otto angestürzt kamen. Was hätte ich sagen sollen? Sie schimpften mich aus, weil ich angeblich gestohlen hatte. Als wir dann gingen, war die Ottosche so wütend, dass sie fast glücklich aussah. Dann sagte sie zu mir, ich hätte mehr Gebote Gottes gebrochen, als es überhaupt gibt, und dass sie dermaßen verworfene Mädchen nicht in ihrem Haus behalten könnte. Sie arbeite zu hart, um sich auch noch um Menschen zu kümmern, die nicht genug Verstand hätten, um ehrliche schwedische Tugenden zu verstehen. Ich würde das Haus schneller verlassen, als ich ahnen könnte, um zurück zu den Bauern zu gehen, wo ich hingehörte.«

Leas Gesicht hatte die gleiche Farbe wie der schmutzige Lappen, den Signe über den Eimer gelegt hatte.

»Ich kann nicht zurückgehen«, sagte sie. »Wir haben kein Geld … mein Vater hat es auch so schon schwer genug, und Mutter hat alles gegeben, um mich herschicken zu können.«

Vater hatte immer gesagt, dass kein Mensch besser ist als der andere. Dass wir alle verwirrend gleich sind, wenn wir nackt sind, und dass niemand größer ist als Jesus Christus, als er seinen Jüngern die Füße wusch. Lea durfte nicht weggeschickt werden, weiter dachte ich nicht. Ich lief die Treppe hoch und wollte gerade die Tür öffnen, als ich Amanda Ottos Stimme hörte. Sie klang müde, vorwurfsvoll und irgendwie verzweifelt.

»Glaubst du, ich sehe nicht, was du hinter meinem Rücken treibst, Carl? Du gibst vor, in die Bücher zu schauen, aber in Wirklichkeit trinkst du aus der Flasche, die du dort versteckt hast. Können wir uns dieses Schauspiel nicht ersparen?«

Und dann Carl Ottos resignierte Antwort.

»Liebe Amanda. Ist Verstellung denn nicht alles, was wir noch haben? Lass uns also weiterspielen. Dann behalten wir beide ein wenig von der Würde, die wir nicht verdienen.«

Ich wagte fast nicht, mich zu bewegen. Amanda Otto schien Kummer und Hochmut hinunterzuschlucken.

»Ich habe Lea gesagt, dass sie gehen muss. Sie hat aus der Küche Essen gestohlen.«

»Warum das denn?«

»Spielt das eine Rolle?«

»Ja, Amanda. Das tut es. Ich habe heute einen Jungen erwischt, der im Laden ein Paar Stiefel stehlen wollte. Er stellte sie wieder hin und zog sich selbst die Hosen herunter, um Prügel zu bekommen, aber sein Hintern war schon so voller Striemen, dass für weitere kein Platz mehr war. Ich gab ihm ein paar Kronen und ließ ihn laufen.«

»Du warst immer schon ein sentimentaler Trottel.«

»Was mich dazu bringt, meine Frage zu wiederholen, Amanda. Warum willst du Lea wegschicken, ihr und Rakel das Leben so schwer machen? Wir haben schon lange keine so guten Dienstmädchen mehr gehabt.«

»So hübsche, meinst du.«

»Ich habe so gute gesagt.«

»Glaubst du, ich weiß nicht, was du meinst?«

»Warum soll Lea gehen?«

»Weil sie Essen gestohlen hat. Sie hat es den alten Frauen im Heim gegeben und schreckliche Unruhe hervorgerufen. Solche Eigenmächtigkeit können wir nicht hinnehmen.«

Ich stand hinter der Tür und lauschte, viel zu erregt, um mich zu schämen. In der Stille, die nun folgte, hörte ich nur Schritte. Dann wieder Carl Ottos Stimme.

»Ich überlasse den Umgang mit den Dienstboten sonst dir. Du hast deine Prinzipien, und ich habe meine. Aber was Lea angeht, da sage ich dir eins. Sie bleibt hier. Und wenn du die Mädchen schlimmer schikanierst als unbedingt nötig, dann garantiere ich nicht für die Folgen. Du bist eine harte Frau, Amanda, und manchmal bist du geiziger, als gut für dich ist. Aber die Rechnungen bezahle immer noch ich.«

Danach waren wieder Schritte zu hören. Jemand stieg die Treppe hoch. Als ich nach einer Weile die Tür öffnete, um mich nach den Wünschen der Gnädigen zu erkundigen, saß Amanda Otto da und starrte ins Leere. Ihr Gesicht lag im Halbdunkel, und sie bewegte sich nicht, als sie sagte, Lea könne gehen, wenn sie die Küche aufgeräumt habe. Lea war für dieses Mal gerettet.

Aber es sollte nicht bei diesem einen Mal bleiben.

Er war der Einzige, der den Krieg an einem Nachmittag hätte verlieren können.«

Erster Lord der Admiralität und Premierminister Winston Churchill über Admiral John Jellicoe

Kapitel 9

1959

Ich sitze im Aufenthaltsraum und denke an alles Mögliche, um nicht den Vortrag über Paris anhören zu müssen, mit dem irgendein tapferer Mensch versucht, uns die Zeit zu vertreiben. In meiner Welt rückten die Deutschen auf Paris vor, nachdem sie Belgien verwüstet und von der Zivilbevölkerung Schadensersatz verlangt haben. Ich sehe die Schiffe auf Minen laufen, sehe die Wrackteile und höre, wie Briten und Deutsche das Mitleid der Schweden reklamieren. Ich sehe Verwundete auf Bahren, die mit schwedischen Zügen zu russischen oder deutschen Müttern zurückgeschickt werden. Ich denke an meinen persönlichen Krieg, in dem es niemals einen Frieden gab. Den Krieg, der damit anfing, dass Lea Ruben Otto kennenlernte, den Sohn mit dem problematischen Schwanz und den wunderlichen Ideen. Und damit, dass ich Anton wiederbegegnete.

Ich weiß noch, dass wir am Küchentisch saßen und Strümpfe stopften. Wir hatten Kaffee getrunken und von Geburten, Krankheiten und leeren Geldbeuteln gehört. Eine Nachbarin hatte den Anzug ihres Mannes vom Pfandleiher geholt. Ob es wohl das letzte Wochenende war, an dem sie ihn darin sah? Am Montag würde sie ihn erneut wegbringen müssen. Ihre Kinder hatten zwar von der Wohlfahrt Kleider bekommen, wurden in der Schule aber aufgezogen, weil die Hosen aus alten Frauenkleidern hergestellt waren.

Sie wusste mittlerweile kaum noch, was sie auf den Tisch stellen sollte. Es gab hauptsächlich Blutbrot, das in Schmalz gebraten und in Magermilch gekocht wurde. Eine Schande und ein Skandal war es, dass immer wieder Speck ins Meer geworfen wurde und dass Kartoffeln in Eisenbahnwaggons verfaulten, weil die Rationierung nicht funktionierte. Währenddessen ließ Königin Victoria den »armen Deutschen« Lebensmittellieferungen zukommen.

Was die Nachbarin tun würde, um sich einen richtigen Schluck Kaffee zu besorgen, sollte ihr Mann lieber nicht wissen. Als ich als Antwort einige echte Bohnen hervorholte und in der Mühle zerkleinerte, sah ich sie weinen, was ich niemals wieder erleben sollte, nicht einmal, als ihr Mann einige Monate darauf an Schwindsucht verstarb.

Weihnachten war eine Qual, erleichtert nur durch Mutters segensreichen Kaffee. Außerdem hatte sie ein Stück Stoff erstanden, das für eine Bluse reichte. Ich wusste, wie sie dafür hatte sparen müssen, und dankte ihr mit einem Brief. Vor Weihnachten hatte ich an die Geschenke gedacht, die ich nicht schicken sollte. Dann hatte ich Carl Ottos Schuhgeschäft besucht, das direkt neben neben der Fabrik lag. Die Regale waren gefüllt mit den elegantesten Schuhen, Stiefeln mit Knöpfen und geschwungenen Absätzen, sahneweißen Seidenschuhen für Hochzeiten und Herrenschuhen, die Autorität verströmten. Der Geruch von Leder und Schuhcreme war von Krieg und Elend so weit entfernt wie überhaupt nur möglich. Das galt auch für die Damen, die zwischen den Regalen herumfegten und ihre Röcke hoben, um die Schuhe anzuprobieren.

Eine Verkäuferin starrte mich an. Ich starrte zurück und bat, mit Carl Otto sprechen zu dürfen. Die Verkäuferin verzog verärgert den Mund, ging aber in die Fabrik hinüber. Gleich darauf war sie zurück, wesentlich freundlicher, weil Carl Otto bei ihr war. Er war nicht so rot im Gesicht wie sonst, und er hatte schwarze Schmiere an den Händen, die er abzuwischen versuchte.

»Ach, Fräulein Rakel, wie nett. Möchte Sie nicht hereinkommen und sehen, wie es bei uns in der Fabrik aussieht?«

Nicht zum ersten Mal dachte ich, wenn er Dienstmädchen geschwängert hatte, dann könnte ich das irgendwo verstehen. Ich machte einen Knicks und sagte, ich müsse dringend nach Hause zur Gnädigen, wolle aber gern eine Dose Schuhcreme und vielleicht auch einen Schuhlöffel kaufen und als Weihnachtsgeschenk nach Hause schicken. Die Idee mit dem Schuhlöffel war mir gekommen, als ich welche auf dem Tresen hatte liegen sehen, aus grünem Schildpatt und mit geschnitzten Holzgriffen. Carl Otto gab mir zwei Dosen Schuhcreme, suchte einen Schuhlöffel aus und bat die schnippische Verkäuferin, beides einzupacken. Dann führte er mich in die Fabrik.

Voller Stolz zeigte er mir seine Angestellten, die vor den Nähmaschinen saßen oder mit der Hand nähten und kaum von Nadel und Faden aufschauten. Er zeigte auf Lederstapel, erzählte von Schnür-, Knöpf-, Spangen- und Gummizugstiefeln, redete über Kalbsleder, Wildleder oder Lackleder. Jede Sorte gab es in Schwarz und Braun, außer dem Pferdechevreau, wie Rakel nun lernte, das es nur in Schwarz gab. Die meisten Schuhe hatten Steppnähe, es gab aber auch Stülpnähte. In diesen Kriegszeiten fehlte es an Brennstoff. Deshalb wurden die zwei Dampfmaschinen der Fabrik, die die Generatoren trieben, nicht mehr mit Kohle geheizt, sondern mit Holz. Ansonsten aber war der Krieg gut für die Geschäfte. Bei Kriegsausbruch hatten sie Schuhwerk für die schwedische Armee hergestellt, jetzt lieferten sie ins Ausland.

Carl Otto hob die Stimme, um den Lärm der Maschinen zu übertönen, als er berichtete, dass die Militärlieferungen ans

Ausland aus Soldatenstiefeln mit Schnürung und niedrigem Schaft bestanden. Zweimal pro Woche wurden diese Lieferungen von ausländischen Kontrolleuren begutachtet. Einer davon, ein Österreicher, war als Betriebsleiter bei der Fabrik geblieben.

Bereitwillig erklärte mir Carl Otto die Fachausdrücke, während er die zufrieden wirkenden Angestellten begrüßte. Er hatte eine Kantine eingerichtet, damit die Angestellten morgens und mittags essen könnten, denn satte Menschen leisteten bessere Arbeit als hungrige.

Die Stimmung am Arbeitsplatz sei mit dem Leisten zu messen, lautete seine Überzeugung.

Wir gingen wieder in den Laden, und als ich bezahlen wollte, winkte er ab. Die Verkäuferin reichte mir das Paket und musterte mich verächtlich, als glaubte sie zu verstehen, warum ich es erhielt.

Mutter bedankte sich in ihren Briefen wieder und wieder für die Weihnachtsgeschenke und wünschte mir Gottes Frieden. Keinesfalls dürfe ich mein Geld für weitere Geschenke ausgeben. Sie schrieb außerdem, dass Hannes trotz allem in Uppsala studieren würde, während Markus beschlossen hatte, auf dem Hof zu bleiben.

Die Sonntage waren heilig. An diesem einen Tag, an den ich mich so gut erinnere, waren die Nachbarinnen soeben gegangen, nachdem sie ihr Herz ausgeschüttet hatten. Lea und ich wuschen unsere Kleider in der Zinkbütte und badeten danach in dem warmen Wasser. Wir schrubbten uns gegenseitig den Rücken und lachten. Die Wanzen in den Rissen in der Wand hatten wir mit heißem Seifenwasser traktiert. Das Zimmer roch so sauber, wie das überhaupt nur möglich war.

Seit Amanda Otto über Leas »Unglück« geredet hatte, hatte ich mehr wissen wollen. Mit echtem Bohnenkaffee auf dem

Tisch fragte ich ganz offen, worum es gehe und was vorgefallen sei.

Wir hatten recht bald bei den Mahlzeiten die restliche Familie Otto kennengelernt. Bei diesen Anlässen vergaß Amanda Otto ihren Kommentar über Leas Muttermal offenbar, denn wir mussten beide servieren. Der älteste Sohn, Fridolf, wirkte freundlich und zerstreut, während Tor, der Ingenieur, nicht richtig froh schien. Seine elegante Witwe Marianne war wirklich eine strahlende Erscheinung, und ihre Schuhe waren so schön, wie wir gehört hatten. Ob es stimmte, dass sie sich hinlegte, um sich diese Schuhe leisten zu können, war mir egal. Sie umarmte gern Angehörige aller Stände, so auch Lea und mich.

Und Ruben. Ein Dichter und ein Träumer mit schöner Seele, ein christlicher Pazifist. Als ich ihn zum ersten Mal sah, nahm er meine Hand und machte fast eine Verbeugung, während seine Stirnlocke vorfiel und die Augen verdeckte, die seinen Wunsch verrieten, hier zu entkommen. Ich mochte ihn, aber Leas Interesse war stärker, und das zeigte sie auch. Seit ihrer ersten Begegnung krochen ihre Gedanken um ihn herum wie unsere verdammten Kakerlaken um das Essen. Sie gab sich alle Mühe, um möglichst oft in der Nähe seines Zimmers zu tun zu haben. Ruben erledigte die Buchführung für seinen Vater mit links und studierte mit rechts. Er las das Kommunistische Manifest und christliche Mystik und schien ganz neue Zusammenhänge zu entdecken.

Dann war Lea in seinem Zimmer geblieben.

»Will er dich verführen?«

Sie lachte zurück. Ihre Haare hingen offen und feuchtblank über ihren Rücken.

»Du brauchst dir keine Sorgen zu machen, Rakel«, sagte sie. »So ist er nicht. Glaub mir, er hat nicht einmal versucht, mich anzufassen. Ich habe in seinem Zimmer staubgewischt, und da lag ein Buch aufgeschlagen. Es stammte von einer gewissen Ellen Key. Allein das ist doch fantastisch, dass das, was eine Frau schreibt, so ernstgenommen wird. Ich fing an zu lesen und vergaß darüber die Zeit. Sie schreibt über Kriegshetze und die Glorifizierung des Gemetzels. Die königstreuen Aktivisten solle man für den Rest des Krieges nach Spitzbergen schicken. Um dort Steinkohle zu fördern.

Auf einmal kam Ruben herein. Ich war bereit, die Hände in die Seiten zu stemmen und mich zu verteidigen. Aber er setzte sich nur aufs Bett, bot mir den Stuhl an und fing an, über sie zu reden, über diese Ellen Key. Er nannte sie eine kluge Frau. Vor der Lektüre ihres Buches habe er keinen klaren Standpunkt zur Landesverteidigung gehabt. Die Bauern seien doch einige Jahre zuvor zum König gegangen, um ihm ihren Kampfeswillen zu beteuern. Daran erinnere ich mich. Auch aus unserem Dorf sind damals Leute nach Stockholm gegangen und haben im Grand Hotel gegessen und dem König die Hand gereicht. Dann sagte Ruben, die Arbeiter, die von Unterdrückung sprächen, lehnten die Armee ab, nicht aber den bewaffneten Kampf gegen den Kapitalismus. Sie schielten nach Russland und auf die dort geschmiedeten Waffen. Also gebe es Männer genug, die kämpfen wollten, trotz des entsetzlichen Anblickes der Verstümmelten am Invalidentag.

Aber dann sagte er, ihn könne allein die Liebesbotschaft der Bibel überzeugen. Und ich, die ich nie viel für die Bibel übrig hatte, widersprach ihm nicht. Er gab mir das Buch von Ellen Key und sagte, ich sollte ihm in einigen Tagen sagen, was ich davon hielte.«

»Und dann bist du wieder hingegangen?«

»Ja. Um noch mehr Bücher zu holen. Um zu reden. Aus keinem anderen Grund. Ich wäre die Letzte, die auf irgendwelche Annäherungsversuche einginge. Ich will mich mit keinem Mann einlassen, wenn sich das irgendwie vermeiden lässt. Deshalb mag ich Ruben ja so. Er sieht die, die ich bin, und nicht meinen Körper. Er redet so anders als der Pfarrer zu Hause, und mir geht es um Worte. Um nichts anderes.«

Sie hatte es erwähnt. Das Unglück. Und jetzt würde ich es erfahren. Wenn Lea bei Ruben saß und über Politik redete, war nichts mehr unmöglich. Auch Lea sah das ein.

»Alles ging gut, bis mein Vater seine Zulassung verlor«, begann sie. »Er war ein beliebter Arzt. Sehr umsichtig. Mutter war damals immer froh, und wir kamen zurecht, selbst wenn es Missernten gab und die Patienten kaum bezahlen konnten. Aber dann klopfte eines Abends dieses Dienstmädchen an die Tür. Ich kann mich so gut daran erinnern. Mein Vater öffnete, das Mädchen kam herein und stand weinend am Küchentisch. Sie erzählte, dass der Großbauer eines Abends gekommen war, als sie in der Scheune war. Er drängte sich ihr auf, sie konnte sich nicht wehren. Und jetzt konnte sie sich nicht mehr selbst belügen. Eltern hatte sie nicht, sie war auf einer Auktion verkauft worden. Sie wollte und konnte dieses Kind nicht auf die Welt bringen. Sie hatte versucht, schwere Lasten zu heben und zu tragen, und als nichts half, hatte sie einen Schürhaken genommen und da unten herumgebohrt. Nun wusste sie sich einfach keinen Rat mehr.

Erst jetzt merkten wir, dass unter ihrem Rock Blut auf den Boden tropfte. Vater ging mit ihr in sein Sprechzimmer, aber ehe er mich wegschickte, konnte ich sehen, dass an ihren Beinen das Blut in dicken Strömen herunterlief. Ich musste in der Küche warten, während Vater sich um das Mädchen kümmerte. Sie schrie nicht, sie wimmerte nur leise, und einige Stunden später schlief sie im Bett ein. Am nächsten Tag ging sie, mit weißem Gesicht. Aber sie war so dankbar. Vater sagte kein Wort über diesen Vorfall, und wir stellten keine Fragen.

Ungefähr einen Monat darauf stahl sich eine andere Frau aus dem Armenhaus mit gefalteten Händen zu uns herein. Auch ihr wurde geholfen. Es passierte wohl noch einige Male, bis der Pfarrer mich ansprach. Er hatte erfahren, was passiert war, frag mich nicht wie. Er machte mir klar, dass er etwas unternehmen müsse. Falls ich, als brave Tochter, ihn nicht zum Lehrer haben wollte. Der Bildung zuliebe.

Also musste ich beim Pfarrer Unterricht nehmen. Es war schon vorgekommen, das der eine oder andere Mann mich begehrlich angestarrt hatte, aber niemand wagte sich an die Tochter des Doktors heran. Jetzt aber wusste die Obrigkeit Bescheid, und da ließ sich nichts machen. Ich war fünfzehn Jahre alt und musste zu ihm gehen, und er saß da mit der Bibel in der Hand und seinem Begehren im Sinn. Meinen Eltern erklärte dieser schlaue Fuchs, wie wichtig Bildung für mich sei. Kein Wort davon, dass er mir gedroht hatte, die ärztliche Laufbahn meines Vaters zu ruinieren. Ich lernte viel über Könige und Kriege, ganz zu schweigen von Religion und guten Büchern. Und Mathematik, dieses Wunder der Ziffern, die am Ende stimmen. Im Fach Biologie nahm er gern praktische Übungen vor, und ich erfuhr mehr, als mir lieb war. Ich konnte nur die Augen zukneifen und an meinen Vater und seine Arbeit denken. Der Pfarrer war klug genug, darauf zu achten, dass ich nicht auch auf Vaters Tisch landete.«

Leas Hass ließ ihre Haut glühen. Ich hätte gern geweint, riss mich aber zusammen.

»Es ging gut, solange dieser Mistkerl allein davon wusste. Aber eines Tages, als ich in den Laden ging und der Kaufmann mit mir ins Lager gehen wollte, um mir »Fleisch« zu zeigen, wusste ich, dass jetzt Schluss war. Also rannte ich weg und sagte meinen Eltern, dass ich fortwollte. Ich werde nie den Blick meines Vaters vergessen. Er hatte verstanden, aber was half das schon. Als der Pfarrer von meinem Vorhaben erfuhr, war die Zeit meines Vaters als Arzt zu Ende, selbst wenn er nicht ins Gefängnis musste. Mutter entdeckte die Anzeige und schrieb die Bewerbung für mich. Leider hat sie offenbar mehr erwähnt als nötig. Das ist Mutters größte Schwäche, dieser Glaube an das Gute im Menschen. Sie hatte sicher gehofft, mir auf diese Weise die Stelle sichern zu können. Dass Amanda Otto alles in ihrem Sinne deutete, kann ja wohl niemanden überraschen. Überraschend ist nur, dass sie mich genommen hat, wenn wir bedenken, was sie für einen Mann hat. Vielleicht dachte sie, ich wäre leicht zu lenken und würde mir alles gefallen lassen.«

Lea hustete. Ich sprang auf und klopfte ihr den Rücken. Dann griff ich zu dem Kamm, der auf dem Tisch lag. Die Haare hörten bald auf, sich zu widersetzen, und glitten mir durch die Finger. Ich flocht sie und dachte an die Erinnerung, die einfach nicht verblassen wollte.

»Deshalb sage ich dir, Rakel, das mit der Bibel und ihrer Botschaft, darauf gebe ich nicht viel. Nicht, wenn die Bibelkundigen sich schlimmer aufführen als die Schlimmsten der Schlimmsten und die Würde anderer verletzen. Nein, dieser Gottesglaube, der ist zu erbärmlich für mich. Ich weiß, was du über deine Mutter und deinen Vater erzählt hast, und ich glaube gern, dass sie gute Menschen sind. Aber das wären sie sicherlich auch ohne Bibel. Und du auch. Wenn ich wieder glauben soll, dann brauche ich ein Zeichen. Gott muss mir beweisen, dass es ihn gibt. Es reicht nicht, dass der Pfarrer kurz vor meiner Abreise tot auf dem Kirchenboden lag. Einige Landstreicher waren eingebrochen und hatten zugelangt. Ich trauere nicht um ihn. Aber Gott … ja, bis auf Weiteres muss die himmlische Allmacht ohne mich zurechtkommen.«

Ich schlang ein Band um den Zopf und küsste sie in den Nacken. Lea streckte die Hand über ihre Schulter aus, und ich nahm und drückte sie. Wer war ich, um sie zu verurteilen? Dass Lea ihr Zeichen erhalten würde, konnte ich damals nicht ahnen. Das Zeichen, das alles veränderte, auch uns beide. Woher kam es? Das weiß ich noch immer nicht.

Aber ich weiß, was geschah, als Ottos den Geburtstag ihres ältesten Sohnes mit einem Essen feiern wollten. Kartoffeln, Butter und Mehl waren mittlerweile spürbar knapp. Immer mehr halfen sich mit Rüben aus, wenn sie konnten, oder holten sich eimerweise Suppe in den öffentlichen Küchen. Der Umgang mit den Rationierungskarten war eine Wissenschaft für sich, und der freiverkäufliche Alkohol im Feinkostladen war nur noch eine Erinnerung. Die Lebensmittelkarten schienen auf Dauer eingeführt worden zu sein. Ottos hatten zwar Beziehungen, aber niemand konnte zaubern, wenn es keine Rohwaren gab. Also mussten auch wir am Essen sparen.

Lea und ich liefen durch die ganze Stadt, um alles zu besorgen, was für das Essen benötigt wurde. Wir mussten in einem Haus Muscheln holen, in einer abgelegenen Bude eine frisch geschossene Ente, etliche Waren fanden wir in der Markthalle, wenn auch zu Kriegspreisen. Die Getränke hatte Carl Otto besorgt, im Tausch gegen ein Paar elegante Damenschuhe, die der beste Weinhändler der Stadt verlangt hatte. Das wussten wir von Edvard, der die Herrlichkeiten nach Hause geschafft hatte. Aber den Rest sollten wir besorgen und Signe aushändigen, die uns hacken, schneiden und kneten ließ. Gedeckt wurde mit Leinendecken, dem besten Porzellan und Kerzenleuchtern.

Für uns galten detaillierte Verhaltensregeln. Das Personal sollte lautlos sein und so achtsam, dass niemand mit Worten oder Blicken eingreifen müsste. Wir sollten von links servieren, und immer kam die vornehmste Dame als Erste an die Reihe. Wir sollten vor diesem Dinner eine warme Mahlzeit mit Tee erhalten. Wir nickten und prägten uns alles ein, und wir dachten doch beide nur an das eine. Wir würden nicht hungrig servieren müssen.

Ich sollte öffnen und die Gäste empfangen. Ich knickste und lächelte und überzeugte mich im Spiegel davon, dass mein Spitzenhäubchen auf meinem Kopf ordentlich befestigt war. Fridolf und Tor mit ihren Familien kamen gleichzeitig. Ich bat sie in den Salon, wo Lea sie mit Erfrischungen versorgte. Amanda Otto trug eine moderne Skunkboa. Sie begrüßte die Gäste, fand aber auch die Zeit, uns zu tadeln, weil das Besteck Wasserflecken aufwies. Carl Otto lehnte am Bücherregal und musterte seine Verwandtschaft. Ab und zu stahl sich sein Blick zu Lea hinüber, aber offenbar ohne Hintergedanken, nur traurig.

Fridolf sprach über den Krieg in den Schützengräben und die fünfte deutsche Armee, die soeben einen Angriff auf die Befestigungen vor Verdun begonnen hatte. Es war ein grauenhaftes Gemetzel, und die deutschen Erfolge erschütterten alle, die zur Entente hielten. Würden die französischen Linien durchbrochen werden? Fridolf befürchtete das, und Amanda Otto redete sich in Rage.

»Das zeigt nur, dass wir uns so bald wie möglich für Deutschland erklären sollten. König Gustaf war gut beraten, als er Italien und Rumänien am Kriegseintritt auf Seiten der Entente hindern wollte. Wenn der König etwas zu sagen hätte, wäre Schluss mit dieser törichten Neutralität. Aber es ist nur eine Frage der Zeit. Die englischen Schikanen gegen die schwedische Seefahrt sind unvorstellbar …«

»Du vergisst, dass die deutschen Übergriffe genauso brutal sind und dass wir hierzulande keine königliche Außenpolitik haben wollen. Oder einen König, der sich seine Reden von einem Herrn Entdeckungsreisenden und Kriegshetzer Hedin diktieren lässt. Dass die Regierung mit ihrer derart starken

Stellungnahme für Deutschland so billig weggekommen ist, ist unfassbar. «

Tor widersprach sonst nur selten. Amanda Otto drehte sich empört zu ihm um.

»Wir haben die Regierung, die wir verdienen. Sag bloß, Ruben hat dich beeinflusst. Reden über Russland und die Rechte der Arbeiter ... wir wissen doch, dass die Russen noch immer auf schwedischem Gebiet die Deutschen beschießen. Sie schicken ihre Spione her, die wir dann ausweisen müssen. Nachweislich, Tor. Dass die Engländer sich tatsächlich mit einem slawischen Volk verbünden ...«

»Aber die Deutschen haben die *Lusitania* versenkt. Über tausend Tote. Ich will nicht Stellung beziehen, Mutter. Du weißt, ich bin ein echter Liberaler. Aber unsere Neutralität müssen wir uns bewahren. Wir haben beide Bilder der deutschen und russischen Kriegsgefangenen gesehen. Ich bewundere die Schwestern, die sich um sie kümmern. Es wäre eine Schande, wenn unsere schwedischen Jungs ebenso verstümmelt nach Hause kämen.«

»Der schwedische Nationalcharakter ...«

»Unsinn! Phantasien ohne wissenschaftlichen Beweis!«

Tor leerte sein Glas, und seine Frau fragte, ob man nicht irgendwann einmal zu Valands gehen könnte. Die Soupers dort sollten bezaubernd sein und noch für einige Abende vom Wiener Damenorchester begleitet. Lea wurde etwas aufgetragen. Sie ging in die Küche, und im selben Moment klingelte es. Ich lief in die Diele. Frau Otto würde sich ärgern, weil Ruben zu spät kam, zumal er einen Bekannten mitbrachte, den er aus einem theologischen Seminar kannte. Ich strich mein Kleid glatt und öffnete.

Vor mir stand Ruben. Und neben ihm Anton.

Er hatte sich in den vergangenen vier Jahren nicht verändert.

Seine Haare waren noch so dunkel, seine Augen so rußschwarz wie damals. Aber jetzt war er wie ein Herr gekleidet, in Anzug, Hemd, Rock mit Samtkragen und glänzenden Schuhen. An seinem Finger steckte ein Ring.

Ruben drängte sich an mir vorbei und murmelte eine Entschuldigung. Ich brachte kein Wort heraus. Mein einziger Trost war, dass Anton ebenso verwirrt wirkte wie ich. Er blieb vor der Tür stehen. Erst nach einer Weile lächelte er und hielt mir die Hand hin.

»Rakel. Was für ein unglaublicher Zufall. Gottes Wege …«

»Hier geht es eher um meine Wege.«

Die Worte kullerten nur so aus mir heraus. Ruben schaute uns fragend an, und Anton wandte sich ihm zu.

»Rakel und ich sind alte Bekannte. Ich hätte nie damit gerechnet, sie hier zu sehen. Als Hausmädchen …?«

Seine Behauptung war eine Frage. Ruben nickte bestätigend. Er wirkte nervös, vermutlich wegen seiner Verspätung. Anton bat ihn, schon vorzugehen. Ruben war nicht geistesgegenwärtig genug, um das seltsam zu finden. Er gab mir seinen Mantel und verschwand im Salon. Anton und ich waren allein.

Ab und zu habe ich mich gefragt, wie es kommt, dass die Luft zwischen zwei Menschen ruhig und still sein kann, während sie zwischen anderen wie Nebel ist, dick in ihrer Konsistenz. Ich stand vor Anton und konnte fast nicht atmen. Mein Gesicht wurde heiß, Rubens Mantel glitt zu Boden. Rasch bückte ich mich danach, aber nicht so rasch wie Anton. Unsere Finger berührten sich auf dem groben Wollstoff.

»Hast du die Silberleuchter genommen?«

Ich konnte nicht anders. Ich wollte fragen, warum er mit einer Dreizehnjährigen getanzt und mich geküsst hatte.

Ich wollte verstehen, warum er ohne ein Wort gegangen war und niemals einen Brief geschickt hatte. Ob er wusste, dass mein Vater tot war. Ich wollte ihn schlagen und ihn anschreien, er solle sich mit seinen feinen Kleidern in die Wüste scheren. Zugleich hatte ich furchtbare Angst davor, dass er jetzt in den Salon und noch einmal aus meinem Leben hinausgehen würde.

»Rakel ... warum willst du das wissen?«

»Weil du verschwunden bist. Ohne ein Wort. Und nie wieder von dir hören ließest.«

»Warum hätte ich das tun sollen? Viele kamen vorbei und haben in eurem Gebetssaal gesprochen. Haben die alle von sich hören lassen?«

Ich drehte mich um und hängte Rubens Mantel auf einen Kleiderbügel. Dann ging ich auf den Salon zu. Sicher wunderte sich da drinnen irgendwer über die Geschehnisse in der Diele. Irgendwer, der mich zur Verantwortung ziehen, bitter bestrafen würde.

»Warte. Verzeih mir. Ich mache nur Witze, weil ich nicht weiß, was ich sagen soll. Ich bin überstürzt verschwunden, das stimmt. Aber ich dachte, deine Mutter hätte dich von mir gegrüßt. Wie hätte ich denn wissen sollen, dass es dich interessiert, was aus mir wird? Du warst doch noch ein Kind.«

»Vater ist tot.«

Das war aus mir herausgeplatzt. Anton wurde ernst.

»Das tut mir sehr leid. Dein Vater war ein großer Mann.«

»Du hast ihn in der kurzen Zeit ja wohl kaum kennenlernen können.«

Ich gab mit gleicher Münze zurück. Wollte das Gesagte ungesagt machen. Du warst doch noch ein Kind.

»Manche Dinge merkt man sofort. Und dein Vater ...«

»Und deshalb bin ich hier in Diensten. Mutter ist jetzt allein. Auch wenn Markus ...«

»Was ist denn hier los?« Carl Ottos Stimme, und als ich mich umdrehte, stand er hinter mir. Rasch streckte ich Anton die

Arme entgegen. Er zog den Rock aus und reichte ihn mir. Ich machte einen Knicks. Anton sagte:

»Rakel und ich kennen uns von früher. Ich habe fast eine Woche auf dem Hof ihrer Eltern verbracht, um eine Gebetsversammlung zu erleben. Das ist einige Jahre her. Damals herrschte Friede.«

»Herrgott, ja.« Carl Otto seufzte. »Aber ich wäre jetzt sehr froh, wenn der Herr in den Salon kommen und mit uns anstoßen könnte. Dass er sich gern mit Rakel unterhalten möchte, kann ich sehr gut verstehen. Aber wenn er nicht bald hereinkommt und die Anwesenden begrüßt, wird auch in diesem Haus der Krieg ausbrechen.«

Anton ließ sich in den Salon führen. Und ich stand da, mit seinem Rock in den Armen. Meine Beine waren wachsweich, meine Arme kraftlos wie die Zweige einer toten Birke, meine Stimme stumm wie die meines Vaters unter dem Grabstein. Ich blieb stehen, bis alles in mir sich beruhigt hatte, dann drückte ich die Nase in Antons Rock. Derselbe Duft, den das Taschentuch bewahrt hatte, dieser Duft, noch immer um ein Fünfkronenstück gewickelt.

Ich strich meine Schürze gerade, ging mit starrem Gesicht los und begegnete Leas Blick. Rannte die Treppe zur Küche hinunter, packte eine übervolle Schüssel, lief die Treppe wieder hoch. Musste aufstoßen und lehnte mich an die Wand.

»Was ist passiert, Rakel?«

Lea kam mir auf der Treppe entgegen. In den Händen hielt sie die Reste eines zerbrochenen Glases.

»Sei vorsichtig, dass du dich nicht schneidest.«

»Denk nicht an mich. Was …«

»Wirklich nichts. Mir ist nur ein bisschen schlecht.«

»Wenn du kannst, dann geh so schnell wie möglich nach oben. Die Ottosche ist schon schlechter Laune, weil die beiden zu spät gekommen sind, und die Witwe kann nicht verbergen, wie gut ihr Rubens Freund gefällt. Aber bist du sicher, dass ...«

»Mir geht es gut.«

Ich drückte mich an Lea vorbei und zwang mich, mich normal zu verhalten. Ging mit der Schüssel herum, bot sie den Gästen an und lächelte freundlich. Schaute zu Boden, als Anton sich etwas nahm. Hörte über meinem Kopf Amanda Ottos Stimme.

»Und Sie haben vor, hier in Göteborg zu bleiben, Herr Kandidat?«

Antons Stimme, seine gebildete Wortwahl.

»Das hatte ich vor. Ich habe meine Studien beendet und würde mich gern hier unten nach einer Stelle umsehen. Aber zuerst möchte ich das Buch beenden, an dem ich gerade schreibe. Über die Gründung einer freien und christlichen Studentenverbindung.«

»Ein echter Autor? Bewundernswert. Sich einfach hinzusetzen und sich auf das geschriebene Wort zu konzentrieren.«

Marianne glitt vorbei und trat neben Anton. Sie trug roten Samt und hatte hinreißende weiße Stiefel an den Füßen. Die Spitzen waren mit feinen Stickereien verziert. Als sie sich bei Anton unterhakte, ließ sie ihr Kleid so fegen, dass die Stickerei zu sehen war.

»Dann muss ich darauf bestehen, Sie zum Tischherrn zu bekommen. Ich liebe Marika Stiernstedts engagiertes Buch über den Krieg. Was halten Sie von schreibenden Frauen?«

Charmant plaudernd führte sie ihn zum Tisch, ohne auf die missbilligenden Blicke ihrer Schwiegermutter zu achten. Die restlichen Anwesenden gruppierten sich um die beiden, ohne sich an die vorgeschriebene Tischordnung zu halten. Carl Otto saß bereits am einen Querende. Jetzt stand er auf und hob sein

Glas. Lea und ich waren an der Wand postiert, die Hände im Rücken verschränkt.

»Ich möchte alle willkommen heißen«, begann er. »Wir haben eben über den Krieg gesprochen. Der geht nicht so schnell zu Ende, wie wir erwartet hatten. Das zweite Kriegsjahr und keine Lösung in Sicht. Gott helfe denen, die unter den Schrecken des Krieges leiden. Danke dafür, dass wir hier zusammensitzen und in einer Familie Geburtstag feiern dürfen, die nicht auseinandergerissen wurde. Ein besonderer Willkommensgruß gilt Anton. Greift zu und esst und trinkt, solange es etwas gibt. Ein Prosit auf euch, ihr Lieben!«

Carl Otto trank, hob abermals sein Glas und setzte sich. Seine Rede war ungewöhnlich ernst gewesen, aber die Stimmung wurde immer ausgelassener, je mehr Flaschen und Gläser sich leerten und das Essen vom blankpolierten Besteck zerlegt wurde. Fridolfs Kinder vergaßen bald, dass sie gerade sitzen mussten, und fingen an, vorsichtig um den Tisch herumzulaufen. Lea und ich rannten hin und her, ab und zu assistiert von Edvard, der half, Fleisch zu schneiden und Getränke zu servieren. Sogar Amanda Otto schien sich zwischendurch in ihrem eigenen Heim wohlzufühlen. Sie ließ sich zurücksinken und kratzte sich am Hals, wo die Boa einen hässlichen und störenden Ausschlag hervorgerufen hatte. Plötzlich streckte sie die Hand über den Tisch und packte Antons Arm.

»Ruben hat erwähnt, dass Sie musikalisch sind, aber nicht, welches Instrument sie spielen. Wir haben wohl nicht das Glück, dass Sie sich nachher ans Klavier setzen?«

Marianne lachte auf, ein hemmungsloses Lachen, das zeigte, dass sie jetzt in Stimmung gekommen war.

»Wie fantastisch. Ja, Anton, spielen Sie für uns. Einen Hochzeitsmarsch. Oder können Sie einen Walzer? Ich bin sicher, dass Sie im Laufe der Jahre viel getanzt haben.«

Niemand außer Amanda Otto konnte diesem Lachen widerstehen, und danach war für einen Moment alles still. Alle konnten hören, was Anton zur Antwort gab.

»Ich spiele leider nicht Klavier, Marianne. Im Gegensatz zu Rakel. Ich hatte vor einigen Jahren das Vergnügen, einige Tage bei Rakels Familie zu verbringen. Ihre Eltern betrieben in einem Ort in Närke vorbildliche Missionstätigkeit, und ich machte auf meinem Weg nach Norden bei ihnen Station. Selten ist ein Fremder so gastlich aufgenommen worden. Ich werde es nie vergessen, und ich werde auch nie vergessen, wie schön Rakel auf dem Klavier spielte, das im Gebetssaal stand.«

Amanda Ottos Wangen warfen Falten, und ihre Zähne funkelten, als sie sich zu mir umdrehte.

»Dann stell die Schüssel weg, Rakel, und setz dich ans Klavier. Du brauchst dich wirklich nicht zu genieren. Wir sind voller Erwartung. Ich bin davon überzeugt, dass du erstklassigen Unterricht genossen hast.«

Ich hätte ihr ins Gesicht spucken mögen, wenn nicht Vater im Himmel die Hand ausgestreckt und mich zum Klavier geführt hätte. Ich setzte mich auf den Hocker und dachte, dass ich seit Monaten nicht mehr gespielt hatte. Dann taten meine Finger wie geheißen. »Breite deine Schwingen, Jesus, über mich«. In den Klängen lag Ruhe, und ich vergaß, wo ich war. Das Klavier war nicht gestimmt, hatte aber einen schönen Klang. Ich kehrte erst in die Gegenwart zurück, als ich vorsichtiges Klatschen hörte. Carl Otto sprang auf.

»Bravo, Rakel«, rief er. »Hiermit hast du meine Erlaubnis, so oft auf dem Klavier zu spielen, wie du willst. Das Instrument stammt von meiner Mutter, ist seit ihrem Tod aber vernachlässigt worden. Kannst du nicht …«

»Es wäre dann wünschenswert, wenn Rakel so freundlich sein könnte, die Muscheln aus der Küche zu holen. Zum Kaffee gibt es dann vielleicht mehr von dieser vortrefflichen Unterhaltungsmusik.«

Amanda Ottos Stimme war von eisiger Höflichkeit. Ich erhob mich vom Klavierhocker, machte einen Knicks und verschwand in Richtung Küche. Lea kam mit der ersten dampfenden Muschelschüssel nach oben und lächelte bewundernd, als wir uns aneinander vorbeidrängten. In der Küche arrangierte ich die übrigen Muscheln, und als ich wieder nach oben kam, merkte ich, dass die Stimmung umgeschlagen war. Ruben antwortete in großer Erregung seiner Mutter.

»Die Internationale der Arbeiter ist vielleicht auseinandergebrochen, Mutter, da hast du recht. Aber auf dem Kongress in Zimmerwald wurde klar, dass die sozialistische Friedensinitiative eine Chance hat. Männer wie Lenin und Trotzki ... Zinowjew ... jetzt sind sie im Ausland auf der Flucht, aber sie werden zurückkommen. Es gibt keine Alternative. Es geht um einen dauerhaften Frieden. Um eine sozialistische Gesellschaft. Die Sturmuhr schreibt ...«

»Ein sozialistisches Schundblatt!« Amanda Ottos Stimme troff vor Verachtung. »Als ob es mit Branting und seinen Grillen nicht reichte. Die endgültige Antwort wird ja doch niemand geben, solange Krieg geführt wird. Da ist es praktisch, sich hinter dem König zu verstecken.«

»Dem König!« Bei Ruben klang das wie eine Beleidigung. »Der wagt doch nicht einmal, für den Frieden seines eigenen Volkes Stellung zu beziehen. Für den Krieg zu hetzen, jetzt, wo wir wissen, was passiert, ist die pure Barbarei. Und was du da über die Sozialisten gesagt hast - vielleicht wirst du dich bald daran gewöhnen müssen, dass nicht mehr die einen servieren, während die anderen sich den Bauch vollschlagen.«

Marianne kicherte, während Fridolf den Finger an die Lippen legte. Carl Otto öffnete den Mund, aber Amanda Otto kam ihm zuvor.

»Reden kannst du, Ruben. Aber noch besser ist es, zu handeln. Also steh jetzt auf und überlass Lea deinen Platz. Und dann kannst du ihr Muscheln vorlegen.«

Die Stille, die jetzt folgte, war noch schlimmer als die, die mein Klavierspiel hervorgerufen hatte. Nur das Ticken der Wanduhr und Rubens Atem waren zu hören. Lea war mitten in einer Bewegung erstarrt. Ein Wunder, dass ihr die Muschelschale nicht aus den Händen glitt. Erst als Ruben zu ihr ging, die Schüssel nahm und sie aufforderte, sich auf seinen Stuhl zu setzen, erwachte sie wieder zum Leben.

»Ruben ... das muss doch nicht sein.«

Aber Ruben drückte Lea auf den Stuhl und nahm mit der anderen Hand die Schüssel. Seine Bewegungen zeigten, dass er leicht berauscht war. Das erklärte, wieso er es wagte, seine Mutter in aller Öffentlichkeit herauszufordern.

Lea starrte auf Rubens schmutzigen Teller. Wie von Geisterhand hatte sie plötzlich einen sauberen vor sich. Hinter ihr stand Ruben und tischte ihr Muscheln auf. Er suchte sich die kleinsten aus, vielleicht, weil ihm klar war, dass er in seinem Eifer, seiner Mutter Widerstand zu leisten, Lea in eine unmögliche Situation gebracht hatte. Alle starrten sie an, und dann geschah es.

Lea reckte den Rücken und den Hals. Ganz ruhig nahm sie eine Muschel, öffnete den Mund und biss hinein. Das Krachen, als die Schale zwischen ihren Zähnen zerbrach, schien im Zimmer widerzuhallen. Sie biss noch einmal und kaute konzentriert. Als sie fertig war und alles hinuntergeschluckt hatte, sah sie Amanda Otto an.

»Meine Mutter hat immer gesagt, dass die Nahrung in der Schale sitzt.«

Dann stand sie auf, nahm Ruben die Schüssel weg und servierte weiter.

Im folgenden Tumult waren nur einzelne Stimmen und Geräusche zu verstehen. Mariannes schallendes Lachen, Fridolfs Versuch, alles mit banalen Redensarten zu überspielen, die Fragen eines Kindes. Kannst du das noch einmal machen? Durch alles hindurch war Amanda Ottos Urteil zu hören.

»Wenn Lea fertig ist, kann Lea gehen. Ich will sie in diesem Haus nie wiedersehen!«

»Jetzt bist du still, Mutter!«

Rubens Stimme kippte ins Falsett um. Dann ging er zu Lea, riss ihr die Schüssel aus der Hand, knallte sie auf den Tisch und zog Lea zum Ausgang. Aber ehe sie die Tür erreicht hatten, war Carl Ottos Stimme zu hören.

»Lea fängt in meinen Schuhgeschäft an. Morgen. Um acht.«

Und quer durch den Raum begegnete Antons Blick meinem.

Drei Stunden darauf war ich nach diesem denkwürdigen Abend auf dem Weg nach Hause. Als Lea und Ruben gegangen waren, kehrte Carl Otto seine Autorität hervor. Er wechselte so demonstrativ das Thema, dass nicht einmal Amanda Otto ihn davon abbringen konnte. Sie saß schwitzend in ihrem Sessel, ihr Kehlkopf bewegte sich auf und ab. Ihre Hände griffen häufiger als sonst zum Weinglas, und gegen Ende des Abends war sie betrunken und redete laut über undankbare Kinder und ungebildetes Pack.

Marianne und Anton gaben sich alle Mühe, um die Stimmung aufzulockern. Ich servierte Pudding mit Pflaumen und Portwein. Als dann Kaffee und Zigarren an die Reihe kamen, waren meine Pflichten im Salon fast beendet. Ich half in der Küche, wo Signe unter der Last von Abwasch und Resteverwertung fast zusammenbrach. Edvard zerschnitt das Fleisch.

Wir setzten uns erschöpft an den Küchentisch, griffen zu und tranken Wein. Wir wussten, dass etwas Entscheidendes passiert war. Aber Amanda Otto konnte an diesem Abend nicht noch mehr von uns feuern. Edvard verzog den Mund und meinte, viel schlimmer sei es noch nie gewesen, könne es aber werden. Er hatte recht.

Erst nach Mitternacht durfte ich nach Hause gehen. Die Herrschaft lag erschöpft in den oberen Stockwerken, die Kinder waren in den Zimmerecken eingeschlafen. Ich zog meinen Mantel an, merkte, dass ich vor Müdigkeit und Unruhe fror, und wollte gerade gehen, als Signe auf mich zutrat und mir ein Paket in die Tasche steckte. Sie murmelte »darüber reden wir nicht«. Ich umarmte sie und merkte, dass sie so warm war wie ihre köstlichen Rosinenbrötchen und ebenso außer sich wie ich.

Draußen war die Luft schneidend, und ich lief so über das Kopfsteinpflaster, dass mein Absatz in einem Spalt steckenblieb. Ich riss den Fuß heraus, spürte, wie etwas abbrach, und stieß einen Stalljungenfluch aus. Bei einer Bierkneipe lehnten zwei torkelnde Männer aneinander. Als sie mich sahen, hoben sie die Flaschen und riefen, dass eine so süße Kleine nachts nicht allein unterwegs zu sein brauchte. Dann torkelten sie hinter mir her.

Ich lief schneller, merkte aber, dass sie sicherer auf den Beinen waren, als es ausgesehen hatte. Nach einigen Minuten hatten sie mich eingeholt und nahmen mich zwischen sich. Dem einen fehlten mehrere Zähne, der andere hustete so sehr, dass ihm der Speichel aus den Mundwinkeln troff.

»Nun renn doch nicht so. Wir sind nur zwei einsame Seeleute, die für einige Stündchen eine warme Umarmung brauchen. Oder jemanden zum Reden. Dafür bist du dir ja wohl nicht zu fein?«

Ich schüttelte den Kopf und ging weiter. Einer der Männer machte einen raschen Schritt und überholte mich damit, und plötzlich drückte er mich gegen eine Hauswand. Ich schrie auf. Das erschreckte ihn und mich, denn er zog ein Messer und hielt es mir vor das Gesicht.

»Jetzt spiel doch nicht so kackvornehm. Wenn sie schon kein Geld für einen armen Teufel hat, dann kann sie wenigstens ...«

»Lasst sie los!«

Alle meine Gebete hatten ein Ende genommen, aber nun tauchte aus dem Dunkeln eine Gestalt auf. Ehe ich auch nur einen Gedanken fassen konnte, hatte er den Mann vor mir gepackt und mit einem Schlag zu Boden geworfen. Er schlug mit einem scheußlichen Dröhnen auf das Pflaster auf, einem Knacken, ähnlich dem, mit dem Lea die Muschel zerbissen hatte.

Der andere Mann versuchte, wegzurennen, ihm wurde jedoch ein Stoß versetzt, und er blieb ebenfalls im Rinnstein liegen. Der Mann, der die beiden niedergeschlagen hatte, trat vor und versetzte beiden weitere Tritte in die Seiten. Er trat abermals zu, und ich sah, dass es Anton war, und dass seine Schuhe schwarz vom Schmutz waren und rot vom Blut des einen Mannes.

»Bitte, Anton, hör auf!«

Er drehte sich mit einer Miene um, als wisse er nicht, wer ich war, und ich sah den puren Wahnsinn. Anton wischte sich Schmutz von einem Ärmel, packte die Kerle an den Haaren und riss ihre Köpfe vom Boden hoch. Der eine jammerte leise.

»Ihr habt eine unschuldige Frau überfallen und werdet jetzt von dieser Frau gerettet. Das ist mehr, als ihr verdient. Wenn ich euch noch einmal sehe ...«

Er ließ los und die Köpfe knallten wieder auf das Pflaster.

»Bitte, Anton, lass uns gehen. Bitte!«

Diesmal hörte er auf mich. Er fasste mich unter dem Arm

und zog mich so schnell mit sich, dass ich nur mit Mühe Schritt halten konnte. Wir schwiegen beide. Langsam wich mein Schrecken, und nach einer Weile spürte ich, dass Anton noch immer meinen Arm hielt.

»Warum bist du mir gefolgt?«

Die Frage kam mir seltsam vor. Anton hatte mich gerettet und ich hatte mich nicht einmal bedankt. Aber in Gedanken erlebte ich diesen schrecklichen Abend noch einmal. Das Wiedersehen mit Anton, das Klavierspielen, Leas Zähne um die Muschelschale, und ihr Abgang mit Ruben, dann der Überfall und das Geräusch von Schädel auf Stein …

»Ich konnte dich doch nicht allein losgehen lassen. Nach Rubens Abgang gab es keinen Grund, länger zu bleiben als nötig. Ich habe mir alle Mühe gegeben, höflich zu den Gastgebern zu sein.«

»Und natürlich zu Marianne.«

»Wenn du Tors Frau meinst, dann war sie eine der wenigen, die sich heute Abend zivilisiert verhalten haben. So etwas habe ich wirklich noch nie erlebt. Du bist da nicht in guten Händen, Rakel. Ein Glück nur, dass deine Mutter nichts davon weiß.«

»Nicht alle haben das Glück, rechtzeitig zu sterben. Einige müssen auch weiterleben.«

Ich spuckte das wirklich aus, und Anton seufzte.

»Es gibt etwas, das du mir nicht verziehen hast. Das höre ich. Wenn ich nur verstehen könnte, was das ist, dann würde ich alles tun, damit du es vergisst. Damals im Gebetssaal hast du doch versucht, mich zu schlagen. Hast du das vergessen?«

Dass er nichts begriff, war schlimmer als alles andere. Ich ging weiter. Er lief hinter mir her und fasste meinen Arm, aber ich riss mich los.

»Rakel. Kannst du nicht wenigstens ein bisschen dankbar dafür sein, dass ich dich vor diesen Betrunkenen gerettet habe?«

»Danke.«

»Du bist ganz schön halsstarrig. Soll ich dich vielleicht hier verlassen und allein nach Hause gehen lassen? Damit du noch einmal belästigt wirst?«

»Mach, was du willst.«

Noch einmal versuchte Anton, mich zum Stehenbleiben zu bewegen. Ich wand mich, aber er hielt mich mit beiden Händen fest.

»Lass mich los! Du tust mir weh!«

»Ich habe diese silbernen Leuchter nicht gestohlen. Deine Mutter hat sie mir gegeben.«

Wenn er behauptet hätte, der Sohn des Königs zu sein, hätte ich nicht mehr gestaunt.

»Du lügst!«

Antons Hemd war verrutscht. Sein Rock stand offen.

»Es stimmt, ich habe damals bei euch einige Male gelogen«, sagte er. »Dass ich bei euch gelandet bin, war ein Zufall. Ich konnte mit einem Bauern fahren, der mir von eurem Gebetssaal erzählte, und ich sah eine Möglichkeit, mich auszuruhen und etwas zu essen zu bekommen. Die Betonung des Christlichen kam dazu, ich dachte, deine Eltern würden mir dann ein wenig mehr vertrauen. Jetzt weiß ich, dass sie mich auf jeden Fall aufgenommen hätten, da sie keinen Unterschied machten. Glaub mir, Rakel, ich habe diese Tage in Fiskinge nicht vergessen. Die Leuchter hatte ich ... ja, ich dachte, ich könnte sie versetzen und später auslösen und zurückbringen. Aber je mehr Tage vergingen, umso schwerer wurde das. Am Ende schlich ich mich eines Abends hoch und dachte, wenn ich es jetzt nicht tue, tue ich es nie, und dann weiß ich mir keinen Rat mehr. Und dann saßest du am Klavier. Wie ein Engel sahst du aus, mit deinen blonden Haaren und dem weißen Kleid. Ich setzte mich hin und sah dir zu. Ich dachte, wenn Gott sich mir bisher nie gezeigt hat, dann vielleicht jetzt. Du hörtest mich spielen und es kam, wie es kommen musste. Ich hatte einfach solche Lust, mit dir zu tanzen, weil du mich vor mir selbst gerettet hattest. Kannst du mich verstehen?«

Ich sah, dass Antons Augen ein wenig schräg standen, ich sah die Bartstoppeln auf seinen Wangen. Ich dachte: Ich hasse Engel!

»Du liefst weg und ich war wieder allein. Da ging ich zu den Leuchtern und wollte mich von ihnen und meinen unredlichen Gedanken verabschieden. Aber da kam deine Mutter die Treppe herauf. Sie hatte dich sicher weglaufen gehört und wollte nachsehen, was passiert war. Jetzt sah sie mich mit den Leuchtern in der Hand im Saal stehen. Ich öffnete den Mund, das weiß ich noch sehr gut, und wollte mich erklären, aber sie kam mir zuvor. Du sollst dein Pfund gut verwalten, sagte sie. Also nahm ich die Leuchter, versetzte sie und bekam genug, um mich fein einzukleiden. Mit diesen Kleidern hier. Ich habe keine anderen. Aber sie haben mir das Aussehen gegeben, das ich brauchte, um ein Zimmer und einen Studienplatz für Theologie zu bekommen. Irgendwann hatte ich dann genug zusammengekratzt, um die Leuchter zurückzukaufen. Auf dem Weg hierher bin ich an eurem Hof vorbeigefahren, um sie zurückzubringen. Ja, Rakel. Ich weiß, dass dein Vater tot ist. Aber bei Ottos konnte ich das ja nicht mehr erzählen.«

»Du warst bei Mutter?«

»Ja, und bekam Kost und Logis, wie damals. Aber die Leuchter wollte sie nicht haben. Die gehörten der Vergangenheit an, sagte sie. Ich glaube, dass sie sie zu sehr an deinen Vater erinnerten. Sie bat mich, sie mitzunehmen. Und sie dir zu geben, Rakel.«

»Mir?«

»Ja. Frag mich nicht, wie das möglich ist, aber ich glaube,

deine Mutter weiß fast alles über mich. Als wir zusammensa-
ßen, fiel sie auf die Knie und fing herzzerreißend an zu beten.
Gleich darauf kam Markus nach Haus. Das Pferd war gestolpert
und der Wagen vom Weg abgekommen. Aber dein Bruder war
nicht verletzt. Wie durch ein Wunder.«

Mutters Zeichen. Die Gebete um Regen, die erhört wurden,
Mutter, die immer wusste, wo alles war. Die Frauen mit ver-
ängstigten Augen getröstet hatte. Wer war Anton, dass er mir
das erklären wollte? Und doch hatte er es getan. Es so erklärt,
dass sie wie eine Fremde auf mich wirkte.

»Dann musst du gewusst haben, dass ich bei Familie Otto in
Dienst bin. Und dass Ruben …«

»Ich war überrascht, das hast du mir doch sicher angesehen.
Deine Mutter hatte mir nicht die Adresse in Vasastaden gegeben, sondern die deiner Unterkunft. Sie hat die Familie Otto
nie erwähnt. Denn dann hätte ich doch Rubens Nachnamen
erkannt. Es ist sicher eine Grille des Schicksals, dass ich aus-
gerechnet den Sohn des Hauses kennengelernt habe, in dem
du arbeitest?«

»Ich weiß nicht, ob ich dir oder dem Schicksal glauben soll,
Anton.«

Er hatte mich die ganze Zeit festgehalten. Jetzt befreite ich
mich aus seinem Griff, und er folgte mir. Schweigend näher-
ten wir uns Masthugget und stiegen den Hang hoch. Erst, als
wir fast bei mir zu Hause angekommen waren, sagte Anton
wieder etwas.

»Ob du mir glaubst oder nicht. Unsere Begegnung im Gebetssaal ist das Beste, das mir je passiert ist. Der Glaube, den
ich damals versucht habe, dir zu beschreiben, ehe deine Mutter mir die Leuchter gegeben hat, den habe ich jetzt. Ja, ich bin
wohl das, was man bekehrt nennt.«

»Spielst du noch immer?«

»Natürlich. Irgendwann bringe ich mal das Banjo mit und spiele für dich. Wenn du mich lässt.«

»Was wurde aus dem Mädchen, das du so geliebt hast?«

»Welchem Mädchen?«

»Du hast eine erwähnt, die du nicht vergessen konntest.«

»Daran kann ich mich nicht erinnern. Wenn ich eine nicht vergessen kann, dann glaube ich, dass du das bist.«

»Jämmerlich, Läuse husten zu sehen. Eben hast du mich noch als Kind bezeichnet.«

»Vielleicht gerade deshalb. Weil du so jung warst. Aber die Ottosche Diele war auch nicht der richtige Ort für Geständnisse.«

Ich schaute auf meine Stiefel und sah, dass ein Absatz sich gelockert hatte. Die Pflastersteine hatten nur zerkratztes Leder übrig gelassen.

»Und der Ring?«

»Den habe ich mir während des Studiums zugelegt. Als wir eine christliche Studentenverbindung gegründet haben.«

»Ich weiß noch immer nicht, ob ich dir glauben kann.«

Ich stolperte wieder, und Anton packte mich und zog mich mit sich. Seine Worte surrten durch meinem Kopf wie träge Stallfliegen. Mutter, die Silberleuchter verschenkte, Anton, der hergekommen war, um sie mir zu geben, der aber nicht wusste, wo ich arbeitete. Anton, der sich an mich erinnerte, der aber nicht begriff, warum sein wortloses Verschwinden mich so verletzt hatte.

Und Lea.

Besorgt schaute ich zu unserem Fenster hoch und glaubte, einen schwachen Lichtschein wahrzunehmen.

»Geh nicht, Rakel. Darf ich mit hinaufkommen? Ich habe so viel zu erzählen. Über mein Studium. Über meine Gedanken. Du …«

»Ich muss sehen, ob Lea oben ist.«

»Wenn sie mit Ruben gegangen ist, dann kann ihr nichts passiert sein. Der ist nicht so.«

»Wie meinst du das?«

»Dass er niemals einem Mädchen etwas tun würde. Und schon gar keiner wie Lea.«

Ich hatte wieder den Duft in der Nase, der seiner war, und der jetzt mit feuchter Luft und der Wärme nach der Schlägerei vermischt war.

»Weißt du überhaupt, dass du noch schöner geworden bist?«

In einem schrecklichen Moment glaubte ich, dass er mich küssen wollte. Ich versuchte, mich loszureißen, und nun hörten wir die Stimme.

»Belästigt er Sie?«

Wir fuhren beide zu dem Mann herum, der soeben den Hang hochgekommen war. Erst, als er näherkam, sah ich seinen blonden Schopf. Jakob aus dem Zug.

In dem Moment, als Jakob das gesagt hatte, sah ich das Blut an Antons Fingerknöcheln, und dachte, dass ich diese Farbe niemals vergessen würde. Blutrot würde mich für immer an Schlägereien und Opfer erinnern.

Jetzt ist mir mein eigenes Blut zum Feind geworden. Bösartige Materie zersetzt langsam die gesunde. Ab und zu glaube ich, dass Gedanken von gestern die Ereignisse von morgen verändern, dass alles zusammenhängt, dass es Ursache und Wirkung gibt. Aber eigentlich weiß ich mit jedem Tag, der vergeht, weniger.

Aber der Frühling mit seinen Kohlmeisen ist schön.

»Plötzlich sah ich im hinteren Teil des Schiffes, gegen das wir kämpften, einen Lichtschein, der immer größer wurde. Dieser Anblick hätte uns zutiefst berühren können, aber so konnten wir nicht denken. In einer gigantischen Rauchwolke schien sich das Fahrzeug von der Wasseroberfläche zu erheben. Es war in der Mitte zerbrochen, die Wrackteile flogen überall umher. Das ganze Bild wurde eingerahmt von einem blauroten Feuerschein.«

Richard Foerster, Artillerieoffizier auf dem deutschen Panzerkreuzer *Seydlitz*

Kapitel 10

2007

Der Regen hatte sie abgekühlt, und sie war sehr froh, wieder ins Warme zu kommen. Sie zog die Strickjacke enger um sich und entdeckte ein Loch im Ärmel. Aber das schien der Anwalt Gösta Levander nicht zu bemerken. Er war die Freundlichkeit selbst, als er sie mit Tee und einem Stück Minzschokolade empfing. Er erklärte, dass er auch als Pensionär bisweilen noch ins Büro komme, »um den Jüngeren zu helfen, ob die das nun wollen oder nicht«.

Anfangs konnte er ihr nicht sehr viel Neues sagen. Abgesehen davon, dass er alles bestätigte, was Sara Moréus ihr über das Testament erzählt hatte. Er konnte sich gut daran erinnern, obwohl es an die fünfzehn Jahre zurücklag. Inga fragte, was er von der ganzen Geschichte halte. Ein Anwalt werde nicht immer dafür bezahlt, sich eine Meinung zu bilden, lautete die Antwort. Manchmal werde er dafür bezahlt, keine zu haben.

»Aber wenn Sie die Privatperson Gösta Levander fragen, kann ich mir durchaus vorstellen, dass sich hinter der ganzen Angelegenheit ein kleiner Skandal versteckt. Ein Hausmädchen wird schwanger und brennt mit dem Sohn der Herrschaft durch … und der Vater des verlorenen Sohnes will für sein Enkelkind sorgen. Warum hat er das getan? Weil er ein herzensguter Mann war? Vielleicht. Aber dann fragen wir uns doch, warum der Sohn und das Hausmädchen kein Geld bekommen haben.«

Alte Ölgemälde in Goldrahmen hingen an den Wänden. Juristengenerationen erwiderten ihren Blick, allesamt Männer.

»Haben Sie irgendeine Vorstellung davon, was passiert sein könnte?«

»Ich kann nur spekulieren. Carl Otto war ein ziemlich berüchtigter Frauenheld. Dazu ein tüchtiger Geschäftsmann. Für seinen Sohn Ruben galt in beiden Fällen genau das Gegenteil.«

»Sie meinen …«

»Dass man durchaus ins Nachdenken kommt, wenn man den Gerüchten glauben will. Ich habe keine direkten Informationen, sondern nur Dinge, die ich aufgeschnappt habe, wenn ältere Kollegen über die Affären der Familie Otto diskutierten. Wir arbeiten schon sehr lange für diese Familie, müssen Sie wissen.«

Sie fasste das als höflichen Hinweis darauf auf, dass das Gespräch beendet sei, und machte sich zum Gehen bereit, als Gösta Levander sich über den Schreibtisch vorbeugte.

»Sie sind Fotografin, nicht wahr?«

»Ja. Ich habe mit Fotografie gearbeitet.« Es gab keinen Grund, hier ihr Herz auszuschütten.

»Ich interessiere mich selbst sehr für Kunst. Zur Kunst zähle ich auch die Fotografie. Die guten Fotografen sind in unseren Kulturinstitutionen schändlich unterrepräsentiert, und der Fotografie wird als Kunstform nicht der nötige Respekt entgegengebracht. Noch immer kann man fantastische Objekte zu verhältnismäßig billigen Preisen erwerben. Sie gehören zu meinen Lieblingen.«

»Danke. Das höre ich gern.«

»Wir haben zu Hause zwei Ihrer Bilder. Beide stellen Industriekomplexe dar, und wie Sie mit Licht und Dunkelheit balancieren, ist beeindruckend. Mir gefällt das außerordentlich gut.«

»Mein Mann Mårten hatte diese Gebäude entworfen.«

»Tatsache ist, dass ich mich wegen Ihrer Fotografien dazu

entschlossen hatte, mich mit Ihnen zu treffen. Was wir hier besprechen, steht natürlich unter Schweigepflicht. Ich habe kein Recht, mit Außenstehenden über die Angelegenheiten anderer Familien zu reden. Aber Carl Otto und Ruben Otto sind beide tot. Wie Ruben Ottos Brüder, übrigens, weshalb niemand direkten Schaden leiden kann. Ich habe darüber auch mit Sara Moréus gesprochen, die es für völlig in Ordnung hält, wenn ich offen spreche.«

»Ich hatte ihr gesagt, dass ich herkommen wollte.«

»Das wusste sie, ja. Sie hat mir auch gesagt, warum. So, wie sie das verstanden hatte.«

Gösta Levander beugte sich noch ein wenig weiter vor. Er faltete die Hände und sie wusste, dass das, was sie jetzt hören würde, ihren Bildern und Sara Moréus' Worten zu verdanken war.

»Wie gesagt, es gab gewisse Gerüchte. Diese Gerüchte ließen durchscheinen, dass Carl Otto und sein Sohn Ruben beide in Linnea Moréus verliebt waren. Sie muss eine ganz besondere Frau gewesen sein. Aber egal, jedenfalls trug der Sohn Ruben den Sieg davon, und das ist wohl die inoffizielle Erklärung hier im Haus dafür, dass Carl Otto Sohn und Schwiegertochter enterbt und für seinen Enkel gesorgt hat.«

Nach einer Pause senkte Gösta Levander die Stimme.

»Und jetzt überschreite ich meine Befugnisse definitiv. Aber alter Klatsch wollte auch wissen, dass Ruben Otto sich überhaupt nicht für Frauen interessierte. Ehe er mit Linnea Moréus durchbrannte, hatte er sich nie um eine Frau bemüht und wurde nur mit männlichen Bekannten gesehen. Vor allem mit einem. Aber dieser Mann verschwand auf Marstrand.«

»Auf Marstrand?«

»Die Familie Otto verbrachte dort die Sommer. Ruben Ottos Freund war dort, und dann verschwand er. Es wurden Nachforschungen angestellt, aber ohne Ergebnis. Die Zeitungen haben damals darüber berichtet. Dieser Mann war den Behörden schon vorher bekannt. Er hatte angeblich im Gesicht ein besonderes Kennzeichen. Eine Narbe, die vom Mundwinkel her nach oben zeigte.«

Sie hatte nach einem Zusammenhang gesucht und war sich dabei albern vorgekommen. Aber hier war er.

»Mein Großvater hatte so eine Wunde. Vom Mundwinkel nach oben. Er hieß Jakob Edgren.«

Gösta Levander schüttelte langsam den Kopf.

»Der Verschwundene hieß Anton Dahlström. Oder Anton Rosell, er benutzte auch diesen Namen. Ich habe heute Morgen unsere alten Unterlagen durchgesehen, sie sind sehr alt, möchte ich hinzufügen, und eine entsprechende Notiz gefunden. Die Familie Otto hatte mit der Sache eigentlich nichts zu tun, aber Ruben wurde zur Vernehmung bestellt und ließ sich von einem unserer Juristen begleiten. Ruben stand unter keinerlei Verdacht, aber die Behörden sprachen mit möglichst vielen. Umsonst, da der Fall niemals geklärt wurde. Ich glaube auch nicht, dass er als Verbrechen eingestuft wurde. Die Anzeige kam von unbekannter Seite. Möglich, dass dieser Anton Dahlström oder Rosell ganz einfach das Land verlassen hat, ohne sich von irgendwem zu verabschieden. Er war bei der Polizei wie gesagt aktenkundig, aber ich weiß nicht, warum. Darüber liegen uns keine Auskünfte vor.«

»Wenn Ruben eine Beziehung zu Anton hatte …«

»Gerüchte und Klatsch, wie gesagt. Aber vielleicht hatte Carl Otto so weit wie möglich Verständnis für seinen Sohn gezeigt. Bis dieser mit einem Mädchen verschwand, auf das der Vater ebenfalls ein Auge geworfen hatte. Möglicherweise hat Ruben sein Zuhause nicht freiwillig verlassen. Vielleicht wurde er dazu gezwungen.«

Nach dieser Bemerkung stand Gösta Levander auf. Er reichte

ihr eine Visitenkarte und brachte die Hoffnung zum Ausdruck, dass sie diese Information mit derselben Diskretion behandeln würde, mit der sie sie bekommen hatte. Immerhin lägen diese Geschehnisse mehr als neunzig Jahre zurück. Zum Glück sei die Familie Levander immer klug genug gewesen, in ihrer Kanzlei pflichtbewusste Archivare zu beschäftigen. Dann wünschte er ihr alles Gute und bat sie eindringlich, ihn auf dem Laufenden zu halten. Über bevorstehende Ausstellungen.

Die Pfützen auf dem Bürgersteig erschwerten das Gehen. Niklas lief in ungleichem Schritt neben ihr. Sie bemühte sich, ihn nicht auf die Straße abzudrängen. Gerade hatte sie ihm erzählt, was sie von Anwalt Levander erfahren hatte. Dass Carl Otto sich in Lea verliebt hatte. Dass der Sohn des Hauses, Ruben Otto, vielleicht homosexuell war, dass er aber trotzdem mit Lea durchgebrannt war. Dass Carl Otto Leas Kind Geld hinterlassen hatte. Dass Ruben vor seinem Verschwinden mit Lea vielleicht eine Beziehung zu einem gewissen Anton mit einer Narbe im Gesicht gehabt hatte. Genau wie ihr Großvater Jakob. Und dass dieser Anton auf Marstrand verschwunden war.

Niklas schüttelte den Kopf und meinte, da habe sie ja einen Stock in einen Ameisenhaufen voller alter Familiengeheimnisse gebohrt. Er konnte keine Erklärung für diese Geschichte des Mannes mit der Narbe finden, der aussah wie Ingas Großvater. Falls dieser Anton nicht gar sein eigenes Verschwinden inszeniert und sich einen neuen Vornamen zugelegt hatte. Jakob, zum Beispiel.

»Ich habe nie etwas davon gehört, dass mein Großvater bei den Behörden aktenkundig gewesen sein soll. Er war doch Pastor.«

»Einen Talar zu tragen bedeutet nicht, untadelig zu sein. Übrigens muss man kein Verbrechen begangen haben, um den Behörden bekannt zu sein.«

Unter Niklas' Regenschirm dachte sie daran, wie geschockt sie gewesen war, als ihr Sara Moréus die Fotos ihrer Großmutter und ihres Vaters Stig gezeigt hatte. Zuerst war sie überzeugt gewesen, ihren Onkel Ivar vor sich zu haben. Dann hatte sie die Unterschiede entdeckt. Sara Moréus' Vater hatte einen dunkleren Teint und eine expressivere Nase. Aber die Ähnlichkeit war umwerfend, genau wie die zwischen ihrer eigenen Großmutter und Lea. Natürlich konnte das erklären, warum sich auch die Söhne von Rakel und Lea glichen. Die beiden schienen fast gleichzeitig ihre Kinder bekommen zu haben, und auch das konnte zur Erklärung beitragen. »Kinder ihrer Zeit«, lautete Niklas' Kommentar.

Niklas hatte sie erwartet, als sie von ihrem bei Besuch bei Sara Moréus in Malmö zurückkam. Er sah nicht so recht den Sinn dieser Reise, hörte sich aber an, was sie zu erzählen hatte. Er akzeptierte ihre vage Behauptung, diese Geschichte könne vielleicht ›dazu beitragen, dass es mir besser geht.‹ Er bot an, sie am nächsten Tag nach Göteborg zu begleiten, damit sie ihre Ermittlungen fortsetzen könnte. Sie sagte sofort zu, aus Angst, wieder mit sich selbst konfrontiert zu werden. Sie hatte Gösta Levander erreicht und diesen Termin ausgemacht. Als Niklas gegangen war, blätterte sie ziellos in dem Karton aus dem Schuppen und las alte Annoncen. *Bezaubernde weiße Schuhe und Stiefel, Halbschuhe aus allen modernen Leder- und Seidenkombinationen. Schuhanfertigung. Damenstiefel ab kr. 10,-- Eine Gelegenheit, die niemand versäumen darf!* Diese Formulierungen hatten sicher ebenso verlockend gewirkt wie die coolen Werbesprüche von heute. Gewisse Dinge, wie die Anziehungskraft schöner Schuhe, schienen sich niemals zu ändern.

Jetzt waren sie unterwegs zu einem der Lokale, die in Restaurantführern erwähnt wurden. Anita und Niklas wollten sich dort zum Essen treffen. Inga wusste, dass auch sie willkommen wäre, wollte sich aber nicht aufdrängen. Sie musste eine Entschuldigung dafür finden, dass sie anderweitig aß und dann mit den beiden zurück nach Marstrand fuhr, was schwer genug werden würde. Wie ein herrenloser Hund würde sie auf der Rückbank sitzen, im Gefühl, die Vertraulichkeit des Paares zu stören.

Sie stieß mit dem Fuß gegen einen Bordstein, rutschte aus, fiel vornüber und fluchte. Als sie aufstand, tat es weh. Das Schmutzwasser hatte ihre Schuhe verfärbt und hässliche Kratzer hinterlassen. Ein Paar viktorianischer Schnürstiefel, angefertigt nach altem Muster. Sie ähnelten den Stiefeln, die sie in den Werbeblättern im Karton gesehen hatte. Sie hatte diese Schuhe in New York gekauft, und ab und zu, wenn sie sich elend fühlte, hervorgeholt und angezogen. Sie hatten um einiges mehr gekostet als zehn Kronen.

Sie fluchte ausgiebig und spürte, wie das kleine Wesen mit der Machete wieder auf ihre Innereien einhackte. Bagatellen wie diese konnten alles ins Wanken bringen, mit der spiegelverkehrten Logik der Trauer. Niklas fragte besorgt, ob sie sich verletzt habe, aber sie wehrte sein Mitleid eilig ab, obwohl ihre Knie vor Schmerz brannten. Er war klug genug, nicht nachzufragen.

»Ich habe mehr über diese große Schlacht auf der Nordsee herausgefunden.«

»Wirklich?«

»Es war nicht weiter schwer, Informationen zu finden. Die Schlacht am Skagerrak, oder, wie sie auch genannt wird, die Schlacht von Jütland, ist geradezu legendär. Der einzige echte Zusammenstoß zwischen deutschen und englischen Schlachtschiffen während des Ersten Weltkriegs. Es ist wohl die größte Seeschlacht der modernen Zeit. Sie hat fast einen Tag gedauert. Insgesamt sind mehr als achttausend Seeleute ums Leben ge-

kommen. Viele von ihnen wurden an der schwedischen Westküste an Land getrieben. Und nicht nur tote Seeleute, sondern
auch Wrackteile und Munition. Alle wurden registriert und
so gut es ging aufbewahrt. Die Soldaten wurden auf kleinen
Friedhöfen bestattet. Man versuchte, möglichst viele zu identifizieren. Angeblich wurden in diesem Sommer in den Küsten-
dörfern keine Makrelen gegessen. Aber es war sicher immer
schon so, dass die Menschen an Küsten und Grenzen die Kriege anders erleben.«

Was Niklas erzählte, ließ es ihr nicht wärmer werden. Seit sie
über diese Schlacht gesprochen hatten, war sie schon mehrmals
von fiktiven Szenen heimgesucht worden.

»Das Seltsame ist, dass sich keine Seite als Sieger betrachten konnte. Die Briten verloren zwar mehr Schiffe und sehr
viel mehr Männer. Aber sie waren nicht besiegt. Und es gelang ihnen schneller, ihre Flotte zu reparieren. Deshalb versuchten die Deutschen während des Krieges nicht, eine weitere
solche Schlacht zu provozieren. Sie konzentrierten sich auf den
U-Bootkrieg, was die schwedische Seefahrt beeinflusste. Die
Schlacht am Skagerrak führte zu einem Meinungsumschwung
hierzulande. Es gab Stimmen, die meinten, wir sollten in den
Krieg eintreten.«

Achttausend Mann. Und das bedeutete, dass achttausend
Mütter und viele Väter einen Sohn verloren hatten. Sicher mehrere tausend Ehefrauen oder Freundinnen. Ihr Geliebter, begraben in einem fremden Land. Falls er nicht in den Wellen
verschwunden war.

Verschwommen sah sie den Friedhof vor sich. Den hatte sie
immerhin. Einen Ort, zu dem sie gehen konnte, wo sie ein wenig von ihrer Trauer hinterlassen konnte, mit jeder Blume, die
sie dort hinlegte. Einen Ort, wo ihre Seele sich mit Mårtens
treffen konnte.

Sie bemerkte, dass Niklas einen dunklen Mantel aus edlem Stoff trug. Das gab ihr zu verstehen, dass es sich um ein elegantes Restaurant handelte. Sie musste ablehnen.

»Danke für die Mitfahrgelegenheit. Aber jetzt …«

»Ich habe gesagt, dass wir uns um halb sieben im Restaurant mit Anita treffen. Das ist in einer Stunde. Lass uns mit dem Auto fahren, das steht hier in der Nähe. Und dann können wir in der Bar etwas trinken, während wir warten.«

Sie schüttelte den Kopf.

»Es ist wirklich nett von dir, mich zu fragen. Aber ich will euch nicht stören. Ihr habt euch doch eine Weile nicht mehr gesehen, wenn ich das richtig verstanden habe.«

»Anita freut sich, wenn du mit uns isst. Und was willst du denn sonst machen? Du fährst doch wohl mit uns nach Hause?«

Mit uns. Noch schlimmer. Wie ein Blinddarm, ein Wurmfortsatz. Jemand, den man »mitnimmt«, weil es »so nett« ist. Sie hatte sich auch, als Mårten noch lebte, niemals aufdrängen wollen. Jetzt war sie so weit. Eine alleinstehende Frau mittleren Alters, derer sich Paare und Verwandte »erbarmten«, weil sie ihnen leidtat.

»Niklas, ich will nicht. Vielleicht fahre ich in die Bibliothek. Ihr könnt mich da abholen.«

»Die Bibliothek ist geschlossen«, sagte er. »Wenn du nicht mitgehst, musst du selbst sehen, wie du nach Hause kommst.«

Sie schaute auf ihre nassen Stiefel hinunter. Mit dem Bus nach Marstrand? Spaziergang durch den Matsch? Ihr blieb keine Wahl. Eine scheußliche Erkenntnis.

Eine Stunde später saß sie Niklas und Anita gegenüber an einem gemütlichen Restauranttisch. Sie sah Anitas leichte Sommersprossen, ihre mit einer Spange geschlossene rosa Tunika und die dezent lackierten Fingernägel. Sah eine Frau, die sie freundlich begrüßt hatte, um dann den Arm um Niklas zu legen und ihn auf die Wange zu küssen. Nicht demonstrativ, nur entschieden. Sie hängte Mantel und Strickjacke an der Garderobe auf und strich ihre Bluse glatt. Auf der Damentoilette versuchte sie ihr Bestes, um ihr Aussehen wiederherzustellen und die Schrammen an ihren Beinen zu säubern.

Nachdem sie eine Weile mit Anita geplaudert hatte, konnte sie Niklas zustimmen, der sie als munter, freundlich und einfühlsam beschrieben hatte. Ihr Beileid zu Mårtens Tod klang ehrlich und unsentimental. Anita wusste von Ingas Situation, und warum sie sich auf Marstrand aufhielt. Bisweilen werde eben alles zu viel, stellte sie fest. Das Essen wurde serviert. Anita verzehrte ihren gebratenen Fisch so elegant, dass das sonst übliche Chaos aus Haut und Gräten auf einem ordentlichen Häuflein lag.

Inga war froh, dass sie sich für das Kalbsfilet entschieden hatte. Anita bat um weiteren Wein und legte ihr Besteck beiseite.

»Meine Mutter ist auch früh allein geblieben. Ich war erst sechs, als mein Vater uns verlassen hat. Eine Leidenschaft, die ihn dazu brachte, alles stehen und liegen zu lassen und nach Florenz zu ziehen. Meine Mutter und ich saßen in der Küche und tranken heißen Kakao, als er anrief. Und seither habe ich heißen Kakao nie wieder vertragen.«

Die Erinnerung an das Gespräch im Wohnzimmer. Die Erinnerung an die Stimme des Geistlichen, an ihren Körper, der das Kommando über die Gedanken ergriff, die Erinnerung an verschwindende Farben und den wogenden Fußboden.

»Es muss schrecklich für sie gewesen sein. Dass du dabei saßt, meine ich. Und alles gehört hast.«

»Das war es bestimmt. Aber meine Mutter sagt immer, dass

es auch eine Rettung für sie war. Sie durfte nicht die Beherrschung verlieren, aufspringen und schreien. Sie musste an mich denken. Vom ersten Moment an habe ich sie aufrechterhalten.«

Anitas Stimme wurde weicher. Sie lachte auf und zeigte dabei einen kleinen Edelstein in einem Zahn.

»Niklas erwähnte, dass deine Mutter eine Boutique besitzt.«

»Sie gehörte meinen Eltern«, antwortete Anita. »Eigentlich meinem Vater. Meine Mutter hat manchmal ausgeholfen. Aber sie wollte sich vor allem dem Haushalt widmen. Als mein Vater sie verließ, hatte sie nicht einmal den Führerschein. Eine Woche später meldete sie sich zum Fahrunterricht an.«

»Sie muss stark gewesen sein.«

Anitas Tunika war wirklich schön. Der Seidenstoff schimmerte im Kerzenschein.

»Ich habe sie kein einziges Mal weinen sehen«, sagte sie. »Manche Tage vergisst man nie, und der Tag, an dem dieser Anruf kam, war so einer. Ich weiß noch, dass sie sich an den Tisch setzte, meine Hände nahm und mir erzählte, was passiert war. Ruhig. Als ob sie erklärte, mein Vater sei für ein paar Tage verreist, und nicht fürs Leben verschwunden, wie es sich dann zeigte.

Sie hatte keine Alternative. Sie musste uns versorgen. Meine Großeltern halfen ihr zwar, aber sie trug die schwerste Last. Aber sie hat mir fast nie gezeigt, wie schwer das war. Nur wenn ich mir wieder ein Loch in die Hose gerissen hatte. Ich habe immer gern Fußball gespielt.«

»Und dein Vater? Wie oft hast du den gesehen?«

»Wir haben seitdem nur sporadisch Kontakt. Ich kann keine Menschen akzeptieren, die andere im Stich lassen.«

Anitas Stimme hatte plötzlich eine gewisse Schärfe bekommen, und sie wandte sich nun an Niklas. Ob es gut geschmeckt habe. Er nickte und streichelte flüchtig ihre Wange.

»Und jetzt hast du dich auf Ahnenforschung verlegt?«

Anita fragte das, während sie einen Kellner heranwinkte und einen Nachtisch bestellte. Inga nahm einen schwachen Schweißgeruch wahr und hoffte, dass der vom Kellner kam und nicht von ihr. Wenn Ahnenforschung ein anderes Wort für Zusammenbruch sein sollte, dann war das ungeheuer subtil.

»Ahnenforschung ist nicht das richtige Wort. Ich habe einen Karton mit alten Papieren gefunden und einen Brief gelesen. Das hat mich zum Nachdenken gebracht. Vor allem über meine Großmutter. Unser Sommerhaus lädt aber auch dazu ein.«

»Ja, Niklas hat von euren Sommern auf Marstrand erzählt. Wie ihr auf den Klippen herumgeturnt seid, euch gesonnt und dem Müßiggang gefrönt habt. Ich habe in den Ferien meistens im Laden gearbeitet. Meine Mutter konnte sich doch nie freinehmen.«

Verbarg sich in Anitas Bemerkung eine gewisse Kritik? Elegant wie die Tunika, aber dennoch vorhanden? Sie schaute Anita in die Augen.

»Meine Mutter meinte immer, ich sollte im Sommer freihaben. Meine Eltern haben mich eigentlich fast dazu gezwungen. Da waren sie einer Meinung. Ich sollte mich von der Schule erholen.«

»Das war großzügig von ihnen. Und du warst gern den ganzen Sommer auf Marstrand? Wolltest du nicht mal woanders hinfahren?«

Ihre Wangen wurden heiß. Vielleicht lag das an dem Heizkörper hinter ihrem Rücken.

»Wir sind mit unserer sogenannten Clique immer wieder verreist«, antwortete Niklas an ihrer Stelle. »Inga vielleicht am meisten von uns allen, weil sie stets neue Motive zum Fotografieren suchte. Auf Marstrand hattest du mit fünfzehn sicher schon jeden Quadratzentimeter fotografiert. Ich weiß noch, wie ich dir geholfen habe, diese riesige Großbildkamera durch die Gegend zu schleppen. Du wolltest unbedingt auf Glasplatten fotografieren. Als wärst du eine Fotografin aus der Zeit um die Jahrhundertwende.«

»Aber gib zu, dass das fantastische Bilder geworden sind.«

»Das war, ehe du begriffen hast, dass auch kleinere Kamera etwas taugen können.«

Ehrgeizig und umständlich war diese Methode gewesen, mit Ergebnissen wie Drucke auf dickem Aquarellpapier. Sie hatte das alles aufgegeben, als sie sich in die Leica verliebt hatte. Niklas wandte sich ihr zu, und sie wusste, dass sie an dasselbe dachten. Warme Felsen, blankes Meer, Sonne und Tee und Kaffee in der Thermosflasche. Baden am Ende der Saison, wenn die Touristen verschwunden waren. Keine anlaufenden Boote mehr, keine Regatten, die Marstrand in ein heiteres Inferno verwandelten. Diese unendlichen Stunden im Freundeskreis. Keine Mobiltelefone, keine Mails. Eine andere Zeit, ein anderes Leben.

Anita wechselte das Thema.

»Ich habe einige deiner Bilder gesehen. Sie sind wirklich schön. Du müsstest einmal in Dubai fotografieren. Dann kannst du das Nützliche mit dem Angenehmen verbinden und uns besuchen. Falls du deine Arbeit wieder aufnimmst.«

Konzentration. Vorsichtig hob sie die Serviette zum Mund und biss darauf. Sie spürte den rauen Stoff an ihrer Zunge, ein leichter Geschmack nach Waschmittel.

»Hat Niklas das nicht erzählt?«

Beide schauten ihn an. Er gab sich alle Mühe, die angespannte Situation zu überspielen.

»Anita und ich spielen mit dem Gedanken, nach Dubai zu gehen«, sagte er ziemlich langsam. »Eine Firma aus den USA hat sich vor einiger Zeit bei mir gemeldet. Sie interessiert sich für die Lösung, die ich für ein Bauprojekt gefunden habe. Es geht um die Sicherung der Höhen-Stabilität. Einige Fachzeitschriften haben darüber berichtet, und so kam es zu diesem Kontakt. Zuerst habe ich gezögert, dann ging mir auf, wie fantastisch dieses Angebot ist. Ich weiß nicht, ob du eine Ahnung davon hast, was in Dubai passiert. Aber die Entwicklung dort lässt sich fast mit der New Yorks vor hundert Jahren vergleichen. Bauprojekte, die nicht von dieser Welt sind. Sie haben mir angeboten, für ein Jahr hinzukommen, mit der Möglichkeit einer Verlängerung, und sie sorgen für alles. Wohnung, Reisen, was auch immer. Gutes Gehalt. Außerdem baut Dubai ein vorbildliches Gesundheitssystem auf. Anita wird dort mit ihren Kenntnissen in Biologie und Chemie leicht Arbeit finden.«

»Arbeit zu finden war noch nie ein Problem. Wenn sich nicht vorher alles klärt, klärt es sich vor Ort.« Bei Anita hörte sich das alles sehr einfach an. »Ich arbeite gern als Lehrerin«, sagte sie dann. »Aber eine solche Möglichkeit abzulehnen wäre dumm. Man muss mitnehmen, was man kriegen kann.«

»Entschuldigt mich.«

Inga stand auf und ging zur Toilette, noch immer die eine Faust um die Serviette geballt. Dann überlegte sie es sich anders und ging zum Ausgang. Sie stieß die Tür auf, lief ein Stück die Straße entlang und suchte Zuflucht in einem Hauseingang. Der Regen lief unter ihren Kragen.

Es ging nicht um Dubai oder Niklas' Pläne oder die Behauptung, man müsse alles mitnehmen oder könne jederzeit und überall Arbeit finden. Sondern um alles. Der Schmerz über den Verlust nicht nur ihres Mannes, sondern auch ihres Mutes. Dass sie jemand geworden war, der in einem Sommerhaus saß und sich mit Belanglosigkeiten beschäftigte.

»Hassema ne Zigarette?«

Die Kleider des Mannes waren schmutzig, seine wenigen verbliebenen Zähne verfärbt.

»Geld für'n Kaffee?«

Wieder schüttelte sie den Kopf.

»Weinssu?«

Sie gab keine Antwort. Der Mann verschwand, aber der Alkoholgestank hing noch immer in der Luft. Dann stand er mit zwei Tassen Kaffee vor ihr. Sie stammten aus dem Laden nebenan. Sie streckte die Hände aus, nahm die Tasse mit beiden Händen und trank vorsichtig. Und fühlte sich belebt.

»Milch?«

Der Mann suchte in seinen Taschen und zog eine Portionspackung hervor. Sie stellte die Tasse auf den Boden und goss die Milch hinein. Als sie sich wieder aufrichtete, sah sie, dass der Mann gegenüber trank, als ob er seit langem nichts Warmes mehr bekommen hätte. Seine Finger waren rot gefroren, auf der Wange hatte er eine entzündete Wunde. Vielleicht hatte es so angefangen. Vielleicht war auch dieser Mann aus einem Restaurant gestürzt und hatte sich in einen Hauseingang gestellt, um nie wieder in die Normalität zurückzukehren. Sie schuldete ihm eine Erklärung.

»Mein Mann ist tot.«

Der Fremde nickte langsam.

»Wie war der'n so, dein Mann?«

»Er war immer für mich da.«

Dann hörte sie Schritte und merkte zugleich, dass sie durchnässt war. Ihr zerlumpter Kaffeepartner verschwand, ehe sie ihm danken konnte. Als Niklas sie zurück zum Restaurant zog, war sie zu allem bereit. Sie kam ihm zuvor.

»Können wir jetzt nach Hause fahren?«

»Ja«, sagte er nach einer Weile. »Jetzt können wir nach Hause fahren.«

Sie döste auf dem Heimweg ein. Sie war überzeugt gewesen, dass auch Anita nach Marstrand fahren wollte. Zu ihrer Überraschung hielt ihr Anita die Hand hin und sagte, dass sie in Göteborg übernachten würde. Ihre Mutter brauche Hilfe bei der Buchführung. Aber später wollte sie nach Marstrand kommen, und dann würden sie sich sicher wiedersehen. Anita umarmte sie, das Mitgefühl in ihren Augen war echt. Dann war sie verschwunden.

Niklas hatte die Sitzheizung eingestellt, ihr Rücken erwärmte sich. Im Hintergrund ertönte die schöne Geigenmusik, die sie schon bei Niklas gehört hatte. Er fuhr konzentriert und ziemlich schnell. Ab und zu sah er zu ihr herüber.

»Warum hast du nicht erzählt, dass du nach Dubai gehen willst?«

»Es ergab sich nicht die richtige Gelegenheit.«

»Was verstehst du unter der richtigen Gelegenheit?«

»Wir haben doch über andere, wichtigere Dinge gesprochen.«

»Dass du ins Ausland umziehen willst, ist ja wohl auch wichtig?«

»Nicht umziehen. Ich spiele mit dem Gedanken, einen Projektauftrag zu übernehmen. Für einen begrenzten Zeitraum.«

»Bei Anita hat sich das aber nicht so angehört. Oder bei dem, was du heute Abend gesagt hast.«

»Aber so ist es jedenfalls. Ich habe noch nichts unterschrieben.«

»Du scheinst Zweifel zu haben.«

Regentropfen tanzten im Licht der Autoscheinwerfer.

»Habe ich nicht. Aber ich muss vorher noch allerlei organisieren. Das Haus muss vermietet werden, und ich muss eine Lösung für meinen Vater finden. Er ist ja längst nicht so rüstig wie Anitas Mutter. Die spielt sogar mit dem Gedanken, sich auch für eine Weile in Dubai niederzulassen.«

»Bei euch?«

»Nein, nein. In einer eigenen Wohnung. Sie würde niemals mit uns zusammenwohnen.«

»Es klingt jedenfalls spannend.«

»Würdest du nicht ins Ausland gehen, wenn du die Möglichkeit hättest?«

»An dem Tag, an dem Mårten gestorben ist, habe ich wirklich davon phantasiert, mir für einige Monate freizunehmen. Jetzt kommt diese Möglichkeit zwei Jahre zu spät. Aber in Schweden, nicht im Ausland.«

»Bist du damit zufrieden, was du heute erfahren hast?«

»Wie meinst du das?«

»Über deine Großmutter?«

»Es hat mich vor allem verwirrt. Dass ein gewisser Anton mit einer Narbe auf der Wange verschwindet. Und dass mein Großvater Jakob, ebenfalls mit einer Narbe auf der Wange, meine Großmutter heiratet. Die wiederum in einem Haus gearbeitet hat, wo der verschwundene Anton mit dem Sohn befreundet war. Dass zwei Männer mit gleichen Narben so viel miteinander zu tun haben sollen, ist doch seltsam. Und dann Lea, Omas Freundin, die schwanger wird und mit besagtem Sohn des Hauses durchbrennt. Der vermutlich homosexuell war und vielleicht sogar ein Verhältnis mit dem Mann mit der Narbe hatte, der Anton hieß und nicht Jakob. Und Rakel wird fast gleichzeitig mit Lea schwanger. Im Moment verstehe ich nur noch Bahnhof.«

»Jedenfalls waren diese Lea und deine Oma ja wohl heiß umschwärmt. Sie waren nicht nur hübsch, sondern auch temperamentvoll. Ich kann verstehen, dass die Herren in ihrer Umgebung nicht an sich halten konnten.«

Zum ersten Mal wurde die Stimmung ein wenig lockerer. Sie drehte den Kopf und sah, dass Niklas lächelte. Seine Daumen trommelten auf dem Lenkrad.

»Ja, danke.«

»Bestimmt hatte sie Ähnlichkeit mit dir. In mehrerer Hinsicht.«

»Anita ist sehr sympathisch.«

»Ja. Das ist sie.«

»Sieht auch gut aus.«

»Ja, das tut sie. Immer. Sie wollte übrigens wissen, warum du nicht deine eigenen Verwandten nach der Geschichte deiner Großmutter fragst.«

Ihre eigenen Verwandten. Ja, es war nur eine Zeitfrage, ehe sie wieder aufbrechen müsste. Nur Onkel Ivar konnte wissen, warum er einem anderen Mann so ähnelte, der ein anderes Dienstmädchen zur Mutter hatte. Zumindest müsste er eine Ahnung haben. Onkel Ivar. Geboren im selben Monat und im selben Jahr wie Leas Sohn. Onkel Ivar, der immer Kontakt zu ihr gehalten hatte. Der zwei Jahre zuvor, mit achtundachtzig Jahren, erhobenen Hauptes an Mårtens Sarg getreten war und ein Gedicht darüber vortrug, dass alles vergeht und alles besteht.

»Sie hat recht. Ich rufe morgen Ivar an und frage, ob ich ihn besuchen darf.«

»Willst du also wieder auf Reisen gehen?«

»Was soll ich denn sonst machen? Mäusedreck hin und her fegen?«

Niklas schüttelte den Kopf. Als er am Fähranleger hielt und sie begriff, dass er vorhatte, sie abermals zu begleiten, widersprach sie. Er reagierte nicht. Schweigend gingen sie an Bord der Fähre und schauten aufs Wasser hinaus, wo die Boote still an den Stegen lagen. Kurz darauf hatten sie die Insel erreicht und gingen auf das Haus zu. Ein einsames Moped fuhr den Kai entlang. Aus einem Impuls heraus bog sie ab und ging in den Pavillon beim Grand Hotel. Niklas folgte ihr und trat neben sie.

»Manchmal sollte man gewisse Dinge auf sich beruhen lassen«, sagte er nach einer Weile.

»Wie meinst du das?«

»Das bedeutet, nicht alle Familiengeheimnisse in Erfahrung zu bringen. Vielleicht gibt es einen Grund, warum sie begraben wurden, meine ich.«

Sie hatte keine Lust zu antworten. Ihre Hände und Knie brannten, schienen gleich zu ertauben. So war es auch mit ihrem Zorn. Auch er verflog.

»Ich habe so eine starke Erinnerung. An Peter. Er war vielleicht acht oder neun. Er trug eine blaue Jacke. Ich wollte ihn von der Schule abholen. Er lief immer über eine Anhöhe, ich stand auf der Straße und wartete. Es war ein schöner Septembertag. Klarer Himmel, gefärbte Laubbäume, die Luft herbstlich frisch. Ich bog um die Ecke und stand am Ende der Straße, die zu dieser Anhöhe führte. Da sah ich Peter. Genauer gesagt, ich sah einen blauen Punkt, der zwischen den Steinen herumkletterte.

Ich blieb stehen und sah, wie er herunterstieg. Systematisch und gelassen, mit dem Rucksack auf dem Rücken. Nach einer Weile stand er auf der Straße, hob den Blick und entdeckte mich. Und lief los. Ich streckte die Arme aus, und alles wurde gleichsam schärfer. Weiße Wolken, gelbe Bäume, rote Häuser. Ein blauer Punkt, der auf mich zugeschossen kam. Und dann warf er sich in meine Arme. Ich drückte ihn an mich und dachte, schöner kann es nicht werden. Das ist auch der Grund, warum ich auf dieser Insel bin. Ich würde fast alles tun, um noch einmal so zu empfinden. Dass alles selbstverständlich ist.«

Sie drehte sich Niklas zu.

»Ich will nur sagen: Wenn du so ein Gefühl hast, dann musst du mit Anita nach Dubai gehen. Du musst auch etwas wagen. Irgendwann.«

Dann lag sie in seinen Armen. Spürte seine Haare an ihrer Wange, wurde an seinen Mantel gepresst, spürte seinen Atem an ihrem Kopf. Empfand Verzweiflung und Zärtlichkeit und einen Wunsch nach Nähe, den er nie zuvor gezeigt hatte. Sie drückte sich an ihn, legte die Hand um seinen Nacken, streifte mit ihren Lippen seinen Hals. Er umarmte sie noch heftiger, streichelte ihren Rücken, drückte seine Finger in ihre Haare. Eng umschlungen standen sie im Pavillon. Der Ton von Niklas' Geige durchwirbelte sie, jagte in ihren Kopf und zu ihren Lippen, und da war Niklas, er küsste sie, und es war so lange her, es schmeckte wie damals, wenn auch vermischt mit etwas anderem, Erfahrung oder Alter. Doch es gibt Dinge, die man nicht lernen kann und die man nie vergisst.

Er verschwand in Richtung Fähre. Zurück blieben nur die Worte »nicht so gemeint« und »ruf mich an«, aber das klang nicht nach Niklas. Er hatte noch etwas hinterlassen.

Bestätigung.

Kapitel 11

2007

Abermals war sie auf dem Weg. Sie saß im Auto und sah, wie vor dem Fenster das Leben vorüberglitt. Wenn man diese endlosen Kilometer von Wald Leben nennen konnte. Dieses spärlich besiedelte Schweden. So weit fort von Europa, trotz aller Versuche der Annäherung.

Annäherung, Nähe. Wie hätte man das sonst nennen sollen? In der Gewissheit, dass Hände und Lippen nicht lügen, war sie schlafen gegangen. Es war ein Tribut an das, was hätte sein können. Als brauche nichts erklärt oder entschuldigt zu werden.

Sie rief an, nachdem er sich nicht gemeldet hatte, und erzählte seinem Anrufbeantworter, sie sei wieder *on the road*. Auf dem Weg zu einem Neunzigjährigen, der am Ortsrand von Närke wohnte. Niklas hatte nicht zurückgerufen. Vielleicht glaubte er, zu weit gegangen zu sein, eine Frau zu küssen, die noch immer um ihren Mann trauerte. Eine andere Frau als die, mit der er zusammen war. Vielleicht glaubte er auch etwas anderes.

Eigentlich hätte sie sagen wollen, dass der Wunsch nach Wärme parallel zur Trauer existiere, damit er kein schlechtes Gewissen haben müsse. Mehr nicht. Niklas hatte etwas berührt, das vollständig getrennt und doch mit dem Universum verbunden war, das aus ihr und Mårten bestanden hatte.

Onkel Ivar klang hocherfreut, als sie ihn anrief. Er ermahn-
te sie, langsam zu fahren, und versprach, Käsekuchen aufzuti-
schen. Er habe noch Beeren in der Tiefkühltruhe, eingekocht
von der Nachbarin. Sie esse doch immer noch gern Käsekuchen? Ja, das sei der Fall. Und sie wolle über Oma und Opa
sprechen und über ihn, Ivar. Und Papa. Das sei sicher gut so,
ehe es zu spät wäre, meinte er. Aber das schließe den Käsekuchen ja nicht aus.

Als ihr Mobiltelefon klingelte, dachte sie wieder an Niklas,
freute sich aber, als sie Peters Stimme hörte. Er fragte, wie es
ihr gehe, wie es auf dem Lande so sei, ob sie zurechtkomme. Er
hatte das Semester fast beendet und wollte wissen, ob sie auf
Marstrand Weihnachten feiern würden.

»Willst du das denn?«

»Du vielleicht nicht?«

»Ich habe noch gar nicht an Weihnachten gedacht.«

Weihnachten war etwas, das überlebt werden musste. Bald
war es so weit. In einigen Wochen.

»Wir haben da unten vor langer Zeit einmal Weihnachten
gefeiert. Mir ist eingefallen, dass wir keinen Tannenbaum gekauft, sondern eine Lichterkette in einen Rosenstrauch gehängt
haben.«

Weihnachten auf Marstrand? Peter hatte recht. Er war damals erst zehn gewesen. Warum hatten sie dort gefeiert? Keine Ahnung. Aber es war schön gewesen, das fiel ihr jetzt wieder ein.

»Aber wenn … kann ich jemanden mitbringen?«

»Wie meinst du das?«

Peter wieder acht, neun. Unbeschreiblich rührend, als er von
Sofi erzählte, dem Mädchen, das er kennengelernt hatte. Sie
war aus Umeå, studierte wie er Medizin, schnitt aber in allen
Prüfungen besser ab. Nicht überrascht wirken, nicht zu viele

Fragen stellen. Natürlich war Sofi willkommen, wenn sie auf Marstrand Weihnachten feierten.

Sie war dankbar dafür, dass Peter bei Mårtens Tod keine acht Jahre alt gewesen war. Dass er mit seinem Vater hatte aufwachsen dürfen, ihn als Vorbild und Maßstab gehabt hatte, dass er seine Kräfte mit ihm hatte messen können und ihm beim Joggen davonlief. Und sie selbst hatte sicher auch dazu beigetragen, dass ihr Sohn eine gewisse innere Sicherheit hatte. Es gab Scherben des Glücks, auch wenn es manchmal schwer war, sie zu finden, und noch schwerer, sie zusammenzukleben.

Onkel Ivar stand auf dem Hofplatz, als sie ankam. Das große Haus sah ziemlich gut erhalten aus, genau wie sein Besitzer, der sie mit einer Schürze vor dem Bauch und einem Topflappen in der Hand empfing. Er umarmte sie und küsste sie auf die Wange, und sie betrachtete ihn und war wieder von der Stärke und der Ausstrahlung ihres Onkels fasziniert. Nie würde sie vergessen, wie er Wespen tötete, indem er sie zwischen seinen Fingern zerquetschte. Er wirkte unverletzlich. Noch immer hielt er sich gerade. Seine Augen, die zwischen blau und braun changierten, hatten nichts von ihrer Fähigkeit verloren, durch alles hindurchzuschauen. Jetzt hielt er sie auf Armeslänge von sich weg und meinte, es sei ein Glück, dass er für eine Mahlzeit gesorgt hatte. Sie müsse zunehmen.

Ein kurzer Rundgang durch das Haus zeigte, dass nichts sich verändert hatte. An der Wand im Wohnzimmer hingen Banjo und Akkordeon, und in der Küche verbreitete der Ofen eine behagliche Wärme. Die gesamte Anrichte war bedeckt mit Broten, mit Eiern und Schinken, warmen Würstchen, einem Omelett und dem Käsekuchen. Sie würde essen müssen, bis ihr Magen schmerzte. Mit weniger würde er sich nicht zufrieden geben.

Ivar schenkte Tee ein und berührte die zerbrechlichen Tassen mit größter Vorsicht. Sie dachte an die praktischen und modernen Becher bei Sara Moréus. Er servierte das Essen in Riesenportionen. Zwischen den Bissen versuchte sie, die Ereignisse der letzten Zeit zusammenzufassen. Sie hatte ihren Onkel zuletzt vor einem halben Jahr gesprochen. Er interessierte sich dafür, was sie machte. Ihre Familie war großzügig und wohlwollend, daran bestand kein Zweifel. Und stolz war sie außerdem.

»Und du selbst?«

Onkel Ivar putzte sich die Nase und erklärte, er habe keinen Grund zur Klage. Er sei gesund, habe seinen Herrn, freundliche Nachbarn und gute Freunde. Was könne ein Mensch, der seit fast einem Jahrhundert lebte, mehr verlangen? Die Söhne machten sich gut und kamen oft zu Besuch, und an Enkelkindern bestand kein Mangel, es waren gesunde und aufgeweckte Kinder. Erst vorige Woche hatte er zwei zu Besuch gehabt, Mädchen, die sich die alten Alben angesehen und sein Gekritzel bewundert hatten. Jede hatte ein Tuch der Großmutter bekommen, denn er hatte noch allerlei Kleider oben auf dem Dachboden. Er legte seine Hand auf ihre.

»Es wird besser mit den Jahren«, sagte er. »Nicht, dass die Sehnsucht verschwindet, denn das tut sie nie. Aber sie wird anders. Man findet sich damit ab.«

Sie sah, dass die Adern auf Onkel Ivars Handrücken ein Eigenleben führten, bemerkte die Altersflecken und die kräftigen Nägel. Die Lederhaut an den Fingerspitzen. Onkel Ivar erkundigte sich nach Mama Louise in den USA, und sie antwortete, dass es Louise offenbar gut ging.

»Wie sieht es übrigens im Sommerhaus aus?«

»Gut. Ein wenig heruntergekommen. Es muss gestrichen werden. Aber ich habe im Schuppen ausgemistet.«

Sie schilderte ihre Aufräumaktion, und Onkel Ivar nickte zufrieden. Geld sei kein Problem. Sie solle ins Sommerhaus investieren, so viel sie wollte, er werde seinen Anteil bezahlen. Sie könne auch mit seinen Söhnen sprechen, aber bis auf Weiteres gehöre das Haus ja ihm und ihr. Und ein gepflegtes Haus auf Marstrand sei immer eine gute Investition.

Sie nahm noch ein Stück Käsekuchen mit Schlagsahne und Himbeermarmelade. Wie war das mit der Geschichte des Hauses? Diese Frage würde sie näher zu den Themen bringen, die ihr auf den Nägeln brannten. Ihr war aufgegangen, dass sie eigentlich gar nicht so recht wusste, was ihre Großeltern nach Marstrand verschlagen hatte. Onkel Ivar wischte sich sorgfältig mit einer fleckigen Leinenserviette den Mund ab.

»Dein Großvater Jakob hatte Verwandte, die in dem Haus wohnten. Sie waren Fischer. Jakob hatte als junger Mann in Göteborg gearbeitet und sicher im Sommer diese Verwandten besucht. Als sie verkaufen wollten, erwarb er das Haus. Deine Großeltern haben in den ersten Jahren ihrer Ehe dort gewohnt. Später kamen sie in den Ferien hin.«

Ihr Großvater hatte in Göteborg gearbeitet. Das war das Stichwort, und nun erzählte sie. Dass sie aus Verzweiflung über sich selbst nach Marstrand gefahren war und dann im Schuppen den Brief gefunden hatte, der von einem entscheidenden Ereignis berichtete. Dass sie jetzt wisse, wer Lea sei, Großmutter Rakels gute Freundin. Dass die beiden fast gleichzeitig Kinder bekommen hatten. Dass sie ein Foto von Leas Sohn Stig gesehen hatte und dass der Onkel Ivar unheimlich ähnlich sah. Sie erzählte von Vater und Sohn Otto und dass möglicherweise beide in Lea verliebt gewesen waren. Und dass Rakel einen Mann mit einer Narbe geheiratet hatte, während gleichzeitig ein Mann mit einer solchen Narbe auf Marstrand verschwunden war.

Onkel Ivar hörte aufmerksam zu und spielte an seinem Besteck herum. Er wirkte erst überrascht, als sie von der unerwarteten Erbschaft und ihren Unterredungen mit Sara Moréus und Rechtsanwalt Levander berichtete. Als sie fertig war, schien ihn nichts davon überrascht zu haben.

»Kennst du die biblische Geschichte von Rakel und Lea?«, fragte er.

»Zwei Schwestern, eine schön und eine hässlich.«

»Rakel und Lea waren Schwestern in einem reichen Heim, das Jakob, einer der Patriarchen, aufsuchte, um Arbeit zu finden und sich zu verstecken, da er seinen Bruder Esau um das Erstgeburtsrecht betrogen hatte. Lea war die Ältere, die hässliche, während Rakel schön war. Als Jakob Rakel sah, war er sofort in sie verliebt. Der Vater der beiden erklärte, Jakob werde Rakel heiraten dürfen, wenn er sieben Jahre um sie diente. Das tat Jakob, und dann wurde Hochzeit gehalten. Die Braut war prächtig gekleidet, ihr Gesicht aber verschleiert. Erst als die Hochzeitsnacht anbrach, hob Jakob den Schleier und sah, dass er nicht mit Rakel verheiratet worden war. Sondern mit Lea. Er ging zum Vater der Schwestern, und der erklärte, Jakob müsse noch weitere sieben Jahre dienen, um auch Rakel zu bekommen. Das tat Jakob, und sieben Jahre danach war es so weit.«

»Das ist ein unglaublicher Zufall. Dass Opa Jakob eine Frau namens Rakel hatte. Die mit einer Lea befreundet war. Aber was ist die Moral von der Geschicht'?«

Onkel Ivar brüllte vor Lachen. Anders ließ sich das nicht beschreiben.

»Dass damals die Mehrehe erlaubt war. Oder dass man den Schleier der Braut lüften soll, ehe man ja sagt. Oder dass es gefährlich ist, die Liebe zu manipulieren. Jakob liebte Benjamin und Josef, seine Kinder von Rakel, mehr als die Kinder, die er mit Lea hatte. Das führte dazu, dass Josef von seinen Brüdern nach Ägypten verkauft wurde. Schweinereien wiederholen sich eben. Ende des Vortrags. Machen wir einen Spaziergang?«

Das Essen hatte wunderbar geschmeckt, lag aber wie erwartet schwer im Magen. Sie lieh sich ein Paar Gummistiefel, damit sie über das Feld gehen konnten. Onkel Ivar stieg in kräftige Skistiefel, schloss die Tür ab und legte das Schritttempo vor. Sie folgte ihm durch das Tor, über die Straße und dann über einen Weg, der in ein spärlich bewachsenes Waldgebiet führte. Onkel Ivar packte ihren Arm, als sie auf einem Stein ins Rutschen geriet.

»Ich bin ein alter Mann. Aber dass die Ratschlüsse unseres Herrn unergründlich sind, das weiß ich bestimmt. Nach Mårtens Tod ist es klar, dass sich viele Gedanken über das Leben und den Tod zu Wort melden.«

»Hast du Lea gekannt?«

Onkel Ivar seufzte.

»Ich wusste immerhin, wer sie war«, antwortete er. »Auch wenn ich sie nicht sehr oft getroffen habe. Lea. Mamas Zwillingsseele, wie sie manchmal sagte. Die Schwester, die sie nie bekommen hatte. Aber Lea war nicht hässlich, sondern ebenso schön wie Mama. Die beiden waren in ihrer Jugend im selben Haus in Göteborg in Dienst, aber das weißt du ja schon. Danach hielten sie Kontakt, auch wenn das von Leas Missionsstation aus schwer war. Aber sie schrieben sich Briefe und trafen sich, wenn Lea nach Schweden kam. Sie war auch bei Mama im Krankenhaus. Einmal brachte sie ihr schöne Schuhe mit. Sie passten wie angegossen. Wir haben sie Mama angezogen, als sie in den Sarg gelegt wurde. Uns kam das richtig vor. Und vielleicht hatte Lea das ja so gewollt. Sie hielt ihre Hand, als Mama gestorben ist. Wir anderen waren nicht rechtzeitig da. Am Ende ging alles so schnell.«

»Woran ist Oma eigentlich gestorben?«

»An Blutkrebs. Leukämie.«

Onkel Ivar zog sein Taschentuch hervor und wischte sich damit die Stirn, während er zugleich mit der Hand ihre besorgte Frage abwinkte. Er antwortete, wenn man in seinem Alter keine Krämpfe hätte, sei man einfach nicht gesund.

»Ich weiß nicht, warum das mit der Erbschaft, von der du erzählt hast, so gekommen ist, warum das Geld an den Jungen fiel und nicht an den Vater. Ich bin Leas Sohn nie begegnet. Er war Geschäftsmann und arbeitete im Ausland. Dass er aussah wie ich, ist aber kein Wunder. Mama und Lea sahen sich sehr ähnlich.«

Sie hatte das deutliche Gefühl, dass Onkel Ivar dem eigentlichen Thema auswich. Als ob er das Unausweichliche einkreiste. Er ging mit gleichmäßigen, ruhigen Schritten, musste aber ab und zu stehenbleiben, um Atem zu holen. Die Luft war kalt und duftete nach Erde, vermischt mit einer Ahnung von Winter. Überall hatten die Tannenzapfen ihre Geheimnisse in sich eingeschlossen.

»Hast du eine Erklärung dafür, dass dieser Anton Dahlström oder Rosell auf Marstrand verschwunden ist? Der Mann mit der Narbe. Es kann doch kein Zufall sein, dass auch Opa ...«

»Dass ein Mann verschwunden ist, mit oder ohne Narbe, das weiß ich. Mein Vater.«

In der folgenden Stille hörte sie ein Sausen zwischen den nackten Zweigen, als surre eine überlebende Fliege mit gefrorenen Flügeln zwischen den Bäumen umher.

»Seit du angerufen hast, habe ich überlegt, wie ich dir am besten helfen kann. Ich will dich nicht noch mehr belasten. Aber vielleicht würdest du es ja doch erfahren, und dann lieber von mir als von jemand anderem. Ich verstehe, dass du dir Klarheit verschaffen musst. Und dann kann das hier eine Hilfe sein.«

Onkel Ivar schritt weit aus und sie musste laufen, um mit ihm Schritt zu halten.

»Nichts von allem war deine Schuld. Ich meine die Krankheit deines Vaters oder die Scheidung. Aber du hast immer dazu geneigt, die Fehler der anderen auf dich zu nehmen. So warst du schon als Kind. Ich weiß noch, einmal solltest du eine Woche bei mir verbringen. Ich wollte dich abholen, deine Eltern wollten für einige Tage verreisen. Du warst vielleicht neun. Du hast deine Mama umarmt und gefragt: ›Wie soll das gehen?‹ Und Louise strich dir über die Haare und sagte, bei mir würdest du es doch so gut haben. Da hast du sie überrascht angesehen und gesagt: ›Ich hatte eigentlich an euch gedacht.‹

Du warst immer so ehrgeizig bei deiner Arbeit, dass ich manchmal gedacht habe, du versuchtest, eine vermeintliche Schuld zurückzuzahlen. Ich war so froh, als du Mårten kennenlerntest. Er war so ein feiner Mann. Gut für dich. Jetzt denke ich, dass vieles wieder an die Oberfläche treibt.«

Sie schaute zu Boden, um nicht antworten zu müssen, und Onkel Ivar redete weiter.

»Was ich eben gesagt habe, bedeutet, wie du sicher schon verstanden hast, dass Johannes und ich nicht denselben Vater hatten. Dein Opa Jakob ist der Vater deines Vaters. Aber wer mein Vater war, weiß ich nicht. Ich bin ihm nie begegnet. Mama hat mir nie gesagt, wo er lebte. Sie hat gar nichts erzählt. Wir haben es durch ein Versehen erfahren, Johannes und ich.«

»Wie meinst du das?«

Sie blieb stehen, und Onkel Ivar trat vor sie auf den Weg. Seine Arme hingen ein wenig hilflos herab, die Arme, die sie früher hoch in die Luft geschwenkt hatten, wieder und wieder, bis sie vor Lachen schluchzte und sich fast die Hose nassmachte.

»Ich bin diesen Nachmittag in Gedanken so oft durchgegangen«, sagte er. »Hätte ich Johannes doch nicht so hart gedrängt. Er war doch so klein, viel jünger als ich. Erst vier. Und ich war sechzehn und wollte ihm Fußballspielen beibringen. Ich hatte versprochen, den ganzen Nachmittag auf ihn aufzupassen, aber kaum waren wir draußen, habe ich ihn zu sehr angetrieben. Johannes stolperte und stürzte. Er blutete, verhielt sich aber tapfer, wie immer, wenn er bei mir war. Er schluchzte nur ganz wenig. Wir gingen ins Haus, und ich wollte gerade Pflaster holen, als wir Stimmen hörten. Papa und Mama schrien sich in der Küche an. Plötzlich stand ich hinter der Küchentür und horchte. Dass Johannes sich hinter mich geschlichen hatte, bemerkte ich zuerst nicht, aber ich hätte es mir ja denken können. Da er mir, seinem großen Bruder, überallhin folgte.«

Onkel Ivar strich sich über die Augen. Er trug keine Handschuhe, aber sie wusste, dass seine Hände trotzdem warm waren.

»Sie sprachen über ihre Ehe. Papa ... ja, ich habe Jakob immer Papa genannt ... sagte, es spiele keine Rolle, was er mache, niemals werde er gut genug sein. Er sehe doch, wie sie ihren älteren Sohn verwöhne, denn der sei alles, was sie von ihrem früheren Liebsten noch habe. Mama schrie, es gehe hier nicht um Liebe. Sondern darum, dass Jakob es nicht geschafft habe, weiterzugehen. Warum er nicht glaube, dass sie die Vergangenheit schon längst abgehakt habe? Er sehe doch, wie sehr sie ihren kleinen Sohn liebe.

Papa beschwerte sich über alle Männer, die seine Frau mit lüsternen Blicken bedachten, und dass er es niemals schaffen würde, sie alle zu vertreiben. Das sei, wie auf einen Bienenschwarm einzuschlagen. Mama antwortete, er solle stolz darauf sein, eine attraktive Frau zu haben. Er solle mit der Liebe vorlieb nehmen, die sie geben könnte, denn sie habe keine andere. Ein Pastor dürfe keine so hohen Ansprüche stellen, schon gar nicht an seine Ehefrau.

Da wollte Papa wissen, wenn in diesem Moment Mamas erste Liebe durch die Tür träte, für wen sie sich dann wohl entscheiden würde? Sie habe ja schon einmal gewählt, mit mir als Ergebnis.

Und da spürte ich eine kleine Hand an meinem Bein. Ich schaute nach unten und sah Johannes, der sich an mich klammerte. Also schlich ich mich mit ihm weg, und wir gingen wieder nach draußen zum Spielen. Ich dachte, er habe nicht verstanden, was passiert war, und das sei gut so. Damit muss ich alleine fertigwerden, dachte ich.«

Das alles zu erzählen hatte Onkel Ivar erschöpft. Ein Augenlid zuckte unkontrolliert, sein Gesicht wirkte grau.

»Du brauchst nicht … ich meine, wenn das eine Qual für dich ist …«

»Es muss heraus, Inga. Das weiß ich jetzt. Du warst so geduldig in der ganzen Zeit, als dein Vater krank war. Du musst es wissen. Er hat es nie vergessen.«

»Aber er kann das doch unmöglich begriffen haben. Er war erst vier!«

»Das dachte ich auch. Und ich hatte mich sofort entschlossen. Wenn sie es nicht zur Sprache brächten, würde ich es auch nicht zur Sprache bringen. Dann würde es verschwinden. Jakob wäre mein Vater, und mein Brüderchen würde in nichts hineingezogen werden. Es war nur so, dass Johannes anfing zu reden. Nach mehreren Wochen des Schweigens. Ich war der Einzige, der wusste, warum. Mama und Papa meinten, es komme von einem bösen Sturz. Ich ließ sie in dem Glauben.

Alles war fast wie früher, und ich verdrängte, was wir gehört hatten. Manchmal musterte ich Papa heimlich im Versuch, die Unterschiede zwischen uns zu sehen, aber schließlich beschloss ich, darauf zu pfeifen. Das klingt seltsam. Heute würde ein Junge in ählicher Lage vermutlich eine Szene machen und verlangen, alles über seinen Erzeuger zu erfahren. Damals gab es noch Respekt vor den Eltern. Man stellte keine Fragen, von denen man wusste, dass man sie nicht stellen sollte. Vielleicht wusste ich auch, dass der unterdrückte Konflikt meiner Eltern ans Tageslicht käme, wenn ich Antworten verlangte, Dann würde ihre Ehe zerbrechen, und das wäre mein Fehler.«

Was er sagte, war eigentlich keine Überraschung. Sie hatten nie Ähnlichkeit miteinander gehabt, ihr Vater und sein großer Bruder. Während Ivar charismatisch und großzügig war, hatte ihr Vater immer das kleine Format vorgezogen. Neben Ivar sah er aus wie ein Knabe. Ein Knabe mit verschreckten Augen, dessen Gefühle dicht unter der Haut lagen. Aber sie hatten einander gern gehabt.

Onkel Ivar schien ihre Gedanken zu erraten.

»Ich hätte eigentlich nie geglaubt, dass dein Papa verstand, was da in der Küche gesagt wurde. Trotz seines Schweigens. Aber dann kam dieser Sommer. Es regnete so trostlos. Wir waren alle auf Marstrand, im Haus war es langweilig und unerträglich. Nach dem Tod deines Großvaters gingen wir seine Papiere und Hinterlassenschaften durch. Eines Nachts wütete ein entsetzlicher Sturm. Ich wurde wach und ging in die Küche, um mir ein Glas Wasser zu holen. Da stand Johannes und weinte. Ich fragte, was denn los sei. Er antwortete, er trauere um seinen Papa, und für ihn sei das anders. Denn Jakob sei sein Papa gewesen und nicht meiner.«

Das Blut wich aus ihrem Gesicht und suchte sich den Weg in Beine und Füße, die in den geliehenen Stiefeln heiß zu pulsieren anfingen. Der Gedanke an ihren verzweifelten Vater.

»Wir setzten uns an den Tisch und fingen an zu reden. Dabei kam heraus, dass dein Papa wusste, dass wir verschiedene Väter hatten. Dieses Wissen musste sich in seinem Kinderkopf festgesetzt haben. Jetzt, in seinem Kummer über den Tod seines Vaters, nahm alles groteske Ausmaße an. Er hatte sich nämlich seltsame Vorstellungen gemacht. Dass Mama mich mehr liebte als ihn. Dass er immer in meinem Schatten gestanden hätte. Niemals gut genug gewesen wäre. Unglaublich, nicht? Ich begriff das erst, als er krank wurde. Das waren für mich die ersten Symptome. Aber es war dauerte noch viele Jahre, ehe es ihm wirklich schlecht ging. Also weiß ich es nicht sicher.

Aber etwas hatte sich zwischen uns verändert. Wir trafen uns nicht mehr so oft. Ich versuchte mehrere Male, alles wieder einzurenken. Aber offenbar waren wir zu weit gegangen. Er war zu einem anderen geworden. Später war er fast nicht mehr ansprechbar. Also musst du verstehen, dass nichts von dem, was passiert war, deine Schuld war.«

Sie bat ihn höflich um Entschuldigung. Dann rannte sie in den Wald. Schluchzend versuchte sie, ihren Magen zu entleeren, musste aber einsehen, dass der diese guten Sachen nicht hergeben wollte. Sie würde den Schmerz ertragen müssen. Dass ihr Vater so über seinen großen Bruder gedacht hatte. Sie wischte sich mit dem Ärmel die Spucke ab und fühlte sich plötzlich ebenso alt wie Onkel Ivar.

Erschöpft lehnte sie sich an einem Baumstamm und dachte daran, was Niklas über den Stock und den Ameisenhügel gesagt hatte. Das hier würde ihr keinen Frieden und keine Versöhnung bringen, sondern nur neue Wahrheiten, die sie dann quälten. War sie Onkel Ivar dankbar, oder hätte er schweigen müssen? Sie wusste es nicht, nur, dass er das alles aus Güte gesagt hatte, in der Hoffnung, das für sie Schonendste zu tun.

Als sie zurückkam, stand Onkel Ivar noch immer auf dem Weg, so, wie sie ihn verlassen hatte. Er streckte die Arme aus und sie ließ sich hineinfallen. Er fragte, ob sie traurig sei, denn das sei das Letzte, was er gewollt habe. Aber es sei doch besser, sie erfahre es von ihm als von anderen, jetzt, wo sie angefangen habe, in der Vergangenheit zu graben. Er habe keine Ahnung, wer sonst noch von der Sache wissen könne. Aber es schlichen

Geister um die Hausecken, und die Wände hätten Risse. Nicht, dass irgendwer etwas gesagt habe. Aber vielleicht doch geahnt.

Sie antwortete mit dünner Stimme, sie sei sicher, dass er sie niemals habe verletzen wollen. Und dass sie vielleicht irgendwann mit Louise über alles sprechen müsste. Und dann gab es diese eine Nacht, in der etwas passiert war. *Haben wir uns über Gott erhoben und geglaubt, es stehe uns frei, über Lebende und Tote zu urteilen?* So hieß es in Leas Brief.

»Dein biologischer Vater ist verschwunden, Onkel Ivar. Wer immer er auch war. Kann das etwas mit dem zu tun haben, worüber Lea schreibt?«

Onkel Ivar schaute zu den Wolken hoch. Sie folgte seinem Blick und sah einige schwarze Vögel über ihnen kreisen. Sie sah die Furchen in seinem Gesicht, seine Wangen wirkten eingefallener. Der Wald flüsterte hinter ihrem Rücken. Onkel Ivar erschien ihr wie ein Denkmal für die menschliche Überlebensfähigkeit. Er antwortete mit brüchiger Stimme.

»Ich glaube nicht, dass du mich danach fragen solltest. Sondern deinen Papa.«

»Mit unserem verdammten Kahn stimmt heute offenbar etwas nicht, Chatfield.«

David Beatty, Admiral der Royal Navy, zu seinem Flaggenkapitän.

Kapitel 12

1959

Ich schaute meine Pantoffeln an, und es war wohl kein Zufall, dass sie genau in dem Augenblick kam, als meine Gedanken in meine Schuhe geglitten waren. Dann stand sie da, wie früher auf hohen Absätzen. Dann nahm sie ein ähnliches Paar Schuhe aus einer Tüte, zog sie mir an, nahm meinen Arm und führte mich aus dem Haus.

Die Luft war angenehm, es duftete nach Flieder. Sie erzählte von vergangenen Strapazen, während wir identische Schuhspitzen und Absätze auf den Boden setzten. Meine waren dank ausgezeichneter Handarbeit sofort bequem. Ich will die Schuhe im Bett in der Hand halten, wenn es dem Ende entgegengeht, wie ein Kind, das ein geliebtes Kleidungsstück festhält. Sie küsste mich, sagte, sie werde eine Weile zu Hause bleiben und natürlich wiederkommen. Auf dem Nachttisch hinterließ sie Himbeeren, »so süß wie du«.

So ist sie jetzt, und so war sie damals, die Schwester, die mir geschenkt wurde und die ich liebe, obwohl alles aus dem Ruder lief. An dem Tag, an dem ich verschwinde, werde ich meinen Geist in ihre Hände legen.

Jetzt sitze ich allein auf der Bank. Sie haben sich mit meinem Blut herumgeschlagen. Ich weiß, dass es sinnlos ist, will aber nicht undankbar erscheinen. Sie tun es auch um ihrer selbst willen, denn wenn mein Leben gerettet wird, kann auch ihres gerettet werden, und dann ist der Abgrund nicht mehr ganz so tief. Als ob Illusionen jemals irgendeinen Menschen gerettet hätten. Es sind die guten Ideen, die uns das Überleben ermöglichen. Und die Disziplin, die den Träumen Substanz gibt. Mut ist nicht so wichtig, man kann handeln und sich trotzdem fürchten, wenn es nur niemand merkt und man sich nicht aufhalten lässt. Die Angst nagt von innen, zerfrisst uns aber nicht.

Das alles hatte seinen Anfang an jenem Abend genommen, als Lea die Muscheln mit der Schale aß und Anton mich vor einem Überfall rettete. Dass danach Jakob auf der Anhöhe auftauchte, war ein Zufall. Es dauerte, Jakob zu erzählen, wer Anton war, und Anton, woher ich Jakob kannte, weil ich eigentlich keinen von beiden kannte. Wir hatten uns während einiger kurzen Stunden und Tage getroffen. Während Anton länger in meiner Erinnerung geblieben war, als er es verdient hatte, so hatte ich für Jakob nur gehofft, dass er die Schreibmaschine für seine Schwester zusammenbringen würde. Am Ende reichten die beiden einander die Hand. Zusammen gingen wir hoch zu Leas und meiner Kammer, vielleicht, weil ich keine Kraft hatte, um mich der Einsamkeit zu stellen, vielleicht aus anderen Gründen.

Dort oben saßen Ruben und Lea am Tisch wie ein altes Paar, sie beugten sich über Zeitungsausschnitte, die sie im trüben Licht der Petroleumlampe lasen. Ich stellte Jakob vor, während Lea Kaffee und Zwieback auftischte, und dann öffnete ich das Paket, das Signe mir zugesteckt hatte. Darin lagen Entenfilets und Pasteten. Ich schob alles Jakob zu. Er nickte und griff wortlos zu, wenn auch nicht so verzweifelt wie im Zug. Dann beantwortete er meine Frage nach der Schreibmaschine. Doch. Er hatte sie besorgt, bezahlt und abgeliefert.

Die anderen schauten verwundert, und Jakob erzählte von seiner gelähmten Schwester und ihren Zielen. Anton fand das großartig von ihm. Seine Augen ruhten abwechselnd auf Jakobs zerfetzter Jacke und auf mir, als versuche er, meine Gedanken zu erraten.

Ich suchte Rettung bei Jakob, der bereitwillig und im Glauben an die gute Gesellschaft erzählte, wie er die nötigen Mittel besorgt hatte. Er hatte sich an einer Schmuggelaktion im Hafen beteiligt und seinen Anteil erhalten. Es war um grobes Leder und Zucker gegangen. Das alles berichtete er ohne einen Gedanken daran, dass wir Fremde waren und damit eine potentielle Gefahr. Das zeigte mir wieder seinen lauteren Charakter, von dem ich auf unserer Bahnfahrt schon einen Eindruck bekommen hatte.

Laut Jakob florierte der Schwarzmarkt wie nie zuvor. Große Lasten lagen herrenlos im Hafen, beschädigte Schiffe trieben an Land mit Waren, über die niemand etwas wusste. Es gab genug Hehler, die bezahlten, ohne Fragen zu stellen. Wenn sie etwas bekamen, das sie weiterverkaufen konnten, am besten nach Deutschland, geizten sie nicht mit dem Lohn. Sie konnten trotzdem genug verdienen, und das Schweigen hatte doch auch seinen Wert. Lea nickte und stimmte zu. Später sollte sie erfahren, dass sie auch mit Schuhen handelten und dass es nicht selten hieß, zwischen Verdienst und Moral zu entscheiden.

Ruben lachte, als Jakob zum Schweigen gemahnte, und erklärte, er würde so ungefähr alles geben, um das energische Mundwerk seiner Mutter anzuhalten. Wieder nüchtern, erklärte er, seine Mutter sei eine Plage, und er wisse nicht, wie lange er es noch unter demselben Dach wie sie aushalten könne. Anton fand auch, dass Amanda Otto alles andere als eine sonderlich gütige Person wirke, aber könne man nicht auf sie einwirken? Ruben schüttelte den Kopf und sagte, er werde sein Elternhaus und vielleicht auch das Land so bald wie möglich verlassen. Es gebe so viel Elend auf der Welt, dass er seine Zeit nicht mit belangloser Bosheit und Kleinlichkeit vergeuden könne.

Als sie gingen, wurde es schon hell. Jakob fragte, ob er sich wieder melden dürfe. Er wohnte nicht sehr weit von uns entfernt. Vielleicht könnten wir an einem Samstagabend tanzen gehen? Dass Ruben und Lea sich wiedersehen würden, war klar, aber als Anton erklärte, er werde vorbeikommen und die Silberleuchter abliefern, fiel mir die Antwort schwer. Lea erkannte das sofort. Als die Männer gegangen waren und wir erschöpft ins Bett fielen, verlangte sie eine Erklärung.

Unter der Decke verkrochen erzählte ich von Anton, der auf unseren Hof gekommen war und in mir Gefühle geweckt hatte, die eine Dreizehnjährige nicht haben dürfte. Lea müsse entschuldigen, aber jetzt lasse die Erinnerung mir keine Ruhe, und deshalb sei ich so verstört gewesen. Das habe sie sicher gesehen.

Lea schüttelte den Kopf. Das merkte ich, trotz der Dunkelheit.

»Solche Gefühle! Ich hätte von dir ja doch mehr erwartet, Rakel. Das ist doch bloß ein Mann. Die halbe Welt besteht aus Männern, und einer ist wie der andere. Halten das Gleichgewicht mit dem Schwanz, genau wie andere Tiere.«

»Auch Ruben Otto? Von dem du doch so hingerissen zu sein scheinst? Da lassen sich doch sicher weder Schwanz noch andere Dinge austauschen.«

Lea zog die Decke ans Kinn.

»Ich habe dir schon gesagt, dass es mir um seine Worte und seine Gedanken geht. Glaub mir, Rakel. Ich habe mehr als du gesehen, und das hier verstehe ich besser. Wenn du dich für einen entscheiden musst, dann nimm Jakob. Der hat ein gutes Herz und ist ehrlich. Viel mehr kann man nicht verlangen, wenn man unbedingt einen Lebensgefährten haben will.«

»Anton hat sich heute Abend immerhin für mich geschlagen.«

»Das heißt gar nichts.«

Ich stellte mich schlafend. Der Gedanke an Anton brannte in mir, und Lea hatte recht. Jakob war ein ein redlicher Mann und die bessere Wahl, aber ich konnte auf diese Wahl auch verzichten. Dann schlief ich ein, um alsbald hochzufahren. Ich machte mich an mein gewohntes Tagwerk, während Lea aufstand, sich den Schlaf aus den Augen rieb und zu ihrer neuen Arbeit in der Schuhfabrik ging.

Fabrikant Otto setzte sie zuerst in der Näh-Abteilung ein, dann musste sie Absätze anbringen, und endlich landete sie in der Buchführung. Lea brauchte nicht lange, um sich in die unterschiedlichen Phasen der Schuhherstellung einzuarbeiten. Am Küchentisch redete sie die ganze Zeit von Schaftschnitt, Schottischer Lochung und Pariser Schnitt. Vor allem ging ihr sehr schnell auf, auf welchen Goldreserven Carl Otto saß. Sie konnte sich ausführlich über unseren elenden Lohn und unseren ewigen Hunger auslassen. Angeblich sollten auch Schuhe rationiert werden, was bedeutete, dass alle Welt in den Laden rannte, um Schuhe zu bunkern. Ganz zu schweigen davon, dass eine Schuhreparatur jetzt so teuer war, dass die Armen Unterricht nahmen, um ihre eigenen Schuhe herstellen zu können. An Geld mangelte es der Familie Otto wirklich nicht, und es war ein Skandal, dass es niemals den Weg ins Untergeschoss und in die Küche fand.

Aber jetzt wusste sie, dass Carl Otto keine Ahnung davon hatte, wie schlecht es seinen Dienstboten wirklich ging. Sie würde ihn bald darüber aufklären. Für den Moment aber reichte es, dass sie mit ihren Rechenkünsten brillierte, so dass sogar der österreichische Betriebsleiter beeindruckt war. Er hörte offenbar gern zu, wenn sie über die Geschäfte sprach.

Lea konnte lange über den erschwerten Zugang zu Leder und dessen steigenden Verbrauch reden. Trotz Ersatzmaterialien stiegen die Preise, da die Soldaten ausgerüstet werden mussten. Lea fauchte etwas darüber, dass nicht alle unter dem Krieg litten, wenn Schuhe mit Pappbeimischung und Holzsohlen für den dreifachen Preis verkauft wurden, ebenso wie die einfachsten Gummigaloschen. Denn auch Gummi war Kriegsmaterial. Ich stimmte zu, während ich meine Stiefel bewunderte, die dank Leas Hilfe neue Absätze erhalten hatten.

Die Stimmung im Hause Otto war elend ohne Lea, und als ich nun auch mit ins Armenhaus gehen musste, wurde alles noch schlimmer. Ruben wirkte wie ein Fremder in seinem eigenen Elternhaus. Wenn wir uns begegneten, schaute er in eine andere Richtung. Er wusste, dass ich wusste, dass er und Lea sich abends trafen und dass sie als Paar galten, wenn auch als heimliches. Rubens Abgang mit Lea an jenem schicksalhaften Abend war unwiderruflich, und das galt auch für seine Entschlossenheit, an der Verbindung festzuhalten, wenn auch ohne Wissen seiner Eltern. Die Konsequenzen ließen sich für den Moment nicht einmal erahnen.

Anton hielt Wort, er kam mit den Silberleuchtern und seinem Banjo und spielte. Ich hatte Mutter nicht nach dem Wahrheitsgehalt seiner Worte gefragt. Ich wollte und konnte sie nicht dazu bringen, etwas zu erzählen, das vielleicht nur ihr gehörte. Aber Antons Musik erweichte sogar Lea, und später erklärte sie, ein Mann, der einem Instrument solche Töne entlocken konnte, könne nicht durch und durch schlecht sein. Die Serenaden und Volkslieder ließen unsere Kammer behaglicher wirken. Da wandelten die Jungfrauen durch den Hain, man tanzte über den Anger oder hielt mit wackeren Rittern Hochzeit.

Anton wohnte in einem Junggesellenheim und suchte eine Stelle, während er sein Buch über die christliche Studentenverbindung schrieb. Am liebsten wäre er in der Stadt geblieben, aber an der Küste gab es wohl mehr Möglichkeiten. Ich fragte ihn nicht, wovon er lebte, aber ich hatte den Eindruck, dass Ruben ihn unterstützte, während Anton behauptete, einen Vorschuss auf sein Werk erhalten zu haben. Ruben und Anton trafen sich offenbar täglich, besuchten Veranstaltungen, kirchliche und sozialistische, und diskutierten zwischendurch. Ab und zu ging Lea mit. Anschließend sprach sie zu Hause über das Frauenstimmrecht oder einen geplanten Interessenverband der Schuhproduzenten. Dass Carl Otto ihr das erlaubte und ihr überhaupt solche Befugnisse einräumte, blieb für mich lange Zeit ein Rätsel.

Ich konnte mir Anton weiterhin nicht aus dem Herzen reißen, aber ich unterdrückte meine Gefühle. Er behandelte mich und Lea gleich, lachte mit uns und hörte interessiert zu. Ab und zu wandte ich den Kopf und sah, dass er mich anschaute, aber ich konnte nicht ergründen, warum, und er sagte nichts Privates mehr. Oft musterte ich seine Hände, dabei wurde mir warm. Aber ich dachte, wie schon einige Male zuvor, dass ich für ihn Margarine gewesen sei, als es keine Butter gab. Als Jakob eines Abends vorbeikam und Eintrittskarten für ein Lustspiel mitbrachte, nahm ich dankend an und freute mich über diese Einladung.

Wir gingen ins Freilichttheater Slottsskogen und sahen »Der Bezwinger des Bösen«. Das lieferte uns Gesprächsstoff für den Rest des Abends. Jakobs Ansichten über Bosheit und Güte waren klar und eindeutig. Man blieb ehrlich und half denen, die schwächer waren. Geistlicher zu werden, wie Anton mit seinem Theologiestudium, oder in mystischen Begriffen zu denken wie Ruben, das war nichts für ihn. Mein Verhalten im Zug, als ich mein Essen mit ihm geteilt hatte, das zählte. Endlich konnte ich ihn fragen:

»Du warst damals sicher ausgehungert?«

»Ich wollte nur einmal am Tag etwas essen, bis ich diesen

Rollstuhl hätte. Es ging. Aber meine Güte, Rakel, niemals wieder will ich solchen Hunger leiden müssen!«

Seiner Schwester ging es jedenfalls gut. Sie schrieb kleine Erzählungen über das Dorf, die in der Lokalzeitung erschienen, und plante nun längere Texte. Wenn die eine oder andere Magd zu Ruhm gelangt war, weil sie über die Stall- und Feldarbeit geschrieben hatte, dann würde sie sicher Ähnliches schaffen. Jakob sagte, er habe von ihr gelernt, aus allem das Beste zu machen. Dann küsste er mich.

Wir standen im Slottsskogen, und der Wald duftete nach Vorfrühling. Jakobs Hemd war abgenutzt, aber sauber, und er schmeckte schlicht und ehrlich. Er hielt meine Arme fest und streifte meine Lippen nur, und es war wie morgens gut zu frühstücken oder nasse Füße vor den Kamin zu halten. Ich staunte über die Selbstverständlichkeit, mit der er sich dann bei mir einhakte. Und was er sagte, war wie der Kuss. Ich mag dich gern, Rakel. Ich hoffe auf dich. Aber lass dir Zeit.

So konnte es also auch sein.

Bei unserem nächsten Treffen gingen wir ins Kronenkino und sahen Bilder aus einer englischen Munitionsfabrik. Wir saßen im Dunkeln und lauschten dem Klaviergeklimper im Hintergrund, während Jakob meine Hand hielt. Man hätte uns für ein Paar halten können, ein Paar, das sich liebte und eine gemeinsame Zukunft plante. Ich dachte auf dem Heimweg darüber nach, als wir die Treppen zu unserer Kammer hochstiegen, die Tür öffneten und hörten, wie Lea sich mit Anton stritt. Er war vorbeigekommen, um über einen Vortrag zu sprechen. Es ging um die Landesverteidigung, und er wollte wissen, was meiner Meinung nach mein Vater dazu gesagt hätte. Es war ein Glück, dass er gewartet hatte.

Er begriff sofort. Aber er behielt sein Wissen um Jakobs Gefühle für sich. In seinem Blick sah ich, was er sagen wollte. Ich sehe und ich kenne dich, Rakel. Du entkommst mir nicht.

Aber erst musste der Stein über den Rand des Abgrunds kippen. Es fing damit an, dass Jakob an unserem Tisch saß und erzählte, er könnte jetzt als Geschäftsmann groß einsteigen. Unten im Hafen gab es ein Lager von übriggebliebenem echten Bohnenkaffee. Bisher wussten nur sehr wenige Arbeiter davon. Sie hatten andere Waren gelöscht und die Säcke ganz hinten in der Ecke in einem Speicherraum gefunden.

Wie sie dort hingelangt waren, wusste niemand. Natürlich hatte irgendwer diese wertvolle Last dort abgelegt, und sicher hatte irgendwer auch Pläne damit gehabt, war aber daran gehindert worden, vermutlich mit Gewalt. Vielleicht lag er mit eingeschlagenem Schädel in einer Gasse, vielleicht saß er im Gefängnis. Jakob und seine Bekannten hatten den Speicher ziemlich lange beobachtet. Es war rein gar nichts passiert.

Als Test hatten sie dann einige Säcke in einem Schuppen in Hafennähe verstaut. Das geschah nachts und war nicht ungefährlich. Im Fall ihrer Entdeckung hätten sie gesagt, sie transportierten die Ware auf Befehl von ehrsamen Kaufleuten. Dann hatten sie gewartet und beobachtet, aber noch immer schien niemand zu reagieren. Nach einer Weile hatten sie auch den Rest geholt, und jetzt war das ganze Lager verlegt worden. Jakob und die anderen spürten, dass sie auf einem Vermögen saßen, aber sie hatten keine Ahnung, wie sie die Ware zu Geld machen könnten und wer das übernehmen sollte.

Langsam zog er eine Handvoll Bohnen hervor und legte sie auf den Tisch. Da lagen sie, glänzend und fett wie Kakerlakenrücken, und erinnerten an andere Zeiten. Lea holte die Kaffeemühle und mahlte sie. Sie setzte den Kessel auf. Bald blubberte er auf dem Herd und verbreitete Kaffeeduft in der Kammer.

Andächtig goss sie die kostbaren Tropfen ein, und wir, die wir bei Signe echte Ware gekostet hatten, wussten, dass der Trank von höchster Qualität war.

Lea schien nachzudenken.

»Es gibt neben der Fabrik einen Schuppen, wo Leder und anderes Material gestapelt werden«, sagte sie. »Wir könnten die Kaffeesäcke dort unterbringen und es vertrauenswürdigen Personen stecken, damit sie dort Kaffee holen und bezahlen können. Die Waren dorthin zu bringen kann doch wohl nicht schwer sein?«

Jakob meinte, einer seiner Bekannten könnte einen Pferdewagen organisieren. Sie transportierten ihre Kisten und Säcke oft durch die ganze Stadt, auch nachts.

Lea nickte und strich sich über das Muttermal auf ihrer Wange.

»Ich kann mit Ruben sprechen«, sagte sie. »Er kennt Carl Ottos geschäftliche Kontakte. Sie treffen sich ab und zu auf ein Glas nach Vertragsunterzeichnungen. Außerdem weiß er oder kann herausfinden, wo Carl Otto Lebensmittel und Brennholz eintauscht. Wenn wir ihn das Gerücht verbreiten lassen, werden wir bald mehr als genug Kunden haben. Der Schuppen liegt so geschützt, dass wir unbehelligt den Verkauf aufziehen können. Die Leute fragen jetzt sowieso nicht mehr als unbedingt nötig.«

Jakob schaute sie überrascht an und fragte, woher sie diesen Geschäftssinn habe. Er hatte ja begriffen, dass sie in der Fabrik befördert worden war, aber das hier? Lea antwortete, hier sei die Rede von gesundem Menschenverstand. Er habe eine Frage gestellt. Sei es da so seltsam, dass sie, als Frau, eine Antwort und einen Vorschlag gehabt habe? Jakob wehrte ab, beteuerte, echten Respekt vor der Intelligenz von Frauen zu haben, und schlug vor, mit seinen Arbeitskollegen zu sprechen. Man dürfe das Glück im Hafen nicht allzu lange herausfordern. Aber wie würde sie eine Entdeckung vermeiden? Würde der Fabrikant die Säcke nicht bemerken?

Lea antwortete, dass Carl Otto nicht sehr oft in den Schuppen ging und die Säcke natürlich nicht lange dort bleiben würden. Die Suche nach einem Aufseher solle Jakob ihr überlassen.

Ich saß daneben und fand, wir hörten uns an, als ob wir wirklich in den Schwarzmarkthandel einsteigen wollten. Ob das nicht eine Nummer zu groß für uns wäre? Jakob wandte sich mir zu und erzählte, ohne dass ich gefragt hatte, dass er auf die Art das Geld für den Rollstuhl und die Schreibmaschine zusammengebracht hätte. Er hatte mit einigen Kollegen Waren beiseitegeschafft und verkauft, und das ohne schlechtes Gewissen. Man musste den Schwächeren helfen, so einfach war das. Wer könnte anderen einen Schluck Kaffee missgönnen, und sei es zu hohen Preisen? Es wurde immer schwerer, Schnaps zu besorgen, und auch, wenn er selbst keinen trank, gab es doch arme und elende Teufel genug, die eine Stärkung brauchten, und Hoffmanns Tropfen waren ein schlechter Ersatz. Muckefuck verursachte außerdem Magenprobleme und Blutarmut. Außerdem, sagte Jakob, habe zumindest er vor, seinen Verdienst zu einem guten Zweck zu nutzen. Das Schmuggelgeld solle in ein barmherziges Werk einfließen.

Lea nickte und meinte, endlich rede er wie eine Frau, da könne noch etwas aus ihm werden. Dann schickte sie ihn in den Hafen und bat ihn, sofort mit seinen Kollegen zu sprechen. Er stand auf, küsste mich auf die Wange und verschwand. Mir blieb Leas Grinsen.

»Bist du so klug gewesen, wie ich dir geraten habe?«

»Es ist nicht so, wie du glaubst.«

»Und was glaube ich?«

Lea fing an, sich auszuziehen. Ich sah weiße Haut, die Rundung des Bauches und die Brüste, die, das war mir klar, jeden um den Verstand bringen könnten. Aber als ich mein Leibchen ablegte, war ich diejenige, die ein Kompliment bekam.

»Du bist wie ein Weizenbrötchen, Rakel. Kein Wunder, dass sie überall hineinbeißen wollen. Wenn du dich für Jakob entscheidest, bekommst du ein Leben in Geborgenheit. Sicher wird das manchmal langweilig für dich werden, aber wenn man die Matratze in Ruhe stopft, kann es unter der Decke Überraschungen geben. Es ist gut, dass wir jetzt zusammen Geschäfte machen. Es ist Zeit, für die Zukunft zu sparen. Denn es wird kein schnelles Kriegsende geben. Ruben hat mir die Lage erklärt, und den Rest kann ich mir selbst denken. Außerdem wird in Russland bald etwas passieren. Ruben verfügt über entsprechende Informationen. Wenn die Revolution ausbricht, will ich nicht auf der Zuschauerbank sitzen, Rakel. Dann ist es an der Zeit, dorthin zu fahren, wo man sich nützlicher machen kann.«

»Wohin denn?«

Lea legte sich ins Bett und zog mich an sich. Sie kitzelte mich, drückte ihr Gesicht in meine Nackenhaare und schlang die Arme um meine Taille.

»Ich denke an Amerika«, sagte sie. »Was hier nicht geschieht, geschieht dort. Frauen und Arme haben dort andere Rechte. Außerdem ist es weit von Europa entfernt, und ich sage dir, Rakel, wir werden hier keine Ruhe haben, solange wir leben.«

»Und Ruben?«

»Du hast Ruben erwähnt, nicht ich. Ruben ist ein guter Kamerad und sonst nichts. Das Bett werde ich nur mit anderen Jungfrauen wie dir teilen. Weichen und unschuldigen Jungfrauen, die nach dem Gras im Frühling duften. Also merk dir: Ich bin wie jeder Kerl.«

Dann schlief sie ein. Glaubte ich. Bis sie mir mit schlaftrunkener Stimme ins Ohr flüsterte:

»Anton ist wie die Revolution, Rakel. Wenn du mit Jakob nicht zufrieden bist, dann solltest du die Tasche packen und dich rechtzeitig in Sicherheit bringen.«

Und da lag ich. In der Stille hörte ich vertraute Geräusche von zuhause und dachte an meine Brüder. Mit dem Kaffeegeld würde ich allerlei nach Hause schicken können. Das würde Mutter das Leben erleichtern, vielleicht könnte Markus die Universität besuchen. Oder ich selbst?

Einige Tage später war es so weit. Jakob hatte sich mit seinen Kollegen geeinigt. Wir hatten uns für Dienstagnacht entschieden, wenn es in der Fabrik und in der Stadt ruhig war. Lea hatte sich den Schlüssel zum Schuppen gesichert, indem sie einfach fragte, wo er hing. Sie hatte in der Fabrik jetzt eine so wichtige Stellung, dass sie wissen musste, wo alles untergebracht war. Ich hatte nur einmal im Laden und in der Fabrik vorbeigeschaut und Lea dort in dem Kleid gesehen, das der Direktor ihr gekauft hatte, weil sie ja repräsentativ aussehen musste. Die Verkäuferinnen behandelten sie mit Respekt, und die Leute in der Fabrik mit Sympathie. Direktor Otto war bei meinem Besuch nicht dort gewesen, aber Ruben saß an seiner Buchführung. Alles strahlte eine Ordnung aus, die in krassem Widerspruch zu diesen Kriegszeiten stand.

In der Nacht gingen wir los, eingehüllt in unsere Mäntel und die Aprildunkelheit. Wir warteten vor einer Baustelle, sahen fröstelnde Existenzen, die in Mülltonnen wühlten, rochen den Duft der Dampfbäckerei und erreichten schließlich Ottos Fabrikkomplex. Lea lief um das Haus herum und führte uns zum Schuppen. Sie zog den Schlüssel hervor und ließ mich eintreten. Im Licht ihrer Petroleumlampe schaute ich mich um.

Regal neben Regal, gefüllt mit Leder, Stoff, Garn und Werkzeug. Es roch nach Häuten und Schmieröl, wie in einem Stall ohne Mist. Lange Arbeitstische an den Seiten. Ich lief in den Gängen hin und her und sah, wie braunes, graues, schwarzes und weißes Leder in Regalen und Rollen um den Platz wetteiferte. Vorsichtig berührte ich einen Zipfel. Das Leder war weich und biegsam, und ich fragte mich, wie es sich wohl am Spann anfühlen würde. Lea hatte inzwischen die Ecke inspiziert, wo sie den Kaffee lagern wollte. Der Winkel wurde als Müllablageplatz genutzt. Mit den Abfällen ließen sich die Säcke bedecken. Das würde sie vor neugierigen Blicken schützen und zudem den Kaffeeduft ersticken.

Kurz darauf hörten wir draußen Geräusche und gingen zur Tür. Vor dem Haus stand ein Pferd vor einem Karren und stampfte im Lehm. Jakob sprang vom Kutschbock, schob einen Bremsklotz vor ein Vorderrad und hängte dem Pferd einen Hafersack um den Hals. Er flüsterte, sie hätten für den Anfang ungefähr ein Dutzend Säcke mitgebracht, alles sei plangemäß verlaufen. Sein Kollege werde gegen eine Beteiligung mitmachen, er sei vertrauenswürdig, könne warten und schweigen. Der Mann trat vor und bestätigte das Gesagte durch ein Nicken, dann verschwand er zum Abladen hinter dem Karren.

Lea überwachte die Arbeit. Sie bat die Männer, die Säcke zuerst in den Schuppen zu bringen, wo sie sie wog und das Gewicht in einem zu diesem Zweck angeschafften Notizbuch notierte. Sie tunkte die Feder in die Tinte und zog Trennstriche, schrieb dann die Ziffern in die Spalten und sorgte dafür, dass alles ordentlich verstaut und bedeckt wurde. Am Ende würde außer den Hufspuren des Pferdes im Lehm nichts mehr verraten können, was hier passiert war.

Lea erklärte Jakob und dessen Freund, sie rechne damit, schon in der folgenden Nacht die Lieferung absetzen zu können. Wenn alles gut ging, würden sie also in der übernächsten Nacht die zweite Ladung bringen. Würden sie auch dann wieder einen Wagen besorgen können? Jakobs Kollege nickte. Jakob fragte nach dem Kunden und erfuhr von Lea, dass ein Geschäftsmann kommen würde, auf den Verlass sei, wenn er auch ein wenig kleinlich denke. Ruben kenne ihn von früher her. Er sei Gastwirt und ständig auf der Jagd nach Dingen, die er denen servieren könne, die weiterhin anständig essen wollten und konnten.

Ich zitterte in der Dunkelheit. Leas Energie war ansteckend, aber der Gedanke daran, was wir hier machten, ließ mir keine Ruhe. Ich würde nicht direkt sagen, dass ich Angst hatte. Aber ich war mir nicht sicher, ob Vater das hier gebilligt hätte, und nach der Meinung meiner Mutter hatte ich nicht zu fragen gewagt. Konnte der Zweck die Mittel heiligen? Dann dachte ich an den Dampfer mit dem lustigen Namen *Knippla*, der einige Wochen zuvor im Öresund auf eine deutsche Mine aufgelaufen war. Das Boot war innerhalb weniger Minuten versunken und die Besatzung hatte sich in die Rettungsboote flüchten können, aber unter dem Deck waren noch die Köchin und die Kantinenwirtin gewesen. Die Köchin rettete ihre Kollegin unter Lebensgefahr. So war das. Wenn Frauen nicht zusammenhielten und ihre Angst unterdrückten, mussten sie sterben. Feige Frauen ertranken.

Jakob wollte wissen, was Ruben von der ganzen Angelegenheit hielt. Ganz ehrlich. Dass Lea und Ruben ein Auge aufeinander hatten, war das eine, aber dass ein Sohn aus gutem Hause, noch dazu so fromm, die Räumlichkeiten seines Vaters zu lichtscheuen Geschäften nutzte? Er hätte Ruben niemals so viel Mut zugetraut, was nicht böse gemeint sei. Lea schlug zurück.

»Du hast doch selbst gesagt, dass es egal ist, was man tut, wenn man sich nur über das Ergebnis freuen kann. Warst nicht du es, der gemeint hat, Barmherzigkeit sei ein guter Grund zum Schmuggeln? Warum nimmst du also an, Ruben Otto könnte weniger edle Motive haben als du, nur weil er eine goldene Uhr trägt und besser riecht? Auch er hat seine Gründe, warum er Geld braucht. Er kann nicht einfach zu Vatern gehen und sich welches geben lassen, falls du das dachtest. Wenn sie nicht einer Meinung darüber sind, wofür das Geld ausgegeben werden soll.«

Lea trat einen Schritt auf Jakob zu.

»Auch wenn Carl Otto großzügig ist, so hat er doch andere Vorstellungen von einem guten Geschäft. Er findet sicher, dass er genug für seine Arbeiter tut, auch ohne Leute zu bezahlen, die bei Kundgebungen aufeinander einschreien. Eine gute Mahlzeit auf einen leeren Magen, so sieht Carl Otto die Lösung solcher Probleme. Ich kann den einen wie den anderen verstehen und verurteile keinen. Und du solltest das auch nicht tun.«

Jakob wich zurück und sagte, er möge Ruben gern und sei dankbar für dessen Hilfe. Dann brachte er uns nach Hause, verließ uns aber vor der Haustür. Wir mussten bald zur Arbeit, er in den Hafen, Lea in die Fabrik und ich in Amanda Ottos Salon. Dort sollte ein musikalischer Abend stattfinden, natürlich ohne meine Mitwirkung. Aber Signe würde besseres Essen auftischen können als sonst. Und das half.

In der folgenden Nacht waren wir wieder da, diesmal nur Lea und ich. Jakob hatte auch kommen wollen, aber Lea behauptete, sie wollte nicht mehr Leute im Lager haben als ohnehin nötig. Jakob wollte uns nicht allein lassen. Er bot an, sich draußen zu verstecken, falls wir Hilfe bräuchten. Ruben hatte etwas ähnliches zu Lea gesagt, hatte dann aber eingesehen, dass keine Gefahr bestand. Er hatte zu viel zu verlieren, wenn er erkannt würde, und er wusste außerdem, dass der Kollege seines Vaters niemals gewalttätig werden würde. Außerdem hatte er nicht viel zu sagen, wenn Lea sich erst einmal entschlossen hatte.

Ich war müde vom Hin- und Herlaufen zwischen Küche und Salon der Familie Otto, aber zwischen den Regalen im Lager teilten wir Käse und Brot. Ich war zu erschöpft, um nervös zu sein, und konnte nur nicken, als Lea erklärte, dass unser Kunde um ein Uhr auftauchen würde, wenn alles gut ginge, um dann schnell wieder zu verschwinden.

»Es gibt keinen Grund, sich zu fürchten, Rakel. Ruben kennt ihn, und es ist ein Mann, der es sich mit Familie Otto nicht verderben will. Er überprüft die Ware, und damit ist der Fall erledigt.«

Kaum hatte sie das gesagt, als es auch schon an die Tür klopfte. Draußen stand ein stattlicher Herr im Paletot, und dahinter ahnte ich einen Wagen. Wir hatten nichts gehört, und ich dachte: Dieser Mann hat nicht nur seine Geschäfte im Griff, sondern auch seine Pferde. Lea bat ihn herein und schloss die Tür. Sie hielt ihm die Hand hin, und der Mann nahm sie, zuerst zögernd, dann umso entschlossener. Er trug unter dem Mantel Hemd und Weste, ein Siegelring bohrte sich in seinen Finger. Aber er schaute auch mir ins Gesicht, hob den Hut und brachte sein Staunen darüber zum Ausdruck, womit Frauen sich neuerdings befassten. Das zeige, in welch seltsamen Zeiten man lebe.

Lea ließ sich nicht zu einer Antwort herab. Ich versuchte, sie mit dem Blick des Fremden zu sehen, und sah ihre üppige Mähne unter dem Hut, die mitten hindurchgesteckte Hutnadel und das taubengraue Kleid mit dem Spitzenkragen. Zum ersten Mal sah ich, dass sie als Frau mit Macht erscheinen konnte und dass nichts mehr die Armut verriet, die sie hinter sich gelassen hatte. Ich zog das Tuch, das sie mir gegeben hatte, fester um die Schultern, um von meiner Dienstmädchentracht abzulenken.

Wir begaben uns zum Kaffeelager, wo Lea und ich die Waren bereits freigelegt hatten. Der Kunde, der sich mit »Namen brauchen wir nicht« vorgestellt hatte, ging zu einem der Säcke, öffnete ihn und schob die Hand hinein. Er zog eine Hand-voll Bohnen heraus, musterte sie ausgiebig, biss in eine und kaute darauf herum. Es knackte laut, und wir warteten atem-los ab. Der Mann schluckte die zerkaute Bohne hinunter und lachte.

»Erstklassige Ware«, entschied er. »Natürlich bin ich bereit, das gesamte Lager zu übernehmen. Und auch noch mehr, wenn sich das machen lässt. Die Idioten, die sagen, dass der Krieg noch in diesem Jahr zu Ende geht, sollen solange in den nor-malen Läden einkaufen.«

Dann nannte er seinen Preis. Sechs Kronen das Kilo sei sehr viel, und wenn es um den Öre ging, sei er bereit, aufzurunden. Für diese Summe würden alle Beteiligten ihren Anteil erhal-ten, und niemand hätte das Gefühl, die anderen auszunutzen. Wenn die Damen nichts dagegen hätten, könne man sofort mit dem Aufladen beginnen, ehe das Morgenlicht dabei störte.

Vielleicht war es die ausgestreckte Hand. Vielleicht war es das »Damen«, das respektvoll klingen sollte, aber wie ein her-ablassendes Schulterklopfen wirkte. Lea lachte ihm voll ins Ge-sicht und sagte, acht Kronen das Kilo sei ihr letztes Angebot, und ansonsten könne er sich dort kratzen, wo man es merkte. Sie könne da einige Körperteile empfehlen, wenn er nicht so bewandert sei.

Der Mann lief rot an. Er lachte, nicht mehr so jovial, und sagte, selbst für elegante Frauen müsse es ja wohl Grenzen ge-ben. Lea bat ihn zu vergessen, was sein Gegenüber unter ihrer Kleidung habe. Hier gehe es um Geschäfte und sonst gar nichts, und acht Kronen das Kilo seien ein absolut redlicher Preis, der nichts mit Kleidern oder Hosen zu tun habe. Das wisse er sehr gut. Wenn nicht, dann wüssten es genug andere.

Der Kunde öffnete den Mund, schloss ihn dann aber wie-der. In diesem Moment hörten wir draußen eins der Pferde wiehern. Lea bat mich nachzusehen, ob alles in Ordnung sei. Ich lief los und hörte hinter mir, wie Lea und der Kunde lauter wurden und wie Lea nach einer Weile mit dem Mann in den hinteren Teil des Lagers ging, vermutlich damit die Diskussion nicht so gut zu hören wäre.

Auf dem Hof war alles ruhig. Ich ging zu dem Pferd und streichelte seinen Hals. Es drehte mir den Kopf zu und stupste meine Schulter an. Ein Stück weiter entfernt hörte ich ein leises Plätschern. Der Kutscher verrichtete dort seine Bedürfnisse, und das Pferd hatte vielleicht gewiehert, als er verschwand. Irgendwo war Jakob, und ich konnte nur hoffen, dass er sich gut genug versteckt hatte.

Die Nacht war jetzt schwarz, der Boden glitschig, und die Mähne des Pferdes steif unter meinen Fingern. Ich sehnte mich plötzlich nach dem Hof, hätte gern gewusst, ob es grün wurde, ob mit den Feldern alles in Ordnung war, ob es im Gebetssaal zu Bekehrungen kam. Ich schüttelte den Kopf, ging zurück ins Lager und glaubte, ein leises Wimmern zu hören, sah aber weder Lea noch den Mann. Ich musterte die Lederballen und spürte, dass ich fortwollte. Wir dürften das Glück nicht herausfordern. Ich hatte mich selbst betrogen, indem ich die Furchtlose spielte.

Dann hörte ich Schritte. Lea und unser Kunde kamen auf uns zu. Lea sah gelassen aus, der Mann ein wenig eingesunken. Seine Stirn war schweißnass, aber er richtete sich auf, als er erklärte, dass er acht Kronen das Kilo zahlen und nun den Kutscher holen und aufladen werde. Je schneller die Sache überstanden sei, desto besser. Aber man werde sich ja wiedersehen, wie abgemacht. Nächste Woche, selber Ort, selbe Zeit.

Eine halbe Stunde später waren sie fertig. Die Säcke waren verschwunden und die Abfälle an ihrem alten Ablageplatz. Lea lehnte an einem Arbeitstisch und zählte die Geldscheine. Dann umarmte sie mich und sagte: »Jetzt gehen wir nach Hause und feiern, Rakel. Das können wir uns leisten.«

»Sag mir zuerst, wieso er nachgegeben hat.«

»Wie meinst du das?«

Ich dachte, es müsse ja wohl Grenzen geben.

»Mich hat noch niemand als dumm bezeichnet. Du wolltest einen viel höheren Preis, als er zu bezahlen bereit war, und du hast ihn dazu gebracht, seine Meinung zu ändern. Ich will nichts glauben, ehe ich es weiß.«

»Ganz ruhig, Rakel. So einfach war das.«

Langsam stellte sie die Lampe auf den Boden. Im Lichtschein sah ich, dass sie bildschöne Stiefel trug. Sie waren schwarz wie die Alltagsfron, aber als sie die Röcke hob, erblickte ich Knöpfe, Samt und Bänder. Und dann sah ich den Geldschein, der aus dem Strumpf lugte, und die kleine Bissspur daneben.

»Du weißt, was ich gesagt habe, Rakel. Über Männer. Sie sind wie Hunde. Wedeln mit dem, was sie haben, wenn sie einen fleischigen Knochen sehen. Ich weiß, was ich habe, und im Moment behalte ich, was mir gehört. Aber wenn man einen Knochen zu viel hat und wenn es sich lohnt, kann man feilschen.«

Kapitel 13

1959

Wenn ich an jene Zeit denke, dann habe ich ein gutes Gefühl. Ich empfinde Stolz auf mich selbst. Diese ersten Kaffeesäcke öffneten den Weg in ein anderes Leben, und alle moralischen Bedenken verschwanden, als das Bündel von Geldscheinen unter der Matratze immer dicker wurde. Lea fragte nach einer Weile, ob wir zur Bank gehen sollten. Das Haus, in dem wir wohnten, war eine elende Holzbaracke, und wenn irgendwo ein Feuer ausbräche, würde nichts übrig bleiben. Ich wandte ein, dass Banknoten zu viel Aufmerksamkeit erregten. Wenn uns niemand bestahl oder anzeigte, dann würde uns wohl niemals etwas passieren. Lea gab nach und stellte fest, sie habe ja immer schon gewusst, dass unter meiner blonden Haarkrone Verstand wohnte.

Während der Krieg weitertobte und als Nächstes der Zucker rationiert werden sollte, konnten wir die Nachbarn zum Essen einladen und ihnen das zurückgeben, was wir bei unserem Einzug bekommen hatten. Da sie keine anderen Schiffe mehr hatten, schickten die Deutschen Luxuskreuzer, um aus Luleå das kostbare Erz zu holen. Die Zeitungen veröffentlichen Rezepte für Butter- und Sardellenersatz. Die Engländer setzten neue Panzer ein, die das Kriegsgeschick entscheiden sollten, obwohl mehrere davon nicht funktionierten. Und niemand konnte ahnen, was ein unbarmherziger Winter aus dem Stellungskrieg machen würde. Das Grauen in den Schützengräben überstieg alles, was ein Mensch sich vorstellen konnte. Ich kann es mir vorstellen, ich brauche nur die Augen zu schließen.

Aber damals, in den hellen Frühlingsmonaten, waren wir unbedarft genug, um tagsüber zu arbeiten, nachts unsere Geschäfte abzuwickeln und zwischendurch zu tanzen. Wir hatten alle das Gefühl, dass Krieg und Leben uns etwas schuldeten. Ich konnte Betten machen und Essen servieren, mit Signe scherzen und Amanda Ottos Predigten über ihre angebliche Wohltätigkeit ertragen, da ich wusste, dass in dieser Nacht weitere Waren den Besitzer wechseln würden und dass ich Geld nach Hause schicken könnte. Ich erlaubte mir endlich, Heimweh zu haben, und ich konnte, mit gefülltem Magen, vom Hunger erzählen. Ich konnte auch daran denken, zu Besuch nach Hause zu fahren oder meine Familie nach Göteborg einzuladen. Jetzt gab es Mittel, um eine Reise zu bezahlen, und einen Jakob, den ich vorstellen könnte.

Unser erster Kunde war zurückgekommen und hatte weitere Dinge gekauft, genau wie er gesagt hatte, hatte von Lea einen Kuss auf die Wange erhalten und bezahlt. Ich hatte sie zuerst heftig ausgeschimpft. Doch sie hielt mir den Mund zu und fragte, was schlimmer sei, kurz ins Bein gebissen zu werden, was übrigens nicht anders sei als von den Wanzen, oder einen Kunden zu verlieren.

Ich gab mich am Ende geschlagen. Sollte sie doch machen, was sie wollte, wenn das nur von mir nicht verlangt würde. Lea fragte, wie ich mir die Sache mit dem Verdienst eigentlich dachte. Es sei schon in Ordnung, solange ich den Mund hielt, aber nicht, wenn ich sie verurteilte.

Ich überlegte. Nach einer Weile hatte ich mich entschieden und bat um Verzeihung. Ich erklärte mich bereit, auf einen Teil des Erlöses zu verzichten, da Jakob und Ruben den ihren bekommen hatten und wir den Rest teilen sollten. Lea lehnte ab. Dann kam der Sohn des Chefs der Versicherungsgesellschaft, und alles blieb, wie es war.

Jakobs Beziehungen im Hafen lieferten ihm dauernd neue Informationen über Ladungen, und die Schauerleute konnten gegen eine Münze alles Mögliche beiseiteschaffen. Ein nächtlicher Austausch von Diensten war möglich, wenn der Verdienst geteilt wurde. Die Lieferungen kamen zwar nicht regelmäßig, aber irgendetwas fand sich immer ein. Ruben hatte außerdem in mehreren Branchen Bekannte. Es war überraschend, wer womit Handel trieb. Holz, Brennmaterial, Kaffee, Stoffe und Seife wurden von denen gekauft, die Geld hatten und noch besser verkaufen konnten. Alle Kunden verhielten sich korrekt, seit wir uns Respekt verschafft hatten. Und Jakob hielt nachts nicht mehr Wache, nachdem er eingesehen hatte, dass keine Gefahr bestand.

Dass einer der Chefs der Versicherungsgesellschaft, die Kriegsversicherungen inklusive Kaperrisiko verkauften, sich für einige Ballen Stoff interessierte, hatte also seine Ordnung. Das Geschäft war längst abgemacht. Als Lea abends Fieber bekam, beschlossen wir, dass ich den Rest auch allein erledigen könnte. Der nächtliche Gang zur Fabrik ängstigte mich nicht mehr, und Jakob oder Anton würden mich sicher ein Stück weit begleiten können. Ja, Anton war in meinem Leben noch immer vorhanden.

Aber zuerst der Versicherungschef.

Er hatte seinen Sohn geschickt, einen Offizier der Reserve, der in Uniform an unsere Tür klopfte, meine Hand nahm und auf seine Mannen und die Eile hinwies. Der Preis, den er vorschlug, war nicht schlecht, aber ich widersprach. Wir hatten uns einige Kronen mehr gedacht, und ich landete in einer Diskussion, aus der ich nicht mehr herausfand. Der Sohn lächelte und schmeichelte und war ansonsten unerbittlich, und am Ende hatte ich die Sache satt.

Mitten in einem Satz stemmte ich die Hände in die Seiten, streckte ein Bein aus und fragte, ob er mir helfen könnte, den Stiefel zu schnüren. Er kniete nieder und fummelte an den Schnürsenkeln herum, während ich meine Röcke ein wenig hob. Als er sich erhob, war er rot im Gesicht, und er erklärte, wir müssten doch nicht um den Preis schachern. Wenn er mich einmal zum Tanz ausführen dürfte, würde er das als Ehre betrachten. Übrigens sei das Mittagessen im Hotel Phoenix wohlschmeckend und reichlich.

So einfach war das also. Heute denke ich, wenn ich uns alte Fetzen hier liegen sehe und weiß, dass der Weg immer rascher ins Ungewisse führt, dass die schlichtesten Wahrheiten überleben. Alles hat seinen Preis, auch die Gier.

Aber nicht alles sind schlichte Wahrheiten, und nicht alles lässt sich durch Uniformen und Hotelmahlzeiten lösen. Ich machte mir Sorgen um Lea. Dass sie unsere Geschäfte lenkte und dass sie auf irgendeine Weise mit Vater und Sohn Otto jonglierte, konnte ich hinnehmen. Ruben war an unseren Unternehmungen beteiligt, aber wie konnte ein Mann von Carl Ottos Intelligenz sich dermaßen an der Nase herumführen lassen, dass er seine Räumlichkeiten Geschäften überließ, die ihm nichts einbrachten? Ich fragte das öfters, erhielt aber keine befriedigende Antwort. Carl Otto sei »nicht so oft da« oder nehme »die Kontrollen nicht so genau«, hieß es. Mir schien aber, dass etwas in der Ecke auf der Lauer lag. Aber bestimmt wusste ich das erst, als ich eines Nachmittags früher nach Hause geschickt wurde.

Amanda Otto war zu Verwandten gefahren und würde über Nacht wegbleiben. Wir hatten den Frühjahrshausputz hinter uns, hatten die Fenster gereinigt, und da die Gnädige nicht zugegen war, fanden Signe und Edvard, ich könnte nach Hause gehen. Ich sähe müde aus, meinten sie. Unsere Geschäfte liefen seit mehreren Wochen, und ich hatte schon lange keine Nacht mehr durchgeschlafen. Ich überquerte den Bahnhofsvorplatz, ging spontan in eine Bäckerei und kaufte zwei Windbeutel zu fünf Öre, um zu feiern. Ich wollte bei Lea in der Fabrik vorbeigehen und hoffte, dass auch sie früher Feierabend machen könnte. Der Wind war warm, und ich dachte an den Wald in Närke. Mutter hatte gefragt, ob ich nach Hause kommen könnte, wenn Familie Otto in den Ferien nach Marstrand fuhr. Die Birken schlugen aus, und auf Vaters Grab wuchsen Maiglöckchen. Ich hatte ihr noch nicht geantwortet, da ich nicht wusste, ob ich freibekommen würde.

Als ich das Schuhgeschäft betrat, hatte ich viel mehr Mut als beim ersten Mal. Ich besaß jetzt zwei Paar Schuhe, und diese hier waren so gut, dass ich mich nicht zu schämen brauchte. Der Verkäufer im Laden war zudem freundlicher als seine Kolleginnen und nickte mir zu, da er mich erkannte. Er wusste, dass ich Lea besuchen wollte, und ließ mich zur Fabrik weitergehen. Dort suchte ich mir meinen Weg zwischen den Reihen aus Maschinen und Arbeitern. Jemand rief, Lea sei im hinteren Raum, aber da konnte ich sie nicht finden. Später sollte ich das bereuen, aber als ich an Carl Ottos Büro vorbeiging, dachte ich, er könnte es vielleicht wissen. Vielleicht war mein Instinkt stärker als meine Vernunft, denn ich vergaß anzuklopfen.

Auf dem Sofa lag Lea mit hochgezogenen Beinen. Über ihr, das Gesicht in ihren Röcken verborgen, während seine Hände ihren Körper betasteten, lag Herr Fabrikdirektor Carl Otto. Sie fuhren auseinander. Carl Otto fluchte, während Lea, scheinbar gelassen, ihre Haare glatt strich. Ich machte auf dem Absatz kehrt, stürzte fort und stellte erst mehrere Straßen weiter fest, dass ich den Karton mit den Windbeuteln so hart gegen meinen Bauch gedrückt hatte, dass die Sahne herausquoll und sich auf meinem Mantel verteilte. Da spürte ich die Hand. Lea hatte sie auf meine Schulter gelegt und zwang mich, an der Straßenecke stehenzubleiben. Eine Straßenbahn fuhr vorbei, und ihr Scheppern mischte sich unter meine Vorwürfe.

»Du wolltest dich doch auf keinen einlassen. Was dein war, sollte dein bleiben. Und jetzt tappst du wie jede andere in die Falle und lässt ihn deine Kleider bezahlen …«

»Sei still, Rakel! Sei still! Glaub, was du willst. Aber ich weiß, was ich tue. Hörst du? Ich weiß, was ich tue.«

»Wenn du das so gut weißt, warum hast du nichts erzählt? Ich dachte, du wärst ehrlich mir gegenüber. Ich dachte, wir teilten alles, aber jetzt hast du mich auf die schlimmste Art und Weise belogen.«

Ich schlug die Hände vors Gesicht und brach in Tränen aus. Lea legte die Arme um mich. Sie besänftigte mein Schluchzen zum Aufhören, dann zog sie mich in ein Café und bestellte eine heiße Schokolade. Die Stimmung war gedämpft, die Auswahl gering, die Tapeten bestickt. Der Stuhlrücken drückte an meinen Schultern, und das steigerte meine Erregung nur noch.

»Du hast von Wörtern und Gedanken geredet. Und sonst wolltest du nichts.«

Ich fauchte das heraus. Lea legte ihre Hand auf meine.

»Ich weiß, was ich gesagt und nicht gesagt habe. Dass ich nichts gesagt habe, das war deinetwegen. Es gibt Wahrheiten, die wehtun, Rakel, und deine Seele ist die reinste, die es gibt. Ich wollte nicht die sein, die sie zerstört.«

»Ich glaube dir kein Wort. Wenn du nicht sofort …«

»Ich will Ruben, und Ruben will mich. Aber Ruben will keine Frauen.«

Die Schokolade war so dünn wie gefärbtes Wasser und so trübe wie die Wahrheit.

»Hör mir zu, Rakel, Alles, was ich gesagt habe, war die Wahrheit. Ich will Ruben. Er ist mein Gefährte im Geist und im Denken. Ich verstehe seinen Gott nicht, aber ich verstehe seinen Wunsch, das Richtige zu tun und anderen zu helfen. Ich glaube, dass wir zusammen Großes ausrichten können, und ich weiß, mit mir an seiner Seite wird alles viel leichter für ihn sein. Ich glaub sogar, dass er mich so sehr liebt, wie ein Mann seiner Art das kann, und ich glaube auch, dass er sein Leben mit mir teilen kann. Dann kann er seiner Neigung gemäß leben, wenn er nur vorsichtig ist. Wir werden glücklich sein. Da bin ich sicher.«

»Was hat das damit zu tun, dass du dich Rubens Vater hingibst? Noch dazu im Büro, wie eine …«

» … Hure, wolltest du sagen? Sag es nur, Rakel. Du weißt alles über mich. Und dann sag mir, wo wir uns deiner Meinung nach sonst treffen sollen. In unserem Zimmer? Oder in der Wohnung in Vasastaden? Während Amanda Otto, diese alte Kuh, im Nebenzimmer sitzt?«

Die Serviererin hatte beim Wort »Hure« aufgehorcht, und ich wurde leiser.

»Wie wäre es mit nirgendwo?«

Lea seufzte und rührte in ihrer Tasse. Sie sah ihr Bild im Spiegel an der Wand und schnitt eine Grimasse.

»Ich habe gelernt, mir selbst zu helfen«, sagte sie. »Ich bin klug genug, um aus dem, was ich sehe und höre, meine Schlüsse zu ziehen. In diesem Fall sehe ich einen älteren Mann, der mich will, und einen jüngeren, den ich will. Mit dem einen kann ich die Beziehung körperlich vollenden, mit dem anderen nicht. Aber wenn ich die Tatsache ausnutze, dass Vater und Sohn aus demselben Holz geschnitzt sind, kann ich es mit dem einen machen, bis ich Frucht trage, und dann mit dem anderen verschwinden.«

»Ich begreife nicht, wovon du redest.«

Lea seufzte wieder und erklärte dann, dass Carl Otto fast vom ersten Tag an seine Gelüste beim Namen genannt hatte. Sie hatte ihn sich Ruben zuliebe vom Leib gehalten, bis ihr aufgegangen war, was Ruben wollte und was er nicht wollte. Ihr Plan war einfach. Wenn sie von Carl Otto schwanger wäre, würde sie mit allen Mitteln versuchen, Ruben ein einziges Mal ins Bett zu locken. Das würde nicht leicht werden. Aber auch der, der zur einen Richtung neigte, könnte in die andere umkippen. Ruben würde keinen Verdacht schöpfen, sondern sich darüber freuen, Vater zu werden, wo er doch niemals mit dieser Möglichkeit gerechnet hätte. Wenn ein Kind da wäre, würde niemand bezweifeln können, dass sie eine richtige Familie waren. Carl Otto wäre vielleicht traurig, wenn sie ihn verließ, aber bisher hatte er im Notfall immer noch Ersatz gefunden.

Wenn sie von dem Kind erzählte, würde Carl Otto vielleicht ahnen, dass es seins war und nicht das seines Sohnes. Aber egal, was er auch glaubte, er würde damit zufrieden sein, dass Ruben nach außen hin als Familienvater lebte. Und welchen Grund sollte er haben, auf der Wahrheit zu bestehen? Uneheliche Kinder hatte er sicher mehr als genug, und wenn er dieses hier in der Sippe verstecken könnte, dann umso besser. Eventuell würde er sie sogar heimlich mit Geld unterstützen, und das könnte ihr und Ruben bei ihrer Arbeit helfen. Reich würden sie durch ihre guten Taten ohnehin niemals werden, ein wenig Hilfe wäre immer vonnöten.

Ich trank aus und dachte an Ruben. Sah ihn in Gedanken vor mir und wusste, dass Lea recht hatte. Ich drehte und wendete ihre Argumente und konnte trotz meiner Abscheu doch irgendwie verstehen, was sie meinte. Dann dachte ich an Carl Ottos gerötetes Gesicht und seine Hände auf Leas Körper. Die heruntergelassenen Hosen, die Haare auf seinen Beinen, das wabbelige Fleisch seines Bauches. Alles widerte mich an.

Lea lief zum Tresen und kam mit zwei Windbeuteln zurück, als Ersatz für die, die ich zerdrückt und unterwegs weggeworfen hatte. Sie sahen nicht schön aus, waren aber mit Beeren belegt. Lea nahm die größte und röteste weg und steckte sie mir in den Mund. Ich wollte mich wehren, vergeblich. Dann spürte ich den Himbeergeschmack auf der Zunge. Lea ließ mich dabei nicht aus den Augen.

»So einfach ist das im Grunde«, sagte sie leise. »Man öffnet sich und nimmt entgegen, auch wenn man das gar nicht vorhatte. Du kennst doch Carl Otto. Spitz wie die Kater im März. Aber ein lieber Mann. Er weiß, was er tut, und er tut mir nicht weh. Bemüht sich sogar um mich, und das reicht. Denk nicht schlecht von mir, Rakel. Er wird mein letzter Mann sein. Wenn man das eine Mal mit Ruben nicht mitzählt.«

Als ich Lea verließ, waren wir nach außen hin Freundinnen, innerlich jedoch entfremdet. Ich wollte glauben, dass das, was sie tat, zu ihrem eigenen Besten war. Aber ich konnte nur daran denken, dass es in ihrem Bauch in einigen Tagen oder Wochen ein Kind geben würde. Achtzehn Jahre, wie ich seit kurzem, und bald Mutter. Ein Kind als Schild gegen die Gefahren einer kriegslüsternen Welt. Das passte nicht zusammen. Wer von uns hatte recht? Lea wusste, was Sache war. Wenn es nötig war, griff sie auf Kosten der Starken zu, nie auf die der Schwachen. Ich war in Liebe aufgewachsen und durch Güte mutig geworden, nicht durch Bosheit. Wer war ich, dass ich über Redlichkeit urteilte?

Aber seinen Körper herzugeben. Ihn zu einem Mittel zu machen und ihn von den Gefühlen abzukoppeln. Sie hatte versucht, sich zu erklären, hatte die Beere zwischen meine Lippen gepresst und gesagt, es sei nicht so schlimm. Sie war gezwungen worden, und ich war beschützt gewesen, und bei meinen Eltern gab es Tiere im Stall, bei ihren nur die verlassenen Boxen. Ich wanderte ziellos umher, sah Geschäfte und Kneipen und las Plakate, die einen Friedenszustand simulierten. Hier gibt es Waren, hier gibt es Lachen. Ich sah zerlumpte Kinder mit ausgestreckten Händen, gab ihnen einige Münzen, und sie rannten weg, vielleicht, um die Münzen in der Bäckerei gegen Lakritzschnüre oder Krümel einzutauschen. Krümel, früher etwas für Vögel, jetzt für hungrige kleine Menschen. Ich sah einige Bauern auf dem Weg zum Markt und las die Zeitungsschlagzeilen. Neue Verhandlungen mit England. Schweden verlangt ein Ende der Post- und Telegrammzensur. Schöner Frühling 1916, aber seit bald zwei Jahren Krieg. Würde er nie ein Ende nehmen?

Die Gelüste des Körpers. Wo hatte ich das gehört? Vielleicht hatte ich es nicht gehört, sondern nur verspürt, und wollte es mir deshalb nicht eingestehen. Lea hatte über meine Begegnung mit Anton im Gebetssaal gelacht und mich dazu gebracht, mich dessen zu schämen, was ich mir in der Nähe eines Mannes eingebildet hatte, den ich gar nicht kannte. Ich hatte versucht, meinen Körper und meine Seele zum Gehorsam zu zwingen. Vergeblich. Hier in den Straßen, als ich mit den Händen in der Tasche umherwanderte, musste ich mir eingestehen, dass ich an Anton dachte, wenn Jakob mich küsste, Antons Hand streichelte mich in Jakobs Umarmung, Antons Stimme flüsterte Jakobs ehrlichen Wunsch nach einem lebenslangen Zusammensein.

Wir trafen uns noch immer. Wenn Ruben bei uns saß und mit Lea redete, war meistens Anton dabei, und wenn Jakob im Hafen war, dann mahlten wir vier die Bohnen, tunkten das Brot und aßen geschmuggeltes Essen aus Vasastaden. Daran, dass ein vornehmer Mann wie Ruben sich mit unserer schlichten Kammer zufriedengab, hatte ich mich inzwischen gewöhnt, trotz seiner eleganten Kleidung. Die Taschenuhr und die feuchten Wände passten nicht zusammen, trotzdem ergab alles einen Sinn. Denn er konnte frei atmen und er selbst sein, dank Lea und dem diskussionslustigen Anton.

Ich habe nur diese Kleider, hatte Anton an dem Abend gesagt, als er mir folgte und vor der Belästigung gerettet hatte. Das war aber nicht die ganze Wahrheit. Ich sah blaue und graue Hosen an ihm, Mäntel mit Kragen und Halstuch, Hemden, die immer weiß waren, und Schuhe aus Carl Ottos Laden. Irgendwoher gab es Geld. Ich wollte nicht fragen, denn wir verdienten ja selbst mit unserem Schwarzmarkthandel. Wenn das Geld von Ruben kam, gab es dazu nichts zu sagen. Antons Buch über die christliche Studentenverbindung kam Ruben wie gerufen, und Wohltätigkeit konnte viele Gesichter haben, genau wie Freundschaft.

Aber das war es ja gerade. Ich blieb mitten auf der Straße stehen und merkte, dass ich meinen Gedanken gefolgt war. Ich befand mich einige Straßen von Antons Junggesellenheim entfernt, wo sein Zimmer nicht dem Standard seiner Kleidung entsprach, aber sauber und ordentlich war. Ich war nur einmal da gewesen. Wir hatten alle ins Kino gehen wollen, und Anton hatte etwas vergessen, lief auf sein Zimmer und ließ mich mitkommen. Er sagte nicht, ob er sich schämte, und ich fragte nicht. Das Bett war gemacht, das Fenster angelehnt. Nichts wies auf Elend oder Leichtsinn hin, es sah eher aus wie die Zelle eines Mönchs. Er fand das Portemonnaie und zeigte auf den schlichten Holzleuchter. Silber war schöner, aber Flamme blieb Flamme, und auch dieser Leuchter erinnerte ihn wohl an das, was er mitgemacht hatte.

Ich hatte Mutter geschrieben und mich für die Leuchter bedankt und erzählt, dass Anton sie mitgebracht hatte. Sie hatte sicher verstanden, dass ich Anton entweder für einen Dieb hielt oder dass ich jetzt die Wahrheit erfahren hatte, dass sie zuerst ihm und jetzt mir die Leuchter geschenkt hatte. Sie schrieb, die Leuchter gehörten mir, und sie werde nie vergessen, wie einsam ich im Zug nach Göteborg aussah. Als ich das las, begriff ich, dass auch Mutter ihre nächtlichen Ängste hatte und dass einige davon mit mir zusammenhingen. Ich dachte wieder an das Kind, das Lea zum Pfand für ihre Sicherheit machte. Mit einem Kind würde die Sicherheit eher für immer verschwinden. Die Welt wäre voller möglicher Unglücke, die das Kind treffen könnten.

Jetzt ging es um die unterschiedlichen Gesichter der Freundschaft. Ruben wollte keine Frauen, hatte Lea gesagt, und auf einmal sah ich, was ich bisher nicht wahrgenommen hatte. Anton, der Ruben einen scherzhaften Rippenstoß versetzte, Ruben, der Antons Knie streichelte. Zwei Männer in Eintracht und Streit, im Denken fast eins, so einig über alles, was richtig und gerecht war. Und doch, Freundschaft war Freundschaft, und diese hier war nichts anderes. Es hatte niemals Spannungen gegeben, niemals war etwas Unpassendes geschehen. Ich hätte es sehen müssen.

Wir waren einige Wochen zuvor alle fünf im Krokängspark gewesen. Wir lauschten politischen Reden, warfen Pfeile, fuhren Karussell und tanzten. Jakob führte mich herum, Anton wirbelte Lea herum, bis sie nicht mehr konnte, während Ruben sich eine Zigarette ansteckte. Dass Jakob als einfacher Hafenarbeiter manchmal mit uns ausging, verstand sich. Anton fungierte wie Kitt, denn er war weder Herr noch Knecht. Eher war es Ruben, der sich außerhalb der Norm bewegte. Dass Jakob als mein Verlobter galt, half natürlich auch, auch wenn er es nicht bestätigen wollte, weder mit Worten noch mit einem Ring. Er bedrängte mich nicht und ließ mich selbstverständlich auch mit anderen tanzen. Sein Vertrauen war rührend. Er war wirklich liebenswert.

Aber als wir tauschten, Antons Arm um meinen Rücken lag und die Kapelle einen Walzer spielte, wurde mir wieder bestätigt, was ich nicht wissen wollte. Ich hatte es nicht vergessen. Anton erkundigte sich nach meiner Arbeit bei Ottos, er fand, ich sollte kündigen und ein Studium aufnehmen. Von den Schwarzmarktgeschäften wusste er, hatte aber nichts dagegen, da Ruben über alles seine Hand hielt. Dass wir aufhören sollten, solange es noch so gut lief, war eine Selbstverständlichkeit.

»Es ist nicht lustig, von der Obrigkeit gejagt zu werden, Rakel. Ich weiß, dass du es für deine Familie tust. Aber wenn sie davon wüssten, wären sie verzweifelt.«

Er drückte mich fester an sich, damit niemand es hören könnte. Seine Worte waren warm an meinem Hals, und ich antwortete zwischen den Atemzügen, dass ich wüsste, was ich tat, und fragte, warum ihn das interessierte. Ich wollte ihn provozieren, konnte aber nur der Art, wie er mich hielt, entnehmen, dass ich ihm irgendetwas bedeuten musste.

Anton seufzte und sagte, wenn ich je zur See gefahren wäre, würde ich verstehen, dass es eine Übermacht gab, egal, wie tüchtig der Kapitän zu sein glaubte. Er behauptete, wenn er die Zeit zurückspulen könnte, würde er es tun und dann mit mir über andere Dinge sprechen. Dann führte er mich zurück zu Jakob.

Ohne zu wissen, wie es geschehen war, stand ich nun plötzlich vor Antons Haus. Es war schon spät, aber der Abend war noch immer ziemlich hell. Der Hungeraufstand einige Tage zuvor war niedergeschlagen worden, und die Straßen wirkten trügerisch ruhig. Ich öffnete die Haustür, stieg die Treppen hoch und klopfte an Antons Tür. Erst jetzt ging mir auf, was ich tat, aber ich dachte, ich müsste mir einfach Gewissheit verschaffen.

Er öffnete sofort. Seine Haare sahen aus, als sei er zerstreut mit der Hand hindurchgefahren. Auf dem Tisch sah ich einen Stapel Papier, daneben Tinte und Feder, und am Rand des Tisches stand ein Weinglas. Die Petroleumlampe leuchtete, wie die Kerze im Holzleuchter, und das Zwielicht vermittelte Arbeitsruhe. Anton trug eine schlichte Hose und ein ebensolches Hemd. Seine Überraschung war echt, wie anschließende Freude.

»Rakel. Was machst du denn hier?«

Er führte mich ins Zimmer und nahm mir meinen Mantel ab. Ich schaute mich um, dachte, dass er nur das Notwendigste hatte. Ein Bett, einen Tisch, einen Stuhl und einen Schrank. Wein auf dem Tisch und den Wunsch nach zusammenhängenden Gedanken. Ich setzte mich auf das Bett, faltete auf meinen Knien die Hände und betete für das, wofür zu beten ich niemals für möglich gehalten hätte, auf diese Weise und in diesem Zimmer.

»Kann ich ein Glas Wein haben?«

Er war klug genug, nicht nein zu sagen. Stattdessen holte er ein sauberes Glas und gab einen kleinen Schluck hinein. Er reichte mir das Glas mit besorgter Miene.

»Trink vorsichtig. Wenn …«

»Ich bin keine dreizehn mehr.«

»Ist etwas passiert? Sag nicht, dass die Polizei euch auf die Schliche gekommen ist. Ruben hat mir versichert, dass keine Gefahr besteht. Aber es gefällt mir überhaupt nicht, dass du zusammen mit Lea die Kunden empfängst.«

»Jakob hält fast immer Wache. Und wenn dir das solche Sorgen macht, warum tust du das nicht auch?«

»Ich will das jedes Mal. Es ist schwer zu erklären, warum ich es nicht tue. Aber ich will es trotzdem. Du staunst bestimmt darüber, dass ich so wenig fürsorglich bin, und ich glaube, auch deine Mutter würde wollen, dass ich auf dich aufpasse. Dieses Gefühl hatte ich, als ich sie besucht habe.«

»Erklär es trotzdem. Kannst du nicht ausnahmsweise einmal sagen, wer du bist und was du denkst und fühlst? Erzählen, woher du kommst und wohin du im Leben willst. Was du von mir willst. Wenn du überhaupt etwas willst.«

Anton schaute mich überrascht an.

»Was bringt dich zu diesen Fragen?«

»Nichts. Ich bin eben so. Und du. Und Lea, Ruben und Jakob.«

Dann kam es. Meine Entdeckung von Lea in Carl Ottos Armen und er unter ihren Röcken, unser Gespräch im Café und ihre Erklärung. Dass Ruben sie wollte, dass er aber keine Frauen wollte und was das bedeutete. Alles war gesagt, ehe ich daran denken konnte, dass ich Lea vielleicht verriet, dass auf Anton vielleicht kein Verlass sei.

»Du hast mir das ebenfalls gesagt. An dem Abend nach dem Essen. Ruben ist nicht so, hast du gesagt. Stimmt das? Was ist er dann? Und wer bist du? Der vor etwas flieht und stehlen will, es dann aber nicht tut. Der mit Ruben eng befreundet ist und elegante Kleider trägt. Der mich dazu bringt, zu …«

»Wozu bringe ich dich?«

»Beantworte zuerst meine anderen Fragen.«

Anton machte eine Handbewegung und stieß das Tintenfass um. Die Tinte ergoss sich über Papiere und den Tisch. Er legte eilig ein Löschblatt darauf und antwortete mit abgewandtem Gesicht.

»Wenn du über meine Freundschaft mit Ruben staunst, dann ist nichts daran so seltsam. Ja, ich weiß, wie es um ihn steht. Unverschuldet ist er in seinem eigenen Gefängnis gelandet. So zu leben, ohne das empfinden zu dürfen, was er will, das kannst du die Hölle auf Erden nennen. Er liebt seinen Gott und muss sich sagen lassen, dass es für solche wie ihn keinen Platz gibt. Kein Wunder, dass er versucht, eine Schuld, die er nicht hat, durch gute Taten zu bezahlen. Kein Wunder, dass er in Lea einen festen Punkt gefunden hat. Ein Leben und einen Glauben daran, dass er gut genug ist. Diese Frau solltest du bewundern, Rakel. Und niemals verurteilen.«

»Ist es denn richtig, was sie tut?«

»Was heißt schon richtig. Wer bin ich, das zu beurteilen? Richtig ist wohl, wovon Jesus Christus uns sagt, dass es richtig ist. Wenn wir es nicht in unserem Herzen spüren.«

»Lass Jesus hier aus dem Spiel. Den hast du doch erst in späteren Jahren kennengelernt. Dein Herz reicht. Kann man es verteidigen, dass Lea Ruben mit seinem eigenen Vater betrügt?«

»Sie will etwas Gutes. Sie will niemandem wehtun, und sie wird es auch nicht. Dass eine Frau wie Lea solche Umwege einschlagen muss, ist eine andere Sache. Aber sie ist Realistin. Dazu ist sie gezwungen worden. Ich glaube, dass sie die Wahrheit sagt. Sie und Ruben können einander helfen und Dinge leisten, die größer sind als sie selbst. Denkst du nicht auch so, was eure Schwarzmarktgeschäfte angeht? Dass das, was ihr tut, anderen hilft und damit vertretbar ist?«

Ich nippte an dem Wein und spürte, wie er auf meiner Zunge brannte, die vorhin erst Leas Beere gekostet hatte.

»Und du und Ruben, ihr seid nur Freunde?«

»Ja, das sind wir. Du bist doch auch mit anderen als deinem Verlobten befreundet, ohne dass daraus mehr wird? Du und ich sind doch wohl Freunde, auch wenn du Jakob gehörst?«

Das Wort »Freunde« war schlimmer als alles andere. Antons Hand um das Weinglas. Der Mund, der ein wenig lächelte, nachdem er etwas Unbeschreibliches in Worte gekleidet hatte. Ich nahm meine Zuflucht in diesen Sekunden.

»Freunde. Ja, danke. Du machst dir Sorgen um unsere Geschäfte, machst aber keinen Versuch, sie zu beenden, und versuchst nicht, uns zu beschützen. Erklär mir also, wie ich dich eben schon gebeten habe, wovor du wegläufst und was du verbirgst. Auch wenn das seine Zeit dauert. Ich habe Zeit, Anton. Die ganze Nacht, wenn es sein muss.«

Die ganze Nacht, und was das nun bedeuten mochte. Anton schenkte mehr Wein ein und trank auf eine Weise, wie ich sie nie gesehen hatte. Dann legte er die Unterarme auf die Knie.

»Ich habe dir einmal erzählt, dass ich zu euch nach Fiskinge gekommen bin, weil ich so weit wie möglich von meiner Vergangenheit wegmusste. Die Wahrheit ist, dass ich fliehen musste. Vor der Polizei. Dem Rechtssystem, wie es genannt wird. «

Er schaute zur Decke hoch, wie um etwas Göttliches daran zu hindern, ins Zimmer einzudringen.

»Ich habe dir von der Schiffsjungenausbildung erzählt. Darüber, dass ein Teil der Offiziere die Jungen wie Dreck behandelten. Arme Trottel allesamt. Alle mit einem Glauben an etwas, das ein wenig erträglicher war als der Hunger daheim. Ich hatte einen Vater, der meine Mutter quälte und uns alle schlug, um seine eigene Ohnmacht zu verdecken. Bis ich ein für alle Mal mit ihm abgerechnet habe. Manchmal frage ich mich, wie viel Güte ich noch erleben muss, um ihm voll und ganz verzeihen zu können. Aber meine Geschichte ist nicht schlimmer als die vieler anderer.

Wir lernten so einiges. Aber auf einer Korvette zu wohnen, in dieser Enge. Einige schafften es nicht und weinten Abend für Abend. Einer machte sich nachts die Hose nass. Welche Strafe er bekam, willst du gar nicht wissen. Ich selbst war daran gewöhnt. Wusste, dass man sich vor Unterdrückung nur retten kann, indem man keine Furcht zeigt. Wenn sie Angst riechen, dann greifen sie an.«

Anton leerte sein Glas und schien nachfüllen zu wollen, überlegte sich die Sache dann jedoch anders.

»Einer hatte noch mehr Angst als die anderen. Er hieß Gustaf. Ein Königsname, aber er hatte nichts Königliches an sich, er war nur mager und elend. Er versuchte, hart zu werden, aber er war zartbesaitet wie ein Mädchen, und einer unserer Offiziere fand ein seltsames Vergnügen darin, das immer wieder zu betonen. Für die anderen wurde das zu einer willkommenen Abwechslung von ihrem eigenen Unglück. Wenn Gustaf geschlagen wurde, kam man selbst ungeschoren davon, wenn er die übelsten Aufgaben übernehmen musste, blieb uns das erspart. Ich tat hinter dem Rücken des Offiziers, was ich konnte. Wenn ich es offen versucht hätte, hätte es nichts genutzt. Aber ich konnte ihm bei unseren Studien helfen, wir sollten ja auch rechnen und lesen lernen. Ich half ihm auch, Schuhe zu putzen und Knoten zu machen, denn das hatte er nie begriffen. Ab und zu stand ich nachts auf und versuchte, seine Schreie im Schlaf zu ersticken. Und wenn du wüsstest, wie wir gefroren haben!«

Er sprach jetzt mehr mit dem Fußboden als mit mir.

»Eines Abends hatten wir frei, und wir wollten es uns gemütlich machen. Gustaf hatte von zu Hause einen Brief bekommen, der enthielt Briefmarken. In den Gaststätten konnte man mit Briefmarken bezahlen, aber es war besser, die im Mützenfutter zu verstecken, sonst wurden sie uns abgenommen. Wir wanderten im Hafen umher, und Gustaf erzählte, er wünsche sich im Leben nur eins, nämlich ein Stück Land so weit weg vom Meer wie überhaupt nur möglich. Er verabscheue das Meer, sagte er. Für ihn war es eine Bedrohung. Er kam aus einem Dorf, wo es an Wasser in der Nähe nur Flüsse und Seen gab, und so wollte er es haben. Ein kleines Stück Land, auf dem er arbeiten könnte. Ein Seeufer zum Angeln. Ein liebes Mädchen und ein paar Kinder. So sah sein Traum aus.

Doch als wir noch unterwegs waren, trafen wir genau den Offizier, der sich solche Mühe gab, Gustafs Leben zur Hölle zu machen. Er war angetrunken und hatte einige andere weniger korrekte Vorgesetzte bei sich. Als sie uns entdeckten, ging wohl alles mit ihnen durch. Frauen hatten sie nicht auftun können, obwohl es auf Marstrand genug gab, und irgendwo mussten sie ihre Lust wohl ablassen. Unser Offizier baute sich vor Gustaf auf, sagte, der habe ja Post bekommen und wollte nun den Inhalt von Gustafs Taschen untersuchen. Als die sich als leer erwiesen, brüllte er so wütend los, dass Gustaf nicht zu widersprechen wagte, sondern die Briefmarken hervorzog. Der Offizier schrie, er solle die hergeben. Als Strafe für achtlosen Umgang mit der Ausrüstung. Ich merkte, wie Gustaf neben mir zitterte. Ich zitterte selbst, aber aus Wut. Und dann konnte ich den Mund nicht halten, sondern sagte, die Briefmarken könnten ihm doch scheißegal sein, es wären schließlich nicht seine.«

Anton hob den Blick. Seine Augen sahen nicht mich, sondern nur das, was gewesen war.

»Es dauerte nur einige Minuten, dann waren wir fertig. Sechs Männer gegen zwei junge Burschen. Sie schleiften uns in den Wald, und da nahmen sie sich zuerst die Briefmarken vor und dann Gustaf. Der Offizier wusste genau, was er tat, als er Gustaf so misshandelte, dass er nicht mehr gehen konnte, während die anderen Männer mich festhielten und ich zusehen musste. Aber als er meinem Freund die Nase brach und ihm die Zähne ausschlug, ahnte ich, dass alles bald zu spät sein würde. Ich werde niemals die Angst in Gustafs Augen vergessen. Ich sehe sie immer vor mir, wenn ich über den Krieg lese. So müssen sie aussehen, die Soldaten, die wissen, dass sie sterben müssen. So voller Angst, dass sie kaum noch menschlich sind. Ich weiß noch, dass ein Vogel vorbeiflog. Den hasste ich, weil er entkommen konnte.

Als Gustaf sich nicht mehr bewegte, dachte ich, sie wären jetzt fertig, aber der Offizier kam zu mir und fuchtelte mit dem

Messer vor meinem Gesicht herum. Er grinste und sagte, das nächste Mädchen, mit dem ich tanzen wollte, würde wohl die Augen zumachen müssen. Denn er habe vor, mein Gesicht dermaßen zu zerschneiden, dass nicht einmal meine Mutter mich wiedererkennen würde. Dann hielt er das Messer an meine Wange, und plötzlich hatte ich Kräfte, von denen ich nichts geahnt hatte, und riss mich los. Ehe sie mich einholen konnten, kamen andere Leute vorbei, und sie rannten weg.

Ich spürte nur den Blutgeschmack im Mund, von einem Schnitt an meinem Mundwinkel. Ich stürzte zu Gustaf, hob ihn hoch und trug ihn in die Kaserne. Einer unserer Kapitäne, ein durchaus rechtschaffener Mann, sorgte dafür, dass er Pflege erhielt. Gustaf hatte inzwischen das Bewusstsein verloren. Ich überließ ihn dem Kapitän und holte das Messer aus meinem Rucksack. Danach machte ich mich auf die Suche.

Ich fand ihn in der Bierkneipe Schell und wartete, bis ich ihn hinter einen Baum treten sah, um sein Bedürfnis zu verrichten. Ich schlich mich von hinten an ihn heran und hatte eigentlich vor, ihm das abzuschneiden, was ihm am liebsten war. Aber als er mich auslachte und sich aus meinem Griff wand, wurde alles schwarz vor meinen Augen. Ich schlug zu. Wieder und wieder, und nach einer Weile stand er nicht mehr auf. Da trat ich ihn, so, wie er Gustaf getreten hatte, und ich brach etwas, das ich nicht hätte brechen dürfen. Ich wollte, dass er sehr lange nicht wieder schlagen könnte. Erst als ich fertig war, versuchte ich, mir das Blut aus dem Gesicht zu wischen. Das ging nicht. Es war erstarrt.«

Das Schreckliche, das er da erzählte. Die Übergriffe, die Ungerechtigkeit.

»Du hast ihm etwas gebrochen?«

»Ja, und zwar reichlich. Es wäre falsch zu sagen, dass ich das nicht vorgehabt hätte. In dem Moment, als ich ihn schlug, da war da nur Hass. Ich schlug zurück für alle die Male, wenn mein Vater meine Mutter und uns Kinder geschlagen hatte, für alle Jungen auf dem Schiff. Hier auf Erden wird mir wohl niemand verzeihen können. Aber Gott vielleicht.«

Ich sah wieder Antons Hände an. Die Hände, die auf dem Banjo gespielt hatten, die sich auf meine gelegt und meine Finger auf die Saiten gedrückt hatten, die Hände, die in meinem Rücken gelegen hatten.

»Ja, Rakel. Ich habe ihn erschlagen. Muss seinen Kiefer so hart getroffen haben, dass etwas zerbrochen ist.«

Die Wahrheit, nach der ich nicht hatte fragen wollen, die ich aber doch in Erfahrung bringen musste.

»Weiß Ruben das?«

Anton schüttelte den Kopf.

»Niemand weiß mehr als du. Und die Menschen, die mir auf Marstrand geholfen haben. Ich hatte nämlich Mut genug, um zu dem freundlich gesinnten Kapitän zu gehen und mich selbst anzuzeigen. Ich habe den Offizier zusammengeschlagen, sagte ich. Ich wollte das nicht, aber ich glaube, er ist tot. Vermutlich machte das im Moment keinen großen Unterschied. Der Kapitän war viel zu entrüstet darüber, was Gustaf passiert war. Ich durfte die Nacht in der Kajüte verbringen. In der Frühe weckte mich der Kapitän. Ein Boot legte gerade an, und er hatte mir dort einen Posten als Heizer verschafft, aber ich musste sofort aufbrechen und den Mund halten. Ich raffte meine Habseligkeiten zusammen, und einige Stunden später war ich unterwegs. Wenn jemand bereit gewesen war, mir zu helfen, konnte ich vielleicht Vergebung erlangen.«

Erst jetzt merkte ich, dass ich zitterte.

»Und dann?«

»Ich ging mit versengten Armen und dem Gefühl an Land, der Hölle entkommen zu sein. Du kannst dir das nicht vorstel-

len, Rakel. Unter Deck eingesperrt zu sein, inmitten der Heiz-
kessel. Zusatzrationen an Hafermehl und Wasser, um die Hitze
aushalten zu können. Finsternis. Schweiß … und die Erinnerung an Gustaf. Ich wollte wissen, was aus ihm geworden war,
aber schon wenige Tage nach dem Anmustern erfuhr ich, dass
ich gesucht wurde. Mord ist eben Mord, und ein Offizier ist ein
Offizier. Mir war klar, dass ich nicht an der Küste bleiben konnte, und so ergriff ich noch einmal die Flucht. Ich kam an eurem
Hof vorbei, und den Rest weißt du.«

Mord. Die schlimmste Sünde. Hand an seinen Nächsten zu
legen.

»Ich hätte das erzählen müssen, und ich wollte es auch oft
tun. Der einzige Grund, warum ich es nicht tat, ist, dass ich diesen Blick nicht sehen wollte, den du jetzt in den Augen hast. Ich
werde niemals für jemand anderen dasselbe empfinden wie für
dich. Verstehst du, was es für ein Gefühl ist, eine Dreizehnjährige zu begehren? Sie vom ersten Augenblick an zu lieben? Verstehst du jetzt, warum ich euren Hof verlassen habe, ohne mich
zu verabschieden? Kannst du mir verzeihen, dass ich mich nie
wieder gemeldet habe? Ich habe auch nachts Wache gestanden,
aber ich konnte nichts sagen. Du hast Jakob und wirst dein Leben mit ihm zusammen verbringen, nicht wahr? Während ich
immer auf der Flucht sein werde, vor mir selbst. So dass Anton
Dahlström zu existieren aufhört. Ja, so heiße ich. Anton Rosell
ist ein Phantom.«

»Ich will nicht, dass du zu existieren aufhörst. Anton Dahlström oder Anton Rosell. Wie immer du heißt.«

Ich ging zu ihm und sagte das immer wieder. Es war ein
Unglück. Du wolltest es nicht. Du hattest den Verstand verloren und hast ein ganzes Leben, um deine Schuld zu bezahlen.

Anton erhob sich und trat dicht an mich heran.

»Sag, dass du Jakob willst. Sag es. Damit ich meiner Wege gehen kann.«

Was hätte ich sagen sollen? Dass ich Jakob wollte, seine Geborgenheit und Ehrlichkeit? Dass ich nicht alles für einen Mann aufgeben könnte und dass Antons Hände kein Ersatz für alles seien? Ich versuchte, etwas zu formulieren, das sich nicht erklären ließ, als mein eigener Körper mich verriet.

Sein Mund auf meinem. Alles wie damals, nur mehr, Banjo und Klavier, kein Anfang und kein Ende, seine Finger rissen an meinem Kleid, irgendein Segen und süße Beeren im Sommer, seine bloße Hand, die Narbe auf der Wange zu küssen und wegzuküssen, kein Schmerz und sein Körper über meinem, leicht wie die Wolke und schwer wie die Sünde, alles endlich eins und kein Wort, nur ein Wille und eine Erklärung, ein »Ich liebe dich«, das nicht gesagt zu werden brauchte, denn es sprengte das All in seiner Unendlichkeit.

Für nichts anderes habe ich gelebt. Wenn mein krankes Blut in einer letzten Freiheitserklärung erkaltet ist, werde ich die Wärme wieder spüren. Wissen, dass es etwas gibt, das Leben heißt, und dass es mir gegönnt war.

Damals.

»Das Schiff wurde gerettet, aber der anschließende Brand war katastrophal. Die hohen, spitzen Flammen töteten alle, die ihnen in den Weg kamen. Nur fünf der siebenundachtzig Männer im Geschützturm konnten sich retten, indem sie durch das kleine Loch krochen, durch das die leeren Verpackungen der Granaten weggeworfen werden. Mehrere von ihnen waren schwer verletzt. Die anderen dreiundsiebzig starben den Heldentod im schweren Geschützfeuer, gemäß dem Befehl ihres Offiziers.«

Georg von Hase, erster Artillerieoffizier auf dem deutschen Schlachtschiff *Derfflinger*

Kapitel 14

2007

Onkel Ivar bat sie so eindringlich, über Nacht zu bleiben, dass sie schließlich zusagte. Sie glaubte, sie werde die ganze Nacht wach liegen und über alles nachdenken und am Morgen weitere Fragen haben, die nur er beantworten könnte. Doch sie schlüpfte einfach unter die Decke und schlief in einer Erschöpfung ein, die nicht einmal Träume ermöglichte.

Jetzt war es sechs Uhr, und jemand machte sich unten im Haus zu schaffen. Onkel Ivar, der vermutlich das Frühstück vorbereitete. Er war am Vortag so verzweifelt gewesen, hatte immer wieder gesagt, er wolle helfen, und hatte ihr seine Begleitung angeboten. Sie hatte dankend abgelehnt und gesagt, er besuche seinen Bruder oft genug.

Die Blumen auf dem Nachttisch erinnerten sie an Solveig. Ob die Kusine ihres Vaters das alles wusste? Nein. Sonst hätte sie davon erzählt. Was abermals bewies, wie tief die Familie ihre Geheimnisse vergraben hatte.

Sie streckte die Hand nach ihrem Telefon aus und hörte die Nachrichten ab. Niklas' Mitteilung war die kurze Bitte, vorsichtig zu fahren. Izabella dagegen brauchte länger, um zu erzählen, dass die deutsche Akrobatin, die Inga einige Jahre zuvor fotografiert hatte, bei einer spektakulären Nummer ohne Netz vom Seil gestürzt war. Die Artistin war in ihrem Heimatland sehr bekannt gewesen. Einige deutsche Zeitungen, Zeitschriften und Fernsehsender hatten in Erfahrung gebracht, dass es in Schweden einzigartige Bilder von ihr gab. Sie hatten Izabella um die Genehmigung zur Veröffentlichung gebeten. Ob Inga sie zurückrufen könnte.

Barbaras Wunsch hatte sich erfüllt. Das »Scheißleben« hatte ein Ende genommen. Jetzt waren ihre Bilder gefragt. Die ebenso beschissen waren. Sie hatte sie nie wieder ansehen können, ohne in Gedanken Izabellas Kommentar zu hören, und es spielte keine Rolle, dass die Ausstellung durchaus Erfolg hatte. Ein Kritiker hatte eine Entwicklung zur fast sakralen Interpretation von Objekten und Personen erkannt. Ein anderer fand, ihre Fotos bildeten einen reifen Kontrast zur »frischen Herangehensweise des jungen Kollegen«. Sie hatten Fragen nach dem Motiv gestellt, die Inga nicht beantworten konnte. Die Vernissage war nur wenige Wochen nach Mårtens Beerdigung gewesen. Noch immer konnte sie sich nur vage daran erinnern.

Izabella hatte ihr Urteil über die Zirkusbilder nicht zurückgenommen. Aber im tiefsten Herzen hatte Inga eingesehen, dass sich Izabellas Kritik noch immer im Rahmen der Zustimmung bewegte. Die Galeristin konnte ja nicht ahnen, wie brüchig Ingas Glaube an ihre Schaffenskraft wirklich war. Vielleicht verhielt sich das bei anderen Fotografen auch so, das wusste sie im Grunde nicht. Unter Kollegen wurde nur selten über solche Dinge gesprochen.

Vorsichtig schlich sie sich nach unten. Onkel Ivar hatte tatsächlich ein Frühstück vorbereitet, das jeder gut geführten Pension Ehre gemacht hätte, und wie sie das alles um halb sieben Uhr morgens aufessen sollte, war ein Rätsel. Aber sie war gerührt über diese Fürsorge ihres Onkels. So zeigte er seine Liebe. Sie stellte sich vor, wie er die Gurke zerschnitt, um den Teller mit dem Schinken zu verzieren, und fragte sich, ob sie so alt werden würde wie er. Neunzig Jahre. Wenn man bei guter Gesundheit blieb, lautete die Standardantwort. Ehrlich gesagt, war sie sich nicht sicher. Obwohl einer der Ärzte im Pflegeheim ihres Vater zu ihr gesagt hatte, als es ihm wieder einmal gelungen war, dem Tod von der Schippe zu springen: »Wenn es dann so weit ist, wollen nur sehr wenige das Leben verlassen.« Man weiß, was man hat, aber nicht, was man kriegt, so prosaisch hatte er das ausgedrückt.

Onkel Ivar erzählte, wie ungeheuer viel Spaß sie in der Familie gehabt hatten. Seine Gabel schrappte über den Teller, als er sein Spiegelei zerschnitt. Das Eigelb war perfekt, außen fest und innen cremig.

»Wie war meine Großmutter eigentlich?«

Onkel Ivar ließ sein Besteck sinken.

»Mama war wirklich ein feiner Mensch«, antwortet er. »Das soll nicht heißen, dass sie immer leicht im Umgang war. Sie konnte sehr scharf werden, wenn ihr jemand oder etwas nicht passte. Denn sie war ehrlich und sagte ihre Meinung, auch wenn das unangenehm war. Und sie war witzig. Wenn sie vorlas, verwandelte sie sich in alle Figuren und verstellte ihre Stimme. Sie spielte richtig Theater. Und obwohl sie so viel zu tun hatte ... als Pastorenfrau mit allem, was dazugehörte, Gemeindearbeit, Klavierunterricht ... so hatte sie doch immer Zeit für mich. Wie auch später für deinen Vater. Nichts war so wichtig, dass wir sie dabei nicht hätten unterbrechen dürfen. Alles um sie herum war schön, und trotzdem achtete sie nicht auf Flecken auf der Tischdecke oder gesprungene Vasen. Und sie war sinnlich.«

»Sinnlich?«

»Sie hatte eine Ausstrahlung, wie ... Wenn sie ein Zimmer betrat, erfüllte sie dieses Zimmer. Einfach, weil sie die war, die sie war. Bestimmt wollte im Laufe der Jahre eine Menge Männer in ihre Nähe kommen. Ob ihnen das gelungen ist - darüber schweigt die Geschichte.«

Er erhob sich und brachte ein Foto zurück. Da war es. Das Foto der Großmutter mit Onkel Ivar auf dem Schoß, an das sie vor einigen Tagen gedacht hatte. Eine Frau mit einem kunstvollen Nackenknoten und einem dunklen Kleid. Onkel Ivar in Weiß. Der Blick der Großmutter. Scharf und unergründlich.

»Das ist ein schönes Foto.«

»Möchtest du es haben?«

»Aber deine Söhne möchten es doch vielleicht....?«

Onkel Ivar nahm ihr das Foto weg, steckte es in eine Papiertüte und sagte, ihre Großmutter hätte sicher gewollt, dass ihre einzige Enkelin das Bild bekäme, und seine Jungs hätten es oft genug angeglotzt, genau wie er selbst. Dann bat er sie, auf dem Rückweg vorbeizuschauen. Sie sagte zu, bot an abzuspülen, war aber froh, dass ihr das erspart blieb. Eine Viertelstunde später stand sie neben dem Auto, mit Onkel Ivars Faust in der einen und einer großen Tüte voll Proviant in der anderen Hand.

»Wirst du Johannes grüßen? Ihn von mir umarmen? Lässt du von dir hören?«

»Natürlich mache ich das. Vielen Dank für alles. Ich bin froh darüber, dass du es mir erzählt hast.«

Im Rückspiegel sah sie, dass er stehenblieb und so lange winkte, wie er sie sehen konnte. Sie bog um die Ecke und fuhr an den Straßenrand, als sie außer Sichtweite war. Dann schickte sie eine neutrale SMS an Niklas und teilte mit, dass sie ihren Vater besuchen wollte.

Sie brauchte zwei Stunden für die Fahrt zu dem Pflegeheim, das ungefähr auf der Mitte zwischen Onkel Ivars Haus und ihrer Wohnung in Stockholm lag. Sie hatten das nach einer Weile so arrangiert, als klar geworden war, dass der Zustand unabänderlich war und die Entwicklung nur in eine Richtung gehen konnte. Das Autoradio summte im Hintergrund, als sie versuchte, sich daran zu erinnern, wie alles gewesen war. Die stets düstereren Gedanken ihres Vaters. Seine stummen Phasen. Das Gefühl, dass er für alles länger brauchte, dass er kein Essen mehr einkaufte, nicht tankte, seinen Haushalt vernachlässigte.

Es kam ihr so vor, als sei das noch gar nicht lange her, und dabei waren es mehr als zehn Jahre. Ob zuerst die Depression kam und dann der Schlaganfall oder ob es umgekehrt war, konnte eigentlich niemand wirklich beantworten. Gemeinsam hatten sie ihn jedenfalls besiegt, und zwei Jahre darauf hatte er in ein Pflegeheim übersiedeln müssen. Damals war sie verzweifelt gewesen, jetzt jedoch dankbar, weil es eben doch so gut gegangen war. Er hatte sein Zimmer, seine Pflege und die ärztlichen Untersuchungen. Und er bekam Besuch, von Onkel Ivar, Solveig und den anderen Verwandten, von ihr selbst. Ob er das zu schätzen wusste? Sie hätte es so gern gewusst. Aber es war mehrere Jahre her, dass er überhaupt ein einziges kleines Wort geäußert hatte.

Sie erinnerte sich gut daran, wie sie und Mårten dem Krankenwagen gefolgt waren, der ihren Vater zu dem Heim bringen sollte, das aller Wahrscheinlichkeit nach sein letztes sein würde. Sie hatte auf dem ganzen Weg geweint. Mårten ließ sie und versuchte nicht, sie zu trösten. Als sie sich beruhigt hatte, war er auf einen Parkplatz gefahren, hatte angehalten und sie umarmt.

»Du hast alles getan, was du tun konntest. Mehr war nicht möglich«, sagte er immer wieder. Irgendwann hatte sie das akzeptiert und sich klargemacht, dass sie sich wirklich eingesetzt und um alles gekümmert hatte, zu Hause und bei den vielen Besuchen im Krankenhaus. Sie konnte nicht mehr gegen die Unerbittlichkeit des Lebens kämpfen, und sie hatte Erinnerungen genug. Auch das hatte Mårten gesagt. Es hatte ihr geholfen, ihren Vater in dem neuen Zimmer unterzubringen und bis zum

Abend zu bleiben, um die Hand ihres Vater zu nehmen und zu halten, ehe sie ihn verließ, in der, wie sie zutiefst hoffte, kompetenten Obhut des Personals.

Auf dem Heimweg schien ihr, dass sie nur einen Körper im Pflegeheim hinterlassen hatte, und sie hatte auf eine Geste von oben gehofft. Einige Wochen darauf war diese Geste gekommen. Ihr Vater hatte während ihres Besuchs kein Wort gesagt. Aber als sie ging, entdeckte sie einen Vogel, der in einem Baum saß und sang.

Sie hatte bestimmt eine Viertelstunde zugehört, wie der Vogel seine Töne produziert hatte, und das als das erbetene Zeichen aufgefasst. Die Seele ihres Vaters konnte noch immer singen, und das machte alles erträglich, zumal sie Mårten an ihrer Seite hatte. Ob die Trauer, die jetzt ihren Gemütszustand prägte, eine Mischung aus der alten geronnenen Trauer um ihren Vater und der neuen um Mårten war, wusste sie nicht. Jemand mit Durchblick hätte ihr sicher sagen können, dass es so sei, und das wäre ihr doch nicht die geringste Hilfe gewesen.

Im Foyer blieb sie stehen und schaute ins Restaurant mit der mittelmäßigen Kost. Sie hatte sich schon so oft durch die Speisekarte gegessen, dass sie sie auswendig wusste. Frikadellen mit Preiselbeergelee. Griechischer Salat. Riesige Ciabatte mit einer Scheibe Schinken und einer Scheibe Käse im Spalt. Sie roch die Mischung aus lauwarmem Essen und Desinfektionsmitteln und ging zur Toilette, um sich die Hände zu waschen.

Im Fahrstuhl nach oben zog sie ihren mentalen Schutzanzug an, ehe sie die Tür öffnen und eine Pflegerin anlächeln konnte. Sie blieb stehen und erfuhr, dass ihr Vater in seinem Zimmer war. Nein, seit ihrem letzten Besuch war nichts passiert, wie lange war das her, einige Wochen vielleicht? Eine kleine Magenverstimmung, aber die Untersuchungen müssten noch

ausgewertet werden. In einer Stunde werde der Arzt vorbei-
schauen, dann könne sie mit ihm reden. Die Pflegerin nickte
und sagte, im Speisesaal stünden Tee und Kaffee bereit, und sie
könne dafür fünf Kronen in die Sammelbüchse werfen. Inga
nahm sich einen Beutel Zitronentee und hielt ihn ins Wasser.
Mit der Tasse in der Hand ging sie zum Zimmer ihres Vaters,
ohne nach rechts oder links zu schauen, denn hinter den offenen Türen lagen blaue Frotteehügel auf den Betten und würden
noch genauso daliegen, wenn sie wieder ging. Die Blumen, die
sie unterwegs gekauft hatte, trug sie unter dem Arm.

Er saß am Fenster und schaute hinaus. Ob er wirklich etwas
ansah, oder ob es nur eine Erleichterung für das Personal war,
das zu glauben, war schwer zu sagen. Jetzt räusperte sie sich,
um ihn nicht zu erschrecken, während sie die Tasse auf den
Tisch stellte und die Blumen danebenlegte. Dann ging sie zum
Rollstuhl und drehte ihn vorsichtig herum.

Ein Mann, der jedes Mal, wenn sie ihn sah, magerer wurde. Blonde Haarbüschel auf dem Kopf, dünner Hals, der aus
der Jacke ragte. Trainingsanzug. Socken, Pantoffeln an den Füßen. Blaue Augen, wenn auch gedämpft, mit Weiß vermischt.
Sie merkte, dass sie sich zusammenreißen musste, sich beherrschen, um keine Schwäche zu zeigen. Durch nichts durfte sie
ihn merken lassen, wie verzweifelt sie über seinen Zustand war.
Sie musste den Glauben an Besserung ausstrahlen, damit er
selbst seinen Zustand akzeptieren konnte.

Sie umarmte ihn und spürte die Knochen unter seinen Kleidern. Glaubte oder hoffte, in den Armen eine leichte Bewegung zu bemerken, als wollte er die Umarmung erwidern. Sie
ließ ihn los.

»Hallo, Papa. Du bist aber fein heute. Und die Haare sind
frisch gewaschen.«

Seine Verzweiflung, als er seine Körperpflege nicht mehr im

Griff hatte. Deshalb gehörte zu jedem Besuch die Bemerkung, wie frisch und sauber er sei.

Sie zog eine Vase aus dem Regal, ließ Wasser hineinlaufen, stellte die Rosen hinein und hielt sie ihm unter die Nase.

»Die duften, Papa. Ich hab sie in dem Blumenladen in der Nähe von Onkel Ivars Haus gekauft, wo es so viele schöne Sachen gibt. Wenn du das noch weißt.«

Über alte, vertraute Dinge sprechen, so tun, als würden Fragen beantwortet. Vertraute Namen und bekannte Ereignisse erwähnen, auf gemeinsame Erlebnisse anspielen, das Wetter nicht vergessen. Das alles war ihr vor langer Zeit eingeschärft worden, und sie hatte es immer wieder gehört, von zahllosen Ärzten. Hatte sich an die Regeln gehalten und in diesen Jahren mechanisch über ihre Ausstellungen und ihre Freunde gesprochen, über Mårtens Arbeit und ihre Ferienreisen, über Peter und sein Medizinstudium. Sie hatte Fotos mitgebracht und für ihn Kleidung gekauft, mit Knöpfen vorn, leicht an- und auszuziehen. Sie hatte seine Rasierwasser- und Deo-Auswahl vervollständigt und immer denselben Duft gekauft, seinen eben.

Sie stellte die Blumen so auf den Tisch, dass er sie sehen konnte, und zog einen Stuhl heran. Sie setzte sich und nahm seine Hand, so, dass sie einander in die Augen schauten. Sie spürte einen leichten Druck und wusste, dass in widrigen Zeiten eigentlich nichts wichtiger war, als eine Hand halten zu können.

»Ich war eben bei deinem Bruder Ivar, Papa. Ich bin von Marstrand aus zu ihm gefahren, da wohne ich gerade. Ich musste einfach mal raus und mich ein wenig ausruhen. Nach dem Haus schauen. Das sieht gut aus.«

Der Blick ihres Vaters ruhte auf ihr, ohne zu sehen, wanderte durch ihre Augen, blieb irgendwo in der Trauer hinter den Augenlidern haften. Sie erzählte vom Fotografieren, von

Peter, der angerufen hatte, und stell dir vor, offenbar hat er eine Freundin. Sie erwähnte weder Mårten noch die Tatsache, dass sie allein war, und versuchte stattdessen, über fröhliche Essen in guter Gesellschaft zu erzählen. Er durfte nicht begreifen, dass sie zusammengebrochen war. *Ich heiße Inga und das hat keine Bedeutung.* Als sie, zwei Jahre zuvor, erwähnt hatte, dass Mårten tot war, war er so unruhig geworden, dass er eine beruhigende Spritze hatte bekommen müssen. Aber er hatte kein Wort gesagt.

Eine Ärztin hatte einmal erwähnt, dass sie glaubte, Johannes könne sprechen. Dass sie gehört zu haben glaubte, wie er im Schlaf vor sich hinplapperte, dass das Sprachvermögen noch vorhanden war, aber nicht genutzt wurde. Aufgrund seiner psychischen Krankheit. Aber wenn Inga das so deuten wollte, dass es Hoffnung gab, dann war es eben so. Vielleicht könnte das alles erleichtern? Sie hatte für die Auskunft gedankt.

Onkel Ivars Ermahnung. Ich finde, darüber solltest du mit deinem Vater sprechen. Sie trank ihren Zitronentee und verbrannte sich die Zunge. Das passierte jedes Mal, wenn sie hier war.

»Papa. Ich muss dir etwas erzählen, etwas, wobei du mir helfen kannst, glaube ich. Ich habe beim Aufräumen im Schuppen einen Karton gefunden. Das Aufräumen war dringend nötig, es lag so viel alter Kram herum. In dem Karton waren alte Papiere und ein Brief. Jetzt habe ich mit allerlei Leuten gesprochen, und offenbar wurde der Brief von einer Frau geschrieben, die Linnea hieß und Lea genannt wurde. Eine gute Freundin von Oma. Der Brief kam aus Afrika, dort hat sie als Missionarin gearbeitet. Es ist die Rede von etwas, das dort passiert ist … es ging um Leben und Tod … etwas sehr Wichtiges also. Ich habe inzwischen so einiges über Oma und Lea erfahren. Darüber, wie sie zusammen in Göteborg gearbeitet haben. Und über einen Mann mit einer Narbe. Wie Opa.«

Die Augen. Blaue, gesprungene Fliesen, Staub in den Fugen. Bewegte sich darin etwas?

»Papa. Ich weiß, dass es seltsam klingt. Aber in diesen Tagen auf Marstrand ist mir aufgegangen, dass ich vieles nicht weiß. Und Onkel Ivar hat mir etwas über Oma erzählt. Dass sie vielleicht einen anderen Mann geliebt hat als Opa und dass sie ...«

Konnte sie ganz offen sagen, dass sie jetzt wusste, dass Onkel Ivar und ihr Vater verschiedene Väter hatten? Konnte sie über das alte Unglück sprechen, das vielleicht dazu beigetragen hatte, dass er hier saß und nichts sagte, belastet von dem Wissen um seinen starken Bruder?

Sie erhob sich und wanderte ziellos im Zimmer hin und her. Kontrollierte den Vorrat an Zahnpasta und Seife, goss die Topfblumen, warf alte Weintrauben weg. Setzte sich wieder vor ihren Vater und nahm noch einmal seine Hände. Nichts hatte sich geändert. Seine Augen, die starrten, ohne zu sehen. Der in sich zusammengesunkene Körper im Sessel. Das hatte sie im Laufe der Jahre so oft gesehen. Niemals hatte sie über ihre eigenen Sorgen gesprochen. Ihm zuliebe, der sie im Stich gelassen hatte, indem er krank und stumm wurde. Genau wie Mårten, der gestorben war. Wie konnten sie das tun? Sie im Stich lassen und verschwinden. Sie spürte ätzenden Zorn, von dem sie wusste, dass er unlogisch und egoistisch war. Man wird nicht krank, um anderen eins auszuwischen. Man stirbt nicht aus purer Gemeinheit. Aber genauso kam es ihr vor.

Sie fing wieder an zu reden und klang dabei immer hysterischer.

»Ich glaube, mir ist es in meinem ganzen Leben noch nie so schlecht gegangen, Papa. Ich weiß nicht, wie ich zurechtkommen soll. Ich schleppe mich durch die Tage, und wie lange das noch gutgehen wird, weiß ich nicht. Ich vermisse dich und unser gemeinsames Leben, ich vermisse dein Lachen, deine Witze, dein Gitarrenspiel und dass du immer so stolz warst, wenn ich angerufen und von meinen Ausstellungen erzählt habe. Obwohl du das manchmal nicht zugeben mochtest. Ich vermisse Mårten so sehr, dass ich glaube, daran zu zerbrechen, und ich bin einsamer als je zuvor. Und jetzt will ich mehr über meine Familie erfahren. Ich weiß, dass du nicht denselben Vater hattest wie Onkel Ivar. Ich weiß, dass du das als kleiner Junge erfahren hast und es nicht vergessen konntest und dass etwas passiert ist, als Opa starb. Ich glaube, du weißt etwas darüber, was in Leas Brief steht. Onkel Ivar meinte, ich solle dich fragen. Ich weiß nicht, was dein Schweigen bedeutet, aber ich muss es dennoch versuchen.«

Sie beugte sich zu ihm vor und sah, dass seine Mundwinkel zuckten. Huschte ein Schatten über sein Gesicht?

»Bitte, Papa!«

Nichts.

Wie lange sie so vor ihm saß, wusste sie später nicht mehr. Es konnte eine Minute gewesen sein oder zehn oder dreißig. Aber als er den Arm bewegte, glaubte sie zuerst nicht richtig zu sehen. Er hob den Arm und streckte die Hand aus. Er zeigte auf etwas, und als sie sich umdrehte, ging ihr auf, dass er auf den Kleiderschrank zeigte.

»Zeigst du auf den Schrank, Papa? Soll ich da hingehen?«

Sie redete weiter, als sie den Schrank öffnete, in der Angst, die Magie zu zerstören. Sie sah Mantel und Hosen, einige Jacketts, Hemden und Pullover, ein Paar Schuhe und Pantoffeln. Sowie eine graue Schachtel. Sie nahm sie und fing an, den Inhalt auf das Bett zu legen. Eine Haarbürste, Taschentücher, Bücher, eine Uhr.

»Was soll ich suchen? Was willst du mir sagen? Hier gibt es nichts, was eine Hilfe sein könnte.«

Sie drehte sich zu ihm um und sah, dass er noch immer auf

den Schrank zeigte. Er atmete heftiger, sein Brustkorb hob und senkte sich unter dem Pullover.

»Soll ich weiter im Schrank suchen?«

Sie ging zum Schrank und sah die Kleiderbügel durch. Nur Kleidungsstücke, keine Wertsachen. Abermals nichts.

Sie ließ sich auf das Bett sinken und fing an zu weinen. Vielleicht zum ersten Mal in diesem Zimmer. Hier gab es nur die Krankheit ihres Vaters, seine Perspektive, den Willen, dass es ihm gut ging, alles andere verblich zu belanglosen kleinen Wünschen. Woche für Woche, Monat für Monat, Jahr für Jahr. Ich werde mich nie mehr so einsam fühlen wie jetzt, dachte sie. Plötzlich war die Erinnerung da. Wie ihr Vater auf Schlittschuhen rückwärts lief und sie vorwärts, um ihn einzuholen, vergeblich. Jeden Winter dasselbe Spiel auf dem Eis. An dem Tag, an dem sie ihn hätte einholen können, tat sie es nicht. Sie wollte nicht akzeptieren, dass sie schneller vorwärts laufen konnte als er rückwärts. Denn das hätte etwas verändert ... alles.

Aber es half nichts, dass sie sich dagegen wehrte. Alles war eingestürzt, und sie konnte nichts mehr von ihm erwarten. Sie musste mit der geringen Kraft vorliebnehmen, die mit entsetzlicher Schnelligkeit zu Ende ging.

Die Tasche.

Zuerst glaubte sie sich verhört zu haben, glaubte, es sei nicht die Stimme ihres Vaters gewesen. Sie drehte sich um und sah, dass er die Hand gesenkt hatte und dass sein Mund noch immer ein wenig offen stand. Sie ging zurück zum Kleiderschrank, drehte die Kleider um, stülpte die Hosen um und schaute in die Brusttaschen von Mantel und Hemden. Am Ende, als sie hörte, dass der Servierwagen nur noch einige Meter weit weg war, griff sie in ein Jackett und fand eine kleine Tasche, die unter einer Falte im Stoff versteckt war. Sie war mit einem blanken Knopf verschlossen. Sie öffnete sie, schob die Finger hinein und zog ein dünnes Päckchen heraus. Sie wickelte das Seidenpapier ab. Ein Ring.

Langsam ging sie zum Bett, setzte sich auf die Bettkante und dachte, es sei der Trauring ihres Vaters, und sie dürfe sich jetzt nichts einbilden. Der Ring war schlicht, aus Gold, das gelber war als achtzehn Karat. Vorsichtig hielt sie ihn ins Licht und las die Gravur. *E. Seeger. 2. 3.16.*

Sie ging zurück zu ihrem Vater, der wieder in seiner alten Haltung zusammengesunken war. Sein Blick war abermals leer, und seine Hände lagen bewegungslos nebeneinander auf den Knien.

»Woher kommt der? Wer ist E. Seeger? Wie kommt sein Ring in deine Tasche? Du hast etwas gesagt, Papa, du kannst etwas sagen, du kannst …«

Sie setzte sich vor ihn und legte den Kopf auf seine Knie. Die leichte Berührung ihrer Haare konnte von seinen Händen stammen oder von ihren Wünschen, die ihr einen Streich spielten. Dann hörte sie jemanden hereinkommen und hörte eine muntere Stimme am Bett.

»Ach, die Tochter ist hier. Wie schön. Dann musst du ordentlich essen, wo du so lieben Besuch hast. Ich glaube, du magst unsere Frikadellen, oder?«

Kapitel 15

1959

Heute Nacht brauste das Meer in meinen Adern. Das Meer ist in mich eingezogen, es hat sich manchmal ruhig und manchmal wild bewegt, war aber niemals dasselbe. Ich konnte nichts tun, konnte nur spüren, wie er unter meiner Haut hallte, dieser Ruf vom Wasser her, dieses Flüstern vom Meeresgrund. Ich verstehe jetzt, dass es nicht mehr lange dauert, und ich hoffe, jemand wird mich empfangen, wird warten wie ein schwarzer Punkt oder ein Foto von früher.

Ich habe die Schmerzen losgelassen und sage das ganz ehrlich zu meinen Jungen, die sich beide solche Sorgen machen, wenn auch auf unterschiedliche Weise. Der Ältere lebt mit der Trauer, wie er mit der Freude lebt, der Jüngere lebt zwischen den Handflächen des Schicksals wie Spreu im Wind. Ich wünsche mir so sehr, dass er wieder Kraft bekommt und sich von der Erbsünde befreien kann. Es kommt ein neues Leben, dem er seine Liebe schenken kann, und vielleicht wird ihn das retten.

Ich ignorierte das Versprechen, das ich Jakob gegeben hatte, als ich mich in Antons Bett legte. Ich blieb in der Nacht bei ihm und musste mich morgens hinausschleichen. Keine Damenbesuche in diesem anständigen Haus, das war ja wohl klar. Er küsste mich immer wieder. Sein Hemd war nicht zugeknöpft, und ich folgte seinen Augenbrauen mit den Fingern und wusste, dass ich nach Hause gekommen war.

Er wagte schon jetzt zu fragen. Komm mit mir, Rakel. Wir gehen mit Ruben und Lea nach Amerika. Dort gibt es freie christliche Gemeinden und viele Baptisten. Wir gehen nach New York, nach Boston, in die schwedischen Siedlungen in Minnesota. Dort kannst du machen, was du willst, denn du sollst niemandem mehr dienen, und zu Hause kommen sie zurecht. Ich bezahle die Schuld zurück, und zwar durch dich. Deine Familie hat mich gelehrt, Gutes zu tun und zu denken, und jetzt kann ich es glauben. Unser Leben wird Musik, denn wir gehören zueinander, und wenn wir drüben sind, kaufe ich dir ein Klavier. Wir spielen für unsere Kinder, und alle sollen aussehen wie du. Blondgelockt.«

»Und Jakob?«

»Er überlebt es. Er muss überleben. Es sollte so sein, verstehst du das nicht, dass ich hergekommen bin und dich gefunden habe. Ich glaube, deine Mutter wird sich freuen. Sie hat mir einmal vertraut, und das hat alles geändert.«

Ich ging direkt zur Arbeit, und als ich nach Hause kam, durchschaute Lea mich sofort. Sie zündete die Kerzen in den Silberleuchtern an. Bald darauf saß Jakob am Tisch und erzählte von einer neuen Ladung, die nachts geliefert werden konnte. Wir nickten, und ich spürte seine Zärtlichkeit, mit der er mich ansah, spürte die Liebkosung seiner Hand, die gezeichnet war von der Arbeit für uns, für mich. Lea sprach es aus, als er gegangen war.

»Ich weiß, wo du heute Nacht warst. Aber ich möchte es von dir hören.«

»Verzeih mir, dass ich so dumm war, was dich angeht. Ich verstehe das jetzt besser. Ja, ich war bei Anton, und ich weiß, dass ich mit ihm zusammenleben will.«

»Hast du dich ihm hingegeben? Einfach so?«

»Ich verstehe nicht, was du meinst.«

Lea schüttelte den Kopf.

»Ich hatte gedacht, ich hätte dir etwas beigebracht. Die Erlösung erreicht niemals die Stelle zwischen den Beinen der Männer. Anton kann sagen, was er will, denn er könnte auch den Leibhaftigen bekehren. Etwas stimmt nicht mit ihm, und er wird dich unglücklich machen. Mit Jakob bekommst du ein ruhiges Leben und Zeit für dich und deine Gedanken und Wünsche. Mit Anton wirst du herumgeworfen werden wie ein herrenloses Boot ...«

»Und wenn ich genau das will?«

»Dann übernehme ich keine Verantwortung für die Folgen.«

»Er will mit mir nach Amerika. Zu den Baptisten.«

»Warum will er weg?«

Diese verdammte Lea. Ich hatte nicht vor, es ihr zu sagen, und schon gar nicht jetzt. Also antwortete ich, dass er hier kein Zuhause und keine Familie hatte, nur einen gewalttätigen Vater und eine Mutter, die Geld brauchte. Lea schüttelte wieder den Kopf. Dann fragte sie besorgt nach dem ersten Mal, und ich schüttelte den Kopf.

In dieser Nacht standen wir wieder im Lagerschuppen der Schuhfabrik. Die Herren, die kamen, waren schon früher dort gewesen und wussten, wie alles vor sich ging. Sie bezahlten bar, und danach wurde einem versprochen, dass er Lea ins Lorensberg-Kabarett einladen dürfte. Der andere wollte wissen, ob ich wohl bereit wäre, mich anzuschließen, und ich dachte, das können wir später noch entscheiden. Wir reichten uns die Hand. Der Handel war abgeschlossen, und Jakob, der sich in einer Ecke versteckt hatte, brachte uns nach Hause. An der Haustür verabschiedete sich Lea und lief nach oben. Ich war allein mit Jakob. Niemals würde es leichter sein als jetzt.

Als ich das Nötige gesagt hatte, wünschte ich dennoch, einfach verschwinden zu können. Vielleicht hatte ich nicht begriffen, wie viel er für mich empfand, denn seine Verzweiflung war unerträglich. Ich versuchte, sie zu lindern, indem ich über den Wert von Freundschaften sprach und dass sich eine Entscheidung für jemanden nicht gegen einen anderen richte. Nichts drang zu ihm durch. Ich wurde rot, auch im Hinblick darauf, was eine Nacht zuvor geschehen war.

»Es ist Anton«, sagte er nach einer Weile, und ich konnte nur nicken. Der Schmerz verschwand und wurde zu etwas anderem, und als er ging, hatte ich Angst vor dem, was geschehen war. Mir schien, ich hätte etwas ausgelöst, das ich nicht mehr lenken könnte. Und ich sollte recht behalten.

Aber dass es so bald geschehen würde. Nur wenige Tage später teilte Amanda Otto mit, dass die Familie in einer Woche ihr Sommerhaus auf Marstrand beziehen würde, und natürlich müsste ich mitkommen, meine Heimreise müsse also bis zum Herbst aufgeschoben werden. Schließlich hätte ich das in meiner Anzeige geschrieben, wenn ihre Erinnerung sie nicht trog. *Bereit, im Sommer mit aufs Land zu kommen.*

Inzwischen war es Juni geworden, der Sommer 1916. Wir standen an Deck, schauten über das Wasser und versuchten, alle Taschen und Kisten der Familie im Auge zu behalten. Der Kutscher hatte uns und unsere Siebensachen zum steinernen Anleger gefahren. Ganz oben lagen Amanda Ottos Hutschachteln sowie ihre Anweisungen für die Vorbereitungen bis zu ihrem Eintreffen. Das Haus sollte vor allem von Tor und Fridolf mit ihren Familien genutzt werden, während Carl, Amanda und Ruben im Grand Hotel wohnen würden. Das Haus musste aufgeräumt und hergerichtet werden, und dafür waren wir zuständig.

Dass ich als Dienstmädchen vorausfahren und für einen angenehmen Urlaub sorgen sollte, war eine Selbstverständlichkeit, dass Lea mitkam, dagegen eine Provokation. Im Schuhladen und in der Fabrik war sie für Amanda Otto unerreichbar, aber ihr Hass auf das ehemalige Dienstmädchen war nicht verflogen. Ob Amanda Otto wusste, dass Lea die Geliebte ihres Mannes und eng mit dem Sohn des Hauses befreundet war, weiß ich bis heute nicht, so wenig wie ich weiß, ob Vater und Sohn Otto klar war, dass sie dieselbe Beute beschlichen. Lea kam mit, weil Carl Otto sich durchgesetzt hatte. Die Ottos brauchten auf Marstrand ein zweites Dienstmädchen und hatten keine andere zur Hand. Einen richtigen Ersatz für Lea hatten sie nicht gefunden. Ihre Nachfolgerin war nach wenigen Wochen verschwunden.

Als die *Bohuslän* losfuhr, fing Lea an zu lachen. Ihr Lachen vermischte sich mit dem Tuten des Dampfers, und wenn ich die Augen schließe, sehe und höre ich sie. Dunkle Haare, die sich aus dem Knoten lösen, die Hände um die Reling geschlossen, das herzförmige Gesicht und das Muttermal mir zugewandt, der Mantel mit der Pelerine, die der Wind gegen die Wangen presste. Ich sah sie an und sagte lachend, dass sie zu allem fähig sei und dass ich mich bei ihr sicher fühlte. Etwas in mir krampfte sich zusammen, als Spiegelbild der Zukunft, denn ich glaubte zu sehen, wie Jakob mit einem langen Sprung über die Laufplanke setzte und zwischen den Passagieren auf dem unteren Deck verschwand.

Nachdem ich ihm alles gesagt hatte, war er mir einige Tage lang aus dem Weg gegangen. Dann tauchte er wieder auf und sagte, Geschäft sei Geschäft, und wen ich heiraten wollte, habe nichts damit zu tun. Er selbst brauche Geld, und wir wüssten, wozu. Seine Schwester dürfe nicht darunter leiden, dass ich anderen nachlief, deshalb wäre es nett, wenn wir weitermachen könnten. Lea sagte ja, und ich nickte und versuchte, ihm in die Augen zu schauen. Dort sah ich Kummer und Zorn, in dieser Reihenfolge.

Aber ich hatte Anton, und mir gehörte die Welt. Sein Zimmer wurde zu unserem Reich, und dort fand ich ihn wieder und wieder, fand Körper und Seele und entdeckte alle Winkel, die mir gehörten, wie er behauptete. Wir lagen im Bett, und er erzählte, wer er war. Erzählte vom Leben der rechtlosen Landarbeiter und seiner Angst vor seinem Vater, von Schlägen und Drohungen und dem Wunsch, sich zu widersetzen. Von der Schule und den Büchern, die ihm das Überleben ermöglicht hatten, von der Ohrfeige, die ihm der Pastor versetzt hatte, als er versuchte, die Punkte der Erbsünde vom Bild des Herzens zu tilgen, von der Zeitung, die über die Schiffsjungenausbildung schrieb, die angeblich leicht zum Rang des Unteroffiziers führen könne.

Er erzählte von dem Traum, Gutes zu tun, von einer Welt ohne Unterdrückung und seinem Hass auf den Krieg. Von einer christlichen Studentenverbindung und dem Schulbesuch für alle. Er sprach so wunderbar, und ich wollte endlich Mutter schreiben. Ich möchte, dass du jemanden triffst, und du weißt, wer er ist.

Wir stromerten über das Deck, rochen die salzige Luft und bewunderten die Schären am Horizont. Ruben war bei uns, offiziell, um uns das Haus zu zeigen. Er würde zwar im Grand Hotel wohnen, aber irgendwer musste doch unsere Arbeit überwachen. Als wir Göteborg hinter uns gelassen hatten, kam er und verschwand irgendwo mit Lea. Ich dachte an Jakob und fragte mich, ob ich richtig gesehen hatte, und wenn ja, was er hier wollte. Er hatte Verwandte auf Marstrand, das hatte er erzählt. Mir war aber nicht bekannt, dass er sie besuchen oder uns begleiten wollte.

Mit dem Schiff zu fahren war eine Befreiung, und nach Marstrand zu kommen ein Erlebnis. Das Meer machte etwas mit mir, und ich wusste in diesem Moment, dass ich immer am Meer sein wollte, wenn das möglich wäre. Die Festung thronte auf den Felsen, die Boote drängten sich im Hafen, und das Gewimmel der Menschen erinnerte mich an die Ameisenhügel zu Hause. Ruben und Lea kamen zu mir, und wir schafften unser Gepäck an Land, wo es von Trägern zum Sommerhaus gebracht wurde. Wir bahnten uns einen Weg durch das Gedränge und wichen den Schauerleuten aus, die das kostbare Wasser vom Festland an Land holten. Ich hielt Ausschau nach Jakob, konnte aber nicht sehen, ob er an Land gegangen war.

Ein Mann mit der Nummer 9 auf der Mütze, einer von zwölf nummerierten Trägern, stellte sich als Sohn des Hauses vor, das Ottos gemietet hatten. Es gehörte einer Fischerfamilie, die sich während der Saison im Schuppen zusammendrängte, die Sommerfrischler übers Meer fuhr und die Fische in Ruhe ließen, da sie weniger einbrachten. Der Träger sagte, seine Mutter erwarte uns im Haus.

Lea betrachtete die Landschaft mit derselben Freude wie das Meer.

»Hier werde ich mich wohlfühlen, Rakel«, sagte sie und bezog Läden, Cafés, Hotel und Sommergäste in dieses Lob ein. Unser Begleiter führte uns zu einem einige Straßen weiter gelegenen Haus. Die Tür wurde geöffnet, und eine Frau begrüßte uns und hoffte, alles werde zu unserer Zufriedenheit ausfallen. Sie hatte bereits geputzt und eine einfache Mahlzeit vorbereitet, denn sie wusste, dass wir zu tun hatten und dass viel von uns verlangt wurde. Sie selbst arbeitete im Sommer als Badewärterin, aber falls wir Hilfe brauchten, könnten wir auf sie zählen. Ruben bedankte sich bei ihr und ihrem Sohn mit einem Geldschein. Dann ging er zum Grand Hotel und versprach, bald von sich hören zu lassen.

Es war ein schönes Haus mit mehreren Schlafzimmern, Wohnzimmer und Küche. Unter der Decke hingen Ruder. Die Wirtin bemerkte mein Erstaunen und sagte, das sei hier auf der Insel ein Brauch. Ruder und Segel würden nach dem Fischen mit nach Hause genommen. Jetzt säßen natürlich keine Gefangenen mehr in der Festung, aber früher hätten die, die ihre Ruder vergaßen, Buße zahlen müssen. Geflohene Gefangene hätten am Strand kein Boot mit Ruder und Segel vorfinden dürfen. Ansonsten gebe es Tanzabende oben beim Reitstall und Konzerte im Societetshus, »falls Gesellschaft fehlt.« Der Glanz sei zwar nach dem Tod des alten Königs verblasst, für gewöhnliche Sterbliche aber doch noch gut genug.

Für kurze Zeit setzten wir uns, als ob wir in unserem eigenen Rhythmus atmen dürften und Herrinnen unserer Zeit wären. Danach klopften wir die Bettwäsche aus, trugen Holz ins Haus, machten ein Feuer und legten die Polster davor. Wir rieben Schränke, Regale und Garderoben aus, wischten Staub und verjagten die Spinnen im Keller. Das Haus war zwar schon sauber, aber Amanda Otto würde mit dem Zeigefinger über die Türleisten fahren und stellvertretend für ihre Söhne die Ecken inspizieren.

Wir machten eine Pause, kochten Kaffee und setzten uns auf die Vortreppe. Als wir den Kaffee getrunken hatten, ging Lea ins Haus und steckte ein Bündel Geldscheine unter die Matratze des Zimmers, das wir bewohnen würden. Einen Teil des Geldes hatten wir auf dem Festland gelassen, den Rest mitgenommen. Lea wollte das Risiko verteilen, denn sie konnte es kaum mehr erwarten, dieses Leben aufzugeben.

Es war nun so weit. Sie spürte es im Leib, ihre Blutung war ausgefallen. Fast hätte man an diesen unzuverlässigen Gott glauben können, denn jetzt war Ruben hier, sie hatte das Haus, und die Polster mussten auch im Hotel ausgeklopft werden. Ich wollte nicht daran denken, was nun geschehen musste. Die Vorstellung, dass Lea ein neues Leben unter dem Herzen trug und was passieren würde, wenn ihre Rechnung nicht aufginge, machte mir Sorgen. Dass ich Gefahr lief, in dieselbe Situation zu geraten, tauchte in meinen Überlegungen nicht auf. Und dabei war ich doch die Tochter meiner verständigen Mutter.

Ruben hatte noch gefragt, ob wir abends ausgehen würden. Wir wollten uns umsehen und es genießen, dass wir das Haus noch für uns hatten. Er kam uns abholen, elegant gekleidet in Grau und Weiß. Ich sah ihn mit Leas Augen und versuchte mir vorzustellen, wie seine Hände einen anderen Mann berührten, aber das gelang mir nicht. Ich konnte nur seine Nähe zu Lea sehen.

Wir gingen an den Kajen entlang, schauten uns den Betrieb an, wanderten Hänge hoch und hinunter und hörten aus der Ferne Musik. Ruben erklärte, dass das hier sein letzter Sommer in Schweden sein würde. Er könne vor seinen Eltern und allen anderen nicht mehr heucheln. Er hielt Lea im Arm, als er das sagte, und ich sehnte mich nach Anton und dachte daran, was er gesagt hatte. Er konnte nicht nach Mastrand kommen. Dort würde die Geschichte ihn einholen, und diesmal könnte er nicht fliehen. Ich beteuerte, dass er sich nicht meinetwegen in Gefahr bringen sollte. Ich küsste ihn, riss mich für diese Wochen von ihm los, und seither war mein Entschluss gereift. Wir könnten Ruben und Lea begleiten. Ruben sprach jetzt über Anton, als habe er meine Gedanken erraten, und sagte, er habe versprochen zu schreiben. Ich wusste, dass Anton Ruben von uns erzählt hatte, aber Ruben hatte nichts zu mir gesagt. Wir benahmen uns genau wie sonst, vielleicht, weil Worte die Lage noch komplizierter gemacht hätten, als sie ohnehin schon war.

Auf dem Tanzboden forderte Lea Ruben auf, ehe der protestieren konnte. Er tanzte nur selten und erklärte, die Berührung dabei sei ihm peinlich, und er gerate immer aus dem Takt. Aber an diesem Abend war irgendetwas anders, denn er ließ sich führen. Ich blieb sitzen. Kaum hatte ich einem freundlichen

Mann dankend abgesagt und spielte ich mit dem Gedanken, einen Spaziergang durch den Wald zu machen, da stand er vor mir. Jakob, und doch nicht er. Seine Haare waren ungekämmt, sein Gesicht leicht gerötet und der Ausdruck in seinen Augen fremd. Er trug seine gute Jacke.

»Darf ich um einen Tanz mit der jungen Dame bitten? Aus alter Freundschaft?«

Er versuchte, mich auf den Tanzboden zu führen, aber ich widerstrebte, winkte Lea zu und ging dann mit ihm zur Seite.

»Was machst du hier?«

Er lachte. Ein freudloses Lachen, wie ich es noch nie gehört hatte. Dann erklärte er, er habe Verwandte auf Marstrand, nicht ich, deshalb sei die Frage ja wohl fehl am Platze. Er habe schon lange vorgehabt, diese Leute zu besuchen, und wenn ich beschlossen hätte, zur gleichen Zeit hier zu arbeiten, dann sei das allein meine Sache.

»Was redest du für Unsinn.«

»Unsinn habe ich ja wohl eher geredet, als ich dachte, aus uns würde etwas werden. Als du Versprechen gemacht hast, die du nicht halten wolltest.«

»Ich habe dir nichts versprochen.«

»Was ist denn an mir auszusetzen, Rakel? Wir passen zusammen, das war schon seit unserer ersten Begegnung so. Und durch mich hast du jetzt Geld. Ich würde alles für dich tun. Bitte, kannst du dir die Sache nicht überlegen?«

»Wenn das nur möglich wäre. Ich mag dich so sehr ... aber ich liebe einen anderen, und solche Dinge kann man nicht lenken.«

Es klang pathetisch. So zuckersüß, billig und blutarm. Jakobs Wunsch, meine Weigerung, unsere jämmerlichen Versuche, einander die größten Gefühle und den schlimmsten Verrat zu erklären. Dann Jakobs Bitte, mit ihm über die Insel und dann zu seinem Haus zu gehen. Mich zu einem Kaffee einladen zu lassen. Diesen Gefallen könnte ich ihm doch wohl tun?

Ich zögerte zu lange, und er zog mich vom Tanzboden weg und in den Wald. Der Weg schlängelte sich zwischen uralten Bäumen und steilen Klippen dahin. Hier zeigte Marstrand ein anderes Gesicht, ein verträumteres. Jakob ging neben mir, hielt meinen Arm und war wieder er selbst. Er atmete ruhiger, und sein Gesicht nahm seine normale Farbe an, als er von der Insel erzählte, von der er als Kind so viel gehört hatte und die er so oft wie möglich besuchte.

Eine Kusine seiner Mutter hatte in eine hiesige Fischerfamilie eingeheiratet. Ihr fehlte zwar manchmal der feste Boden, aber sie hatte ihm voller Eifer erzählt, wie Marstrand zwischen Schweden und Norwegen hin und her gerissen worden war, und wie die Heringsbestände und damit gute und schlechte Zeiten gekommen und gegangen waren. Wie die Gefangenen in der Festung mit Fußeisen bestraft wurden, wenn sie sich widersetzten, und wie der Dampfer damals Leute aus Göteborg gebracht hatte, die die Gefangenen fütterten wie Tiere in einem Zoo. Wie die Königlichen die Insel vergoldet und die feinen Leute dazu gebracht hatten, sich noch feiner vorzukommen.

Ich dachte an Lea und Ruben und daran, was an diesem Abend vielleicht geschehen würde. Nun öffnete sich der Wald, und wir erreichten die Felsen. Vor uns lag das Meer, gefärbt von der untergehenden Sonne. Die Boote kamen und gingen, die Vögel kreisten über dem Strand, und nichts kam mir unwirklicher vor als die Vorstellung, dass sich in diesem Wasser Minen und Torpedos versteckten. Marstand erschien mir in diesem Moment wie eine Freistätte, geschützt vor der Wirklichkeit, und ich drehte mich zu Jakob hin, um ihm meine Gefühle zu schildern. Er starrte vor sich hin, sein Gesichtsausdruck berührte mich. Plötzlich ging mir auf, was es bedeuten würde, Schweden mit Anton zu verlassen. Ein anderes Land. Ein Ozean zwischen mir und den Meinen. Ich fröstelte. Jakob zog seine Jacke aus und legte sie mir um die Schultern, ohne mich dabei zu berühren.

Schweigend sprangen wir von einem Stein zum anderen und erreichten das Dorf. Jakob führte mich weiter, und dann standen wir vor dem Haus. Es war gelb und hatte Ähnlichkeit mit dem, das Ottos gemietet hatten, nur war es kleiner. Ein kleiner Garten mit Schuppen und einer Rasenfläche. Hübsche Fenster und eine Bronzeglocke an der Tür. Jakob zog an der Schnur, und die Glocke ertönte, dann öffnete er die Tür und ließ mich eintreten.

Das Haus war dunkel und die Verwandtschaft offenbar nicht zu Hause. Wir waren auf eine Weise allein, wie wir das noch nie gewesen waren, und ich spürte, ohne es zu spüren, wie er mich von hinten packte, an meinem Kleid riss, an meinen Haaren zerrte und versuchte, mich zu Boden zu werfen. Ich dachte, ich müsse schreien und mich wehren, ihn in die Hand beißen und mich losreißen, und dann sah ich ihn auf den Knien vor dem Kamin liegen und ein Feuer anzünden. Ich schüttelte angesichts meiner Überspanntheit den Kopf, dachte daran, was gewesen war, und schämte mich ein wenig über meine Phantasie. Unter der Decke hingen Ruder.

Als wir nebeneinander vor dem Feuer hockten, fing er an. Er sei bereit zu arbeiten. Er glaube an Ehrlichkeit und Redlichkeit und an die Rechte der Frauen. Ich wisse ja, dass das Leben seiner Schwester eine Folge seiner Bemühungen war. Wenn er nur könnte, würde er mich auf Händen tragen und mir alle Möglichkeiten lassen, denn Mann und Frau seien gleich viel wert, und so sollte es auch sein.

»Mit Anton wirst du unglücklich werden. Du bist nicht zur Frau eines Freikirchlers geeignet. In einem fremden Land. Dich mit der Gemeinde abmühen und einen Pfarrhof leiten. Du willst Geschäfte machen und selbständig sein. Dich zusammenzureißen und fromm zu sein liegt dir nicht. Du wirst Heimweh nach deiner Familie haben und am Ende traurig sein.«

»Ich glaube nicht, dass es in einer Baptistengemeinde einen Pfarrhof geben kann.«

Ich fauchte zurück, weil er einen wunden Punkt berührt hatte. Er hatte nicht unrecht. Anton war das eine, eine Ehe mit einem Prediger etwas anderes. Meine Eltern hatten trotz allem nicht nur einen Gebetssaal gehabt, sondern auch einen Hof. Jakob verschwand in der Küche, mahlte Kaffeebohnen aus dem Hafen und setzte den Kessel auf. Bot mir eine Tasse an und war wie immer, freundlich und lieb.

Er sprach erneut über seine Pläne. Wir hatten Geld. Das würde für ein eigenes Heim reichen. Seine Verwandten wollten verkaufen, die Fischerei aufgeben und aufs Festland ziehen. Er selbst hatte eine Liebe zum Meer und zu Marstrand gefasst und glaubte, dass ich diese Liebe verstehen könnte. Wir könnten das Haus kaufen und einen Laden aufmachen. Es kamen viele Touristen her, und tatkräftige Menschen könnten es weit bringen. Es gab genug Platz, dass die Familien zu Besuch kommen könnten. »Stell dir vor, Rakel, morgens und abends das Meer zu hören.«

Ich schwieg und schaute ein Bild an der Wand an, einen Bauernhof mit Heuhaufen. Von dort war ich gekommen. Würde ich hier enden? Jakob redete weiter, und seine Worte berührten etwas in mir. Trotzdem spürte ich Anton in meinem Schoß und meinen Händen. Ich wollte nein sagen. Jakob hielt mir den Mund zu und bat mich, noch zu schweigen. Dieser Nacht zuliebe, Rakel. Ich sagte nichts, und das wurde vielleicht zu meiner größten Schuld.

Er begleitete mich ein Stück weit nach Hause und erzählte, dass seine Verwandten bei Nachbarn ein Stück weiter weg wohnten. Sie waren umgezogen, um das Haus zu vermieten. Die Gäste hätten an diesem Tag kommen wollen, würden aber doch erst später eintreffen. Er selbst durfte in dem Haus wohnen, bis die Sommerfrischler kamen, danach würde er wohl ebenfalls zu den Nachbarn gehen, falls er nicht nach Göteborg zurückkehrte. Er war ja vor allem hier, weil er versuchen wollte, mich zu überreden.

Die Dunkelheit besänftigte uns. Vor dem gemieteten Haus der Ottos küsste er mich behutsam auf die Wange. Es war der alte Jakob. Ich erkannte seinen Humor und seine Ehrlichkeit und spürte dennoch so etwas wie eine Warnung. Dann fragte er, ob wir wie normale Leute am nächsten Tag tanzen gehen könnten. Der kleine Schluck Schnaps, den er an diesem Abend getrunken hatte, sollte der letzte gewesen sein. Gute Freunde könnten doch zusammen das Tanzbein schwingen? So würde ich mich nicht an anderen Kerlen reiben müssen, und er dürfe doch für Anton auf mich aufpassen? Wir lachten in unserem Elend, und ich öffnete die Tür. Ich schlich in das Mädchenzimmer, zog mich aus und legte mich ins Bett. Lea war nicht da. Sie war im Grand Hotel bei Ruben und würde erst am nächsten Tag zurückkommen, in der Überzeugung, das Richtige getan zu haben. Hier lag ich, weit weg von allem unterdrückten Stöhnen der Lust und des Glücks.

Ich fühlte mich einsam.

Kurz vor Mittsommer richteten wir uns in unserem neuen Leben ein, und die Tage fanden ihren Rhythmus. Amanda Otto war nach Marstrand übergesiedelt, während Carl Otto mit dem Dampfer hin- und herpendelte. Wenn er ankam, brachte er Hemden mit, und Amanda Otto reichte sie mit einem Schnauben an uns weiter.

»Er glaubt, dass wir diese Hemden waschen werden. Das werden wir nicht. So oft, wie er sie wechselt. Bügelt sie kurz und faltet sie dann einfach zusammen.«

Ottos verbrachten ihre Tage damit, von der Heilquelle zu trinken, warme und kalte Bäder zu nehmen, Gesundheitsspaziergänge und Bootsausflüge zu machen und zusammen mit anderen Sommerfrischlern gut zu essen. An den Wochenenden und manchmal auch während der Woche kamen Tor und Fridolf mit ihren Familien, so dass Lea und ich Gesellschaft im Haus hatten. Marianne kam abends oft zu uns herüber, kicherte im Unterrock, umarmte uns und nannte uns ihre ganz privaten kleinen Backfische.

Abends gab es Veranstaltungen im TuristHotel und im Societetshus, falls man nicht im Restaurant essen, einem Konzert lauschen oder eine Dichterlesung besuchen wollte. Lea und ich blieben auf unserem Zimmer, wenn wir nicht kochten, putzten oder Gepäck in das eine oder andere Bad brachten.

Amanda Otto behandelte Lea sehr kühl, wenn sie das Haus aufsuchte, und Lea antwortete mit der gleichen Kälte. Keine sagte auch nur ein Wort zu viel zu der anderen, abgesehen davon, dass Lea meistens befohlen wurde, im Hintergrund zu bleiben. Ich sollte das offizielle Dienstmädchen sein. Dank des schönen Wetters hielten wir alles durch, auch weil Amanda das Haus nur aufsuchte, um Kleidung oder Proviant zu holen und in seltenen Fällen zu frühstücken. Wir konnten größere Konfrontationen vermeiden, und Ruben machte einen Bogen um uns, um die Lage nicht zu verschlimmern.

Wir lernten, uns in Läden und auf dem Markt zurechtzufinden. Konnten in die Stelle kneifen, wo der Fisch am fettesten war, schleppten Milch und Gemüse und hatten ab und zu eine Stunde frei. Dann saßen wir im Café und sahen uns das immerwährende Gedränge an den Kajen an. Im Hafen lag die *Norrköping,* jene Korvette, auf der Anton als Schiffsjunge gehaust hatte. Die Offiziere, mit denen wir ins Gespräch kamen, erzählten bereitwillig von der Ausbildung und den Seereisen.

Es gab sehr viele Männer auf Marstrand, Seeleute mit einigen Tagen Landurlaub, die gern ihr Geld für das eine oder andere junge Mädchen ausgaben. Ruben musste sich seinen Eltern widmen und konnte nicht immer mit uns zusammen sein, und Jakob versuchte, sich in der Nähe aufzuhalten, wusste aber nicht immer, wann wir frei hatten. Ich gewöhnte mich daran, dass er als Freund um mich war, obwohl ich ihm keinerlei Hoffnung auf eine gemeinsame Zukunft machte. Aber das sagte ich nicht so offen, wie das nötig gewesen wäre. Vielleicht, weil ich Anton vermisste und mich so sehr nach Nähe sehnte.

Er hatte mehrmals geschrieben, mit dem Absender A. Rosell. Bei jedem Brief wurde meine Angst vor Amerika kleiner und meine Lust stärker, das Leben mit ihm zu teilen. Er schrieb, dass er mit seinem Buch fast fertig sei und dass er einen Verlag gefunden habe, der sein Werk drucken wolle. Damit, schrieb er, könne er Schweden verlassen. Er sei so lange wie ein herrenloser Hund umhergestromert, und jetzt sehne er sich danach, an einem Ort bleiben zu dürfen, mit mir.

Manchmal reicht es, deinen Namen zu sagen. Ich lasse die Feder sinken und schaue vor mich hin. Ich spüre, wie die Dunkelheit sich ausbreiten will. Und dann sage ich es laut. Rakel. Wenn du wüsstest, wie gern ich dich wieder umarmen und deine Nähe spüren möchte. Dieser Gedanke erhält mich aufrecht und lässt mich an das Gute im Leben glauben. Vielleicht gibt es doch eine Möglichkeit für mich, zu vergessen und mich mit den düsteren Ereignissen in meiner Vergangenheit zu versöhnen.

Außerdem schrieb er, dass er sich nach Überfahrtsmöglichkeiten nach Amerika umhöre. Ich war verdutzt, dachte, dass die Überfahrt alles andere als gefahrlos sei. Auch wenn ich zum Aufbruch bereit war, bezweifelte ich doch, dass es Schiffe gab, die es in diesen Zeiten wagten, den Atlantik zu überqueren. Ich erwähnte auch, dass Jakob sich auf der Insel aufhielt, aus Angst, es könne auf andere Weise herauskommen und missverstanden werden. Anton fragte daraufhin, ob ich bereit wäre, ihm schon in wenigen Wochen zu folgen, vielleicht an einen Ort, wo wir auf eine passende Überfahrt warten könnten. Ich antwortete, ich müsse auf jeden Falls zuerst meine Mutter und meine Brüder besuchen und mit ihnen reden. Und fragen, ob jemand, was kaum vorstellbar war, mit uns kommen wollte.

Ich erzählte Lea von unseren Plänen und sie schüttelte den Kopf wie immer, wenn sie von meinem Vorhaben hörte, mein Leben mit Anton zu teilen.

»Ich habe es schon einmal gesagt, und ich sage es jetzt wieder. Du wirst mit dem Kerl nicht eine ruhige Minute haben, und glaub mir, Rakel, eine Frau braucht ruhige Minuten. Spannung ist nur ein anderes Wort für Unruhe, und wenn du die unbedingt haben willst, kannst du sie dir beschaffen, wenn du Geborgenheit als Pfand in der Tasche hast. Aber nicht ohne.«

»Findest du denn gar nichts Gutes an Anton? So, wie ihr immer miteinander geredet und gelacht habt …«

»Mit jemandem Worte zu wechseln ist nicht dasselbe wie, sein Leben zu teilen. Ob ich ihn gern mag, hat mit der Sache nichts zu tun, du Dummerchen. Natürlich mag ich Anton. Aber nie im Leben würde ich mein Leben von ihm beeinflussen lassen. Er wirft Gefühle ins Herdfeuer. Ich mache ihm da keine Vorwürfe, er ist eben so geschaffen. Solche Menschen gibt es. Wir werden immer befreundet sein, er und ich. Aber ich bin nicht sicher, ob ihr das auch könnt.«

Ich hätte ihr eine Ohrfeige verpassen mögen, aber das schaffte ich nicht, denn sie beugte sich vor und küsste mich mitten auf den Mund.

»Du bist zu gut für diese Welt. Also tu, was du nicht lassen kannst, mein Engel. Du kannst dich an meinem Busen ausweinen, wenn alles vorüber ist. Der wird immer für dich da sein.«

Wir saßen in einem kleinen Restaurant, als sie das sagte. Das Licht war zart, aber zuversichtlich, in dem Wissen, dass es noch bis Mittsommer über die Dunkelheit herrschen würde. Das Lokal war voll besetzt und es wurde gelacht und gelärmt. Ottos waren essen gegangen, und wir hatten diese Stunde frei, danach mussten wir das Haus für die Nacht vorbereiten. Als zwei Offiziere an unseren Tisch traten und baten, uns Gesellschaft leisten zu dürfen, gab es deshalb keinen Grund, nein zu sagen.

Sie bestellten Wasser, Wein und Schalentiere und erzählten derweil, dass sie gern auf Marstrand waren. Der eine, ein kräftiger Mann mit rauer Stimme, erzählte, dass er früher einmal Schiffsjungen ausgebildet hatte. Die Arbeit war lohnend und anstrengend zugleich gewesen. Es war schön, den Jungen zu einem möglicherweise besseren Leben zu verhelfen. Andererseits fiel es ihm schwer, mitanzusehen, wie sie manchmal misshandelt wurden.

Die Jungen seien nicht immer leicht zu lenken. Der eine oder andere Schlingel könne seinen Kameraden das Leben erschweren. Er erinnere sich vor allem an einen. Ein frühreifer Jüngling sei das gewesen, einer, der sich immer für seine Kameraden einsetzte, dem es aber schwerfiel, sich den allgemeinen Regeln zu fügen. Immer wieder hatte er sich nachts hinausgeschlichen und sich mit den Mädchen im Dorf herumgetrieben, vor allem mit einer bestimmten.

»Unangenehmerweise hatte einer meiner Offizierskollegen ein Auge auf dieselbe Frau geworden. Und dann kam es, wie es kommen musste. Etwas Schlimmeres habe ich bei der Truppe nie erlebt, vorher nicht und auch später nicht.«

»Wie meinen Sie das?«

Ich pulte eine Krabbe aus, um ihm nicht in die Augen sehen zu müssen. Die Fühler der Krabbe stachen mich in die Handfläche.

»Er hat ihn umgebracht.«

»Wer hat wen umgebracht?«

»Der Junge hat den Offizier umgebracht. Sie waren auf der Tanzfläche und gerieten dort aneinander. Der Offizier zog das Messer, und der Junge wehrte sich. So muss es gewesen sein, sagen die, die Bescheid zu wissen glauben. Andere sagen, der Junge habe den Offizier provoziert. Auf jeden Fall sollte die Sache vor Gericht kommen, aber sie wurde nie geklärt, da der junge Mann plötzlich weg war. Seither ist er spurlos verschwunden. Es wurde gemunkelt, er sei auf ein Schiff gegangen, das Marstrand damals gerade verließ. Aber die Polizei unternahm wohl auch keine weiteren Versuche, ihm aufs Meer zu folgen, obwohl ein Offizier ums Leben gekommen war. Sie fanden seine Leiche im Wald.«

Der Offizier schenkte sich Wein nach. Ich verzehrte meine Krabbe, die nicht nackter hätte werden können, als sie jetzt war, dann fragte ich nach dem, was ich wissen wollte.

»Wie hieß er?«

Der Offizier sagte, er werde Anton Dahlström nie vergessen. Danach schlug er vor, wir könnten uns beim nächsten Mal im Restaurant Alphydden treffen. Ich sagte so halbwegs zu, dann erhoben wir uns, Lea und ich, und bedankten uns für alles.

Der Geschmack der Krabben und das, was hier gesagt worden war, steckten mir in Hals und Beinen. Ich stolperte über einen Stein, und Lea nahm meinen Arm. Natürlich staunte sie. Ich hatte ihr nie erzählt, was Anton mir anvertraut hatte, auch wenn sie wusste, dass er als Schiffsjunge auf Marstrand gewesen war.

»Das ist also Antons Geheimnis. Oder war es die Schuld des Offiziers?«

Ich schwieg, und sie redete weiter.

»Du hast es die ganze Zeit gewusst, Rakel. Und nichts gesagt. Aber ich habe es gespürt. Etwas stimmt nicht mit diesem Mann. Hast du vor, mehr zu erzählen, oder muss ich dich dazu zwingen?«

»Es stimmt, dass er einen Mann getötet hat. Aber es ging nicht um eine Frau. Ein Offizier hatte einen seiner Kameraden gequält. Anton wollte sich rächen. Es war ein Unglück. Dann hat ihm ein Kapitän zur Flucht verholfen.«

Ich verstummte. In der Luft zwischen mir und Lea hallte die Erinnerung daran wider, was Anton bei uns erzählt hatte, in der Küche zu Hause in Fiskinge, darüber, woher seine Narbe stammte. Ich habe mich wegen einer Frau geschlagen. Ich tanzte mit ihr, und jemand kam und wollte sie abklatschen. So oft hatte ich das, was er gesagt hatte, in meinen Gedanken gedreht und gewendet, dass ich es hören konnte, als ob er hinter mir stünde und mir alles zuflüsterte. In seinem Gesicht leuchteten die Augen wie damals, als er die Männer niederschlug, die mich belästigt hatten.

Lea seufzte. »Wahrheit, Lüge und dann wieder Wahrheit. Wie die Nähte in den Schuhen. Verhaken sich auf beiden Seiten ineinander. Aber es bleibt dabei, dass Anton einen anderen Menschen getötet hat. Dazu gehört sehr viel, Rakel. Egal, wie groß der Jähzorn auch ist.«

»Du hast gut reden.«

»Wirklich?«

Schweigend gingen wir zum Haus weiter, und ebenso schweigend machten wir uns an unsere Arbeit. In meinen Gedanken hörte ich immer wieder, was der Offizier gesagt hatte. Sie hatten sich um eine Frau geschlagen. Spielte das eine Rolle? Das Unglück war geschehen und würde sich nicht wiederholen, seine Liebe zu mir war echt. Seine geschriebenen Worte waren der Beweis. Ich hatte keine Kraft, noch einmal daran zu zweifeln. Aber hatte er mir zuliebe die Wahrheit durch eine Lüge gemildert? Das musste ein Ende haben. Nichts konnte schlimmer sein als Unehrlichkeit, das würde ich ihm klarmachen.

Bald konnten wir wieder ausgehen. Lea erklärte, sie sei im Hotel mit Carl Otto verabredet, der die Nacht auf der Insel verbrachte. Er wolle »zum Zuge kommen«, wie er Lea auf einem Zettel mitteilte, den er ihr bei seinem letzten Besuch zugesteckt hatte. Nur, dass sie ihm jetzt sagen würde, dass alles zu Ende sein müsse.

Die Liebesnacht mit Ruben lag hinter ihr, und Leas Gesicht wirkte weich, als sie davon erzählt hatte. Zuckersüß war die Nacht gewesen. Unschuldig und genauso, wie sie sich das vorgestellt hatte. Das Kind in ihrem Bauch war jetzt eine Gewissheit, und diese Gelegenheit war so gut wie jede andere.

»Und wenn er wütend wird und dich hinauswirft?«

»Damit muss ich rechnen. Ich habe Geld und einen lieben Mann an meiner Seite. Die Klippe wird nicht niedriger, wenn ich mit dem Springen warte. Und Angst habe ich wirklich nicht.«

Hatte ich selbst denn Angst? Ich weiß nur, dass die Wolken angefangen hatten, einander in seltsamen Formationen zu jagen. Ich ging allein zum Tanzboden, fuhr unterwegs mit der Hand über den Stamm der Silberpappel und hoffte uneingestanden, dass Jakob dort sein würde. Ich würde mich ihm nicht anvertrauen können, aber mich nicht alleine fühlen. Als ich die Musik hörte, schienen sich goldene Schlingen um die Bäume zu winden. Kurz darauf trat Jakob neben mich, und ich atmete auf.

Er war noch immer allein im Haus, aber er wusste nicht, wie lange er diese Gastfreundschaft noch würde ausnützen können. Und sein Geld ging inzwischen auch zu Ende.

Das erzählte er, während er mich zum Tanz führte, mit gutmütigem Gesichtsausdruck. Ich sah Jakob aus dem Zug und Jakob an unserem Tisch vor mir, Jakob zwischen den Bäumen vor dem Lager der Schuhfabrik und Jakob, der auf dem Heimweg lachte. Ich sah den guten Willen und versuchte, mir ein Leben mit ihm auf Marstrand vorzustellen. Ich hatte das Gefühl, dass das Meer zwischen den Felsen sich bei diesem Gedanken beruhigte. Und doch wusste ich, dass ich mit ihm immer meine Feigheit verbinden würde. Dann hörte ich den Ton, der schon den ganzen Tag in mir gesungen hatte. Ich schaute zu der Lichtung hinüber, wo die Musikkapelle spielte, und ich sah den Mann mit dem Schlapphut, der Banjo spielte.

Anton.

Jakob folgte meinem Blick und sah, was ich sah. Als er sich wieder zu mir umdrehte, war das Gutmütige an ihm verschwunden. Übrig blieben ein bitterer Blick und ein harter Zug um den Mund. Seine Finger bohrten sich in meinen Rücken, und er zog mich ein wenig fester an sich. Er hoffe, das hier sei nicht unser letzter Tanz für alle Ewigkeit, nur weil fettere Hähne in der Nähe lauerten.

»Diese Redeweise passt nicht zu dir, Jakob.«

»Und so zu glotzen passt nicht zu dir.«

»Ich habe dir niemals etwas versprochen.«

»So kann man das auch sehen.«

Wir beendeten den Tanz zu einer Musik, bei der der Klang des Banjos alles andere zu übertönen schien. Als es verstummte, nahm Jakob meine Hand und führte mich auf den Wald zu. Ich protestierte, wollte aber keine Szene machen. Plötzlich verließ er den Weg und zog mich den Hang hoch, bis wir vor einer Art Grotte standen. Aber als er weiter in die Dunkelheit hineingehen wollte, riss ich mich los.

»Du weißt, was ich gesagt habe, Jakob.«

In seinen Augen war die Bitterkeit der Verzweiflung gewichen.

»Irre ich mich denn, dass wir einander wenigstens ein bisschen wiedergefunden haben? Ich würde alles für dich tun, Rakel. Mit Anton wirst du nicht glücklich, das habe ich dir schon einmal gesagt. Aber ich, ich würde ...«

Er packte mich. Ich wehrte mich, und dann hörten wir es, das Echo der Vergangenheit.

»Belästigt er Sie?«

Anton. Mit einem Mund, wie geschaffen für meinen, und einem Gesichtsausdruck, der alles sagte. Ich verstehe und verzeihe, dass ich fiel, dass ich das Falsche tat und es geschehen ließ. Ich wische meine Augen, lache und weine ein wenig und sehe es vor meinem inneren Auge. Wie ich mich von Jakob losreiße, zu Anton gehe und die Hände um sein Gesicht lege, während Jakob den Hang hinunterrennt. Ich sehe, wie Anton die Unterlagen aus der Tasche zieht. Ich habe nun einen Pass und die Zusage einer Stelle in Amerika. Du hättest nicht herkommen dürfen. Ich konnte nicht dagegen an. Versteckst du dich? Ja, hier in der Höhle.

Tief unter uns muss Jakob sich umgedreht und zu uns heraufgeschaut haben. Er muss gesehen haben, wie das Banjo ins Gras fiel, und er muss die Zähne zusammengebissen haben, als Anton mich in die Höhle zog, bis wir von der Dunkelheit der Felsen umschlossen wurden. Seinen Hass habe ich nicht gespürt. Ich war glücklich, und alle Vorwürfe, alle Fragen nach Wahrheit und Lüge mussten warten.

»Am Vormittag musste ich den Abtransport der Toten vom Q-Turm und dem Bereich darüber überwachen. Sie wurden behutsam aufs Achterdeck getragen. Nachmittags versammelten sich unser Admiral, die Offiziere und die Mannschaft, um ihren Schiffskameraden, die das größte Opfer erbracht hatten, die letzte Ehre zu erweisen. Unser Kapitän führte die Zeremonie durch, da der Regimentspastor unter den Toten war. Anschließend wurden ihre Leichname der Tiefe des Meeres übergeben.«

Alexander Grant, Kanonier auf dem britischen Schlachtkreuzer *Lion*.

Kapitel 16

1959

Am Abend erhielt ich unerwarteten Besuch. Der Arzt setzte sich vorsichtig auf meine Bettkante, ehe er ohne Umschweife vorbrachte, was er zu sagen hatte. Wir haben uns alle Mühe gegeben, aber auch die medizinische Wissenschaft hat ihre Grenzen, und in diesem Fall haben wir sie erreicht. Natürlich würde man eventuelle Schmerzen lindern, aber bisher hatte ich das seines Wissens ja gut geschafft. Ob ich für die letzte Zeit noch Wünsche hätte?

»Etwas Gutes zu essen und die Auferstehung der Toten«, antwortete ich und erhielt ein trauriges Lächeln als Antwort.

»Die Schwestern hören, wie Sie Selbstgespräche führen. Als ob Sie …«

»Woher wollen die wissen, mit wem ich rede?«

Der Arzt erwiderte, es sei doch sonst niemand im Zimmer. Er gab sich alle Mühe, das, was er wohl für Verwirrung hielt, als normales Verhalten auszugeben. Ich lachte ihn in Gedanken aus, spielte aber die Vernünftige, als ich erklärte, dass eine Sterbende mit ihren inneren Stimmen vieles zu klären habe, dass aber niemand an meinem Verstand zu zweifeln brauche.

»Nein, das habe ich auch nie getan«, sagte er, und zu meiner Überraschung sah ich, dass es ihm ernst war.

Danach löschte er das Licht und verließ das Zimmer. Und ich

liege hier und bin bei dem angekommen, was alles veränderte und zum Leitfeuer in meinem Leben werden sollte, das ab und zu aufleuchtete und ab und zu erlosch.

An jenem Tag hing Unruhe in der Luft. Ich hatte Anton in der Höhle verlassen und erwachte morgens neben Lea, und darüber war ich froh. Sie erzählte, sie habe das Ihre gesagt, worauf Carl Otto außer sich geraten sei. Er habe mit Gegenständen um sich geworfen und etwas von Verrat gebrüllt, als er begriffen hatte, dass sie mit Ruben weggehen wollte. Das Kind in ihrem Bauch hatte er kaum kommentiert. Es war für ihn so selbstverständlich, dass sie nicht mit Ruben zusammen gewesen war, dass er sich nicht einmal vorstellen konnte, das Kind könne von einem anderen stammen als ihm selbst. Aber er wollte nicht noch mehr Kinder, er wollte sie. Lea wurde ein wenig bleich, als sie flüsterte, dass sie Carl Otto vielleicht wichtiger sei, als sie geahnt habe. Jetzt müsse sie sich beeilen und verschwinden, ehe etwas passierte. Sie hatte mit Ruben gesprochen, und sie wollten in den nächsten Tagen schon das Boot nehmen.

Die Vorstellung, dass wir bald getrennt sein würden, versetzte mich in Panik. Rasch erzählte ich, was am vergangenen Abend geschehen war. Dass Anton trotz der Gefahr gekommen war. Es musste doch Liebe sein, wenn ein Mann das freiwillig auf sich nahm, um in der Nähe seiner Geliebten zu sein. Dass er sich in der Höhle versteckte, in der es nachts zum Glück warm blieb.

Auf dem Boden eben dieser Höhle, mit dem Kopf auf seinen Knien, hatte ich nach dem gefragt, was ich vorher gehört hatte. Und er hatte alles erklärt. Sicher hatte er sich um eine Frau geschlagen, aber diese Prügelei endete nicht tödlich, im Gegensatz zur anderen. Der Offizier musste die beiden Episoden verwechselt haben, was vielleicht kein so großes Wunder war. Er hatte damals ziemlich oft Streit gehabt aber damit war jetzt Schluss. Es gab keinen Grund zu lügen. Was geschehen war, war geschehen, und ein Mord war ein Mord, ob nun eine Frau oder ein Kamerad der Grund gewesen waren. Oder ob ich das anders sah?

Lea wand sich im Bett, sagte aber nichts. Dann schlug sie die Decke zurück, so dass die Morgenluft unsere Körper erfasste. Der Mittsommerabend stand bevor. Das Haus musste gefegt und mit Blumen geschmückt werden, auch wenn Ottos nicht hier feiern würden. Wir buken und deckten die Tische in einer seltsamen Stimmung. Ich versuchte, an meine Mutter und meine Brüder zu schreiben. Um von Anton und den jetzt bestätigten Amerikaplänen zu berichten, die umgesetzt werden sollten, wenn die Überfahrt wieder sicher wäre. Anton hatte ich schon früher erwähnt. Ich hatte sogar angedeutet, dass es zwischen uns mehr gab als nur Freundschaft.

Mutter hatte geantwortet, sie freue sich darüber, dass ich Anton wiedergesehen hatte. Mehr nicht. Das Vertrauen meiner Mutter war mir in dieser ganzen Zeit ein weiterer Beweis für Antons Rechtschaffenheit gewesen. Wenn sie ihm vertraute, dann konnte mir nichts passieren. Trotzdem wollte meine Feder die entscheidenden Worte nicht zu Papier bringen. Die Tinte zerlief, und am Ende gab ich auf. Morgen war auch noch ein Tag, und dann würde ich auch von den Mittsommerfeiern auf Marstrand erzählen können.

Abends sollte um die Mittsommerstange getanzt werden. Lea war mit Ruben verabredet, ich mit Anton. Wir hatten frei bekommen, und als Amanda Otto die Tür hinter sich zugeschlagen hatte, verließen wir ebenfalls das Haus. Wir hatten uns mittsommerschön gemacht. Lea trug ein blaues Kleid mit Stickereien auf der Brust und die Sommerschuhe, die sie am Vorabend von Carl Otto bekommen hatte. Es mochte an ihrem Zustand liegen, aber sie blühte auf wie nie zuvor.

Ich hatte mir ein grünes Seidenband um die Taille meines weißen Kleides gebunden. Lea hatte einen Kranz für mich gewunden, der jetzt auf meinem Kopf lag. Wir hakten uns beieinander unter, und der eine oder andere Mann sah uns hinterher, aber wir bemerkten das kaum. Endlich fragte ich, wo sie und Ruben hingehen wollten, und erfuhr, dass es wohl doch bei Amerika bleiben würde, sobald der Krieg und das verminte Fahrwasser es ermöglichten. Ob Anton und ich ihnen Gesellschaft leisten dürften. Lea seufzte.

»Dich liebe ich, Rakel. Und wenn du mit einem Mann untergehen musst, dann ist es sicher gut, wenn ich in der Nähe bin. Wieso soll ich überhaupt entscheiden, wohin du fährst oder nicht fährst? Ruben nimmt Anton bestimmt gern mit in ein fremdes Land, wo wir keinen Menschen kennen.«

Wir schwiegen und dachten vielleicht beide an die Freundschaft der Männer, die laut Anton nur das war und nichts anderes. Ich wusste nicht, ob Lea Ruben dieselbe Frage gestellt hatte, aber ich war mir sicher, dass Ruben glücklich darüber war, mit Lea fortgehen zu können. Wann sie vorhabe, ihm von dem Kind zu erzählen.

»In einigen Wochen, Rakel. Weißt du, wie sehr ich mich freue? Du hast keine Ahnung, ich verstehe es ja selbst nicht einmal.«

Sie fuhr sich mit der Hand über den Bauch und sagte das, woran auch ich gedacht hatte.

»Vielleicht sorgt ja doch das Schicksal dafür, dass wir vier zusammen losziehen. Ich muss wohl auf dich und Anton und euer Glück aufpassen, wenn ich jetzt Mutter werde. Das wird schon irgendwie gehen.«

An diesem Sommerabend war der Gedanke an den Krieg so weit fort von uns, dass ich mich schämte. Das Lachen von der Tanzfläche erreichte uns. Die gesamte Bevölkerung von Marstrand schien beschlossen zu haben, in dieser Nacht nicht zu schlafen, sondern den Frieden und das Leben zu feiern.

Der Weg wurde breiter und wir waren fast am Ziel, als er vor uns stand. Jakob. Er hatte die Ärmel hochgekrempelt und streckte die Hände nach mir aus.

»Du musst mit mir kommen, Rakel.«

Sein Ton war gebieterisch, sein Blick ebenfalls. Er packte meinen Arm und fing an, daran zu ziehen.

»Jakob, was willst du? Ich kann nicht mit dir kommen, ich will zu …«

» … Anton, ich weiß. Ich fahre morgen nach Göteborg zurück. Aber ich muss dir etwas zeigen. Diesen kleinen Gefallen kannst du mir doch wohl tun? Danach kannst du bis an dein Lebensende mit Anton tanzen.«

Ich schaute erst ihn und dann Lea an.

»Aber ich …«

»Es dauert nur eine halbe Stunde. Bitte, es ist wichtig.«

Lea trat vor mich hin und legte mir die Hände auf die Schultern.

»Geh nur, Rakel. Ich sage Anton, dass du noch im Haus zu tun hast. Einen anständigen Abschied ist er ja wohl wert, unser Jakob.«

Sie küsste Jakob auf die Wange, dann drehte sie sich um und verschwand.

Schweigend ging ich neben Jakob her. Wir waren wieder auf dem Weg zum Haus seiner Verwandten, das begriff ich immerhin. Nach einer Weile kamen wir an und gingen hinein. Jemand hatte aufgeräumt. Überall standen Blumen in hohen Vasen. In der Küche warteten eine Schüssel voller Erdbeeren und eine mit Schlagsahne.

»Aber, mein Lieber. Wo hast du denn die Sahne aufgetrieben?«

»Das kann dir egal sein. Ich möchte dir das Haus zeigen. Das haben wir neulich nicht geschafft.«

Die Küche mit Platz für einen Esstisch und viele Münder. Holzherd. Spitzengardinen vor den Fenstern. Eine geblümte Vase mit Hagebuttenblüten. Offene Schränke voller Porzellan. Schlafzimmer mit gelben Wänden und gerahmten Bibelsprüchen an der Wand.

Die gute Stube. Ausziehsofa, offener Kamin, ein selbstgezimmertes Regal mit Nippes und einer Bibel. Eine Veranda mit Blick auf die Natur. Ein Stück Meer, das zu sehen war.

Ich blieb am Fenster stehen und schaute hinaus. Die Sonne hatte im Wasser einen rosa Farbton hinterlassen. Es war so schön, dass ich den leichten Kuss in meinem Nacken nicht sofort bemerkte. Ich fuhr herum, und Jakob hob abwehrend die Hände.

»Verzeihung. Ich werde es nicht wieder tun, versprochen. Aber dein Nacken war so ungeschützt.«

»Ich muss gehen.«

Ich ging zur Tür. Jakob vertrat mir den Weg.

»Noch nicht. Rakel. Du musst Beeren und Sahne kosten. Ich habe sie für dich gepflückt.«

Vielleicht war es wegen der Sahne. Die musste ein Vermögen gekostet haben. Ich gab mich geschlagen und setzte mich aufs Sofa. Jakob verschwand in der Küche und kam mit zwei Tellern mit Goldrand zurück. Schweigend kostete ich und konnte nicht leugnen, dass es köstlich schmeckte. Jakob legte den Löffel hin und fiel vor mir auf die Knie.

»Das Haus gehört uns, wenn du es haben willst. Ich habe mit meinen Verwandten gesprochen. Ich habe genug für die erste Anzahlung, und ich kann in einigen Monaten mehr zusammensparen. Wir können herziehen, wenn wir geheiratet haben. Ich kann zunächst bei den Fischern arbeiten, aber danach können wir uns unsere eigene Existenz aufbauen. Hier brauchen sie so viel. Lebensmittel und Medizin, Kleider. Wir können Beeren und Milch verkaufen.«

»Mitten im Krieg? Wo man nicht einmal das Notwendigste bekommt?«

»Das besorgen wir eben. Du wirst sehen, jetzt ist die richtige Zeit für jemanden, der arbeiten kann. Bitte, Rakel.«

Er zog mich an sich und versuchte, mich zu küssen. Ich ließ ihn zuerst gewähren, aus alter Freundschaft, aber dann merkte ich, dass er mehr wollte. Ich versuchte, ihn wegzuschieben, aber er riss an dem Band um meine Taille und plötzlich landeten wir auf dem Boden, und er lag über mir. Sein Atem war hart und fordernd und seine Augen verzweifelt, aber dann ließ er mich los und richtete sich auf.

»Verzeih mir. Verzeih mir. Ich …«

»Lass mich jetzt gehen.«

»Nein. Das darfst du nicht. Geh noch nicht.«

Ich rannte zur Tür, aber er kam mir zuvor, schloss die Tür ab, nahm den Schlüssel und steckte ihn in die Tasche.

»Du kannst mir doch wenigstens zuhören!«

»Das habe ich schon. Es führt zu nichts, Jakob. Ich mag dich. Aber ich liebe Anton. Dagegen bin ich machtlos, es ist einfach so. Lieber Jakob, du findest doch eine andere. Ich bin nicht die einzige Frau auf der Welt.«

»Für mich wohl.«

Er schlug die Hände vors Gesicht. Tränen quollen zwischen seinen Fingern hervor, und als er in die gute Stube ging, musste ich ihm einfach folgen. Er ließ sich zu Boden sinken und ich setzte mich neben ihn und streichelte ihm die Wange wie einem Kind.

Wie lange wir so saßen, kann ich nicht sagen. Jakob sprach über unsere Freundschaft, als ob er gar nichts begriffen hätte, und ich fragte mich, was Anton wohl dachte, verlassen auf der Tanzfläche. Hatte Lea ihm gesagt, mit wem ich weggegangen war? Langsam stand ich auf und ging ans Fenster, und dann hörte ich draußen etwas. Mich überkam eine Angst, die ich nicht erklären konnte, aber ich wusste, dass etwas geschehen würde. Der Geschmack in meinem Mund verwandelte sich in den saurer Äpfel. Dann hörte ich einen Zweig, der brach, und jemand klopfte an die Tür. Anton.

»Rakel, Jakob, seid ihr da? Macht auf, um Gottes willen, macht auf! Sie sind hinter mir her!«

Ich stürzte zur Tür, rüttelte an der Klinke, hatte aber vergessen, dass abgeschlossen war.

»Anton! Was ist los?«

»Sie sind hinter mir her, sag ich doch. Lasst mich rein. Sie bringen mich um!«

»Jakob!«

Ich brüllte seinen Namen. Langsam näherte er sich der Tür, die Hände in der Tasche. Ich konnte seine Miene nicht deuten, als er Antons Stimme erkannte.

»Aufmachen!«

Antons Schreie wurden jetzt lauter, und wir hörten im Hintergrund erregte Stimmen, Zweige, die zur Seite gedrückt wurden und Hundegebell. Ich drehte mich zu Jakob um.

»Den Schlüssel! Schnell!«

Jakob stand vor mir, ohne sich zu rühren, und wütend fing ich an, in seinen Taschen zu wühlen. Anton war hier. Hatte er uns verschwinden sehen? War er uns gefolgt? Jakob hielt meine Hände fest.

»Ich kann nicht öffnen, Rakel. Das musst du verstehen. Was immer Anton gemacht hat, ist seine Sache und nicht unsere. Ich kann nicht zulassen, dass du da hineingezogen wirst. Oder meine Verwandten. Rakel, ich …«

»Gib mir den Schlüssel, Jakob!«

Ich versuchte, mich aus seinem Zugriff zu winden, aber er ließ mich nicht los. Die Verfolger waren näher gekommen, und jetzt konnten wir einzelne Stimmen hören. Wir haben den Dreckskerl! Den Mörder von Marstrand. Endlich kriegt dieser Satan seine gerechte Strafe. Der, der das Korps blamiert hat. Durch die Tür hörten wir Antons verzweifeltes Flehen, und ich schrie, Jakob habe den Schlüssel und Anton solle durch ein Fenster steigen. Dann ertrank Antons Stimme in denen der anderen. Schläge setzten ein.

Nacht für Nacht habe ich wach gelegen und sie gehört, wenn der Schlaf mich zur Närrin hielt. In stillen Morgenstunden habe ich allein auf dem Sofa gesessen, mit der Tasse in der Hand, wenn Mann und Kinder ein Stück von mir entfernt ruhten und ich in Gedanken alles hörte. Schmerzensschreie zwischen dumpfen Schlägen, keuchenden Atem und Verwünschungen, das Bellen der Hunde. Niemals werde ich Antons Wimmern vergessen und wie jemand lachte und es immer wieder sagte, das mit dem Dreckskerl, der seine gerechte Strafe erhielt. Und niemals werde ich Jakobs Gesicht vergessen. Er stand wie gelähmt vor der Tür, als er begriff, was dort geschah, ohne dass er es hätte verhindern können. Mein Flehen, Jakob solle die Tür öffnen, wurde endlich zu seinem ebenso jämmerlichen Zischen wie das, was ich von draußen hörte. Um Gottes willen, Jakob. Um meinetwillen.

»Geliebte Rakel, ich kann nicht. Dann bringen sie uns ebenfalls um. Um deinetwillen …«

Als ich weinend auf die Knie gefallen war und nun betete, zu Gott, zu meinen Eltern und allen barmherzigen Seelen, die ich anrufen konnte, da kam sie. Eine Stimme, die den schrecklichen Lärm zerschnitt.

»Lasst ihn los!«

Lea. Durch das Fenster sah ich ihre Silhouette, die sich vor dem Himmel abzeichnete. Sie wiederholte ihre Worte, lasst ihn los! Das brachte nicht nur die Männer draußen zum Verstummen, sondern nun suchte auch Jakob in seiner Tasche nach dem Schlüssel, fand ihn, steckte ihn ins Schlüsselloch und öffnete die Tür. Er blieb im Rahmen stehen. Ich drängte mich an ihm vorbei und stürzte hinaus.

Eine Gruppe von Männern. Zerrissene Hemden, erdbefleckte Hosen, grobe Stiefel. Hunde, bereit, ihren Herren zu gehorchen. Dazwischen, nur zu ahnen, ein Mensch, der auf dem Boden lag, die Beine in einem unnatürlichen Winkel ausgestreckt, das Gesicht im Gras. Das Blut, das von den Blumen und den herumliegenden Steinen aufgesaugt wurde. Lea, in ihrem blauen Kleid, das der Wind bauschte.

Ich ging zu ihr und nahm ihre Hand. Ich ahnte, dass das Gleichgewicht der Macht sich verschoben hatte, aber dass ein falsches Wort alles wieder umwerfen könnte. Lea drückte meine Hand und schaute zum Himmel hoch. Dann sprach sie.

»Ja, Jesus. Angeblich hast du gesagt, der, der ohne Schuld ist, werfe den ersten Stein. Sind diese Männer also ohne Schuld? Es wäre dann das erste Mal, dass ich einem schuldfreien Menschen begegne.«

Leas Stimme war voller Kraft, und als ich sie losließ, um zu Anton zu laufen, hinderte mich niemand daran. In einem der Männer erkannte ich jetzt den Offizier, der uns zu Wein und Krabben eingeladen hatte. Er trat vor sie hin.

»Dieser verdammte Mistkerl hat einen unserer Kameraden erschlagen und sich dann seiner Verantwortung entzogen. Und das sage ich dir, Mädel, kein Mann ist besser als ein anderer, und ein Leben für ein Leben kann für uns einfache Menschen gut genug sein, wenn wir die Gerechtigkeit so deuten, wie wir sie verstehen.«

Lea schüttelte den Kopf.

»Dein Verstand sitzt in den Fäusten, und das kannst du als Kompliment auffassen. Ich hätte auch etwas anderes sagen können. Auf deine Gerechtigkeit kannst du pissen.«

Der Offizier schob das Kinn vor.

»Die Obrigkeit hat diesen Elenden entkommen lassen, ohne für Gerechtigkeit zu sorgen. Der kommt jetzt in die Festung und wird so behandelt, wie er es verdient hat, damit aller Welt klar wird, dass man sich nicht alles erlauben kann. Für gottesfürchtige Menschen …«

Lea trat einen Schritt auf ihn zu. Die anderen Männer waren zwischen den auf dem Boden liegenden Hunden erstarrt.

»Zieh keine unschuldigen höheren Mächte in deine schmutzigen Angelegenheiten hinein. Geh zu deiner Obrigkeit und lass sie ihren Schrott selbst einholen. Den Mann, der hier auf dem Boden liegt, lässt du in Ruhe, wenn du noch einen Funken Anstand besitzt. Wir sind mehrere, die gesehen haben, was heute Abend hier geschehen ist. Sieben gegen einen. Man sollte den Herrschaften zu diesem Hochmut gratulieren. Außerdem ist Mittsommernacht. Da treibt das Übernatürliche sein Spiel mit uns. Also hütet euch.«

Die Männer wichen ein Stück zurück, und ich schaute eilig zum Haus hinüber. Die Tür war wieder geschlossen, von Jakob keine Spur. Ich streichelte Antons Rücken. Hinter mir hörte ich die Stimme des Offiziers, jetzt etwas weniger aggressiv.

»Du hast ein gut geöltes Mundwerk. Aber Weibsbilder sollten die Klappe halten, wenn es um Dinge geht, von denen sie keine Ahnung haben. Wenn du glaubst, dass wir nicht beenden werden, was wir heute Abend hier angefangen haben …«

Er drehte sich um, aber sein Hass war erkaltet. Nach allem, was Lea erwähnt hatte, gottesfürchtige und gottlose Mächte, mochte sich niemand mehr prügeln. Die Hunde witterten die

Stimmung und jaulten kläglich zwischen ihren Pfoten. Jemand murmelte etwas von zurückkommen, ein anderer wollte die Inselwache holen. Der Offizier schlug sich mit der Faust in die Handfläche.

»Wir informieren die Inselwache. Morgen kommen wir her, und holen uns den Schurken und übergeben ihn der Obrigkeit. Glaubt nicht, dass er seine elende Haut retten kann. Niemand verlässt heute Nacht Marstrand, ohne dass sein Boot überprüft wird. Und sich auf der Insel zu verstecken, kann nur ein Tor versuchen. Der da wird nicht in geweihtem Boden liegen. Niemals wird er in geweihtem Boden liegen. Einer von uns bleibt hier und hält vor dem Haus Wache. Falls ihr ihn reinschleppen wollt.«

Er zeigte auf einen jungen Mann, der nickte und beiseitetrat. Der Offizier befahl den Männern, loszugehen, und sie entfernten sich. Ehe er ihnen folgte, wandte er sich wieder an Lea.

»Mit dir bin ich noch nicht fertig, du Weibsstück. Aber es wird noch andere Möglichkeiten geben. Abzurechnen, meine ich.«

»Ich kann es kaum erwarten.«

Lea spuckte auf den Boden, und jemand lachte auf. Der Offizier stieß eine Verwünschung aus und verschwand nun ebenfalls. Übrig war nur noch der Mann, der Wache halten sollte. Sobald er alleine war, zog er sich zurück und murmelte, dass ihm wegen der Dinge, die er nicht sah oder hörte, keine Vorwürfe gemacht werden könnten. Er habe nicht vor, zwangsweise die Verantwortung zu übernehmen.

Lea kam zu mir, und vorsichtig drehten wir Anton um. Sein Gesicht war zerschlagen und von Blut bedeckt, die Kleidung war zerrissen, und er hatte tiefe Wunden in den Armen. Seine Brust war bedeckt von Fußabdrücken, und die Knochen waren gebrochen, wie seine Finger, die irgendwer zertrampelt hatte. Als ich seinen Namen flüsterte, kam keine Antwort. Kalte Tränen tropften auf Antons Körper, während Lea seinen Kopf festhielt.

»Wir müssen ihn ins Haus bringen«, sagt sie, und nun kam Jakob heraus. Unsicher trat er näher, und als er auf Anton hinunterschaute, fuhr er zusammen wie in furchtbaren Qualen. Unsere Hände begegneten einander über Antons Leib, und ich wusste schon jetzt, dass unser Schicksal besiegelt war, Jakobs am allermeisten.

Vorsichtig trugen wir Anton ins Haus. Er jammerte, und als wir ihn aufs Sofa legten, wo Jakob ihn vorsichtig zudeckte, schrie er ein Gebet um Erlösung von den Schmerzen. Sein Mund bewegte sich, und er stieß verwirrte Worte aus, dann verlor er wieder das Bewusstsein. Lea rannte in die Küche und machte im Herd Feuer. Nach einer Ewigkeit kam sie mit einem Wasserkessel und einigen Lumpen zurück. Vorsichtig wischte sie Anton das Blut ab. Die Wunden waren bereits blau und rot geschwollen, und ich sah die Abdrücke der Hundezähne. Ich zerriss sein Hemd noch weiter, um die Haut freizulegen, während Jakob vorsichtig seine Hose aufschnitt. Seine Hände zitterten, und als Anton stöhnte, fuhr Jakob zurück und wäre fast gefallen.

»Wir müssen den Arzt holen. Das Bein ist gebrochen, er braucht Medizin. Lea, ich werde ihn holen …«

»Hast du nicht gehört, was sie gesagt haben? Natürlich glaube ich, dass Ärzte Leben retten wollen. Aber wir wissen doch nicht, was ihm befohlen wurde. Wer weiß überhaupt, ob Anton überhaupt ein Recht auf Pflege hat, den Gesetzen nach, die diese Feiglinge angeblich befolgen.«

»Er stirbt, Lea, wenn er nicht …«

»Er stirbt auf jeden Fall, Rakel. Ich sehe das nicht zum ersten Mal.«

»Nein!«

Wieder wimmerte Anton, und Lea fragte Jakob, ob er Branntwein im Haus habe. Jakob verschwand, kehrte mit einer halbvollen Flasche zurück, und Lea feuchtete einen Lappen an und wischte Anton weiter das Blut ab. Seine Arme zuckten einige Male, aber sein Kopf war zur Seite gefallen, und er hatte die Augen geschlossen. Aus dem Mundwinkel sickerte Blut. Ich wischte es mit einem Taschentuch ab, bis das Blut den Stoff durchtränkte und meine Hände befleckte.

»Er stirbt nicht, Lea. Er stirbt nicht, du siehst doch, dass er atmet!«

Lea nahm mich in die Arme, wiegte mich hin und her und murmelte beruhigende Worte. Sie atmete regelmäßig, und ihre Tatkraft wirkte übermenschlich. Als sie mich losließ, sah ich, dass Jakob auf dem Stuhl saß und ins Leere starrte.

»Was machen wir, Lea? Wie können wir ihn retten?«

»Das liegt jetzt an Gott. Mehr können wir nicht tun. Ihn wegzubringen, ist unmöglich. Bete, du kannst das ja. Ich halte so lange Wache.«

»Aber wenn sie zurückkommen? Was …«

Lea legte mir den Finger auf die Lippen, und ich setzte mich zu Antons Kopf und streichelte seine Haare so vorsichtig ich nur konnte. In Gedanken flog ich mit ihm auf dem Rücken durch das Fenster davon. Nach Amerika, in die schwedischen Siedlungen, zu einer kleinen Kirche auf fremdem Boden, zu reifen Kornfeldern und einer wärmeren Sonne. Ich hörte ein Kind lachen, während ich versuchte, durch die Kraft meiner Gedanken seinen Brustkorb zu zwingen, den Kampf nicht aufzugeben.

Dann wurden die Sekunden zu Minuten, und als ich wieder zu mir kam, war es ganz still im Zimmer. Jakob war im Sessel in einen unruhigen Schlaf gesunken, ich lag unter einer Decke auf

dem Boden. Sicher hatte Lea mich zugedeckt. Ich fühlte mich
wie gerädert und setzte mich auf. Anton lag bewegungslos auf
dem Sofa, Lea beugte sich über ihn. Die Erinnerung traf mich
wie ein Messerstich, und in einer zitternden Sekunde durchleb-
te ich alles noch einmal. Ich sah, dass Lea Antons Arm nahm
und sanft seine Hand an ihre Wange hielt.

Vorsichtig stand ich auf und ging zu ihnen hinüber. Ohne
Hoffnung flüsterte ich Antons Namen. Aber mein Wunsch war
stärker als der Tod, und er hob auch den anderen Arm, wie
zur Antwort auf eine Beschwörung. Ich nahm vorsichtig seine verletzte Hand und merkte, dass sie noch warm war, und
ich wusste, dass ich das hier immer mit mir tragen würde. Ein
Atemzug. Ein zweiter. Die Lunge, die es noch einmal schaffte.
Und dann nichts mehr.

Im Tod sah ich das Leben. Sah meinen Vater umgeben von
Kohlmeisen, spürte seine Hand in meiner, zusammen mit Antons, fühlte, wie Leben mit Leben verbunden wurde und dass
nichts anderes von Dauer ist. Ich drehte mich zu Lea um und
sah, dass sie Antons Hand vorsichtig auf seine Brust legte. Sie
drehte sich zu mir um, und in ihrem Gesicht lag so viel Liebe, dass alles eine Erklärung erhielt. Dann sah ich das, was ich
noch heute als unerklärliche Leihgabe der Unendlichkeit betrachte. Leas Wange, die Antons Hand berührt hatte, war glatt.
Das Muttermal war fast verschwunden. Übrig blieb nur eine
leichte Verfärbung.

»Lea. Ich …«

»Geliebte Rakel.«

»Dein Muttermal …«

Sie richtete sich auf, ging zum Spiegel und schaute lange hinein. Berührte dann mit den Fingern ihre Wange, zog die schwachen Konturen nach und drehte sich zu mir um, während ich
neben Antons totem Leib saß.

»Jetzt habe ich mein Zeichen erhalten. Und ich akzeptiere diesen Beweis. Es gibt einen Gott.«

Ich verstand sie nicht und dachte, die Erregung habe ihren Körper beeinflusst und verändert. Mutters Haare waren durch den Verlust weiß geworden, vielleicht reichte Leas Trauer aus, um die Kindheitserinnerung an die Geburt auszulöschen. Aber ich wusste, dass ich meine Zunge hüten musste, dachte, es werde später wichtig werden. Jetzt gab es nur eins. Meine Einsamkeit.

Plötzlich fiel mir ein, was die Männer über den geweihten Boden gesagt hatten. Es wäre ein Leichtes, Anton bei den Selbstmördern zu begraben, wo sich die Seelen der Ausgestoßenen um den Platz streiten mussten, da es bei den Menschen keine Gnade und keine Duldsamkeit gab.

»Lea. Wir müssen ihn begraben. Auf dem Meer.«

»Ich weiß, ich habe das auch schon gedacht. Jakob muss uns helfen.«

Sie trat ans Fenster. Windstöße trieben jetzt Schaum über das Wasser.

»Weck ihn auf. Sag ihm, was geschehen ist, und dass er mitkommen muss. Allein schaffen wir das nicht. So ungern ich das auch sage.«

Sie griff zur Schnapsflasche und reichte sie mir weiter. Ich ging zu Jakob und rüttelte ihn. Er fuhr zusammen und starrte mich verständnislos an.

»Anton ist tot. Wir müssen ihn begraben.«

»Was habe ich getan? Was habe ich getan?«

Jakob wiegte sich hin und her und schlug sich selbst in den Bauch. Ich nahm seine Hände und sagte, noch immer sehr traurig:

»Wenn sie Anton morgen holen, wird er in ungeweihtem Boden begraben. Wir sind ihm eine anständige Beisetzung schuldig, und das Meer ist barmherzig. Diesen Dienst kannst du ihm erweisen. Er kann dir nichts mehr tun.«

Ich weiß nicht, was meine Worte mit Jakob machten. Ich weiß nur, dass er die Schuld abschüttelte und die Vorwürfe aufschob, ein wenig so, wie ich die Veränderung von Leas Muttermal und meine eigene Verzweiflung aufgeschoben hatte. Jakob stolperte zu Anton hinüber und musterte den leblosen Körper. Dann ging er zu einem der Krüge und zog Blumen heraus, die er zwischen Antons Hände legte. Als er das Vaterunser betete, wäre seine Stimme bei »und vergib uns unsere Schuld« fast gebrochen, aber als er das Gebet beendet hatte, war sie wieder fest.

»Das Boot liegt ein Stück von hier entfernt. Ihr könnt Ruder und Segel nehmen, und ich trage Anton. Wir können nicht davon ausgehen, dass wir nicht gesehen werden. Die helle Nacht …. nicht alle sind schlafen gegangen.«

Lea drehte sich zu ihm um.

»Es ist zwei Uhr nachts. Dunkler wird es nicht in der Mittsommernacht. Wenn jemand fragt, dann sag, du müsstest einem betrunkenen Freund helfen.«

»Und der Wächter da draußen?«

»Ich glaube, der ist nicht mehr da. Sonst übernehme ich ihn persönlich. Aber er wird uns nicht behindern. Vermutlich schläft er im Gebüsch seinen Rausch aus.«

Schweigend gingen wir ans Werk. Zogen Anton Hemd und Hose von Jakobs Verwandtem an, wuschen sein Gesicht noch einmal. Rollten die blutigen Kleider zusammen und hängten sie als Bündel an die Ruder. Ich sah seinen geschundenen Körper, sah die zertrampelten Hände, die mich unendlich berührten. Jakob hob ihn hoch und legte ihn sich über die Schulter, schwankte, fand dann aber wieder das Gleichgewicht. Lea und ich ergriffen die Ruder und das Segel. Dann verließen wir das Haus und wurden von der Nacht aufgenommen.

Der Wächter war nicht mehr da, Lea hatte recht gehabt. Langsam gingen wir zum Bootsanleger, vorsichtig, um den Weg für Jakob zu bereiten, der unter seiner Last fast in die Knie ging, aber nicht anhalten wollte. Auf einer Klippe saß ein Liebespaar, weiter entfernt waren Stimmen zu hören, aber niemand schien auf uns zu achten oder sich darüber zu wundern, dass wir diesen Mann trugen. Die Mittsommernacht wimmelte nur so von Männern, die getrunken und sich geschlagen hatten, und niemand konnte wissen, wer lebte und wer tot war. Ich fror und rutschte in meinem weißen Kleid die Felsen hinab, geriet mit dem Fuß in einen Spalt. Als das Boot der Verwandten in Sicht kam, waren wir erschöpft.

Jakob trug Anton an Bord und schleppte ihn über den Boden. Er sprang wieder aus dem Boot und nahm uns Ruder und Segel ab. Dann half er uns beim Einsteigen. Seine Kräfte waren nicht mehr seine eigenen, rasch hisste er das Segel. Als wir den Strand verließen, klapperten mir die Zähne.

Jakob schrie, in einer Kiste liege Ölzeug, und Lea öffnete sie. Sie reichte uns, was sie dort fand, und wir streiften die Kleidungsstücke über, während wir ablegten. Wir sahen Marstrand in seiner Wehrlosigkeit und fragten uns, ob wirklich jemand die Ufer bewachte, um eine Flucht zu verhindern. Vielleicht morgen, aber nicht in dieser Nacht. Die Zeit war auf unserer Seite.

Ich schaute auf das Wasser hinaus und dachte, dass ich mit Anton in die Tiefe gehen müsste. Dass nichts mehr einen Sinn hätte. Eine Welle schlug über die Reling, aber ich nahm nicht die Nässe wahr, sondern nur das Salz in meinen Augen. Das Meer lag offen vor uns. Etwas dümpelte in den Wellen, ein Baumstamm, ein großer Gegenstand.

Jakob legte sich in den Wind und sagte, diese Stelle hier sei besser als die meisten anderen, weit genug vom Land entfernt und außer Reichweite der nächstgelegenen Schären. Anton ruhte auf dem Deck. Ich fiel neben ihm auf die Knie, und Jakob trat hinter mich. Dann hob er Anton hoch, wie um ihn über Bord zu hieven, aber ich sagte, noch nicht, wir müssten zuerst beten und singen.

Und dann sahen wir, was am Boot vorüber trieb. Es waren gleich mehrere Dinge. Jakob legte Anton wieder hin und beugte sich vor. Der Gegenstand drehte sich und kehrte uns ein blaues, aufgedunsenes Gesicht zu. Es war ein Mensch.

»Da sind noch mehr. Seht mal.«

Leas Stimme war tonlos, und wir wandten uns zur Reling um. Das Boot war von treibenden Toten umgeben. Ältere Männer und Jungen in Uniform, reingewaschen und ohne Blut, aber schwer verletzt. Einer schaute aus leeren Augenhöhlen, ein anderer grinste ohne Gesicht, vom Meer abgefressen und ausgespült. Wir sahen verstümmelte Leichen ohne Arme und Beine, etliche waren eng miteinander verschlungen. Sie drehten sich in einem letzten Tanz, mit dem Geschrei der Vögel als klagender Begleitung. Das Boot glitt zwischen ihnen weiter, und das Geräusch, mit dem ihre Körper gegen das Holz schlugen, klang wie ein höhnisches Weinen.

Ich erbrach mich, während Lea meine Stirn hielt. Das Wasser nahm alles entgegen, und im Hintergrund hörte ich Leas Stimme.

»Das sind Soldaten.« Ihre Stimme war noch immer tonlos. »Das sind Soldaten.«

Jakob hielt eine Hand ins Wasser und berührte etwas, ehe er sich auf das Deck setzte.

»Ich glaube, du hast recht«, flüsterte er. »Etwas muss passiert sein … sie werden an die Küste geschwemmt.«

Lea schaute wieder über die Reling.

»Es sind so viele«, sagte sie. »Wie viele mögen das sein?«

An die Küste geschwemmt. Ich nahm die Kälte nicht mehr wahr.

»Man wird sie begraben.«

»Woran denkst du jetzt, Rakel?«

»Du hast es doch gehört. Es sind Soldaten. Sie werden begraben werden. In geweihtem Boden.«

Die Sonne ging auf. Bald würde die Mittsommernacht in den Tag übergehen, und manche würden sich über die Dämmerung freuen. Ich sah, dass Jakob in diesen Stunden gealtert war, sah, wie er die Hände hob.

»Nein, das kann nicht dein Ernst sein.«

»Doch. Anton kann einer von ihnen werden. Ein Opfer des Krieges. Das ist doch gar nicht falsch. Auch er ist im Kampf gefallen. Versehrt und gezeichnet wie sie.«

Ich packte mit beiden Händen Jakobs Jacke. Der Wind riss am Segel und wir wären fast gestürzt.

»Wenn du mich liebst, Jakob, wenn du nur halb so viel für mich empfindest, wie du im Haus gesagt hast, dann tust du das hier für mich. Ermöglichst Anton eine Beerdigung in geweihtem Boden. Wie den anderen.«

Jakobs Haare, klebrig vom Salzwasser. Seine verwirrten Augen. Er ging zur Reling, streckte den Arm aus und griff zu. Zog, aber es war zu schwer. Ich beugte mich ebenfalls vor und erwischte einen Arm. Lea trat zurück, und wir hievten ihn an Bord. Die Reste des Mannes, den die Vorsehung für uns ausgesucht hatte.

Er war jung. Sein Gesicht war entstellt, aber sein Körper in Uniform unversehrt. Jakob hob die triefnassen Kleider an.

»Ich glaube, das ist ein Deutscher«, sagte er leise. »Ich bin nicht sicher, aber ich glaube es. Was soll ich also machen, Rakel, mit diesem unbekannten Deutschen?«

»Nimm ihm Rock und Hemd ab. Tausche mit Anton.«

Er gehorchte. Zusammen mit Lea zog er dem Fremden Rock und Hemd aus. Der Oberkörper glänzte wie ein Fischbauch, und ich wagte nicht daran zu denken, wie Anton einmal aussehen würde. Ich zog Anton seine Kleider aus, und nach einer Weile waren wir fertig. Anton war gekleidet wie ein deutscher Soldat. Der Soldat hatte Hemd und Rock eingebüßt, war aber durch die Streifen an seiner Hose einwandfrei als Kämpfer zu erkennen. Vorsichtig beugte ich mich über Anton und streifte seinen Ring ab, das Abzeichen einer freien und christlichen Studentenverbindung. Wie durch einen Nebel sah ich den Ring des deutschen Soldaten und nahm auch den. Das war schwer, und ich will mich nicht daran erinnern, was es für ein Gefühl war, es tun zu müssen, nur daran, dass es gelang. Ich warf Antons Ring zusammen mit seinen Kleidern ins Wasser. Danach schloss ich die Hand um den anderen Ring.

»Rakel?«

Leas Stimme. Die Wange, mit den Umrissen eines Muttermals.

»Antons Ring soll niemand bekommen. Dieser Soldat hier hat eine Seele gerettet. Antons Seele. Irgendwann werde ich das wieder gutmachen. Frag mich nicht weiter. Lass sie jetzt zu ihren Kameraden.«

»Und wenn sie ihn erkennen?«

»Das werden sie nicht tun. Dafür sorgt das Meer. Sein Gesicht ist schon jetzt …«

Ich sah seine Wunden und Schwellungen und wusste, dass ich recht hatte. Dann falteten wir die Hände und beteten und hoben zuerst den deutschen Soldaten und dann Anton auf. Der Aufprall auf das Wasser ließ einige der anderen Leichname hin und her wogen. Im Tod nahmen sie ihre Freunde auf. Ich ahnte, dass Anton zwischen den Felsen gefunden und in Ehren begraben werden würde.

Und ich? Ich wusste es schon damals, als ich erschöpft im Boot kauerte. Ich wusste, dass ich für den Rest meines Lebens mit der Erinnerung an die Ernte des Krieges und mit den Andeutungen von etwas leben müsste, das hätte sein können. Nachts würden sie mich heimsuchen, die Gedanken an diese Stunden, und ich würde alles, was wir gesagt und getan hatten, drehen und wenden. Ich würde vor mir die treibenden Körper sehen. Ich würde uns drei sehen und vielleicht entsetzt sein. Aber ich würde nichts bereuen.

Ich wusste, dass das Meer mich niemals loslassen würde. Dass ich es immer in mir haben würde, dass es sich mit meinem Blut vermischen, dass es brausen und wogen würde. Dass dieses mit Meerwasser vermischte Blut mich eines Tages besiegen würde. Ich würde für den Rest meines Leben die Antwort bei dieser Kraft suchen, die uns geholfen haben musste.

Mensch. Wer bist du, dass du nach dem Sinn aller Dinge fragst? Diese Arbeit musst du ganz allein leisten.

Kapitel 17

2007

Der Friedhof war gepflegt, mit ordentlichen Wegen und schönen Steinen. Es hatte schon angefangen zu schneien, als sie noch bei ihrem Vater gewesen war, und auf dem Rückweg zu Onkel Ivar schneite es weiter. Er hatte sich bei ihrem Anruf so rasch gemeldet, dass sie den Verdacht hatte, er habe am Telefon gewartet. Aber was sie ihm erzählte, verschlug ihm für kurze Zeit die Sprache.

Nach einer Weile hatte er gefragt, ob sie nicht lieber darüber reden wollten, wenn sie zu ihm käme. Er würde sich alle Mühe geben, vorher nicht zu sterben. Als sie dann ganz in der Nähe seines Hauses war, hatte er sie angerufen und vorgeschlagen, sich auf dem Friedhof zu treffen. Er wollte eine Kerze auf das Grab ihrer Großeltern stellen und hätte sie gern dabeigehabt. Sie wisse doch, wo das Grab lag?

Seltsamerweise wusste sie es, obwohl es viele Jahre her sein musste, dass sie zuletzt mit Mårten dort gewesen war. Der Weg war sorgfältig ausgeschildert. Als sie den Wagen abgestellt hatte und auf die weißgekalkte Kirche zuging, sah sie in der Ferne die vertraute Gestalt. Onkel Ivar wartete auf sie.

Er starrte auf das Grab, das vor ihm lag, und zuckte zusammen, als sie vorsichtig seine Schulter antippte.

»Inga! Da bist du ja. Wir leben doch in seltsamen Zeiten. In so seltsamen Zeiten …«

Sie trat neben ihn und las die Inschrift auf dem Grabstein. Rakel und Jakob. Onkel Ivar seufzte.

»Rakels Grab. Weißt du, dass das Grab der biblischen Rakel angeblich in der Nähe von Jerusalem liegt? Es gibt dort oft Demonstrationen und Auseinandersetzungen. Rakels Grab ist wichtig, nicht nur für die Juden. Ich denke oft daran, wenn ich hier an Mamas Grab stehe. Sie war Pazifistin, ich habe vergessen, dir das zu erzählen. Sie verabscheute alles, was Krieg heißt. Behauptete, nichts könne den Verlust von Menschenleben rechtfertigen. Aber sie hatte ja auch zwei Weltkriege erlebt.«

Ihre Finger waren im Schneetreiben erstarrt. Onkel Ivar zog seine Handschuhe aus und reichte sie ihr. Sie zog sie an und musterte die Kerze, die auf Großmutter Rakels Grab brannte. Die Flamme zitterte hin und her.

»Und Johannes hat mit dir gesprochen.«

»Nicht gesprochen. Er hat die Hand gehoben und ein Wort gesagt. Und mir geholfen, das hier zu finden.«

Sie zog den Handschuh wieder aus, schob die Hand in die Tasche und griff nach dem Taschentuch, das sie um den Ring mit der Inschrift gewickelt hatte. *E. Seeger.* Sie hielt ihn Onkel Ivar hin in der Erwartung, dass er ihn überrascht musterte. Aber er sah den Ring nur an und nickte.

»Ja, das ist er. Das hatte ich ja geahnt. Es hätte natürlich der Trauring sein können. Aber dieser hier …«

»Kennst du den?«

Zum ersten Mal klang sie vorwurfsvoll. Sie hatte die Heimlichtuerei satt und wunderte sich über Onkel Ivars Ruhe. Als habe er ihre Gefühle erraten, fasste er sie am Arm und führte sie zu einer Bank. Sie setzte sich, und Onkel Ivar holte eine Thermosflasche aus der mitgebrachten Tasche. Er füllte zwei Becher mit Glühwein, ehe er neben ihr Platz nahm. Er hatte die Schirmmütze tief über die Ohren gezogen, und seine Nasenspitze hatte sich gerötet.

»Du denkst vielleicht, ich hätte dich belogen. Aber ich wollte dir nur so viel Wahrheit offenbaren, wie du vertragen könntest. Und ich dachte, wenn er etwas sagte, dein Vater, dann sollte es so sein. Mama hat sich auf das Schicksal verlassen. Ich weiß noch, dass sie manchmal sagte, sie glaube aus Mangel an etwas Besserem an Gott. Aber dass Schicksal oder Vorsehung die Risse abdichten müssten.«

»Und was hast du also nicht erzählt?«

Sie dachte an Niklas' Mitteilung, in der er sie gebeten hatte, sich zu melden. Sie wollte so schnell wie möglich zurück nach Marstrand. Um sich auszuruhen, wie sie es anfangs vorgehabt hatte. Onkel Ivar seufzte.

»Alles war eigentlich so, wie ich es erzählt habe. Johannes und ich standen hinter der Tür und lauschten dem Streit unserer Eltern. Sie sprachen über meinen Vater, über den Mann, den meine Mutter offenbar geliebt hatte. Vielleicht noch immer liebte, das weiß ich nicht. Sie schrien einander an. Mama sagte etwas darüber, warum er dieses Haus gewollt hatte, er die Vergangenheit doch ruhen lassen könne. Papa rief, dass sie von ihm nicht verlangen könnte zu vergessen, dass er dort lag. Sie, die sich mit einem unzuverlässigen Mörder abgegeben hatte, der Wahrheit in Lüge und Lüge in Wahrheit verkehrte, ganz nach Belieben. Und Mama fragte, wie er das sagen könne, er als Geistlicher. Sollte die Vergebung ihm nicht näherliegen?

Da fing Papa an zu weinen und bat um Verzeihung. Er sagte, er schäme sich noch immer so entsetzlich. Mama war sofort wie ausgewechselt und fing an, ihn zu trösten. Sie sagte, er dürfe sich keine Vorwürfe wegen etwas machen, an dem er nichts hätte ändern können. Dass er ihr lieb sei. So drückte sie sich aus.

Aber dann sprach Papa darüber, dass sie trotzdem einen Toten geschändet hätten, und Mama antwortete, das Gegenteil sei der Fall gewesen. Sie hätten eine Seele gerettet, und sie könnten sicher sein, dass alle beide ihren Platz an dem Ort gefunden hätten, der Himmel genannt wird. Und dann kam von Papa eine lange Rede darüber, wie der Mann, er hieß Anton, ja, das muss der gewesen sein, den der Anwalt dir gegenüber erwähnt hat, wie er dort gelegen hatte und dass die Leiche im Wasser ...«

»Die Leiche?«

Der Glühwein brannte in ihrem Magen, und das war gut. Die Leiche, über die sie in dem alten Zeitungsausschnitt gelesen hatte, lenkte nun die Aufmerksamkeit auf sich, wie das die Art der Toten war, so lange jemand sich an sie erinnerte. Onkel Ivar fischte eine Rosine aus seinem Glühwein und warf sie einem Dompfaff zu, der sich ein Stück von ihnen entfernt niedergelassen hatte.

»Wenn ich das richtig verstanden habe, dann ist mein biologischer Vater nicht verschwunden, nicht so, dass er sie verlassen hätte. Sein Verschwinden lag daran, dass ... er ums Leben kam. Mein Vater, Anton, wurde auf Marstrand vor den Augen von Jakob und Rakel totgeschlagen. Warum, weiß ich nicht, ich glaube, es war eine Eifersuchtsgeschichte. Er war offenbar ein Frauenheld. Auch Lea hatte auf irgendeine Weise etwas damit zu tun. Jakob ... ja, der glaubte offenbar, er hätte das verhindern müssen. Aber das hatte er nicht, und Anton starb dort im Haus. In unserem Haus. Und um ihm eine anständige Beisetzung zu sichern, fuhren sie mit ihm aufs Meer hinaus. Dort gerieten sie mitten in eine Leichenschar. Soldaten, die in einer großen Schlacht gefallen waren.«

»In der Schlacht am Skagerrak?«

Sie sprach jetzt mit angespannten Lippen. Trank die heiße Flüssigkeit und begriff, warum ihr Onkel mehr als nur Rosinen und Mandeln hineingegeben hatte. Dachte daran, was Gösta Levander über Anton Rosell oder Dahlström erzählt hatte. Der Polizei bekannt. Vielleicht ein Verhältnis mit Ruben Otto. Und Onkel Ivar hatte Anton als Mörder bezeichnet. Sie hoffte, er habe vergessen, was sie ihm über ihre Unterredung mit dem Anwalt gesagt hatte. Kein Mensch sollte jemals davon erfahren.

Ivar machte ein überraschtes Gesicht.

»Weißt du von dieser Schlacht? Ich hätte nicht gedacht …«

»Darüber lagen Zeitungsartikel in dem Karton, in dem ich Leas Brief gefunden habe. Gleich mehrere.«

Onkel Ivar schwieg eine Weile.

»Dass wir den Karton nicht gefunden haben … ich meine, als wir Jakobs Nachlass aufgeräumt haben. Aber sicher war der im Schuppen versteckt. Und dann hast du ihn entdeckt.«

»Was ist dann passiert?«

»Es klingt so schrecklich. Aber so, wie sie sich ausgedrückt haben, haben sie Anton offenbar zu einem dieser Toten werden lassen. Sie haben etwas von einem anderen Soldaten genommen, als Erkennungszeichen, nehme ich an. Ich habe mich doch später über diese Schlacht informiert.«

»Haben sie ihn zu den anderen ins Wasser geworfen?«

»So habe ich das verstanden. Damit er in geweihter Erde bestattet werden sollte. Das hat Mama mehrmals gesagt. In geweihter Erde.«

Das Schweigen klebte die Schneeflocken aneinander und machte aus ihnen einen undurchdringlichen Nebel. Sie versuchte, sich das vorzustellen, einen toten Soldaten, dem sein Rock und seine Identität genommen wurden.

»E. Seeger.«

»Ja, so muss er geheißen haben. Sie hatten ihm den Ring abgezogen, damit er nicht identifiziert werden konnte. Ganz verstanden habe ich das nie. Papa hat etwas darüber gesagt, dass er nicht begreifen könnte, wieso Mama einen Ring weggeworfen und einen anderen behalten hatte, und Mama antwortete, sie könnte nicht erklären, was sie damals gedacht hatte. Aber wenn Seeger identifiziert worden wäre, hätte vielleicht jemand entdeckt, dass Antons Leichnam seinen Rock trug. Ich kann es nicht besser erklären, Inga. Es ist so lange her, und alle, die es wussten, liegen hier begraben. Aber ich weiß noch genau, dass Mama sagte, sie habe immer vorgehabt, Seegers Angehörige zu suchen. Man sei es diesen Deutschen schuldig, ihnen zu sagen, wo er begraben liegt.«

Der Ring in ihrer Tasche brannte, als ob diese Worte ihn zum Leben erweckt hätten. Bei der Vorstellung, dass er am Finger eines toten Soldaten gesteckt hatte, wurde ihr fast schlecht.

»Wo liegen sie jetzt? Dieser Soldat ... und Anton?«

»Die Toten, die bei Marstrand angeschwemmt wurden, wurden auf Koön begraben. Später wurden sie auf den Friedhof von Kviberg in Göteborg verlegt, irgendwann in den sechziger Jahren. Aber da war ich nie. Ich konnte es einfach nicht über mich bringen. Als ob es die Gerüchte in Wirklichkeit verwandeln würde. Ich wusste nicht, ob ich diese Verantwortung hätte tragen können.«

Die Antwort auf ihre unausgesprochene Frage. Er war nicht dort gewesen. Sie versuchte, teilnahmsvoll zu klingen.

»Du warst erst sechzehn, als du das alles gehört hast. Ein Junge. Es muss eine schwere Last für dich gewesen sein.«

»Ich habe versucht, es zu verdrängen. Vergeblich, wie du siehst. Man kann seiner Verantwortung nicht entkommen, und wer weiß, vielleicht bin ich deshalb so alt geworden. Vielleicht habe ich so lange gelebt, damit du das hier erfährst. Du hast viel von ihr. Von deiner Großmutter.«

Onkel Ivar war in sich zusammengesunken und sah aus wie

das, was er war. Ein alter Mann. Vorsichtig legte sie ihm den Arm um die Schulter.

»Dein Vater, der vierjährige Racker, der sich an meine Beine klammerte, der hat doch auch alles gehört. Und er hat etwas gesehen. Ich wollte nicht ...«

»Was denn?«

Onkel Ivar legte die Hand vor die Augen.

»Gegen Ende dieser Auseinandersetzung, als Papa so ungefähr schrie, dass Mama ihn nicht liebte, riss er eine Schere an sich, die auf dem Tisch lag. Ich dachte zuerst, er wollte Mama damit angreifen, aber dann sagte er, er müsse wohl so aussehen, um geliebt werden zu können ... und dann schnitt er sich den Mundwinkel und die Wange auf. Ich werde nie vergessen, wie kalkweiß meine Mutter wurde. Aber sie blieb ruhig, zog ein Taschentuch hervor und drückte es auf seine Wange. Sie schwiegen beide, es war totenstill.

Ich konnte eigentlich nie glauben, dass Johannes begriffen hatte, was da passiert war. Aber dann wurde er stumm, und ich hatte solche Angst, bis er endlich wieder sprach. Ich bildete mir ein, er habe es vergessen. Bis Papa starb und wir den Ring fanden. Als wir die Papiere durchsahen, lag der Ring zwischen seinen Uhren und Manschettenknöpfen. Johannes nahm ihn und ging aus dem Zimmer. Er fuhr mit dem Boot los und kam erst spät in der Nacht zurück. Ich war wach und ging in die Küche. Dort stritten wir, und es kam heraus, dass dein Papa sich sehr gut erinnern konnte. Als habe der Ring ihm die Erinnerung an dieses scheußliche Erlebnis zurückgegeben.

Ich erzählte ihm, was er sonst noch wissen musste. Damals fand ich das richtig, jetzt weiß ich es nicht mehr. Du weißt, wie es dann weiterging. Wir sahen uns immer seltener. Dann ließ er sich von deiner Mutter scheiden. Verstummte wieder, als er in die Krankheit glitt. Er konnte nie vergessen und niemals glauben, dass Mama ihn genauso geliebt hatte wie mich. Was sie tat, weiß ich sehr gut. Aber dass sein Vater zum Tod des meinen beigetragen haben sollte, dass war mehr, als er ertragen konnte.«

Onkel Ivar wandte sich wieder zu ihr um.

»Ich liebe meinen kleinen Bruder, und ich habe meine Mutter geliebt. Und Jakob, den einzigen Vater, den ich jemals gehabt habe. Ich liebe dich, Inga. Und deshalb will ich nicht, dass du dich von der Trauer zerstören lässt. Lebe. Ich weiß, dass du Mårten so geliebt hast wie ich meine Frau. Aber liebes Herz, wir leben, du und ich. Uns sind noch einige Jahre vergönnt, und ich wünsche dir nur Gutes. Wenn ich es dir nur geben könnte.«

»Das tust du doch. Immer schon.«

Das meinte sie wirklich. Onkel Ivar hatte in ihrem Leben immer Freude und Geborgenheit bedeutet. Was er hier erzählt hatte, musste ihn viel Kraft gekostet haben. Jetzt lächelte er sie an. Seine Haut lag wie fleckiges Pergament über seinen Wangen. Eiskristalle funkelten in den Haarsträhnen, die unter der Mütze hervorlugten.

»Jetzt gehen wir nach Hause und essen ein wenig. Ich kann ja verstehen, dass du nach Marstrand zurückwillst, aber du kannst so lange bleiben, wie du willst. Ich würde mich sehr darüber freuen.«

Er streichelte ihr ein wenig unbeholfen die Wange, und sie legte die behandschuhte Hand auf seine. Sie hatte viel erfahren, aber die ganze Geschichte würde sie vermutlich niemals hören. Und doch musste das alles einen Sinn haben. Die Alternative wäre unerträglich.

Onkel Ivar hatte ihr eine Wärmflasche ins Bett gelegt, und als sie nach dem Essen ins Zimmer kam, hatte er bereits die Nachttischlampe eingeschaltet und die Tagesdecke zurückgeschlagen. Väterliche Fürsorge, die bewirkte, dass sie sich wieder klein fühlte. Sie dachte an ihren Vater und die Musik, die sie zusammen gehört hatten und daran, dass Rakels Klavier noch immer da war.

Onkel Ivar hatte erzählt, dass es bei einem seiner Söhne stand. Man konnte leider nicht mehr darauf spielen, da ein Riss im Inneren das Stimmen unmöglich machte. Aber es wurde doch behalten, als Erinnerung, die Enkelkinder spielten Keyboard und E-Gitarre. Das Banjo hatte Ivar behalten. Er hatte es im Haus auf Marstrand auf dem Dachboden gefunden, mit nach Hause genommen und als Kind darauf herumgeklimpert. Als er von zu Hause wegging, hatte seine Mutter es ihm mitgegeben, und er hing sehr daran. Und dachte oft darüber nach, wer wohl früher darauf gespielt haben mochte.

Onkel Ivar schaute in seinen Teller, als er das sagte. Sie begriff, dass es ihm wehgetan haben musste, nicht nach seinem Vater fragen zu können und sich stattdessen eine Phantasiegestalt zusammenreimen zu müssen, die alle Züge aufwies, die er bei keinem anderen finden konnte. Falls Onkel Ivar jemals so gedacht hatte. Jakob war der einzige Vater, den ich hatte, hatte er das nicht so gesagt? Vielleicht hatte Onkel Ivar wirklich nach vorn schauen können, statt sein Gemüt von der unklaren Vergangenheit verdüstern zu lassen. Vielleicht war er deshalb so alt geworden, und nicht, um ihr irgendwann die Wahrheit zu erzählen.

Sie hatten über die Familie gesprochen, und Onkel Ivar hatte von Rakels Eltern und dem Bauernhof mit dem Gebetssaal unter dem Dach erzählt. Das Haus existierte noch, und wenn sie wollte, könnten sie irgendwann hinfahren und sehen, wo ihre Großmutter aufgewachsen war. Vorsichtig hatte sie sich dem wunden Punkt genähert. Onkel Ivar hatte sich bereit erklärt, mit ihr auf den Friedhof von Kviberg zu gehen, falls sie von Friedhöfen noch nicht die Nase voll hätte. Er hatte abermals voller Wärme über seine Mutter gesprochen. Sie staunte darüber, wie Rakel und Lea es geschafft hatten, nach diesem traumatischen Erlebnis weiterzuleben. Rakel, die ihren Geliebten verlor und offenbar trotzdem ein glückliches Leben gehabt hatte. Rakel, die zusehen musste, wie ihr Mann sich entstellte, weil er sie so sehr liebte.

Sie hatte wieder nach Lea gefragt, und Onkel Ivar hatte bereitwillig über sie erzählt. Heilsarmeesoldatin und Missionarin, ja. Aber Lea und Gott hätten eher wie gute Kameraden oder wie befreundete Geschäftspartner gewirkt. Eine mutige Frau sei sie gewesen. Sie habe die am wenigsten zivilisierten Gegenden der Welt besucht und wenn nötig Berge versetzt, um nicht nur das Evangelium zu predigen, sondern auch den Notleidenden zu helfen. Sie war immer mit Rakel in Kontakt geblieben, die restliche Familie hatte sie aber so gut wie nie getroffen. Sie hatten sie eigentlich erst kennengelernt, als Rakel krank wurde.

Dass Lea sich um die kranke Rakel kümmerte, war eine Selbstverständlichkeit. Bei einem Besuch im Krankenhaus hatte Ivar schon draußen auf dem Gang das schallende Lachen der beiden gehört, nur wenige Tage vor Rakels Tod. Ob sie aufeinander neidisch gewesen seien? Onkel Ivar schüttelte den Kopf. Er schien nicht zu begreifen, was sie meinte.

Genug jetzt. Sie zog ihr Telefon hervor. Niklas meldete sich sofort.

»Hallo, Inga.«

Und ihr Name klang wie alles und wie nichts. Sie sah das Foto an, dass sie aus der Tasche genommen und auf den Nachttisch gestellt hatte. Großmutter Rakel, mit dem kleinen Ivar auf dem Schoß. Was tut man, Oma, wenn der, den man liebt, tot ist, man selbst aber weiterlebt? Kann ich das mit der Liebe wieder lernen? Ich dachte, ich wüsste Bescheid, aber jetzt stolpere ich dahin wie eine Anfängerin auf dem Eis.

»Hallo.«

»Wie geht es dir?«

»Gut. Ziemlich gut.«

»Was machst du?«

Hörte er sich ein wenig unsicher an? Ja, ein wenig. Tröstend.

»Im Moment sitze ich in Onkel Ivars Gästezimmer im Bett. Er war so lieb. Hat mir sogar eine Wärmflasche hingelegt, und auf der habe ich jetzt die Füße.«

»Du und deine kalten Füße.«

»Was ist damit?«

»Du hast doch immer kalte Füße. Hast irgendwie immer die falschen Schuhe an.«

»Mach ich jetzt schon wieder alles falsch?«

Inga, sechzehn Jahre. Genervt von Niklas, siebzehn Jahre.

»Bist du sauer auf mich?«

»Nein.«

»Ich wollte wirklich nicht …«

»Das ist schon klar.«

Inga sagte, es spiele keine Rolle, und damit reduzierte sie ein Stück Wärme auf einen Irrtum.

»Du hattest eine Nachricht hinterlassen.«

»Ja. Ich hab mir Sorgen gemacht. Du fährst so weite Strecken.«

»Das musste sein, Niklas. Meinetwegen. Das ist mir jetzt klar. So viel ist passiert … ich habe so viel erfahren. Ich weiß nicht, ob ich noch Vertrauen zu irgendeinem Gott habe, aber immerhin stelle ich diese Frage. Meine Großmutter Rakel hat offenbar gesagt, das Schicksal müsse die Risse abdichten. Ich war bei meinem Vater. Er hat mit mir gesprochen.«

»Was sagst du da?«

Niklas' Überraschung war so echt, dass die Unsicherheit aus seiner Stimme verschwand und sie ebenfalls mitgerissen wurde. Ihr Gespräch wurde zu einer Wiederholung des Handlungsverlaufs, unter guten Freunden, und während sie erzählte, übernahm die Geschichte das Kommando und fegte die Banalitäten des Augenblicks davon. Ausführlich erklärte sie, was passiert war, und ließ ihre Schilderung auch in ihr selbst nachwirken. Der erste Besuch bei Onkel Ivar und die halbe Wahrheit, mit der sie dann ins Pflegeheim gefahren war. Der Besuch bei ihrem Vater. Dessen erhobener Arm und das Wort, die sie zu dem Ring geführt hatten. Die ganze Wahrheit, so wie Onkel Ivar sie ihr auf einer Friedhofsbank servierte, zusammen mit einem gehaltvollen Glühwein, während sie geliehene Handschuhe trug. Und sie hatte kalte Füße gehabt, das ging ihr plötzlich auf, aber das würde sie Niklas bestimmt nicht erzählen.

Die Worte, die aus ihrem Mund strömten, kamen ihr vor wie die einer anderen. Als spräche nicht Inga Rasmundsen so sachlich über verstümmelte Leichen, narbige Wangen und erschlagene Männer. Wenn sie das alles nur Mårten hätte erzählen können. Er hätte es spannend gefunden, und dadurch hätte sie mit dem Entsetzlichen umgehen können.

Als sie verstummte, schwiegen beide eine Weile.

»Deshalb also«, sagte Niklas endlich.

»Deshalb was?«

»Lagen die Artikel über den Krieg da herum.«

»Ja.«

»Was ist das jetzt alles für ein Gefühl für dich?«

»Ich weiß nicht so recht. Das muss ich mir noch überlegen. Und überlegen, was ich machen soll … ob ich überhaupt etwas machen soll. Ich wollte gar nicht so viel unternehmen, als ich ins Haus gefahren bin. Jetzt weiß ich, dass dort ein Mann gestorben ist. Das ist seltsam. Ich hatte nie das Gefühl, dass das

Haus Geheimnisse verbergen könnte. Bis ich jetzt hingekommen bin. Etwas war anders. Aber vermutlich bin nur ich es, die sich verändert hat.«

»Vielleicht, weil mein Vater diesen Karton in den Schuppen gestellt hatte.«

Jetzt war sie diejenige, die verstummte. Niklas' Vater. Harald, der fast nicht mehr gehen konnte. Außer an Orte, mit denen er sehr vertraut war.

»Ich war jetzt bei Papa, und wir haben über dich gesprochen. Darüber, dass du diesen Karton gefunden hast. Mein Vater schien das interessant zu finden, und da habe ich erzählt, dass du in Malmö warst und dass du zu Ivar und vielleicht auch zu deinem Vater wolltest. Mir fiel auf, dass er leise vor sich hin zu lachen schien. Und als ich ihn fragte, warum, antwortete er, er habe also richtig gedacht, als er den Karton hinstellte.«

»Was … wie ist das passiert?«

»Meinst du, das wollte ich nicht auch wissen? Weißt du, was er gesagt hat? Dass er diesen Karton viele Jahre lang bei sich stehen hatte. Und er habe immer das Gefühl gehabt, dass der noch nützlich werden würde. Als du zum Haus kamst, schien ihm der richtige Zeitpunkt gekommen. Nach allem, was du hinter dir hattest.«

»Aber wie …«

»Er sah ungeheuer zufrieden aus, als ich danach fragte. Dann hat er erzählt, dass er deine Großmutter immer bewundert habe. Sie sei die schönste Frau gewesen, die er jemals gesehen habe. Das hat er gesagt, wirklich. Er war sogar verliebt in deine Großmutter, obwohl er damals noch so klein war. Manchmal hat er sich zu eurem Haus geschlichen und sie heimlich hinter einem Baum beobachtet. Oder ist ihr gefolgt, wenn sie baden ging. Sie hat immer nackt gebadet. Suchte sich einen abseits gelegenen Felsen und sprang ins Wasser, so, wie Gott sie geschaffen hatte, laut meinem Vater. Und Herrgott, wie er sie geschaffen hatte, fügte er hinzu. Mein Papa! Er sagte übrigens auch noch, dass sie ihn wohl ab und zu entdeckt hatte. Aber dass sie ihm den Anblick geschenkt habe.«

Die Vorstellung von Niklas' Vater als kleinem Knaben, der Großmutter Rakel beim Bad im Meer beobachtete, wurde zu einer Fotografie. Zum Bildnis einer nackten Frau, die auf einem Felsen saß und auf das Unerklärliche hinausblickte. Alles gesehen durch die Augen eines kleinen Jungen, der sich zusammengekrümmt zwischen den Steinen versteckte.

»Eines Tages hat er sich zum Haus geschlichen und durch das Fenster geschaut. Da sah er, wie sie vor dem offenen Kamin saß und Papiere ins Feuer warf. Dann musste etwas passiert sein, ich weiß nicht, was. Jedenfalls war sie dann verschwunden. Papa schlich sich durch die Verandatür. Er war so neugierig. Als er hörte, dass sie zurückkam, riss er ein Bündel Papiere an sich und stürzte davon. Dann schämte er sich, brachte es aber doch nicht über sich, seine Beute zurückzubringen. Er wollte mir nicht sagen, ob er etwas gelesen hatte, aber er nickte verständnisvoll, als ich Afrika erwähnte. Er versteckte die gestohlenen Unterlagen in einem Karton. Und jetzt ist er zu eurem Haus gegangen, um den Karton in den Schuppen zu stellen.«

»Weil er nicht abgeschlossen war.«

»Vermutlich.«

Sie schwiegen beide, bis Niklas fragte, ob sie zurückkäme. Sie antwortete, sie werde schon am nächsten Tag nach Marstrand aufbrechen und dann im Haus bleiben, wie sie es ursprünglich vorgehabt hatte.

»Weißt du, meine Galeristin in Stockholm hat mich angerufen.«

Sie erzählte von Izabella, zögerte ein wenig und berichtete dann, was die Galeristin vor einer Ewigkeit über ihre Zirkusbilder gesagt hatte, und diese jetzt in Deutschland gefragt waren. Nach gewissen Zweifeln hatte sie vor, dem Verkauf zuzustimmen, falls die Angehörigen ihr Einverständnis erteilten. Niklas meinte, das müsse ihr doch vorkommen wie eine späte Anerkennung. Sie versuchte zu erklären, dass genau das nicht der Fall sei.

»Ich habe so viel an diese Frau gedacht. Dass sie verzweifelt war. Ich wollte ihre Angst zeigen, um anderen Menschen etwas zu geben. Aber das war falsch.«

»Wie meinst du das?«

»Ich hätte dieses Foto niemals machen dürfen. Ich hätte die Kamera weglegen und sie umarmen müssen.«

»Es steht nicht fest, dass das besser gewesen wäre. Durch deine Bilder hilfst du anderen, ihre Ängste zu bewältigen. Dadurch hast du viel mehr Einfluss. Du …«

»Außerdem hat Izabella erzählt, dass sie einen Rückfall hatte. Sie muss operiert werden, ist aber entschlossen, wieder gesund zu werden. Sie schlug vor, ich könnte sie in der Galerie vertreten, während sie im Krankenhaus liegt. Wenn ich etwas machen wolle, das nur indirekt mit Fotografieren zu tun hat. Das war lieb von ihr.«

Sie hatte ihn unterbrochen, weil sie keine Freundlichkeit annehmen konnte.

»Wann soll das sein?«

»In einigen Wochen. Ich habe noch nicht zugesagt.«

Das andere war im Weg, das, was getan werden musste. Das, was jetzt über ihre Wangen strömte.

»Wie geht es Anita?«

»Ich weiß nicht. Seit unserem gemeinsamen Essen haben wir uns nicht mehr gesehen.«

»Warum nicht?«

»Ich weiß nicht, ob ich im Moment darüber reden will.«

»Habe ich etwas Dummes gesagt? Oder getan?«

»Du hast einen ziemlich wunden Punkt berührt.«

Niklas' Antwort ließ sie erkennen, dass sie sich rücksichtslos verhalten hatte. Sie war in Niklas' Gefühlsleben einmarschiert, ohne zu überlegen, was das für Konsequenzen haben könnte. Sie schaute aus dem Fenster in dem lächerlichen Versuch, die Aussicht zu genießen. Lächerlich, weil es draußen stockdunkel war. Wollte sie von Niklas etwa eine Bestätigung hören? Sie war im Moment offenbar eine einzige unbedachte emotionale Katastrophe.

»Verzeihung.«

Zuerst hörte sie nichts und dachte, Niklas habe noch vor ihrer Entschuldigung aufgelegt. Dann kam es.

»Wenn du willst, dass ich hierbleibe, dann gehe ich nicht nach Dubai.«

»Alte Grabstätten auf den Inseln, die lange nicht mehr als Friedhöfe benutzt wurden, werden jetzt wieder in Gebrauch genommen. Sie sollen den Fremden, die während der großen Schlacht in der Nordsee gefallen sind, einen Ruheplatz in geweihtem Boden bieten. Dort werden sie nun oft Seite an Seite mit ihren Gegnern bestattet.«

Göteborger Handels- und Seefahrtszeitung, Dienstag, den 20. Juni 1916

Kapitel 18

1959

Die Schlacht am Skagerrak. Die Schlacht von Jütland. Die große Nordseeschlacht. So ging sie in die Geschichte ein. In der Nacht vom 31. Mai auf den 1. Juni 1916 stießen vor der Küste von Jütland die deutsche und die britische Flotte aufeinander. Ihr jeweiliges Ziel: sich die Herrschaft über das Meer zu sichern. Keine Seite hatte Erfolg.

Stattdessen verloren sie Schiffe und Männer. Tausende von Toten. Die Anwohner der schwedischen Küste fischten die Reste in ihren Netzen auf oder fanden sie am Strand und erfuhren später, dass Norweger und Dänen dieses Schicksal geteilt hatten. Die Leichenfunde wurden gemeldet, die Friedhöfe füllten sich mit Männern, die Feinde gewesen waren. Über hundert Gräber wurden es in unserem Land, so viele, dass auch Inseln und alte Cholerafriedhöfe genutzt werden mussten. Ölfässer, Kriegsmaterial, Rettungsbojen und Schwimmgürtel wurden angeschwemmt, und die Frauen wanden Kränze. Das taten auch wir.

In den Zeitungen konnten wir über diese größte Seeschlacht aller Zeiten lesen, über die Lasten, die die Küste zu tragen hatte, und über die Hilfeersuchen des Königs und der Regierung. Die Bewohner des Schärengürtels waren verzweifelt, und wir wussten alle, dass etwas Entscheidendes geschehen war. Trauer und Wut bei denen, die die Menschenreste einsammelten und begruben, entwickelten sich zu Abscheu dem Krieg und seiner Unmenschlichkeit gegenüber. Einige hatten ihre Namen auf dem Grabkreuz stehen und wurden von Angehörigen betrauert, andere für unbekannt erklärt und namenlos in der Erde versenkt. So auch er. *E. Seeger.* Der Name, den ich im Ring gelesen hatte, zusammen mit einem Datum. 2. 3. 16. Einige Monate zuvor hatte er geheiratet. Ob es Gott gibt? Damals stellte sich diese Frage zum ersten Mal.

Wir saßen in der Kirche. Lea, Jakob und ich, und hörten die Glocken. Die Schiffsjungen marschierten auf, Blumen schmückten den Chor. Die Särge waren mit Flaggen bedeckt, britischen und deutschen. Zwölf mit Namen und neun ohne, vier Briten und fünf Deutsche. Zwei dieser namenlosen Deutschen waren Anton und E. Seeger. Ich wusste es, ich war davon überzeugt, dass Wind und Wellen das, was wir gesehen hatten, an den Strand befördert hatten.

Um uns herum saßen, schwarzgekleidet, die Einwohner von Marstrand. Der Pastor predigte über das Machtstreben der großen Länder und das Leben der jungen Männer, die vergeblich vor ihrer Zeit ausgelöscht worden waren. Er sprach davon, dass das Meer uns allen gehört und uns alle vereint. Dann wurden die Särge in die Erde von Koön versenkt. In geweihten Boden.

Wie hatten wir es geschafft, das Boot zu lenken, wieder anzulegen, das Ölzeug zusammenzufalten, sauber zu machen? In einer Dämmerung mit leichten Wolken und süßem Blumenduft nach Hause zu gehen, Jakob zum Haus zu begleiten und den Boden zu putzen? Wie hatten wir Jakob nachgeben und ihn dort im Haus allein lassen können, wo die Männer von der nächtlichen Schlägerei vielleicht zurückkehren würden? Ich weiß es nicht. Weiß nur, dass es so geschah. Dass wir unsere Angst mit Anton und seinem unfreiwilligen deutschen Retter über Bord geworfen haben mussten.

Wir verließen Jakob, schlichen uns zu unserem eigenen Haus und legten uns ins Bett. Lea umarmte mich. Ohne sie hätte ich noch immer den Geruch des Todes an meinen Fingerspitzen wahrgenommen. Ich begriff, dass mein Leben nie wieder so sein würde wie vorher und dass das Neue, das vor mir lag, mich nicht mehr verlockte. Meine Zweifel an Gott hatten gerade erst eingesetzt und wurden viel schlimmer, als Lea erklärte, dass sie sich geschlagen gab. Jetzt glaubte sie.

»Aber warum, Lea? Du hast doch auch gesehen …«

»Ja, aber mein Muttermal ist verblasst, und ich fasse das als Zeichen auf. Ich wurde durch Antons Blut geläutert, so wie Ruben immer sagt, dass wir alle durch Jesus Christus geläutert werden. Mehr kann ich nicht verlangen. Außerdem braucht Gott vielleicht eine wie mich, wo es auf Erden so viel Dreck zu beseitigen gibt.«

»Entschuldige, aber ich verstehe dich nicht.«

»Das kann ich auch nicht von dir verlangen. Ich verstehe es selbst nicht. Ich weiß nur, dass ich jetzt bereit bin, Ruben zu folgen, nicht nur, um gute Taten zu begehen, sondern auch wegen des Glaubens.«

»Wie kannst du das sagen! Wo Anton …«

»Ich weiß. Es war leicht, ihn zu lieben.«

Leas liebevolle Blicke. Ihre Kabbeleien mit Anton, ihre Behauptung, er sei nicht der Richtige für mich, wie sie akzeptiert hatte, dass wir uns ihnen anschlossen und ein Quartett bildeten. Aber in diesem Moment war sie es, die mich tröstete. Das Wissen, dass Anton mit den anderen im Meer trieb, das Gefühl von Vergänglichkeit und einer Zukunft ohne ihn machten mir in dieser Nacht solche Angst, dass ich mich in Fetzen hätte schreien können.

Aber wir schwiegen. Am Morgen standen wir auf, verrichteten unsere Arbeit und wurden wegen unseres späten Eintreffens zurechtgewiesen. Einige Tage darauf erfuhren wir von dem Entsetzlichen, das auf dem Meer geschehen war. Amanda Otto rief ihre Gesinnungsgenossen zu sich, um zu erörtern, warum die Deutschen nicht gesiegt hatten, und wir erfassten allmählich die Tragweite des Geschehenen. Grebbestad, Hamburgsund und Marstrand, Skagen und Skanör, die ganze Küste, in diesem Sommer 1916. Wir hörten, dass die Leichen in der Festung gesammelt wurden. Dort versuchte man, sie zu identifizieren. Wir fragten uns, was passieren würde, wenn sie Anton identifizierten, machten uns aber klar, dass das Meer seine Züge verwischt hatte.

Die Jagd auf Anton Dahlström oder Anton Rosell wurde in diesem Zusammenhang zu einer Belanglosigkeit. Als die Inselwache erschien, erklärte Jakob, rein gar nichts von irgendeiner Schlägerei oder einem entflohenen Verbrecher gesehen oder gehört zu haben, und natürlich dürfe sein Haus jederzeit durchsucht werden. Er mische sich nicht ein, wenn sich das vermeiden ließ. Der Inselwache reichte das. Der Beamte konnte nicht mehr tun, als seinen Bericht weiterzugeben. Zu uns kam er nicht, was Lea die ganze Zeit gewusst hatte.

»Du glaubst doch wohl nicht, dass diese feige Bande verraten hat, dass sie von zwei Frauen verjagt worden sind? Nein, Jakob werden sie fragen, aber uns nicht, und an Anton werden sie nicht denken, wenn die Kriegsopfer an Land geschwemmt werden oder zwischen den Makrelen in den Netzen hängenbleiben.«

Ruben dagegen musste eine Aussage machen, schließlich war bekannt, dass er ein Freund des Entflohenen sei. Wisse er von dessen Verbrechen oder irgendwelchen Fluchtmöglichkeiten? Ruben schüttelte den Kopf und berichtete von gemeinsamen Studien und sonst nichts. Er war glaubwürdig, denn Lea hatte ihm nichts gesagt. Sie wusste, dass er niemals imstande gewesen wäre, sich so sehr zu verstellen. Erst später wollte sie ihm alles erklären, fern der Heimat, wo er ohne Zeugen zusammenbrechen könnte.

Aber damals verlangte niemand vom Sohn des Fabrikdirektors Carl Otto weitere Auskünfte, vor allem nicht, da er den Anwalt der Familie an seiner Seite hatte. Schweden brauchte noch immer Schuhe an den Füßen, und niemand wollte einen feinen Herrn mit einem Schurken in Verbindung bringen, solange so viele andere Dinge geklärt werden mussten. Es war schließlich Krieg, und man musste Prioritäten setzen.

Ich begrub Anton und meine Zukunftspläne, während ich den Sommer auf Marstrand erlebte. Der Krieg wütete weiter. Die Briten reparierten ihre Schiffe, und die Deutschen analysierten den Sieg, von dem sie nicht wussten, ob sie ihn errungen hatten. Eine solche Schlacht sollte sich nicht wiederholen, aber der Friede lag dennoch in weiter Ferne. Ich wusste, was ich zu tun hatte. Von nun an waren wir aneinander gebunden, Jakob und ich. Es gab keine andere Möglichkeit.

Er brauchte fast nicht zu fragen, und ich brauchte fast nicht zu antworten. Als sei es schon längst so entschieden, gab ich ihm mein Jawort. Ohne Bedauern verließ ich Masthugget und die Familie Otto. Ich wurde von den Nachbarinnen herzlich umarmt, erhielt in Vasastaden ein gnädiges Zeugnis und nahm alles zu meinen Erinnerungen. Wir heirateten in Fiskinge. Auf dem Hochzeitsfoto sitzt die Familie vor dem Haus, eine Studie in Schwarzweiß, als sollte diese Ehe niemals farbenfroh werden. Ich freute mich über das Wiedersehen mit allen, und wieder musste ich an Amerika denken und daran, was es bedeutet hätte, sie alle zu verlassen. Mutters Umarmung war warm, aber sie war gebrechlicher geworden.

Meine Brüder waren glücklich darüber, mich zu sehen, und Jakob mochten sie sofort. Der Hof war von denen, die geblieben waren, gut erhalten worden. Jene, die nach Uppsala gegangen waren, erzählten von einer freien und christlichen Studentenverbindung. Ich schwieg.

Jakobs Schwester im Rollstuhl umarmte mich wie eine Schwester und schrieb ein Hochzeitslied in Dur. Wohin ihre Beine sie getragen hätten, wenn sie hätte gehen können, kann ich mir nur ausmalen. Jetzt bewegte sie sich in Wörtern und Tönen. Sie wurde zu einer guten Freundin, deren Kraft und Trost mir halfen, die Stunden zu überleben, in denen ich am liebsten aufgegeben hätte.

Lea und Ruben kamen nicht zur Hochzeit. Nur wenige Wochen nach unserer Rückkehr nach Göteborg verschwanden sie. Ruben wurde von seinem Vater enterbt und zur Persona non grata erklärt, was ihm »verdammt egal« war. Carl Otto versuchte, von seinem Verhältnis mit Lea zu berichten, aber Ruben mochte es einfach nicht glauben. Dann gingen sie fort, aber nicht nach Amerika, sondern nach Afrika, in die Mission. Nach Mombasa. Sie trotzten dem Krieg und reisten in elenden Zügen und Viehwagen, eine Reise, die die pure Hölle gewesen sein muss, ihnen aber nicht schlimmer vorkam als das, was sie hinter sich zurückließen.

Ich hatte Lea das Versprechen abgenommen, zu schreiben. Sie schilderte die entsetzlichen Zustände, sprach über das, was in jener Nacht geschehen war, und dass wir nichts bereuen müssten. Ich sah ihre glatte Wange vor mir und fragte mich immer wieder, ob ich an ein Wunder glauben sollte. Ich kann es noch immer nicht erklären. Vielleicht werde ich die Antwort dort erhalten, wohin ich kommen werde. Für Lea war es glasklar, und ich war ihretwegen glücklich. Gewissheit ist ein ebenso seltenes Geschenk wie Meerkohl.

Wir teilten das Geld. Es gab Lea und Ruben die Möglichkeit, Schweden zu verlassen, und mir und Jakob ein Startkapital. Ich konnte sie auch dazu überreden, einen Silberleuchter mitzunehmen. Auf diese Weise hätte jede einen, und wir könnten abends eine Kerze anzünden und aneinander denken. Sie lachte und stimmte zu, dann küsste sie mich und sagte, ich sei eine liebenswerte Närrin. Wir würden uns wiedersehen, denn das habe sie entschieden. Jetzt, wo sie Gott auf ihrer Seite habe, sei alles möglich.

An dem Tag, an dem ein Foto ihres kleinen Sohnes bei mir eintraf, zwang ich mich zu akzeptieren, dass es Dinge gibt, die wir niemals verstehen können, und dass Mütter, die einander ähneln, Kinder bekommen, die einander ähneln, auch wenn der Vater unbekannt ist. Dass ich selbst schwanger war, begriff ich erst einige Wochen nach Lea. Ich musste über die Bauerntochter lachen, die alles besser weiß als ihre Freundin und die dann in dieselbe Falle tappt. Jakob erfuhr es, ehe ich ihm mein Jawort gab. Du bekommst nicht eine, sondern zwei.

Er dankte und nahm an und sagte nichts mehr, obwohl die Ähnlichkeit meines Sohnes mit Anton schon nach einigen Monaten offenkundig war. Ich dachte, dass Jakob Antons Sohn liebte, so gut er das konnte, und dass ich so viel zurückgeben müsste, wie ich entbehren könnte. Keine kann mehr geben, als sie hat, und ich tat mein Bestes. Am Ende war es dann auch ehrlich gemeint. Ich lernte, Jakob so sehr zu lieben, wie ich nur konnte. Er wurde mein Lebensgefährte.

Aber ich weiß nicht, ob er das verstanden hat. Er schlug sich mit der Vergangenheit herum und verbrachte Stunden damit, gegen die Erinnerungen zu kämpfen. Wir kauften für unser Schwarzmarktgeld das Haus auf Marstrand und ließen uns dort nieder. Doch kaum fing unser Lebensmittelladen an, Erfolg zu haben, da beschloss Jakob, Geistlicher zu werden. Ob er seinen Glauben auf Marstrand gefischt hatte, ist zweifelhaft. Er hat wohl eher Vergebung für seine Tat gesucht und seine Schuldgefühle bekannt, indem er anderen half. Meine Einwände, dass seine Güte ausreiche, auch ohne Abendmahl und Kapelle, wischte er beiseite. Also mussten wir zwischen Seminar und Pfarrhöfen pendeln, Marstrands Schönheit genießen, wenn er kein dringendes Amt hatte und im Kampf um das Gewissen Gottes Geiseln sein.

Ich spielte Pfarrfrau und Heilige und versuchte doch immer wieder, die Freiheit zu kosten. Die ganze Zeit versuchte ich, die Ketten zu lockern, mit denen Jakob sich gefesselt hatte. Jakob, geliebter Jakob. Du hast unsere Freude weggesühnt. Machtest dir immer wieder Vorwürfe, weil du die Tür nicht früher geöffnet hattest. Und hast dich geweigert, das Offenkundige zu sehen. Du hättest nichts tun können.

Jakob verstand mich nie und zog mich in seine Reue hinab. Er verlor die Sorglosigkeit und den Glauben an ein himmlisches Leben, obwohl er doch Geistlicher wurde. Auch ich vergaß nicht. Ich legte die Erinnerungen in einen Kasten, versuchte, den Deckel zu schließen und nach vorn zu schauen. Ich fand, dass wir unser schlechtes Gewissen nicht verdient hatten, und war irgendwie auch stolz auf unseren Mut. Jakobs Augen dagegen hatten das Lachen verloren. Allzu selten versöhnte er sich mit sich selbst, umarmte mich vor dem Kaminfeuer oder lachte in der Wärme des Sommers. Obwohl er sich unendlich darüber freute, dass der Sohn, der auf unseren Erstgeborenen folgte, seiner und nicht der eines anderen war.

Unser jüngerer Sohn wurde zur Himbeere auf dem Kuchen. Er wurde von seinem großen Bruder und seinen Eltern geliebt und lachte oft, außer damals, als er für einige Wochen verstummte. Was war in seinem Kopf geschehen? Ich weiß es nicht, aber ich ahne, dass er Kontakt zu seinem Schicksal aufgenommen hatte. Vielleicht sah er Jakobs Verzweiflung. Ich hoffte so sehr, dass er es schaffen wird. Ich werde ihm helfen, damit die Frucht der Erkenntnis, wenn er sie denn nun gekostet hat, in seinen Gedanken nicht zu Schimmel wird.

Und Lea. Die den Glauben dem Entsetzen vorzog. Die erklärte, sie wolle Soldatin werden. Eine Soldatin des Heils. Die die Uniform anzog und erklärte, Gott weise ihr die Richtung. Die in fremden Ländern predigte, mit ihrem Ruben als Gefährten an ihrer Seite, der von den Konventionen, auch in Liebesdingen, befreit worden war. Anfangs freute er sich über die Revolution in Russland und den Aufruhr der Roten in Finnland, war aber bald vom Nachbeben entsetzt. Er gab den Kampf für die Rechte der Arbeiter auf, um statt dessen für ihre Seelen zu sorgen. Ruben und Lea waren miteinander glücklicher als viele sexuell verbundene Paare. Als Ruben in China erschossen wurde, nahm er ein Stück von Leas Seele mit, das sie niemals zurückbekommen sollte. So schilderte sie es mir.

Wir hatten Hunger und Verlust geteilt und waren füreinander da. Ohne Lea wäre das alles nicht geschehen. Das sagte auch Direktor Carl Otto, als er mich ein Jahr später besuchte.

Ich habe sie geliebt.

Und ich sah einen Mann, der alt geworden war, sah die Hoffnungslosigkeit in seiner Haltung und eine Seele, die die Lust verloren hatte. Er wollte wissen, wo sie sich aufhielten, um die Rückkehr zu befehlen oder zu erflehen. Ich antwortete, sie hätten sich dafür entschieden, Schweden zu verlassen, versicherte aber, dass sie noch lebten, wenn auch unter armseligen Verhältnissen. Carl Otto lief rot an und antwortete, wenn das eine versteckte Bitte um Geld sein sollte, dann hätten wir uns verrechnet. Wer sich für die Flucht entschieden habe, solle gefälligst sein eigenes Brot verdienen. Ich antwortete, Lea habe nicht einmal angedeutet, dass sie Hilfe wolle. Aber sie habe ihr Kind geboren, es sei ein gesunder Junge, der meinem eigenen durchaus ähnlich sehe, und wir beide wüssten etwas über diesen Sohn, das vielen anderen unbekannt sei. Carl Otto könne stolz sein. Lea und ich würden niemals vergessen, was er für uns getan habe. Du warst trotz allem ein redlicher Mann, Carl Otto. So sahen wir das.

Das sagte ich und bekam ein Lächeln als Antwort. Er ging, und ob er das Kind vermisste, das vielleicht seins war, das weiß ich nicht. Lea erwähnte es nie, aber ich glaube doch, dass Carl Otto seine Pflicht getan hat. Ich werde ihn fragen, wenn wir uns im Jenseits begegnen. Falls wir uns begegnen. Ich weiß so wenig. Über Leben und Tod, Recht und Unrecht. Über Freundschaft und Liebe und das, was sich dazwischendrängt. Über Anton.

Er wurde wie die Erbsünde zu einem Punkt im Herzen, zu klein für das ungeübte Auge, aber doch vorhanden. Er wurde zu einer Frage von Wahrheit und Lüge, zu einem Staunen über die Beschaffenheit des Menschen. Er, der Silber stehlen wollte und es dann von Mutter zum Geschenk erhielt, der für die Gerechtigkeit gekämpft hatte und getötet wurde, der mit schönen Frauen tanzte und über eine bessere Welt schrieb, er, der so unwägbar war.

Wenn ich mich an ihn zu erinnern versuche, weicht er zurück. Wie Sand rinnen mir unsere gemeinsamen Stunden durch die Finger, und es kommt vor, dass ich zweifle. Dann verfluche ich mich selbst. Ich glaube, dass ich ihn bis heute geliebt habe. Ab und zu zerriss das Sehnen, und in meinen Träumen kam die Wärme, die mich heiß und fügsam machte. Aus der Liebe wurde eine Art inneres Erröten, und damit konnte ich leben. So habe ich es Jakob beschrieben, aber er glaubte mir nie.

Wir gingen zu Antons Zimmer in Göteborg, Jakob und ich, aber das war von der Polizei und von Dieben ausgeräumt worden. Wir fanden nur einige Kleidungsstücke, ein Tintenfass, die

Fragmente eines Manuskripts und seltsamerweise das Banjo. Wir behielten einiges und gaben den Rest fort. Viele Jahre später, bevor sie mich zum Krankenhaus fuhren, verbrannte ich Antons alte Briefe und noch andere Dinge. Seine Worte gehen niemanden etwas an. Sie waren für mich bestimmt, und bei mir sollen sie bleiben. Niemand soll Fragen stellen, wenn ich nicht mehr da bin.

Bald werde ich Nahrung erhalten, die ich nicht vorhabe zu essen, aber bis dahin muss ich noch etwas erledigen. Aufstehen tut weh, aber ich stütze mich auf das Bett und gehe zum Schrank. Suche in meiner Handtasche, finde die Tüte mit dem Parfüm und nehme das heraus, was ganz unten liegt. Den Ring. *E. Seeger.* Ich nehme ihn mit zum Bett, drehe ihn um und sehe, wie das Gelbgold den kranken Schein der Lampe wiedergibt.

Warum habe ich ihn an mich genommen? Das habe ich mich im Laufe der Jahre öfters gefragt. Ursprünglich wollte ich ihn als Beweismittel aus dem Weg schaffen. Und als ich vor dem Grab auf Koön stand, inmitten der Namhaften und der Namenlosen, dachte ich, hier, in geweihtem Boden auf schwedischem Grund, liegt ein Ehemann, Sohn und Soldat, der dem Menschen, den ich am meisten geliebt habe, das ewige Leben gerettet hat. Ich dachte an das Schiff *Wiesbaden,* dessen Wrackteile auf Marstrand angetrieben wurden. Und ich dachte, ich sollte in unserem großen Nachbarland um Hilfe bei den Nachforschungen bitten.

Aber ich verschob diesen Plan immer wieder. Wochen wurden zu Jahren, und als mein Blut protestierte und die Leukämie zur Tatsache wurde, wusste ich, dass es mir nicht vergönnt sein würde. Das überraschte mich nicht. Das Meer würde mich besiegen, und mir bliebe nichts übrig, als mich zu fügen. Jakob wird den Ring bekommen, aber er wird nichts unternehmen. Jemand anders muss das übernehmen, und ich glaube zu wissen, wer. Es tut weh, ich weiß. Aber diejenigen, die einen Jüngling aussandten und nichts zurückerhielten, müssen Gewissheit erhalten.

Mein Leben wurde, wie es wurde. Ich habe meine Kinder geliebt, war mit meiner Arbeit zufrieden, habe das Heilige ertragen, habe meine Freunde geehrt. Das lässt sich in einigen wenigen Sätzen beschreiben und hat nichts mit Verbitterung zu tun. Mein Leben hatte den Sinn, den ich ihm gegeben habe, und das ist schön so. Ich habe oft gelacht und meinen Mann umarmt. Habe wieder gelernt zu lieben. Aber das Wichtigste habe ich niemals vergessen.

Den Krieg. Als er ein Ende nahm und mehr als zehn Millionen Menschen ihr Leben verloren hatten, fielen manche, die von der Schönheit des Krieges gesprochen hatten, vom Glauben ab. Andere Herren führten in aller Eile das Frauenstimmrecht ein, um zu verhindern, dass die russische Revolution auf uns übergriff. Die Spanische Grippe schlug zu, als der Krieg endete, wie um zu beweisen, dass die Kanonen der Menschen nichts gegen die Angriffe einer Seuche ausrichten können. Innerhalb weniger Monate mähte sie fünfzig Millionen Menschen dahin, die geschwächt waren von Kummer und Hunger. Unsere alten Freunde in Masthugget starben dahin wie die Fliegen. Aus unerfindlichen Gründen wurden vor allem die jungen, starken Männer zuerst getroffen. Sie waren dem Krieg entgangen, verloren aber trotzdem ihr Leben.

Nein, ich habe nie den Krieg vergessen, gegen den ich mein Leben lang gekämpft habe. Auf jedem Bild sah ich ihn. In jedem Artikel, jedem Bericht, aus jedem Land und im Namen jeder Religion. Die toten Soldaten haben mich immer begleitet. Aber bald ist es vorbei. Bald werde ich über freie Wiesen laufen können, werde über das Streben der Menschen nach Kontrolle und Ordnung lachen, werde mir die Erde von den Händen wischen und das Unfassbare umarmen. Bald kann ich wieder spüren, wie alles seinen Sinn zurückerhält.

Danach sehne ich mich. Mehr, als ich es jemals für möglich gehalten hätte.

Kapitel 19

Mai 2008

Wenn sie an die letzten Monate zurückdachte, erinnerte sie sich vor allem an den 21. Dezember. Als die Dunkelheit sich dem Licht ergab. Das bewies, dass irgendwann alles eine Wende nimmt. Sie verbrachte schöne Weihnachtstage auf Marstrand. Peter und seine Freundin Sofi, klein, blond und aufgeweckt, hatten alles schlicht geschmückt und mit ihr, Niklas und Harald gefeiert. Das Meer war in den Buchten gefroren, und der Schinken war, dank Niklas, außen kross und innen saftig gewesen. Ein Weihnachten ohne Anspielungen auf das Vergangene, wo Wichtelvater und Wichtelmutter im Karton in Stockholm liegen blieben. Im nächsten Jahr würde sie sie vielleicht wieder aufstellen und sich in Trauer und Freude erinnern. Und das Haus hatte sich ruhig verhalten. Hatte sie nicht daran erinnert, was seine Wände, sein Dach und sein Boden gehört und gesehen hatten.

Nun saß sie im Flugzeug nach Frankfurt und dachte daran, wie sie sich von Onkel Ivar verabschiedet hatte. Er hatte versprochen, ihren Vater zu besuchen und ihr von möglichen Fortschritten zu berichten. Sie hatte genickt, war nach Marstrand zurückgefahren und war von einem nachdenklichen, aber abwartenden Niklas empfangen worden, der gesagt hatte, was zu sagen war. Jetzt war sie an der Reihe, und sie bat um eine Frist. Verstand er das? Natürlich, als sie erzählt hatte. So, wie er sofort versprochen hatte, ihr bei ihren Untersuchungen zu helfen. Er hatte mehrere Lieferanten und dadurch gute Kontakte in Deutschland.

In seiner Nähe brachen Dinge aus ihr heraus, die ihr nicht bewusst gewesen waren. Die unterdrückten Gefühle aus ihren Jugendjahren, die sie für verjährt gehalten hatte, steckten noch immer unversehrt in ihr. Die Trauer um ihre Mutter auf der anderen Seite des Ozeans, das Glück mit ihrem Vater, vor allem, wenn er seine braune Strickjacke trug. Die Begegnung mit Mårten und die Verliebtheit, die zur Liebe wurde, die Freude über Peter, das Glück, wenn ihre Arbeit gut lief. Die Verzweiflung über die Krankheit ihres Vaters, die ihr zur Erkenntnis über die Lage der Menschen auf Erden verhalf. Erfolge, die gut schmeckten und doch so rasch vom Teller verschwanden, ihr Gefühl, immer gezwungen zu sein, mehr zu geben. Die Überzeugung, dass es ihr so gut ging, dass sie nicht das Recht hatte, nein zu sagen, sondern für alle und alles da sein musste. Das Gefühl, nach Mårtens Tod so tief zu stürzen, dass sie nie wieder festen Boden unter den Füßen spüren würde. Die Angst in der Nacht und der Krampf am Tag, ein ewiges Nimm-dich-zusammen im verspannten Rücken und zwischen den zusammengepressten Zähnen.

Niklas hörte zu und antwortete. Ab und zu spielte er Geige, wenn sonst nichts half. Dann winkte er ihr nach, als sie nach Stockholm fuhr, um in der Galerie zu arbeiten und ihre Nachforschungen fortzusetzen. Die Wohnung empfing sie verstaubt und fremd. Sie warf die Habseligkeiten ihres Lebens weg, während sie das Unersetzliche in einer Erinnerungstasche sammelte. Das reichte, wie sie nun spürte. Mårtens Ring steckte mit ihrem an ihrem Finger und suchte seine goldene Gemeinschaft. Für eine kleine Weile, ehe sie ihn Peter geben würde.

Izabella ging es besser, als sie sie besuchte. Als Überraschung hingen in der Sammelausstellung der Galerie einige von Ingas Bildern. Sie betrachtete sie wie eine Außenstehende und sah ein, wie selten sie es sich erlaubte, auf ihren Erfolgen auszuruhen. Jetzt konnte sie sich sogar für die eine oder andere Schattierung oder die Lösung eines technischen Problems loben. Als ein Besucher behauptete, die Bilder hingen doch schon lange da, und man riskiere, rasch zu verschwinden, wenn man sich nicht erneuere, lachte sie nur freundlich. Als dieselbe Person dann fragte, ob Inga noch magerer geworden sei, »falls das überhaupt möglich ist«, antwortete sie, ja, sicher, und strich noch eine Nummer aus ihrer Telefonliste. Und nun merkte sie, wie viele andere hereinschauten, die sich über ihre Rückkehr freuten.

Als die Mitteilung aus Deutschland kam, war sie nicht darauf vorbereitet. Sie hatte es einfach nicht für möglich gehalten. Aber sie hatten Ingas Wunsch erfüllt, nachdem sie ausführlich und schriftlich den Grund ihrer Anfrage erklärt hatte. Das Verteidigungsministerium in Bonn, das Militärarchiv in Freiburg, die Deutsche Marine und Niklas' Kontakte, alle hatten geholfen und Hintergrundberichte, Augenzeugenschilderungen und Tatsachen aufgetan. Das Ergebnis war die Adresse einer Brigitte Seeger-Mallebré in Frankfurt am Main, Kurfürstenstraße.

Sie wagte nicht, sich auf ihr Deutsch zu verlassen, sondern schrieb den Brief auf Englisch. Sie fing an mit Mårtens Tod, um dann die ungeplante Reise in die Vergangenheit zu erklären, und sie endete mit dem Ring. *E. Seeger. 2. 3. 16.* Zwei Wochen darauf kam die Antwort. Ingas Brief hatte in der Verwandtschaft eine kleine Sensation ausgelöst. Brigitte konnte seither an nichts anderes denken. Inga sei ihr jederzeit in Frankfurt willkommen. Und natürlich, »mein Beileid.«

Sie buchte den Flug und fuhr dann mit Onkel Ivar nach Göteborg. Sie wanderten nebeneinander über den Friedhof von Kviberg, bis sie zu den Kriegsgräbern kamen. Sie fingen an mit den britischen, blieben beim Denkmal stehen und lasen die in Stein gemeißelten Namen der Schiffe. *Ardent, Fortune, Shark, Black Prince, Tipperary.* Auf dem Weg zu den nicht weit entfernt gelegenen deutschen Gräbern atmete Onkel Ivar schwer und stützte sich auf ihren Arm. Vor dem Stein, der mitteilte, dass hier deutsche Soldaten ruhten, die für ihr Land gestorben waren, nahm er den Hut ab.

Die schlichten Platten im Gras verrieten, anders als die britischen, nichts über die Schiffe. Nur das Datum zeigte, wie viele in der Schlacht am Skagerrak gefallen waren, es waren über sechzig, mal mit Namen, mal ohne. Onkel Ivar legte den mitgebrachten Tannenzweig nieder, sie ihren Kranz. Als sie das Grab verließen, hatte Onkel Ivar Tränen in den Augen, erklärte aber zugleich, er sei sehr glücklich. Wenn möglich, wollte er wieder herkommen. Sie dachte, dass es Onkel Ivar egal sei, wer Anton gewesen war und was er getan hatte. Jetzt wusste er, wo sein Vater begraben war, und das reichte.

Der Frankfurter Flughafen war groß, aber gut ausgeschildert, und die Fahrt über die Autobahn brachte sie bald in die Stadt mit ihrer Silhouette aus Hochhäusern und Bankgebäuden. Der Taxifahrer fuhr durch Wohnviertel mit schönen alten Häusern und bog in eine Straße voller kleiner Läden, Gemüsebuden und Restaurants ein. Dort stieg sie aus dem Wagen und betrachtete das Haus.

Die Fassade war beeindruckend. Sie zögerte etwas, ehe sie auf den Knopf neben der Gegensprechanlage drückte. Es brummte kurz, sie schob die schwere Tür auf und betrat ein Treppenhaus mit bunten Bleifenstern. Sie stieg die Steintreppe hoch und hörte, wie weiter oben eine Tür geöffnet wurde.

Eine Dame. Anders ließ sie sich nicht beschreiben. Gewellte graumelierte Haare, eine rote Seidenbluse von zurückhaltender Eleganz und tadellos glatte Wollhosen. Die Hand, die ihr entgegengestreckt wurde, trug schöne Ringe.

»Willkommen in Frankfurt. Wie schön, dich hierzuhaben. Ich freue mich so. Sag bitte Brigitte zu mir.«

Sie verstand, dass sie auf Deutsch willkommen geheißen wurde, und dass Brigitte Seeger-Mallebré keinen großen Wert auf Förmlichkeit legte. Brigitte stieg auf ein etwas steifes, aber absolut akzeptables Englisch um, als sie Inga in die Wohnung bat und sie dann in einen Raum führte, bei dem es sich um das Wohnzimmer handeln musste. Drei Zimmer in der Wohnung lagen mit offenen Zwischentüren nebeneinander. Der Stuck an der Decke war prachtvoll, und die Wände sicher vier Meter hoch.

»Ja, es ist schön, wenn ich das selbst so sagen darf. Ich wohne seit vielen Jahren hier. Wenn ich nicht muss, ziehe ich hier auch nicht mehr aus.«

Sie bot Inga einen Platz auf dem Sofa an und fragte, ob sie ihr ein Glas Wein aus der Umgebung einschenken dürfe. Der Rheingau lag ganz in der Nähe. Schade übrigens, dass Inga nicht im Frühling gekommen sei, wo der blühende Knöterich die Hauswände im Hinterhof bedeckte. Dann hätten sie auf dem Balkon sitzen können.

Brigitte plauderte freundlich, während sie Kristallgläser und eine Flasche holte. Sie schenkte ein und stieß mit ihrem Gast an. Der Wein war gut und wurde sicher nicht exportiert, sondern in der Gegend selbst getrunken. Der rotgeschminkte Mund der Gastgeberin hinterließ einen Abdruck auf dem Glas.

»Hattest du eine gute Reise?«

»Ja, danke.«

Brigitte erkundigte sich nach Inga und deren Beruf, sprach über Fotografie und wusste sehr viel über Leni Riefenstahl, Helmut Newton und Annie Leibovitz. Dann lenkte sie das Gespräch auf Außenpolitik und Friedensverhandlungen in allerlei Ländern, um schließlich zu verstummen.

»Dein Brief hat in der Familie wie eine Bombe eingeschlagen, wenn du diesen unglücklichen Vergleich entschuldigst«, sagte sie nach einer Weile.

Inga nickte, und Brigitte redete weiter.

»Dass mein Großvater damals im Krieg vermisst wurde, war für uns alle von großer Bedeutung. Für unsere Einstellung allem Möglichen gegenüber. Ich will uns ja nicht zu Helden oder Opfern machen, wir waren schließlich nicht die Einzigen mit diesem Schicksal. Wir Deutschen halten uns ohnehin nicht mehr so leicht für Helden. Das würde sehr schlecht zu unserer Geschichte passen, wie du sicher verstehst. Dass der Erste Weltkrieg in vielfacher Hinsicht etwas ganz anderes war als der Zweite, kann nichts daran ändern. Wenn wir unsere Schuld vergessen, dann gibt es genug andere, die uns daran erinnern. Aber ich glaube nicht, dass uns das passiert. Es gibt so viele von uns, die sich gegen das Vergessen engagieren.«

Brigitte lächelte kurz, wie um dem Gesagten die Spitze zu nehmen, und erklärte, dass sie sich als echte Europäerin betrachte. Wie hätte es auch anders sein können, nachdem sie mit einem Franzosen und einem Niederländer verheiratet gewesen war? Wusste Inga übrigens, dass Helmut Kohls Vater einmal mit seinem Sohn das Schlachtfeld von Verdun besucht hatte, und dort hatte Helmut schwören müssen, das Seine zu tun, damit sich dieser Wahnsinn niemals wiederholte? Und dass Helmut Kohls älterer Bruder im Zweiten Weltkrieg gefallen war? Kein Wunder, dass gerade dieser Kanzler sich so sehr für die europäische Einigung engagiert und die deutsche Wiedervereinigung in die Wege geleitet habe. Brigitte seufzte und sagte dann, die Zeit vergehe so schnell. Schon scheine der Mauerfall lange zurückzuliegen. Und Kriege gebe es immer noch.

Sie beugte sich über den Tisch vor und bat Inga, so ausführlich wie möglich die Geschichte zu erzählen, von der schon im Brief die Rede gewesen war. Sie wollte sie noch einmal hören, mit allen Einzelheiten. Als Inga ihren Besuch auf dem Friedhof Kviberg in Göteborg beschrieb, wirkte Brigitte ungeheuer betroffen.

»Da liegt er also«, sagte sie endlich. »Mein Großvater Ernst. Meine Großmutter hieß Erna, und sie fanden das mit den Anfangsbuchstaben offenbar einen wunderschönen Zufall. Sie hatten dieselbe Gravur in ihren Trauringen.«

Brigitte war aufgestanden und hatte ein Foto geholt. Noch ein Stück schwarzweiße Geschichte. Das Bild zeigte einen jungen Mann in Uniform und neben ihm eine dunkelhaarige junge Frau im weißen Kleid und mit Brautschleier. Beide hielten sie einen Blumenstrauß.

»Sie waren sehr jung, als sie geheiratet haben. Und das hatte natürlich seinen Grund. Sie hatten sich früh kennengelernt. Meine Großmutter musste mit der Bahn zur Schule fahren, und als sie eines Tages auf dem Bahnsteig stand, stand dort auch mein Großvater. Er arbeitete im Eisenwarenladen seines Vaters, den er später übernehmen sollte. Einige Wochen lang trafen sie sich auf dem Bahnsteig. Dann besuchte er sie und ihre Eltern. Aber kaum hatten sie sich füreinander entschieden, da kam der Krieg, und mein Großvater wurde einzogen. Zur Marine.

Sie wohnten in Rostock, und er hatte bereits seine Wehrpflicht auf dem Meer abgeleistet. Also fuhr er mit der Marine hinaus, und meine Großmutter stand am Kai, genau wie in allen Beschreibungen von Abschied im Krieg. Ab und zu kam er auf Heimaturlaub, und jedes Mal war er ein wenig magerer und ein wenig erwachsener geworden. Aber ehe er auf die *Wiesbaden* versetzt wurde, bekam er eine Woche Urlaub, und da haben sie geheiratet. Den Antrag hatte er ihr längst gemacht, und ich glaube, sie hatten beide das Gefühl, dass es keinen Grund zum Warten gab. Und das war ja sehr richtig gedacht.«

Brigitte faltete die Hände auf ihren Knien.

»Die Schlacht am Skagerrak«, sagte sie. »Kaiser Wilhelm war ungeheuer stolz auf seine Hochseeflotte und wollte sie in eine Entscheidungsschlacht gegen die Briten senden, obwohl seine Truppe zahlenmäßig unterlegen war. Die deutschen Verluste waren fast so groß wie die britischen. Die deutsche Presse versuchte übrigens, das Ganze als Sieg darzustellen. Genau wie die britische, natürlich. Für die Angehörigen, die gelernt hatten, die Wahrheit zwischen den Zeilen zu lesen, war klar, dass etwas Entsetzliches geschehen war. Und dann fing die lange Wartezeit auf ein Lebenszeichen an. In unserem Fall war das Warten umsonst.«

Das war keine Anklage, aber das Unwiderrufliche in dieser Nachricht löste in Inga Schuldgefühle aus. Sie fragte, wie es weitergegangen sei, und wünschte, jemand könnte die unsichtbare Last von ihren Schultern nehmen.

»Ich kann natürlich nur wiedergeben, was meine Mutter mir erzählt hat. Sie ihrerseits hat das von Eltern und Geschwistern meines Großvaters gehört. Das hast du dir sicher schon ausrechnen können. Meine Großmutter wurde schwanger, ehe er als vermisst galt. Ob er noch per Brief erfahren hat, dass er Vater werden würde, wissen wir nicht. Aber als meine Mutter auf die Welt kam, war ihre Mutter bereits Kriegerwitwe. Ihren Vater kannte sie also nur vom Hörensagen und in mancher Hinsicht durch die Geschichtsbücher.«

»Habt ihr jemals irgendetwas erfahren?«

»Von der Schlacht war natürlich überall die Rede, und meines Wissens haben die schwedischen Behörden korrekt Bericht erstattet. Es war bekannt, dass die *Wiesbaden* untergegangen war, und als nichts kam, abgesehen von weiteren Beweisen dafür, dass die Besatzung umgekommen war … da begriff die Familie natürlich, wie die Dinge lagen. Dass Großvater auf dem Meeresgrund ruhte oder irgendwo begraben war, vielleicht in Schweden, Norwegen oder Dänemark. Aber jedenfalls konnte das an der Situation ja nichts ändern. Mein Großvater war tot und meine Großmutter allein mit einem neugeborenen Kind. Einige Jahre später heiratete sie dann den Mann, den ich Opa genannt habe. Sie hatte mehrere Kinder mit ihm und ein recht glückliches Leben.

Aber für meine Mutter wurde die Geschichte des Vaters, der niemals aus dem Krieg zurückgekehrt war, entscheidend für ihr ganzes Leben. Sie studierte Geschichte und forschte über die Rolle der Frauen im Ersten Weltkrieg. Sie hielt Vorträge und war während des Zweiten Weltkrieges aktive Kriegsgegnerin. Zeitweise lebte sie bei Verwandten in der Schweiz, wo sie sich sicher fühlen konnte. Mein Vater teilte ihre Ansichten. Er war Jurist und wurde später Richter. Sie heirateten sehr jung und bekamen bald Kinder. Vielleicht waren sie durch Schaden klug geworden.«

Brigitte ließ sich zurücksinken.

»Ich weiß noch, dass mein Vater mit mir an den Rhein ging, als der Krieg sich dem Ende näherte«, sagte sie. »Da standen wir, sahen uns die vorüberfahrenden Schiffe an, und er sagte: Wenn Hitler den Krieg gewinnt, hänge ich die Juristerei an den Nagel und werde Kapitän auf so einem Kahn. Ich war damals erst sechs Jahre alt, aber ich habe es niemals vergessen. Bei seiner Pensionierung sollte ihm das Bundesverdienstkreuz verliehen werden. Aber er nahm diese Auszeichnung nicht an und sagte, er habe ja nur seine Pflicht getan. Man sollte keine Orden dafür bekommen, dass man seine Pflicht tut. So drückte er sich aus. So ein Mann war er.«

Der Sofabezug kratzte unter ihren Oberschenkeln, und sie

hatte Angst, hängenzubleiben und sich vielleicht eine Laufmasche zu reißen. Durch das Fenster sah sie einen Telefonladen, eine Bank und eine Bäckerei, die mit frischen Brötchen lockte. Dann zog sie die Schachtel hervor und reichte sie Brigitte. Brigitte nahm den Deckel ab und hielt den Ring ins Licht. Sie hielt ihn dichter an ihre Augen, um die Gravur zu lesen.

»Ja«, murmelte sie. »Ich habe das Gegenstück, und … ja, er ist es. Der Trauring meines Großvaters. Unfassbar.«

Brigittes Hand zitterte.

»Du musst entschuldigen. Wir wussten ja, dass er tot war. Aber jetzt wissen wir auch, wo er liegt. Es gibt eine seltsame Sicherheit, das zu wissen und nicht mehr vermuten oder spekulieren zu müssen.«

»Es tut mir alles so leid. Dass meine Verwandten deine Familie bestohlen haben.«

Sie musste es tun. Jemand musste um Verzeihung bitten, und zwar sie, da die anderen nicht mehr am Leben waren. Brigitte schaute vom Ring auf. Sie sah überrascht aus.

»Aber meine Liebe! Wie meinst du das?«

»Ich meine, dass meine Großeltern und ihre Freundin … weil sie das taten, habt ihr niemals erfahren, was geschehen war. Ihr hättet ihn vielleicht identifizieren und seine sterblichen Überreste heimholen können. Er wäre in Deutschland begraben worden, seiner Heimat. Ihr hättet sein Grab besuchen können.«

»Dieses Grab hätte aller Wahrscheinlichkeit nach in Rostock gelegen und die deutsch-deutsche Grenze hätte uns den Weg versperrt. Wir waren bei denen, die rechtzeitig gegangen sind. Einige in der Verwandtschaft ahnten Böses, und eines Nachts sind wir über die Grenze gefahren, mit allem, was wir mitnehmen konnten. Ein wenig Geld, ein paar Möbelstücke, Kleidung. Das Silberbesteck war in einem Kinderwagen unter der Matratze versteckt.«

»Aber sie haben, wie sagt man … die Grabruhe gebrochen …«

Ihr Englisch reichte nicht mehr so recht. Brigitte musterte sie mitfühlend.

»Ich verstehe, dass man das so sehen kann«, sagte sie dann. »Ich konnte solche Gedanken auch aus deinem Brief herauslesen, und jetzt noch mehr, wo du alles ein wenig ausführlicher erzählt hast. Ich kann dir aber nur sagen, dass du keinerlei Schuld trägst. Abgesehen davon, dass du diejenige warst, die die Wahrheit entdeckt hat. Aber das betrachte ich als Geschenk.«

»Ich …«

»Siehst du, Inga, ich sehe das, was geschehen ist, auf ganz andere Weise. Als Tat der Liebe. Irgendwo in diesem Krieg gab es Menschen in eurem neutralen Land, die sich den Folgen dessen stellten, was die Kriegshetzer in Europa angefangen hatten. Dass deine Großmutter zudem bereit war, etwas zu tun, das entsetzlich gewesen sein musste, damit ein geliebter Mensch in Frieden ruhen konnte … auch dabei geht es meiner Ansicht nach um Liebe. Auf diese Weise kommt der Tod meines Großvaters mir nicht ganz sinnlos vor. Durch seinen Tod hat er die Seele eines anderen Menschen gerettet. Aber lassen wir die Religion beiseite. Die spielt in diesem Zusammenhang eigentlich keine Rolle.«

»Meinst du nicht …«

»Nein, Inga. Deine Großmutter hat ein großes Opfer gebracht. Und sie hat diesen Ring aufbewahrt. Also wollte sie, dass die Wahrheit ans Licht kommt. Ich bin ganz sicher, dass das ihr ursprünglicher Wunsch war. Und jetzt ist sie ans Licht gekommen, durch dich. Der einzige Nachteil ist wohl, dass du mit einer deutschen Invasion an eurer Küste rechnen musst, die du so schön beschreibst. Mehrere von uns möchten hinfahren und die Friedhöfe besuchen, die du erwähnt hast. Wo mein Großvater zuerst begraben war und wo er jetzt liegt. Und Marstrand.«

Brigitte streckte die Hand aus und legte sie auf Ingas. Jetzt sah sie es. Auf dem Mittelfinger steckte ein Ring von gelberem Gold als die anderen. Brigitte nickte zur Bestätigung. »Der Trauring meiner Großmutter. Ich trage ihn schon mein Leben lang und liebe ihn mehr als meine anderen Ringe, sogar als meine Trauringe. Vielleicht haben meine Ehen deshalb niemals lange gehalten.«

Inga schaute ihre Hand und ihren eigenen Trauring an. Sie dachte an die Hand, die ihr Mårtens Ring gegeben und ihr kondoliert hatte. Draußen wurden jetzt die Laternen angezündet. Brigitte schien aufstehen zu wollen. Dann überlegte sie es sich anders und blieb sitzen.

»Nein, du trägst keine Schuld. Und auch deine Verwandten nicht. Oder meine. Schuld tragen nur die Machthaber, die junge Männer für eine angeblich gute Sache in den Krieg schicken. Es gibt Fälle, in denen ein bewaffneter Kampf unvermeidlich ist. Aber nicht diese beiden schrecklichen, sinnlosen Weltkriege.«

»Ich glaube, meine Großmutter hätte das auch so gesagt. Oder mein Mann Mårten.«

»Noch einmal mein Beileid. Er war zu jung, um auf diese Weise weggerissen zu werden.«

Brigittes Stimme war sanfter geworden, und die deutschen Kanten, die sie den englischen Wörtern verpasste, schwächten sich ab.

»Meine Großmutter überlebte und konnte sich zum Glück durchschlagen. Wie so viele andere Frauen in ihrer Situation. Es gibt derart viele Kriegerwitwen und einsame, hinterlassene Mädchen. Aber viele von ihnen … besitzen eine unbezähmbare Kraft. Das Leben findet seinen Weg. Ich will jetzt keine Predigten oder Ermahnungen von mir geben. Ich kann nicht wissen, wie dir zumute ist, aber ich habe verstanden, dass du mit deinem Mann sehr glücklich warst. Und ich bin absolut überzeugt davon, dass du es schaffen wirst. Und glaub mir, du wirst auch wieder glücklich werden. Auch du, Inga. Das ist übrigens ein schöner Name.«

»Mein Name bedeutet eigentlich … niemand. Keine.«

Sie kämpfte mit den Tränen, aber anders als sonst. Brigitte konnte vielleicht nicht nachempfinden, wie es in ihr aussah, aber sie hörte sich überzeugend an.

»Du hast mir einen großen Dienst erwiesen. Ich bin sehr, sehr froh darüber, dass du hergekommen bist und einige Tage bleiben wirst. Es gibt noch mehr hier, die dich kennenlernen möchten, und wir beide haben sehr viel zu besprechen. Außerdem möchte ich dir Wiesbaden zeigen. Witzig, dass ich mich nur wenige Dutzend Kilometer von dem Ort entfernt niedergelassen habe, nach dem das Schiff meines Großvaters hieß, findest du nicht? Und natürlich gehen wir auch ins Fotografiemuseum. Ich glaube, das wird dich sehr interessieren. Aber jetzt musst du endlich etwas essen. Ich würde dich gern in ein Restaurant hier um die Ecke einladen. Zu einem hervorragenden Italiener. Einer der größten Aktivposten Deutschlands übrigens. Die Zuwanderer. Viele von ihnen arbeiten aber auch hart, um glücklich zu werden. Was allerdings eine ganz andere Geschichte ist.«

Kapitel 20

1959

Bald ist es so weit. Das spüre ich. Nicht wegen der Schmerzen oder weil sie etwas gesagt hätten. Eher ist es so, als ob die Zeit den Atem anhielte. Es liegt eine Zurückhaltung in der Luft, die auch die Weißkittel zu spüren scheinen, wenn sie zu mir kommen, und ich fühle mich ein wenig besser. Es ist eine alte Wahrheit, dass das Leben sich am Ende widersetzt und wir uns deshalb gesund fühlen, obwohl die Krankheit längst gewonnen hat. Als ob der Tod das Leben noch zum Nachtisch einladen will, ehe die Rechnung bezahlt werden muss.

Mir macht das keine Angst. Eher genieße ich diese Zeit relativer Sorglosigkeit, in der ich die Kraft habe, das Haus zu verlassen, ohne mich zu schwer auf den Stock stützen zu müssen. Ich habe einen Abstecher in den Aufenthaltsraum gemacht. Aber da saßen einige verbitterte Hinterbliebene und ruinierten die Stimmung, und das war das Letzte, was ich brauchen kann. Eine ewig grantige Alte bekam zum ersten Mal seit Wochen Besuch von ihrer Schwiegertochter. Als sie hörte, dass diese im Moment so viel zu tun hätte, lachte sie und sagte: »Das macht dich traurig. Das höre ich ja gern.«

Arme Wesen. Alle beide. Im Vergleich dazu kam ich mir reich vor.

Ich merke es auch, wenn sie zu Besuch kommen. Die Schritte hallen schneller durch den Gang, und meine Söhne sehen erleichtert aus, wenn sie sehen, dass ich noch lebe. Sie kommen jetzt häufiger. Gestern schaute Ivar herein, und ich dachte, er kann zwar nicht allen helfen, aber alle bezaubern. Es ist unmöglich, meinem großen Jungen zu widerstehen, ebenso wenig, wie seinerzeit seinem Vater. Sicher hat er sich Gedanken gemacht, und einiges muss er verstanden haben. Aber er hat nichts gesagt, und seine Liebe zu Jakob ist so groß, dass ich sie nicht gefährden wollte. Möglicherweise hat er beschlossen, nicht daran zu denken, und vielleicht war das das Beste so.

Schuld? Sollte ich mich schuldig fühlen? Unser Ziel war richtig, vielleicht kann das das Urteil des höchsten Gerichts mildern. Wenn ich ihm von Anton erzählt hätte, hätte ich so viel mehr sagen müssen, und es gibt Grenzen dafür, was man seinen Kindern auferlegen darf. Die Erinnerungen sind verbrannt und außer Reichweite. Die Zeit nimmt ja auch nicht einfach ein Ende, weil ich sie verlasse. Es wird Zeit für die Wahrheit, wenn alle empfänglicher sind. Und wenn genug Zeit zwischen dem Geschehenen und dem Erzählten vergangen ist.

Ivar war kaum gegangen, als auch schon Johannes erschien. Er hatte Louise bei sich, die strahlt wie der schönste Apfel. Ihr Bauch wölbte sich unter dem Kleid, und sie sah so glücklich aus, dass ich aus alter Erwartung innerlich zusammenzuckte. Ich musste gar nicht fragen, denn nach einer Weile legte sie meine Hand auf ihren Bauch, und ich konnte spüren, wie es darin strampelte, und dann war klar, dass es nicht mehr lange dauern würde. Als ich nach dem Namen fragte, schüttelten sie den Kopf. Vielleicht Anders oder Lars bei einem Jungen, vielleicht Maria oder Åsa bei einem Mädchen, aber es kam ihnen zu früh vor, und was ich denn meinte? Nichts, antwortete ich, und das schienen sie fast als Mitteilung aufzufassen.

Mein kleiner Junge. Ich schüttelte den Kopf und glaubte zu sehen, wie er in meinem Krankenhaussessel saß und durch ein ähnliches Fenster schaute. Traurige Gedanken und eine bedrohliche Finsternis tauchten auf, aber ich konnte sie verdrängen. Trotzdem ahne ich die Unruhe in seinen Augen, denke an Louise und ihr Lachen und hoffe von Herzen, dass er es nicht erstickt oder wegschiebt. Ich denke an das Mädchen, das zur Welt kommt. Sie wird vielleicht mehr ertragen müssen, als sie kann, aber ich werde versuchen, ihr zu helfen. Ich bin vorausgegangen und habe den Weg bereitet, möge mir vergeben werden, wenn ich zu große Lasten hinterlasse. Andererseits, die himmlische Vorsehung ist unzuverlässig. Das werde ich Lea sagen, wenn sie mich besucht, und sie wird mir widersprechen. Und dann werde ich wieder lachen.

Ehe sie gingen, legte ich das Ohr auf Louises Bauch und murmelte sie vor mich hin, diese Ermahnung, die wie ein Bekenntnis klang. An eines sollst du dich erinnern. Schau nach vorn und nimm deinen Weg. Wie die Menschen das zu allen Zeiten getan haben.

Sie verschwanden aus meinem Zimmer, und ich wusste, dass es das letzte Mal gewesen war. Welch ein Glück, dass sie wissen, was ich will. Alles ist entschieden, Essen und Lieder, Lokal und Pastor. Es soll und muss ein wunderbares Fest werden. Es ist nur schade, dass ich nicht dabei sein und mich über die Reden freuen kann. Eitles Stück, wird Lea sagen, wenn sie hereinkommt und ehe ich ihr das Versprechen abnehme, mir eine Grabrede zu halten, die sich gewaschen hat.

Und da steht sie plötzlich mitten in meinem Zimmer. So alt wie ich, einundsechzig Jahre, aber ihre Haare sind noch immer ohne graue Strähnen und ihr Körper weiterhin fest. Unter dem Mantel trägt sie ein Kleid mit einem roten Gürtel, dazu hochhackige Lackstiefel. Ich weiß, dass Carl Otto sich im Grab umdrehen würde, wenn er diese Stiefel sehen müsste, doch dann würde er sich an ihren Brüsten verlieren und ihr verzeihen.

Sie setzt sich auf die Bettkante und nimmt meine Hand.

»Weißt du, dass ich dir böse bin?«, fragt sie.

»Was kann ich dir denn getan haben? Ich liege doch hier nur unnütz herum?«

»Das ist es ja gerade. Wie soll ich denn ohne dich zurechtkommen?«

»Das könnte ich dich auch fragen.«

Lea reißt sich ungeduldig die Uniformmütze vom Kopf und tippt mir mit dem Zeigefinger auf die Brust.

»Du musst mich in Empfang nehmen, wenn ich nachkomme.«

»Und du musst dich um meine Hinterbliebenen kümmern.«

Lea schüttelt den Kopf.

»Lieber nicht. Geliebte Rakel, ich bin in jeder Hinsicht ein Zeugnis für das, was geschehen ist. Während du niemals etwas erzählt hast.«

»Wie meinst du das?«

»Dass du Ivar nichts gesagt hast.«

»Was hat das mit …«

»Ich weiß, Rakel. Das, was du nicht gesagt hast, plappere ich durch meine bloße Existenz aus. Wenn du deine Geheimnisse mit dir fortnimmst, dann ist es besser, wenn ich mich fernhalte.«

»Ist das ein Vorwurf?«

»Ein wenig vielleicht.«

Sie lächelt, als sie das sagt, und ich werde wütend, so krank ich auch bin.

»Und was ist mir dir? Warst du denn etwa besser? Du hast doch auch nichts gesagt …«

»Ich wusste, dass du das sagen würdest. Ich bin nicht dumm, Rakel, und dass du das ebenso wenig bist, weiß ich seit unserer ersten Begegnung. Deshalb habe ich meinem Sohn Stig gesagt, wer sein Vater ist. Ich habe es getan, als Ruben tot war und in seinem Himmel über das Elend lachen konnte. Als Carl Otto sich mit unseren Schäferstündchen auf dem Sofa in der Fabrik brüstete, hat Ruben ihm niemals geglaubt.«

Ich kann Leas Miene nur mit Mühe deuten. Sie sieht mich an und zieht einen Lavendelzweig aus dem mitgebrachten Strauß. zerbröselt einige Blätter und hält sie mir unter die Nase, ehe sie sie auf der Bettdecke verstreut.

»Es war nicht leicht. Dass Mama erzählt, dass der Opa eigentlich der Vater ist, auch wenn der Junge diesen Opa niemals kennengelernt hat. Ich war auf Verachtung gefasst, und die bekam ich auch. Stig ahnte wohl nur, was es mit Rubens Verhältnissen auf sich hatte, aber natürlich wurde etwas Unverständliches plötzlich begreiflich. Vielleicht hast du recht, vielleicht hätte ich früher etwas sagen sollen. Oder gar nicht. Aber ich hatte kein Vertrauen zu Carl Otto, musst du wissen. Er hatte immer noch ein As im Ärmel. Es spielte keine Rolle, wie weit weg er war. Auf irgendeine Idee kam er immer, und es wäre schlimmer gewesen, wenn ich am Ende nicht ehrlich gewesen wäre.«

»Hättest du nicht sagen können, dass es ein anderer war?«

Die Worte drehen sich in der Luft und vermischen sich mit dem Lavendelduft. Leas Stimme ist fest.

»Warum hätte ich das sagen sollen, wo es doch nicht so war?«

»Um deinen Sohn zu schonen.«

»Du vergisst Carl Ottos As.«

Lea seufzt und schaut sich im Zimmer um. Sie stellt fest, dass draußen ein erbärmlicher Haufen von Menschen herumliegt und dass das Pflegepersonal herumläuft und ziemlich sinnlos versucht, alles zu lindern. Sie erkennt die Szenen aus dem Armenhaus wieder. Eine Salbe hier und ein Stückchen Speck da würden sicher Wunder wirken. Dann holt sie den Kamm und kämpft sich durch meine Haare, die sich im Nacken zu feuchten Nestern verschlungen haben. Wieder und wieder bewegt sie ihren Arm, und ich spüre in ihren Bewegungen Mutters Anwesenheit. Mein Engel ist aus dem Bild gestiegen und sitzt auf meiner Bettkante, um mich schön zu machen.

»Dass du dann auch schwanger geworden bist. Und dabei hattest du mich doch gewarnt.«

»Ich war ganz schön dumm.«

»Aber du hast einen feinen Jungen bekommen.«

»Du auch.«

»Aber er ist ein Frauenheld.«

»Kein Wunder.«

»Du hast mich nie gefragt.«

»Wonach denn?«

»Nach Antons letzten Stunden. Als du eingeschlafen warst und ich bei ihm saß.«

Was hätte es da zu fragen gegeben? Vielleicht, warum ich eingeschlafen war? Vielleicht, was passiert, wenn das Leben ein Ende nimmt und die Trostlosigkeit beschließt, bis in alle Ewigkeit neben dir zu wandern?

»Er hat nicht viel gesagt, Rakel. Er war bewusstlos. Aber unmittelbar vor seinem Tod kam er zu sich und fragte nach dir. Er zog mich an sich und bat mich, dir zu sagen, dass er dich mit seinem ganzen Körper liebte, der jetzt nichts mehr wert war.«

Alles, was ich geahnt habe, wird plötzlich zur Gewissheit. Aber es macht mir nichts mehr aus. Ich sinke tiefer zwischen meine Kissen und spüre, wie mir jemand die Augen schließt und das Atmen für mich übernimmt. Der Schlaf ist auf dem Weg, als ich aus der Ferne die Worte höre, die ich in die Ewigkeit mitnehmen werde.

»Ich glaube, dass ich an seinem Tod schuld bin, Rakel. Wir hätten den Arzt holen müssen. Aber als mein Muttermal verblasste, war das wie ein Wunder, und ich wusste, dass alles einen Sinn hat. Deine Schuld ist nichts im Vergleich zu meiner. Und doch muss man vergessen und weitergehen. Das hast du gedacht, und das denke ich, und deshalb sind wir hier und lieben einander.«

Du hast ihn nicht umgebracht.

Eine Stimme zu haben, die widerspricht. Protestieren zu können, ein Wille zu sein und nicht nur ein Leib.

»Aber natürlich hätten wir den Arzt holen müssen. Ich war so überzeugt, aber wie hätte ich es wissen können. Ich glaubte, dich beschützen zu müssen. Glaubte, dass er dich unglücklich machen würde.«

Du hast immer mehr gewusst als wir anderen.

»Ich wollte, dass du glücklich wirst.«

Ich war glücklich mit Jakob. Nur wusste ich das nicht. Traum wird zu Wachsein wird zu Traum und Lea ist ein flüchtiger Schatten an meiner Bettkante. Meine Gedanken und ihre Antworten und unser großes, gemeinsames Wissen. Meine feuchte Stirn, und sie tupft sie mit einem Taschentuch ab.

»Weißt du noch, wie wir mit Kaffee gehandelt haben. Was wir da für Geschäfte gemacht haben. Wir hätten es weit bringen können. Hätten den großen Protzen eine lange Nase drehen können.«

Wir haben überlebt.

»Wir sind mit den Kerlen fertiggeworden, Rakel. Ich wüsste gern, ob die Frauen, die nach uns kommen, das besser machen.«

Das will ich doch hoffen.

»Weißt du noch, wie wir echte Bohnen gemahlen haben, Rakel?«

Der Kaffee …

»Wie der geduftet hat. Erinnerst du dich an die Nachbarinnen, als wir ihnen echte Ware zum Schimmelbrot angeboten haben? Ich weiß, was das für ein Gefühl war. Dort, wo wir waren, in Afrika und Asien, gibt es viele elende Menschen. Verarmt und erbärmlich, aber ich war abgehärtet und konnte damit umgehen.«

Wasser …

»Mein Leben ist gut geworden. So gut, wie es werden konnte. Ich habe manchen Menschen zu einem erträglicheren Leben verholfen, und ich konnte reisen und Dinge sehen, die mich dazu gebracht haben, zu verstehen. Der Gefährte an meiner Seite, nicht mehr und nicht weniger als das, und ich hatte recht, so, wie ich geplant hatte. So viel Weinen, so viel Lachen. Nichts hätte anders kommen können.«

Dein Leben ist noch nicht zu Ende.

»Doch, Rakel. Mit dir nimmt mein Leben ein Ende. Sein lebendiger Teil.«

Der Krieg.

»Ja, ich habe sie niemals vergessen können.«

Sie habe ich niemals vergessen können.

»Wie sie auf den Wellen tanzten. Ihre fehlenden Gesichter. Ihre Einsamkeit. Ihre Körper, die zwischen den Resten des Schiffes trieben, das sie hätte beschützen sollen.«

Sie haben es nie erfahren.

»Sie wussten, dass er tot war. Sie haben erfahren, wo er umgekommen war, und dass er irgendwo liegt.«

Sie müssen es erfahren.

»Niemand muss irgendetwas, Rakel.«

Wie konntest du so fest auf Gott vertrauen?

»Weil ich niemals etwas Besseres gefunden habe.«

Das hat dir gereicht?

»Ich bin immer schon mit wenig zurechtgekommen.«

Eine Kohlmeise. Ich sehe sie.

»Ich höre sie.«

Er bekommt eine Tochter.

»Wer?«

Mein Kleiner.

»Ich schicke ihr mein silbernes Kreuz, wenn sie achtzehn wird. Dann hat sie mich am Hals.«

Alle wollten dich am Hals haben.

»Ich wollte nur dich.«

Ich liebe dich…

»Ich liebe dich auch, Rakel. Ich habe niemals jemanden so geliebt wie dich. Wir sind eins, aus dem durch Zufall zwei wurden.«

Machst du die Kerze an?

»Das habe ich schon getan. Siehst du das nicht? Die Kerze brennt ruhig und stetig. So, wie mich die Kerze im silbernen Leuchter in all den Jahren geführt hat.«

Ich war immer bei dir.

»Du bist immer bei mir.«

Es wird dunkel.

»Du gehst dem Licht entgegen.«

Alles verschwindet.

»Ja, Rakel. Und doch ist es da.«

Bist du noch da?

»Ja, in deinen Gedanken.«

Du hältst meine Hand.

»Ich halte deine Hand.«

»Nein, Rakel. Ich verlasse dich nie wieder.«

Nie … mals … wieder.

Kapitel 21

September 2008

Zu sehen, wie Izabella die Gäste empfing, war ein Geschenk des Lebens. Das ging ihr auf, als sie ihre nun noch schlankere Silhouette sah und sich daran erinnerte, wie Izebellas Hände beim Aufhängen der Fotografien gezittert hatten. Aber Izabellas Worte würden lange vorhalten, wenn der Zweifel den Alltag wieder mit Wolken zu überziehen drohte.

Ein tiefer Atemzug. Ihre Stimme klang ruhig, wenn sie mit Izabella die Beleuchtung besprach oder mit Kennern über technische Aspekte diskutierte. Über die komplizierte Collagentechnik und die Jagd nach alten Kameras. Einige seltene Funde bei Sammlern und eine abgestaubte Technik in Kombination mit modernem Papier. Die Idee? Ich hatte die Möglichkeit, mich genauer über die Geschichte meiner Familie zu informieren. So viele Leben wurden von den Menschen auf diesen Fotografien beeinflusst. Auch mein eigenes? Ja, das kann man sagen.

Sie trug neue Schuhe und ein lavendelblaues Kleid. Der Duft des Mandarinenparfüms aus Deutschland, ein Geschenk von Brigitte Seeger-Mallebré, gab ihr das seltsame Gefühl, an einem anderen Ort zu sein. Zugleich hatte sie sich selten so anwesend im Hier und Jetzt gefühlt. Ich, Inga Rasmundsen, stehe zu dieser Ausstellung. Das hier ist das, was ich bin und was ich euch zeigen will. *Das hier ist, was ich zu bieten habe, und alles gehört dir.* Mårten, den sie auf dem Friedhof besuchte. Sie hatte versprochen, ihn niemals zu vergessen und gerade deshalb weiterzuleben.

Als die Türen geöffnet wurden und die Gäste hereinkamen, war sie bereit, indem sie es nicht war. Izabellas Einleitung klang verlockend, ihre Beschreibung vertraut und ungewohnt zugleich. Eine schöne Zusammenfassung, einige Verweise auf die Vergangenheit und auf frühere Werke, auf Inspiration und Motive. Westküste, ja, Romantik, möglicherweise. Religiöse Einflüsse? Fragen Sie die Fotografin. Aber ich behaupte voller Überzeugung, dass das Spiel zwischen Licht und Dunkelheit kein Zufall ist. Inga Rasmundsen überlässt bei ihrer Arbeit nämlich nichts dem Zufall.

Ein Lächeln in ihre Richtung, und das konnte sie erwidern.

Sie schaute sich in der Galerie um. Große Schwarzweißfotos, leicht bearbeitet, um das zu betonen, was sie für wichtig hielt. Bilder vom Hof in Fiskinge. Ein Holzhaus mit einem schönen Balkon im ersten Stock. Der Rahmen bestand aus zwei ausgerissenen Seiten eines alten Gebetbuchs. Die Brüder der Großmutter standen vor dem Hof. Sie trugen dunkle Hosen und schauten ebenso dunkel in die Unsicherheit hinaus. Bilder von Feld und Wiesen in Rahmen aus Rosshaar. Woher sie das alles hatte? Sie war mit einer Schere in der Tasche in den Stall der Reitschule gegangen, hatte hier und da einige Haare abgeschnitten. Niemand würde ihr das jemals glauben, und das war das Beste von allem. Aber Rakel und Lea hätten es gewagt.

Die Großmutter. Ein kleines Mädchen in Kleid und Schürze, mürrisch schaut sie in die Kamera. Die Großmutter als junge Frau, in hellem Kleid mit Spitzen und Stickereien, Blumen auf einem Holzgestell. Das Foto war eines von denen, die sie von Onkel Ivar bekommen hatte, der sich mit großer Freude an den Vorarbeiten beteiligt und ihr alles überlassen hatte, was auf seinem Dachboden zu finden war. Die Großmutter mit Onkel Ivar auf dem Schoß, die Großmutter auf einem Felsen auf Marstrand, im Hintergrund das Meer, vielleicht zu Beginn der fünfziger Jahre. Die Großmutter mit den Augen eines anderen Menschen gesehen. Noch mehr Bilder, das größte gerahmt mit Klaviertasten. Schwarz auf Weiß auf Schwarz, und das Ergebnis war ein Tribut an den Eigensinn und den Glaser an der Ecke. Der jetzt vor den Fotos stand und einem Besucher erzählte, welches Werkzeug er benutzt hatte und dass er gern mit Elfenbein arbeitete, obwohl man das ja nicht sagen dürfe.

Onkel Ivar, klein, mittel und groß, gerahmt mit Porzellanstücken, Bilder von Noten oder Käsekuchen. Großvater Jakob, ein Portrait, auf dem die Narbe, die er sich in Liebe und Verzweiflung zugefügt hatte, nur eine Ahnung war. Ein Bild zeigte ihn mit der Hand in der Tasche, und der Rahmen war wegen Ivars Großzügigkeit mit Kronenstücken geschmückt. Ihr Vater. Gesund und froh. Ein Bild im Boot, auf dem Meer, den Blick auf den Horizont gerichtet, hinter sich Gischt. Der Rahmen aus Kristall, in dem Versuch, ihn auf Schlittschuhen in der Kälte einzufangen. Textfragmente ins Bild eingepasst. So weit das Schiff fahren kann.

Mama Louise, lachend und mit einem Baby auf dem Schoß, wie als Pendant zu dem Bild von Großmutter Rakel. Der Rahmen aus Mohn, Margeriten, Kornblumen und Himmelsschlüsseln. Die Farben bildeten eine vollendete schwedisch-amerikanische Allianz. Sie hatte sich gefreut, als Inga angerufen und davon erzählt hatte. Gegen Ende des Gesprächs hatte sie gesagt, sie müssten sich treffen, es gebe so viel zu besprechen. Kommst du oder komme ich? Warum oder? Erst ich, dann du. Die Reise in die USA war bereits geplant und gebucht.

Lea. Inga hatte sich ein weiteres Mal an Sara Moréus gewandt, hatte an ihrem Küchentisch gesessen und erzählt, was sie in Erfahrung gebracht hatte. Sara hatte zugehört und danach erklärt, dass sie jetzt viel mehr von dem verstand, was früher nur aus Andeutungen bestanden hatte. Sie hatte noch einmal Leas Briefe hervorgenommen, und sie hatten sie gemeinsam gelesen und kommentiert. Der persönliche Kreuzzug einer Frau gegen den Mangel an Glauben, wie Lea aus China schrieb, ehe sie den Wahnsinn der Diktatur beschrieb, so, wie sie ihn auf den Feldern erlebte. Die Fotos von Lea, eine Mischung aus Haaren, Augen, Brust und Händen, alles gerahmt in roter Seide und weichem Leder.

Die Kriegsbilder. Die Schiffe. *Invincible, Seydlitz, Tipperary, Wiesbaden. Queen Mary, Frauenlob.* Dicker Ölqualm, kenternde Schiffe, Wrackteile im Meer. Gerahmt in den Farben der Flaggen, der deutschen und der britischen.

Ernst Seeger. Das Hochzeitsbild, das Brigitte gern verliehen hatte. Inga fotografierte es behutsam mit dem anderen Material, das sie ebenfalls benutzen durfte. Ernst Seeger am Kai. Erna Seeger, umgeben von Verwandten und Freundinnen. Eine Laufplanke, Poller. Ein Rahmen aus vielen goldenen Ringen. Hinter Ernst Seeger, auf jedem Bild, fast unmöglich zu sehen und doch immer da, der Sonne und der Finsternis selbstsicher trotzend: Anton ohne Gesicht. Onkel Ivars Vater.

Als Izabella zu ihr kam, blieb sie vor Ernst Seegers Bild stehen. So viele Fragen, aber noch hatte sich niemand nach Ernst Seegers Schatten erkundigt. Vielleicht dachte nur sie, dass er über alles andere fiele.

»Was ist das für ein Gefühl?«

Izabellas Hand, als sie sie berührte. Izabellas Lächeln, glücklich über Ingas »Genesung« und über die vielen Besucher.

»Ein gutes. Als ob es ungefähr so geworden ist, wie ich mir das gedacht hatte.«

Izabella lächelte kurz.

»Alles kann immer noch ein wenig besser werden.«

»Ich habe beschlossen, nicht mehr so zu denken.«

»Gerade im Moment finde ich, brauchst du überhaupt nicht nachzudenken. Alle sind begeistert. Sie denken an ihre eigenen alten Familienbilder. Es ist dir wirklich gelungen, altes Handwerk neu zu erschaffen. Die Kriegsbilder sind …«

»Gefallen sie dir?«

»Ich finde sie sehr gut. Nicht zuletzt, weil sie mich an meine und unser aller Unwissenheit erinnern. Mir ist bis jetzt kein Mensch begegnet, der die Geschichte hinter dieser Seeschlacht gekannt hätte. Darf ich dich fragen, warum sie dich so fasziniert?«

»Das habe ich doch schon gesagt. Es ist ein Teil meiner Küste, unserer Geschichte. Und ….«

Sie wusste nicht so recht, wie sie erklären sollte, dass sie auf der Suche nach der Wahrheit die ganze Zeit das Gefühl gehabt hatte, das, was sie in Erfahrung brächte, würde ihr helfen können. Es musste auch so reichen. Izabellas und ihre eigenen Augen wanderten zur selben Fotografie. Mårten, gewandet in Zeitlosigkeit. Ein einsamer Wanderer auf dem Weg, eingepasst in Bilder seiner Bauten. In einem Fenster war Peter zu sehen, der bei diesem Anblick gelacht hatte und das Bild voller Stolz Sofi zeigte. Jetzt unterhielten sie sich auf der anderen Seite des Raumes mit alten Freunden.

Peter, der Mårten und ihr dermaßen ähnlich sah. Das kleine Wesen mit der Machete würde vielleicht immer parat stehen, bereit, ihr Inneres zu zerschneiden, wenn sie es nicht verscheuchte. Aber sie würde lernen, bereit zu sein und vorherzusehen, wann dieses Wesen hinter der Erinnerung lauerte, um sich mit Weinen oder Lachen zu verteidigen.

Sie dachte an die Tage in Deutschland. Die Wärme, die Brigitte und ihre Verwandten ihr entgegengebracht hatten. Alle hatten sich nach ihrer Geschichte erkundigt und über ihre Entdeckungen gestaunt. Es gab keinerlei Misstrauen oder Zorn gegen Rakel, Lea und Jakob, sondern nur Verständnis für deren Vorgehen. Etwas so Entsetzliches durchmachen zu müssen. »Starke Frauen«, hatte jemand gesagt.

In Wiesbaden hatte sie die schöne Architektur bewundert und gedacht, dass Mårten sie sicher gern gesehen hätte, so wie er von der Tortenstückkonstruktion des Fotografiemuseums in Frankfurt fasziniert gewesen wäre. In den genial angelegten Gängen hatte sie die Schöpferlust wieder verspürt, den Wunsch, ein Gefühl auszudrücken und dessen Wirkung auf andere zu sehen. Der Keim zu der Idee war an einem Nachmittag gekommen, als sie mit Brigitte in einem italienischen Café namens Paparazzi gesessen, Sekt getrunken und sich schwarzweiße Bilder von Prominenten aus früheren Zeiten angesehen hatte. Die Gesichter von Sophia Loren, John F. Kennedy und Duke Ellington hatten sie nachdenklich gemacht. Sie hatten gelebt, gehandelt und geliebt, und waren durch die Fotografen festgehalten und für die Allgemeinheit sichtbar gemacht worden. Sie waren berühmt gewesen und hatten die Möglichkeit gehabt, ihre Kunst auszuüben oder ihre Botschaft zu predigen. Wer machte die Menschen auf den unsichtbaren Fotos in den Familienalben sichtbar? Warum nicht sie, Inga?

Dann die Arbeit. Es war befreiend gewesen, sich von etwas verschlingen zu lassen und kein paralleles Leben zu führen. Izabella reagierte sofort, sie vereinbarten einen Termin. Und dann das hier, das fertige Resultat. Normalerweise erzeugte es Erleichterung und Leere, manchmal fast Trauer. Jetzt etwas anderes.

Ein Kunstkritiker kam auf sie zu. Er setzte sich zu ihr und Izabella und bat, einige Fragen stellen zu dürfen.

»Das hier ist wirklich anders als alles, was du bisher gemacht hast.«

»Wie meinst du das?«

Er machte eine vage Handbewegung.

»Ich habe deine letzte Ausstellung gesehen. Die, die du mit deinem Kollegen gemacht hattest.«

»Ach.«

»Sie war elegant, das weiß ich noch. Kühn und doch kontrolliert. Deshalb überrascht mich das hier ein wenig.«

»Warum denn?«

»Du warst immer so verfeinert bei allem, was du getan hast.«

»Ja?«

»Und jetzt scheinst du fast deine fotografische Identität verloren zu haben und arbeitest mit Collagen, die auf Fotografien anderer beruhen. Du bist sogar so weit gegangen, die Rahmen in den Mittelpunkt zu stellen.«

Sie hätte fragen können, was er meinte. Ob das nun positiv oder negativ sei. Sie hätte ihn bitten können zu erklären, was er unter verfeinert verstand. Ihn bitten können, jetzt und früher zu vergleichen. Sie hätte auch erklären können, dass jemand, der keine Veränderung wagt, im Morast steckenbleibt. Aber das Gesagte berührte sie nicht genug.

Sie bat also um Entschuldigung und ging zu Peter und Sofi. Sie stieß mit ihnen an, lachte über eine von Sofis spitzfindigen Analysen und dachte, dass Peter den scherzhaften Rat befolgt hatte, den sie ihm einmal gegeben hatte. Heirate eine selbstbewusste Frau, dann wird es dir im Leben wohlergehen.

Dann drängte sie sich zur Tür durch und ging hinaus. Es war ein fantastischer Septembertag. Blauer Himmel, herbstklare Luft. Sie schaute die Straße entlang und sah, wie die Menschen aneinander vorbeijagten. Sie waren einfach in ihrer Wirklichkeit gefangen, die sie als wichtig und unveränderlich definiert hatten. Sie ging einige Schritte und spürte, wie die Kälte sie in die bloßen Arme kniff. Dachte an Marstrand und dass sie bald hinfahren würde. Sah vor sich das Meer, so wenig zu kontrollieren wie eine Menschenseele.

Und jetzt sah sie Niklas. Er war auf dem Weg zur Galerie. Er hatte die Jacke geschlossen und sein Gang verriet, dass er es eilig hatte. Er schaute die Hausfassaden an und hielt den Geigenkasten in der Hand. Er begegnete ihrem Blick, blieb stehen und streckte die Arme aus.

Die Gegensätze um sie herum. Weiße Wolken, gelbe Bäume. Sie selbst, ein Punkt in der Unendlichkeit. Vorsichtig hob sie die Kamera und fing ihn ein, in der Bewegung nach vorn.

Nachwort

Die Schlacht von Jütland, auch bekannt als die große Nordsee-schlacht oder die Schlacht am Skagerrak, war die größte See-schlacht des ersten Weltkrieges und der Neuzeit. Sie wurde vom 31. Mai bis zum 1. Juni 1916 ausgefochten. Die Hochseeflotte der deutschen Kaiserlichen Marine unter Führung von Admi-ral Reinhard Scheer traf dort auf die Hauptflotte der britischen Royal Navy unter Admiral Sir John Jellicoe. In Großbritannien ist die Schlacht als The Battle of Jutland bekannt, in Deutsch-land als die Schlacht am Skagerrak.

Zu Beginn des Ersten Weltkrieges blockierte die britische Flotte in der Nordsee wirkungsvoll die deutsche Küste. Auf diese Weise wurde jeglicher Transport von Vorräten über den Seeweg verhindert. Deutschland reagierte mit dem U-Boot-Krieg. Die neutralen Staaten Schweden, Norwegen und Dä-nemark wurden von dieser Kriegsführung in Mitleidenschaft gezogen.

Die deutsche Flotte, die im Grunde in die eigenen Häfen eingeschlossen war, suchte die Konfrontation, aber Kaiser Wil-helm widersetzte sich bis 1916, als die deutsche Flotte den Be-fehl erhielt, die britische anzugreifen. Der deutsche Plan lief darauf hinaus, Vizeadmiral Franz Hippners Spähtrupp zu be-nutzen, der aus fünf modernen Panzerkreuzern bestand. Sie sollten das Panzerkreuzergeschwader von Sir David Beatty in die Geschützlinie der deutschen Kampfflotte locken und sie dort zerstören. Die Engländer aber hatten die deutschen Codes geknackt und wussten, dass ein größerer Einsatz bevorstand. Am 30. Mai stach Jellicoe mit der Grand Fleet in See, um sich mit Beatty zum Kampf gegen die deutschen Schiffe unter Scheer und Hippner zu vereinen.

Die deutsche und die britische Flotte lieferten sich eine furchtbare Schlacht, an der sich an die zweihundertfünfzig Schiffe beteiligten. Vierzehn britische und elf deutsche Wasserfahrzeuge wurden versenkt, mehrere andere schwer beschädigt. An die achttausend Mann kamen ums Leben, viele Leichen wurden an der schwedischen, norwegischen und dänischen Küste angetrieben und dort begraben. Die Gräber an der schwedischen Westküste existieren noch immer. Die meisten jedoch sind auf den Friedhof von Kviberg in Göteborg verlegt worden.

Deutsche und Briten hielten sich gleichermaßen für die Sieger. Obwohl die Briten mehr Schiffe und Männer verloren und es nicht geschafft hatten, die deutsche Flotte zu besiegen, mussten die Deutschen sich in ihre Häfen zurückziehen. Großbritannien behielt damit die geographische Kontrolle. Die beschädigten britischen Schiffe wurden noch dazu schneller repariert als die deutschen. Die Hochseeflotte war jedoch weiterhin aktiv und konnte eine Blockade Deutschlands verhindern. Deutschland versuchte aber nie wieder, die britische Flotte herauszufordern, sondern setzte auf den fortgesetzten U-Boot-Krieg.

Der englische Unteroffizier Ernest Francis war einer der wenigen Überlebenden des gesunkenen Panzerkreuzers *Queen Mary,* der mehrere hundert Männer mit in die Tiefe gerissen hatte. Nur neun der 1275 Mann starken Besatzung konnten sich retten. Die *Queen Mary* wurde vermutlich von Salven des deutschen Panzerkreuzers *Seydlitz* getroffen, an dessen Bord sich

Artillerieoffizier Richard Foerster befand, und vom deutschen Kreuzer *Derfflinger,* zu dessen Besatzung der erste Artillerieoffizier Georg von Hase gehörte. Die *Seydlitz* und die *Derfflinger* wurden schwer beschädigt, konnten sich aber in den Hafen retten. Als er dem Untergang der *Queen Mary* zusah, kommentierte Admiral Beatty seinem Flaggenkapitän gegenüber: »Mit unserem verdammten Schiff scheint heute etwas nicht zu stimmen, Chatfield.«

Einer der Gründe für die britischen Verluste war unachtsamer Umgang mit dem Schießpulver Kordit, worauf der Engländer Alexander Grant, Kanonier auf dem Kreuzer *Lion,* in seiner Beschreibung der Schlacht hinwies. Die *Lion* wurde von mehreren Explosionen getroffen und erlitt größere Verlust an Menschenleben, konnte sich aber in einen britischen Hafen retten.

Nach der Schlacht kam es in Großbritannien zu Diskussionen über das Verhalten der beiden verantwortlichen Admiräle. David Beatty behauptete, John Jellicoe hätte aggressiver vorgehen sollen. Winston Churchill, britischer Premierminister und Erster Lord der Admiralität, informierte sich ausführlich über die Schlacht und kam zu dem Schluss, dass Jellicoe sich unter den gegebenen Umständen korrekt verhalten habe. Daher stammt der berühmte Spruch, Jellicoe hätte den Ersten Weltkrieg an einem Nachmittag verlieren können, wenn er eine Schlacht mit ungewissem Ausgang wieder aufgenommen hätte. Die Diskussion berücksichtigte auch nicht, dass Scheer auf überaus geschickte Weise mit der deutschen Flotte entkommen konnte.

Scheer nahm im Jahre 1928 eine Einladung von Jellicoe an. Die beiden Admiräle, die die Flotten ihrer Länder befehligt und eine historische Seeschlacht überlebt hatten, wollten sich in Großbritannien treffen. Aber Reinhard Scheer starb unmittelbar vor seiner geplanten Abreise. Er ist in Weimar begraben,

auf seinem Grabstein steht neben Namen und Datum nur: Skagerrak.

Alle verwendeten Zitate wurden von mir übersetzt.

Ich habe mir in meinem Buch einen freien Umgang mit der
Frage erlaubt, wie viele Soldaten genau in Marstrand an Land
geschwemmt wurden und von welchen Schiffen sie stammten.
Wrackteile der *Wiesbaden* wurden möglicherweise auf Marstrand gefunden, auf jeden Fall aber weiter oben an der Küste.

Das schwedische Schiffsjungenkorps bestand von 1685-1937.
Es hatte seine Basis in Karlskrona und sollte zur Rekrutierung
von Unteroffizieren und höheren Offizieren für die Flotte dienen. Die Schiffsjungen unterschrieben mit vierzehn oder fünfzehn Jahren einen Neunjahresvertrag. Nach drei Jahren galten
sie als erwachsen und begannen die Ausbildung zum Unteroffizier. Eine Unterabteilung des Schiffsjungenkorps befand sich
von 1907 bis 1937 auf Marstrand. Im Winterhalbjahr von Okto-
ber bis April wurden die Schiffsjungen in der Festung Carsten
und im Södra Strandverket unterrichtet. Im Sommer dienten
sie auf den Segelschulschiffen *Najaden, Jaramas, Gladan, Fal-
ken* und *af Chapman*. Die Auszubildenden wohnten in dieser
Zeit auf der umgebauten Korvette *Norrköping* (erbaut 1859 auf
der Kriegswerft in Karlskrona) und in den letzten Jahren auf
dem Panzerschiff *Niord*.

Dieses Buch ist meinem Vater Arne gewidmet. Er starb am 31.
Mai 2006, auf den Tag genau neunzig Jahre nach Beginn der
Schlacht am Skagerrak.

Quellen

Battle of Jutland, 30th May to 1st June 1916: official despatches with appendices, His Majesty's Stationary Office (London, 1917)

Scheer, R: *Deutschlands Hochseeflotte im Weltkrieg. Persönliche Erinnerungen* (Berlin 1920)

Erinnerungen von Richard Foerster,
  www.gwpda.org/naval/foeseyd.htm

»The Battle of Jutland, 1916«, Eyewitness to History,
  www.eyewitnesstohistory.com/jutland.htm

The War Times Journal,
  www.wtj.com

»Through the Hawse Pipe«, Alexander Grants unveröffentlichte
Memoiren, Imperial War Museum, London,
  www.worldwart1.co.uk/grant.htm

btb

Maria Ernestam

Die Röte der Jungfrau
Roman. 428 Seiten
ISBN 978-3-442-73854-8

Hingebungsvoll pflegt Eva ihren Rosengarten. Idylle pur
scheint sie zu umgeben: der Duft von Blumen, ein
wohl geordnetes Leben. Als sie jedoch von ihrer Enkelin
zum 56. Geburtstag ein Tagebuch geschenkt bekommt,
beginnt eine Reise in eine Welt voller Alpträume.
Eine Welt, die sie längst vergessen glaubte. Und in der
mehr als nur ein Hund begraben liegt ...

»Suggestiv, unheimlich, schwarz. Die Art von Leseerlebnis,
an das man sich noch sehr lange erinnert.
Einfach phantastisch.«
Camilla Läckberg

»Dieser Frauenroman hat es in sich.«
Die Welt

www.btb-verlag.de